JANE STANTON HITCHCOCK

Trügerischer Blick

Buch

Faith Crowell hat ihr Leben im Griff. Als Frau und als Künstlerin. Mit viel Erfolg, aber ohne falschen Ehrgeiz erfüllt die Trompe-l'œil Malerin die Wünsche ihrer reichen Klientel nach dekorativen optischen Täuschungen aller Art. Doch dann betritt Frances Griffin, die legendäre Kunstsammlerin aus New York, ihr Atelier, und mit dem beschaulichen Leben ist es vorbei. Zu verlockend scheint Faith der Auftrag, den Ballsaal des riesigen Griffin-Anwesens auszumalen. Noch ahnt sie nicht, welch tückisches Katz-und Maus-Spiel in Long Island auf sie wartet. Denn der Ballsaal ist als Mausoleum für Cassandra gedacht, die Tochter der Griffins, die als junge Frau in ihrem Elternhaus auf mysteriöse Weise ums Leben kam. Nicht lange, und der begehrte Auftrag entwickelt sich zum Alptraum, der immer bedrohlichere Züge annimmt.

Autorin

Jane Stanton Hitchcock, geboren und aufgewachsen in New York, machte zunächst in Theaterkreisen von sich reden. 1991 stellte kein Geringerer als Harold Pinter ihr neustes Werk am Londoner Lyric Theatre vor. »Trügerischer Blick« ist ihr erster Roman, der umgehend für den Edgar-Allan-Poe-Preis nominiert wurde und auch in Deutschland große Aufmerksamkeit erhielt.

Jane Stanton Hitchcock

Trügerischer Blick

Roman

Aus dem Amerikanischen
von Christa Seibicke

GOLDMANN

Die amerikanische Originalausgabe erschien
unter dem Titel »Trick of the Eye«
by Dutton, New York.

Umwelthinweis:
Alle bedruckten Materialien dieses Taschenbuches
sind chlorfrei und umweltschonend.

Der Wilhelm Goldmann Verlag ist ein Unternehmen
der Verlagsgruppe Random House GmbH

Taschenbuchausgabe November 2001

Umschlaggestaltung: Design Team München
Umschlagillustration: Fred Weidmann
Satz: IBV Satz- und Datentechnik GmbH, Berlin
Druck: Elsnerdruck, Berlin
Verlagsnummer: 45132
AL · Herstellung: Heidrun Nawrot
Made in Germany
ISBN 3-442-45132-9
www.goldmann-verlag.de

1 3 5 7 9 10 8 6 4 2

GEWIDMET MEINER MUTTER

1

Auf dem Schild an meiner Tür steht: TROMPE-L'ŒIL, INC. Ich verkleide jeden geeigneten Untergrund mittels illusionistischer Malerei, und das zu einem annehmbaren Preis. Zur Auswahl biete ich Imitate – Marmor, Holz, Schildpatt, Bambus – und architektonische Effekte wie Nischen, Säulen, Fenster oder Türen. Ich kann einen Raum mit Tieren, Vögeln und Menschen bevölkern oder ihn auflockern mit Girlanden, Festons, Wolkenhimmel. Ich möchte den Betrachter auf unterhaltsame Weise dazu bringen, aus der Realität herauszutreten, um sich, und sei's auch nur für einen Augenblick, einzulassen auf den Zauber der Illusion.

Mein Beruf erfordert Augenmaß und Akkuratesse, vor allem aber eine ruhige Hand. Ich kleckse nicht wahllos unbehandelte Leinwand in Bettlakengröße mit Farben voll. Die Kunst ist für mich kein Mittel zur Selbstfindung, weshalb ich auch nicht herumsitze und auf Inspirationen warte. Ich schiele weder nach Ruhm noch nach Unsterblichkeit. Ich übe ein Handwerk aus, und ich bemühe mich Tag für Tag, gute Arbeit zu leisten. Mit der Anonymität habe ich mich abgefunden. Ich bin vielleicht nicht glücklich, aber doch zufrieden.

Ich heiße Faith Crowell, bin neununddreißig Jahre alt und, um es mit einem Wort zu sagen, das meinem etwas verschrobenen Faible fürs Archaische und Anachronistische entgegenkommt, eine alte Jungfer. Ich habe nie geheiratet, auch wenn ich einmal so nahe dran war, daß ich schon das Brautkleid gekauft hatte. Aber das ist eine andere Geschichte. In der Dämmerung, auf dem Heimweg in eine leere Wohnung, habe ich mitunter schon daran gedacht, wie anders mein Leben verlaufen wäre, wenn diese Hochzeit stattgefunden hätte. Aber sobald ich dann zu Hause bin, geborgen zwischen Chintz, Katze und Nippes, dem bevorzugten Ambiente alleinstehender Frauen in der Großstadt, ist die Welt gleich wieder in Ordnung. Ich koche mir was Leichtes, genehmige mir ein Glas Wein und lese, bis ich über meinen Träumen einschlafe.

Punkt sieben stehe ich auf. Einen Wecker brauche ich nicht, denn Regelmäßigkeit ist immer noch die beste Weckuhr. Nach einem leichten Frühstück nehme ich ein Bad, ziehe mich an und stelle der Katze ihr Futter raus. Spätestens Viertel nach acht bin ich auf dem Weg ins Atelier.

Mein Atelier liegt im dritten Stock eines bescheidenen, kommunal vermieteten Brownstones, eines dieser typischen New Yorker Reihenhäuser mit rötlichbrauner Sandsteinfassade. Von meiner Wohnung sind es nur zehn Blocks bis dorthin, und frühmorgens, wenn die Passanten noch zielstrebig und energiegeladen wirken, gehe ich das kurze Stück gern zu Fuß. Ich sehe tagein, tagaus die gleichen Leute – Ladenbesitzer, Pflegekräfte, Pendler. Manchmal erkennt man sich und nickt einander freundlich, aber wortlos zu, was ich sehr angenehm finde.

Von den anderen Mietern im Haus bekomme ich nur selten jemanden zu Gesicht. Und trifft man sich doch einmal auf der Treppe, dann grüße ich ihn oder sie prinzipiell sehr freundlich. In einer Stadt wie New York City schaut man nicht spontan beim Nachbarn vorbei, um eine Tasse Zucker zu borgen oder einen Kaffee zu trinken, und deshalb habe ich kaum Kontakt zu meinen Mitbewohnern – was mir ebenfalls sehr angenehm ist.

Ich wohne in der City, weil ich hier meine Arbeit habe, aber ich könnte ohne weiteres auf dem Land leben, und irgendwann möchte ich auch rausziehen. Bis es soweit ist, zehre ich von der Vorfreude. Mein Leben, das ist meine Arbeit und ein paar Freunde. Ich bin ziemlich abgekapselt, ja, aber wenn man bedenkt, wie es heute überall auf der Welt gärt und die Neurosen wuchern, geht es mir eigentlich recht gut, finde ich.

Vor ein paar Jahren hatte ich einmal eine Phase, wo ich mitten in der Nacht ohne ersichtlichen Grund aufwachte und einfach nicht wieder einschlafen konnte. Fiebrige Angst wütete in meinen Eingeweiden, indes ich über die Sinnlosigkeit des Lebens – insbesondere meines eigenen – nachgrübelte. Irgendwann stand ich auf und wanderte im Zimmer herum, bis ich mich im Halbdunkel an den Spiegel heranpirschte und ihn fragte, wer dieses furchtgeplagte Wesen mit dem irren Blick, das er zeigte, eigentlich sei. Wenn es endlich hell wurde, fühlte ich mich alt wie der Tod. Meine Technik ließ nach. Das Geschäft ging den Bach runter. Eines Tages mußte ich die Arbeit ganz aufgeben. Für das nervöse, das sogenannte Künstlertemperament ist in der Trompe-l' Œil-Malerei kein Platz.

Zum Glück dauerte dieses Tief nicht ewig. Es brauchte seine Zeit, aber irgendwann berappelte ich mich wieder. Und ich stellte keine zu hohen Erwartungen mehr an das Leben. Stattdessen fing ich an, meine Zeit hier auf Erden als Etappe einer langen Reise zu betrachten und mich selbst als eine Art Transitpassagier. Fortan nahm ich die Kapriolen und Enttäuschungen des Lebens hin, wie ein geübter Globetrotter die Unannehmlichkeiten und Überraschungen wegsteckt, die ihm unterwegs zugemutet werden.

Ich begann wieder zu malen. Zu meiner Überraschung hatte meine Technik nicht ernsthaft gelitten; im Gegenteil, meine Arbeit hatte eine neue Tiefendimension gewonnen. Das fiel auch anderen auf, und bald konnte ich mich vor Aufträgen kaum noch retten. Heute geht mein kleines Trompe-l' Œil-Geschäft sehr gut, wobei ich natürlich auch von dem gängigen Trend des »Mehr scheinen als sein« profitiere.

Meine Kunden kommen in der Regel nicht zu mir ins Atelier. Meistens bespreche ich die Aufträge telefonisch mit einem Innenarchitekten. Ich war daher ziemlich überrascht, als an einem ungewöhnlich warmen Aprilnachmittag die Türklingel ging und auf meine Frage, wer denn unten sei, eine Stimme über die Sprechanlage antwortete: »Frances Griffin wünscht Miss Crowell zu sprechen.«

Jeder, der auch nur im geringsten in der Kunstszene bewandert war, kannte den Namen Frances Griffin. Sie und ihr verstorbener Gatte, Holt Griffin, hatten damals, als der Markt noch reich war an wertvollen Bildern und Antiquitäten, eine bedeutende Sammlung aufgebaut. Die *Griffin Collection*, die zu den ersten des Landes gehörte, war in den beiden Jahrzehnten unmittelbar nach dem Zweiten Weltkrieg entstanden, als der internationale Kunstmarkt noch nicht durch verschärfte Ausfuhrbestimmungen geknebelt wurde. Nach Holt Griffins Tod stiftete seine Witwe viele ihrer Bilder bedeutenden Museen, darunter den schönsten noch in Privatbesitz befindlichen Tizian. Die Griffins und ihre Sammlung waren jedem, der sich nur im mindesten für Kunst interessierte, ein Begriff.

Holt Griffin, Sproß einer alteingesessenen und vermögenden New Yorker Familie, hatte sich, anders als die meisten seines Standes, durch langjährige Tätigkeit im diplomatischen Dienst selbst einen Namen gemacht. Zufällig wußte ich auch, daß sein Vermögen ursprünglich aus der Fabrikation von Kanaldeckeln stammte und später in Immobiliengeschäfte investiert worden war. Ende des neunzehnten Jahrhunderts hatte Holt Griffins Urgroßvater Elias Holt eine Eisenhütte gegründet, die in erster Linie jene schweren grauen Metallplatten produzierte, mit denen die Abwasserkanäle von New York gesichert wurden. Ich habe mir das gemerkt, weil ich eine Schwäche für solche Details habe – pikante, belanglose Klatschgeschichten, die zu rein gar nichts nütze sind, außer als bunte Tapete für den grauen Alltag.

Das Vermögen stammte zwar von Holt Griffin, aber den Kunstverstand, den besaß Frances Griffin, die Frau, die eben jetzt meine drei Treppen hinaufstieg. Der Aufbau der *Griffin* Collection galt allgemein als ihr Verdienst. Sie war eine jener legendären Gestalten, die mit ihrem untrüglichen Sinn für Stil und Geschmack selbst in besten Kreisen Ehrfurcht wecken. Sonst wußte ich nicht viel über sie, außer, daß Mrs. Griffin, die vormals, als gefeierte Sammlerin, ein großes Haus geführt hatte, jetzt sehr zurückgezogen lebte und einen sprichwörtlichen Horror vor Partys, Publicity und Publikum bekundete.

Ich ging hinaus auf den schäbigen Flur und sah sie die Treppe heraufkommen – eine schlanke, auffallend gut angezogene Frau mit mädchenhafter Ausstrahlung und beschwingtem Gang. Ihre Augen blickten klar und wißbegierig aus einem großporigen, aber gleichwohl hübschen Gesicht. Sie mußte Anfang bis Mitte Siebzig sein, was man ihr aber nicht ansah. Nein, sie sah fabelhaft aus für ihr Alter, nur wirkte sie, wie viele reiche Leute, ein kleines bißchen unecht. Ihre makellose Kleidung, die damenhafte Zurückhaltung und die Selbstverständlichkeit, mit der sie die gesprungenen Treppenstufen, die abblätternde Farbe und den penetranten Geruch im Flur überging, erinnerten an den guteinstudierten Auftritt einer Filmdiva.

»Guten Tag, meine Liebe«, sagte Mrs. Griffin und streckte mir, kaum, daß sie den Treppenabsatz erreichte, eine spitz zulaufende, diskret manikürte Hand entgegen. »Ich bin Frances Griffin.«

»Sehr erfreut, Mrs. Griffin. Ich bin Faith Crowell.« Ich merkte selbst, daß meine Stimme respektvoll um eine Oktave gesunken war.

Sie trug ein elegantes zartgrünes Wollkostüm mit passendem Hut; in der Hand hielt sie weiße Glacéhandschuhe und eine schwarze Lackledertasche. Ihre auffallend kleinen Füße steckten in schlichten Lackpumps mit niedrigem Absatz. Eine Goldbrosche, besetzt mit grünen und rosa Peridoten, die einen Fisch darstellte, prangte an ihrem rechten Jackenaufschlag.

Ich bat sie in mein Atelier, und als ich ihr eine Tasse Tee anbot, nickte sie freundlich. Wir saßen, ziemlich ungemütlich, auf zwei der zwölf vergoldeten Ballsaalstühle, die ich diese Woche auf Bambus trimmen wollte.

»Ich habe mir sagen lassen, Miss Crowell«, begann sie, »daß Sie sehr gut sein sollen in Ihrem Metier.« Ihre Stimme hatte den leicht aristokratischen Akzent der New Yorker Anrainerstaaten.

Ich bedankte mich, und da ich nichts von falscher Bescheidenheit halte, setzte ich hinzu, daß ich tatsächlich stolz sei auf meine Arbeit. Sie kniff ein Auge zusammen, öffnete ihre Handtasche und zog eine Brille heraus. Als sie die aufgesetzt hatte, sah sie sich im Atelier um.

»Ja«, sagte sie, während ihr Blick über ein paar Stücke wanderte, die ganz oder annähernd fertiggestellt waren – eine Kommode, ein Spiegel, ein kleiner Kaminsims – »ich sehe, Sie sind wirklich gut.« Sie fixierte mich über den Rand ihrer Brille hinweg. »Der Trick besteht darin, das Vorhandene ins rechte Licht zu rücken, stimmt's?« bemerkte sie.

»Im Leben wie in der Kunst«, sagte ich und lächelte.

Sie lachte stillvergnügt in sich hinein.

»Sie haben offenbar sehr viel künstlerisches Gespür. Die Marmorimitation gefällt mir besonders. Da drüben«, sagte sie und deutete auf den kleinen Kaminsims. »Entzückend, wie Sie das gemacht haben. Ich mag überhaupt falschen Marmor gern. Sie nicht auch? Ist doch längst nicht so pompös wie der echte. Echter Marmor bringt leicht etwas Kaltes in einen Raum.«

»Ja, der Meinung bin ich auch. Aber die Nachfrage ist immer noch sehr groß.«

»Echtes Schildpatt dagegen hat eine herrlich warme Ausstrahlung«, sagte sie. »Nur kriegt man's leider nicht mehr.«

»Schildpatt läßt sich sehr schlecht imitieren. Wenn ich nicht achtgebe, kommt am Ende eine Art verunglücktes Leopardenfell dabei raus.«

»Aber da ist es Ihnen sehr gut gelungen.« Sie wies mit dem Kopf auf den mit rot-schwarzem Blendschildpatt gerahmten Spiegel, der zum Trocknen an der Wand lehnte.

»Danke für das Kompliment. Der ist gestern erst fertig geworden. Im dritten Anlauf. Ich finde auch, jetzt macht er sich nicht übel.«

»Gute Imitationen waren immer schon gefragt – ob das jeweilige Original nun verfügbar war oder nicht.«

»Vermutlich geht darum mein Geschäft ganz gut.«

»So vieles Echte ist heute nirgends mehr zu kriegen. Eine Menge Dinge, die uns früher ganz selbstverständlich waren, sind einfach verschwunden.« Sie seufzte. »Was haben Sie nur für eine bewundernswert leichte Hand … Wirklich sehr schön …« Wieder ließ sie den Blick durch den Raum schweifen. »Ich möchte, daß Sie nach The Haven kommen und für mich arbeiten.«

Sie sagte das so hoheitsvoll wie eine Königin, die ohne Umschweife ihre Befehle erteilt. Anscheinend wußte sie genau, wie attraktiv ihr Angebot war, ja daß es als Auszeichnung galt, für sie zu arbeiten. Manch einer hätte eingewilligt, bloß um einmal einen Blick in das vielgepriesene Haus auf Long Island zu tun, das bisher noch nie für einen Bildband fotografiert oder in einem der einschlägigen Hochglanzmagazine vorgestellt worden war.

»Ich fühle mich geehrt«, sagte ich. »Und ich würde natürlich wahnsinnig gern für Sie arbeiten.«

Sie lächelte mich an, als habe sie keine andere Antwort erwartet. Dann nahm sie die Brille ab, klappte sie sorgfältig zusammen und schob sie in ihre Handtasche zurück.

»Es ist ein ziemlich großer Auftrag. Sie werden sich ein paar Monate ganz dafür freihalten müssen.«

»Oje, ich weiß nicht, ob ich das einrichten kann.«

Sie fuhr fort, als habe sie mich nicht gehört.

»Es handelt sich um einen Saal, den ich vor Jahren für den ersten Ball meiner Tochter bauen ließ. Nun hätte ich ihn gern renoviert, um ihn wieder in neuem Licht zu sehen. Es ist nie zu spät, die Dinge in neuem Licht zu sehen.«

Auch wenn sie es eher beiläufig sagte, spürte ich doch das Pathos, das sich hinter ihrem ungezwungenen Plauderton verbarg. Sie spielte mit dem Riemen ihrer Handtasche, wickelte ihn sich um den Finger und blickte mich dabei immer wieder so durchdringend an, als versuche sie, sich an etwas zu erinnern, sich mein Gesicht einzuprägen oder meine Gedanken auszuforschen. Mir wurde ganz eigenartig dabei zumute.

»Ich müßte all meine anderen Kunden im Stich lassen. Das geht nicht so ohne weiteres.«

»Besuchen Sie mich doch morgen einfach mal. Dann zeige ich Ihnen, was mir vorschwebt, und hernach können Sie in aller Ruhe entscheiden.«

»Mrs. Griffin«, sagte ich gedehnt, »Ihr Angebot ist wirklich sehr schmeichelhaft für mich. Aber darf ich fragen – wie sind Sie gerade auf mich gekommen?«

Sie zögerte einen Moment.

»Nun, Freunde haben mich auf Sie aufmerksam gemacht.«

Sie nannte zwei meiner reichsten und distinguiertesten Kunden. Ich bin immer wieder erstaunt darüber, daß die Welt der Superreichen so klein ist, wie ein Privatterritorium, in dem alle Nationalitäten vertreten sind. Der Geldadel scheint, genau wie die geborenen Aristokraten, auf der ganzen Welt miteinander versippt oder doch wenigstens bekannt zu sein. Und da viele von ihnen fast ihr ganzes Leben auf der Jagd nach Luxus, Vergnügen und materiellen Gütern verbringen, reichen sie die besten Handwerker, Kunsthändler und Innenarchitekten, Floristen und Küchenchefs untereinander weiter wie die Indianer ihre kostbaren Geschenke beim Potlach, den Initiationsfeierlichkeiten der jungen Häuptlingsanwärter. Über meinen Platz in ihrer Welt machte ich mir keine Illusionen. In ihren Kreisen war ein Handwerker eine Ware, weiter nichts.

»Und außerdem«, fuhr Mrs. Griffin fort, »haben wir anscheinend beide eine Schwäche für Paolo Veronese. Ich habe nämlich Ihren glänzenden Artikel über die Villa Barbaro gelesen. Wirklich sehr gut formuliert, und Sie würdigen darin einen Künstler, den ich hoch verehre.«

Den Essay, auf den sie anspielte, hatte ich vor einigen Jahren in einer wenig bekannten Kunstzeitschrift, dem Chiaroscuro, veröffentlicht. Er befaßte sich mit den berühmten Fresken in der Villa Barbaro von Maser, im Veneto. Paolo Veroneses drollige Trompe-l' œil-Szenen dort haben es mir besonders angetan. Natürlich schmeichelte es meiner Eitelkeit, daß Mrs. Griffin etwas von mir gelesen hatte.

»Freut mich sehr, daß Ihnen der Artikel gefallen hat. Ich habe eine Schwäche für die Villa Barbaro! Ich erinnere mich noch gut, wie ich zum erstenmal in der Halle stand und hinaufsah zu dem imaginären Balkon, von dem ein buntes Völkchen lebensgroßer Figuren samt Papagei und Schoßhund zu mir herunterblickten. Ich hätte damals schwören können, es wäre echtes Publikum.«

»Meine Tochter«, sagte sie unvermittelt. »Meine Tochter war sehr begeisterungsfähig – genau wie Sie.«

Ich entgegnete nichts darauf.

»Sie kommen mich also morgen besuchen?« fragte Mrs. Griffin, die schon hart an der Stuhlkante saß.

»Aber sicher. Trotzdem brauche ich Bedenkzeit. Denn so verlockend Ihr Angebot auch ist, ich muß mir erst darüber klarwerden, wie sich so ein großer Auftrag auf mein Leben auswirken würde.«

Ihr Blick schweifte noch einmal durch mein vollgestopftes, stickiges Atelier. »Nun«, meinte sie ziemlich von oben herab, »hier würde sich auf jeden Fall einiges verändern.«

Damit erhob sie sich. Ich brachte sie zur Tür.

»Bitte verzeihen Sie meine Bedenken«, sagte ich, als ich ihr die Tür aufhielt. »Aber seit ich mich mit der Verkleidung von

Flächen befasse, habe ich mir angewöhnt, sie zuvor sehr genau zu prüfen – zu genau vielleicht.«

»Schon gut, überlegen Sie sich's.«

»Ich begleite Sie hinunter.«

»O nein! Danke, ich finde schon selbst hinaus. Ich erwarte Sie also morgen, sagen wir um vier? Dann können wir zusammen Tee trinken. Hier, damit Sie sich auch zurechtfinden.« Damit reichte sie mir eine bedruckte Karte mit einer Zeichnung des Hauses auf der Vorder- und einem Meßtischblatt auf der Rückseite. Ich verriet nicht, daß ich bereits wußte, wo The Haven lag.

Dann ging sie.

Als ich mich am Abend auf den Heimweg machte, hatte ich, ganz gegen meine Art, mächtiges Herzflattern. Ja, mir war so beklommen zumute, als hätte mit Frances Griffin das Schicksal bei mir angeklopft. Einerseits hatte ich wirklich keine Lust, wegen eines solchen Auftrags meine ganzen Pläne umzukrempeln; andererseits war es eine einmalige Chance, für diese ungewöhnliche Frau zu arbeiten. Und ich kann nicht leugnen, daß ihr glamouröser Auftritt mich beeindruckt hatte.

Mit meinem wohlgeordneten, aber eintönigen Leben – Grisaille statt Regenbogenbunt – hatte ich mich längst abgefunden. Ich hatte gelernt, daß Einsamkeit und Alleinsein nicht dasselbe Klima haben: Ersteres war drückend und klamm, letzteres dagegen kühl und belebend. Ich pfeife auf die Binsenweisheit, daß Menschen, die allein leben und arbeiten, vom Abenteuer des Lebens ausgeschlossen bleiben. Für mich ist die Phantasie der Schlüssel zum wahren Sein. Ohne Phantasie kann selbst die tollste Karriere langweilig werden. Mit ihr dagegen schmeckt Selters wie Champagner.

Glücklicherweise war meine Kunst eher ein Handwerk und dementsprechend verläßlicher, ungefähr wie ein Freund im Vergleich zu einem Liebhaber. Gelegentliche Einsamkeitskoller trafen mich wahrscheinlich weniger schlimm als meine sogenannten schöpferischen Kollegen, obwohl ich natürlich auch mein Quantum weghatte. Eben jetzt meldete sich wieder so ein Anfall von rotem Grausen. Ich mußte dringend mit jemandem reden.

Da half nur eins. Ich kaufte zwei Artischocken, ein Kalbsschnitzel extra und in unserer französischen Bäckerei eine *Tarte Tatin*. Dann rief ich auf gut Glück meinen lieben Freund Harry Pitt an und fragte, ob er heute abend noch frei sei. Er war.

Harry Pitt lebte, wie ich, sehr zurückgezogen und verbrachte seine Zeit lieber mit Büchern, Bildern und mit Mr. Spencer, seinem Zwergschnauzer, als in der Gesellschaft anderer Menschen. Harry war über siebzig und Junggeselle. In seiner Glanzzeit war er ein bekannter Kunsthändler gewesen, ein Ästhet, von dem sich Frauen in gewissem Alter gern ausführen ließen, wenn sie, wie ein Witzbold es taktvoll formulierte, gerade auf dem Trockenen saßen und deshalb »auf Männerfang« gingen.

Harry war inzwischen fast kahlköpfig und rund wie ein Faß, die Strafe dafür, daß er sein Leben lang keine glanzvolle Lunch- und Dinnerparty ausgelassen hatte. Er war eine Fundgrube an unnützen Informationen über unnütze Leute und damit natürlich der ideale Gesellschafter für mich. Er wußte von Pikanterien wie Mrs. Augustus Blodgetts Haute-Couture-Leichenhemd oder dem Spleen des Marquis de Greve, jungen Burschen in den Slums von Rio Geld dafür zu bieten, daß sie sich die Zähne ziehen ließen, um ihn bei der Fellatio besser bedienen zu können.

Harry war über alles im Bilde, was Rang und Namen hatte, und er unterhielt mich gern mit schlüpfrigen Geschichten vom »Gaudimax der High-Society«, wie er es nannte. Auf die Weise hatte ich schon manch vergnüglichen Abend mit Harry verbracht. Er thronte dann immer wie ein Pascha zwischen den quastengeschmückten Seidenkissen auf seiner Couch, zupfte an seinem langen weißen Seidenschal, rauchte Zigaretten in schwarzer Lackspitze und urteilte mit päpstlicher Strenge über die Gesellschaft von einst und jetzt. Fast ein Leben lang hatte er sich im Abglanz der Reichen und Schönen getummelt wie die Motte im Licht und dabei irgendwie die Erkenntnis gewonnen, daß die meisten Menschen bei sich bietender Gelegenheit früher oder später aus der Rolle fallen.

»Auf bewegliche Habe und Schoßtiere ist weitaus mehr Verlaß«, pflegte er zu sagen. »Da weiß man immer, wo man dran ist, und außerdem kommt die Wartung billiger.«

Beim Essen erzählte ich ihm von meiner Begegnung mit Frances Griffin.

»Frances Griffin ... Frances Griffin ...« Er wiederholte den Namen mehrmals, wobei er jedes »R« rollte und auf der Zunge zergehen ließ wie einen Schluck ausgezeichneten Claret.

»Wirklich eine interessante Frau«, sagte er. »Vielschichtig und mit Tiefgang. Na, und einen Blick hat sie – einfach genial. Du kennst natürlich die Geschichte über sie und diesen Kamin?«

»Nein«, sagte ich aufhorchend.

»Also es ist eine unglaubliche Geschichte, und trotzdem stimmt jedes Wort. Ich kenne den Architekten – das heißt, ich kannte ihn, er lebt nicht mehr.«

»Harry, du enttäuschst mich doch nie!«

In Erwartung einer von Harrys unvergleichlicher Anekdoten lehnte ich mich zurück. Er war mein Marco Polo, der mit Geschichten von Fürstenglanz und Reichtümern im Gepäck aus fernen Landen heimkehrt. Während des Erzählens schnitt er sein Kalbsschnitzel erst unter Zuhilfenahme von Messer und Gabel klein, legte dann aber das Messer weg und aß nach amerikanischer Sitte, mit der Gabel in der rechten Hand. Er nannte das eine seiner zeitaufwendigeren Allüren.

»Also, nachdem sie dieses herrliche Haus gebaut hatte, The Haven – wohin du Glückspilz morgen eingeladen bist –, machte sie am Tag der Fertigstellung einen Rundgang mit dem Architekten, um sich zu versichern, daß auch alles tipptopp war. Als sie in den Salon kamen, blieb sie wie angewurzelt stehen, blickte sich um und sagte: ›Hier stimmt etwas nicht.‹ Der bedauernswerte Architekt erstarrte zur Salzsäule und stotterte irgendwas daher. Seine unsterblichen Worte sind uns zwar nicht überliefert, aber wir dürfen getrost annehmen, daß er außer sich war. Sie drehte sich unterdessen ein-, zweimal langsam im Kreis und sagte schließlich: ›Der Kamin. Der steht nicht ganz in der Mitte, oder?‹ Mein Freund, der auch ein ziemlich gutes Augenmaß hatte, warf nun seinerseits einen prüfenden Blick auf das Ding und meinte dann, also er fände nichts auszusetzen. Das Ende vom Lied war, daß sie einen Zollstock holten, den verflixten Kamin ausmaßen – und, bei Gott, es fehlten tatsächlich fünfundzwanzig, dreißig Zentimeter bis zum absoluten Raummittelpunkt.

Tja, und nachdem Mrs. Griffin den Beweis geliefert hatte, sagte sie seelenruhig: ›Bitte bringen Sie das in Ordnung.‹ Worauf mein Freund, der Architekt, erwiderte: ›Mrs. Griffin, ich verspreche Ihnen, wenn der Salon erst eingerichtet ist, sieht man's bestimmt nicht mehr.‹ – ›Ich schon‹, widersprach sie. Und er wandte ein: ›Aber Mrs. Griffin, sie verstehen offenbar nicht – ich kann den Kamin nicht versetzen, ohne alle fünf Stockwerke einzureißen.‹ Worauf Frances Griffin (und das ist keine bloße Anekdote, sondern verbürgt durch meinen Freund, den Architekten und Betroffenen) zur Antwort gab: ›Ich hab Sie nicht gefragt, wie Sie das anstellen werden.‹

Damit ließ sie ihn stehen, und er machte sich daran, das Haus einzureißen und komplett wiederaufzubauen – auf ihre Kosten – mit einem Kamin haargenau im Zentrum. Zwei Jahre später machte sie wieder einen Rundgang durch das Haus, fand nichts mehr daran auszusetzen und zog ein. Na, wenn das keine moderne Variante der Prinzessin auf der Erbse ist, dann weiß ich's nicht!«

»Ich bin sprachlos!«

»Die Frau ist eine krankhafte Perfektionistin«, fuhr Harry fort. »Mit einem unfehlbaren Instinkt für Proportionen. Es heißt, sie bringt es fertig und spaziert in fremder Leute Haus oder Garten und erklärt ihnen, wie sie ihre Rosensträucher versetzen oder die Möbel umstellen sollen. Und erstaunlicherweise hat sie jedesmal recht. Einmal hat sie sogar einem Museumsdirektor erklärt, der Greuze in seiner Galerie sei eine Fälschung. Du kannst dir nicht vorstellen, was da los war! Aber das Bild war bei Gott eine Fälschung.«

»Wo hat sie sich denn all dieses Wissen angeeignet?«

»Ach, was sie weiß, kann man nicht lernen. Ihr Gespür für Proportion und Geschmack ist so etwas wie das absolute Gehör – das hat man oder man hat es nicht. Allerdings ist sie auch sehr gebildet. Sie hat sich große Mühe gegeben und sehr viel gelernt. Von den alten Meistern in der Malerei oder von Barockmöbeln versteht sie genausoviel wie jeder Kunsthistoriker.«

»Wo stammt sie eigentlich her?«

»Keine Ahnung. Ihre Familie gehört nicht zu denen, die man kennt.« Harry rümpfte die Nase. »Ich glaube, vor ihrer Heirat war sie gesellschaftlich eine ziemlich graue Maus. Aber als Holt Griffins Braut stand sie natürlich mit einem Schlag im Rampenlicht. Irgendwer erzählte mir mal, sie habe behauptet, ihr Vater sei Diplomat gewesen. Nun, vermutlich war seine diplomatischste Leistung die, sich in Luft aufzulösen, bevor jemand seine Tochter als Lügnerin bloßstellen konnte.«

Wir kicherten beide. Harry begann eine kleine Pyramide aus ausgelutschten Artischockenblättern zu errichten.

»Ich hab damals Fotos von ihr in Illustrierten gesehen«, fuhr er fort. »Sie war gewiß keine Schönheit, aber sie hatte Stil! Und offenbar war sie eine großartige Gesellschafterin, wahnsinnig amüsant. Tja, und irgendwie schaffte sie den Sprung in den Karpfenteich und angelte sich den heißbegehrten Mr. Griffin –

was sämtliche faden, angejahrten Debütantinnen im weiten Umkreis maßlos empörte. War ein richtiger Skandal, damals. Ich find's köstlich, wie heute alle, die seinerzeit Gift und Galle spuckten, vor ihr Kotau machen.«

»Kein Zweifel, sie hat das gewisse Etwas«, sagte ich. »Und auch irgendwas Geheimnisvolles, das habe ich gleich bei der ersten Begegnung gespürt. Ich wette, sie ist zu ihrer Zeit sehr sexy gewesen.«

»Waren wir das nicht alle?« Harry brachte die Artischockenpyramide mit seiner Gabel zum Einsturz.

»Damals pfiffen es natürlich die Spatzen von den Dächern«, fuhr er fort, »daß Holt Griffin ein verkappter Schwuler sei – angeblich stand er haarscharf auf der Kippe, bis sie daherkam und ihn mit gewissen exotischen Sexpraktiken bekehrte. Sie allein, hieß es, habe ihn vor dem endgültigen Schritt bewahrt. In der Beziehung wurde sie ständig mit der Herzogin von Windsor verglichen. Du weißt schon – Kokain auf die Genitalien, Kleopatras Griff, lauter solcher Hokuspokus.«

»Kleopatras Griff?« wiederholte ich arglos, während ich einen Bissen Fleisch auf die Gabel spießte.

»Kontraktion der Vaginamuskeln, wirkt auf den Penis wie eine Art Massage«, erklärte er ohne sonderliches Interesse. »Ein recht wirkungsvolles Mittel, beliebt in Kurtisanenkreisen und vermutlich auch anderweitig von rührigen Damen erprobt. Aber ehrlich gesagt, glaube ich kein Wort von diesem Klatsch. Wenn du mich fragst, hat Griffin sich einfach in sie verliebt, weil sie amüsant war und ihn faszinierte. Im Vergleich zu all diesen gräßlichen höheren Töchtern, unter denen er aufgewachsen war, muß sie auf ihn gewirkt haben wie eine frische Brise. Und sie umgarnte ihn mit der Fürsorge eines mittelalterlichen Burgfräuleins. Einem Ondit zufolge bereitete sie sich direkt generalstabsmäßig auf die erste Begegnung mit ihm vor – erkundete seine Gewohnheiten, seine Lieblingsweine und -spirituosen ebenso wie Leibspeisen, Hobbys, Interessen, Bücher, sexuelle Neigungen et cetera. Als sie sich dann tatsächlich kennenlernten, konnte sie ihm auf diese Weise eine Art Rückkehr in den Mutterschoß suggerieren, bildlich gesprochen, versteht sich.«

»Woher weißt du das bloß alles?« fragte ich staunend.

»Ach, die Romanze war doch damals in aller Munde. Keiner wollte glauben, daß sie ihn wirklich rumgekriegt hatte, also zerbrach man sich den Kopf darüber, wie sie's wohl angestellt haben könnte. Du weißt ja, wie die Leute sind – müssen immer alles in Grund und Boden sezieren. Dabei ist die Wahrheit so einfach! Männer wie Holt Griffin wollen etwas geboten bekommen, Mittelpunkt sein. Sie haben kein Interesse an neurotischen höheren Töchtern, die sich dauernd über irgendwas beklagen, vom Leben enttäuscht sind, im Bett Migräne vorschützen und sich zu guter Letzt vor lauter Selbstmitleid dem Suff ergeben. Nein, Männer wie Holt Griffin wollen eine Frau, die weiß, wie man den Mann bei Laune hält, so eine Art Geisha – und genau das ist, oder war Frances Griffin.«

»Also, so hätte ich sie mir weiß Gott nicht vorgestellt. Ich dachte, sie sei eine ganz große Dame.«

»*Ist* sie auch, meine Liebe«, rief Harry. »Sie ist die vornehmste von allen. Du darfst nicht glauben, Vornehmheit und zwielichtige Abstammung gingen partout nicht zusammen. Im Gegenteil, Menschen wie sie wachsen an ihrer Vergangenheit. Denk nur, wie sie sich haben durchboxen müssen. Dagegen diese albernen Dummköpfe, die sich vornehm dünken, bloß weil sie aus einer dieser verrotteten Elitefamilien stammen – daß ich nicht lache. Frances Griffin ist vornehm im traditionellen Sinne – zäh, unabhängig, aus eigener Kraft nach oben gekommen. Sie hat die Vornehmheit einer Amazone.«

»Sag, Harry, hast du sie eigentlich persönlich gekannt?«

»Ach, weißt du, eine Frau wie sie kennt unsereins nicht persönlich«, sagte er gedankenvoll. »Aber eine flüchtige Bekanntschaft bestand tatsächlich mal. Das liegt inzwischen Jahre zurück. Eines Tages kam sie in meinen Laden und kaufte vom Fleck weg eine ausgefallene Riesener-Kommode. Allerdings haben wir um den Preis tüchtig gefeilscht. Sie war sehr gewieft, aber dabei nicht – wie soll ich sagen? – schikanös. Diese Kommode war eins der besten Stücke, die ich je in Kommission hatte. Gar keine Frage. Vermutlich sogar eins der besten, die überhaupt je auf den Markt kamen. Ich wußte gleich, daß sie daran nicht vorbeigehen konnte. Sie lobte meinen Geschmack und bat mich, bei Auktionen nach der einen oder anderen Rarität für sie Ausschau zu halten. Das tat ich, und wir fanden ein oder zwei Stücke, alles erstklassige Qualität.

Das ist der Vorteil derer, die aus dem Nichts kommen und sich gewissermaßen selbst erfinden müssen«, bemerkte Harry. »Sie kennen den Unterschied zwischen Original und Fälschung, schon weil sie bei sich selbst so hart daran arbeiten mußten, das eine vom anderen zu trennen. Nun ja, *einigen* gelingt es. Andere lernen's nie. *Sie* jedenfalls kannte den Unterschied. Ach, ich hätte meinen rechten Arm dafür gegeben, einmal eins ihrer Häuser von innen zu sehen, aber das Glück war mir nicht vergönnt. Als die Kommode abgeliefert wurde, wollte ich mich tatsächlich fast schon mit den Möbelpackern einschmuggeln. Aber das schien mir denn doch zu geschmacklos.«

»Morgen nehme ich meine Polaroidkamera mit und fotografiere für dich«, neckte ich ihn.

»Gott bewahre!« rief Harry entsetzt. »Außerdem würde ich auf Fotos sowieso nichts erkennen. Ich werde langsam blind, ehrlich.«

Ich tätschelte ihm begütigend die Wange. Plötzlich erinnerte er mich an einen abgeschlafften Jagdhund.

»Ich wünschte, ich würde statt dessen taub«, sagte er. »Gehört hab ich in meinem Leben wahrhaftig mehr als genug. Aber die Rolle des Betrachters macht mir immer noch Spaß. Gott, wie ich mich an schönen Dingen freue! Und wie gern gehe ich noch immer in Museen und Galerien. Verdammt!« Er nahm die Brille ab und wischte sich mit Daumen und Zeigefinger über den Nasenrücken. Er wirkte erschöpft und aufgewühlt zugleich.

Ich stand auf und räumte den Tisch ab. Dann holte ich die *Tarte Tatin* herein und schnitt Harry ein großes Stück ab, über das er sich sofort genüßlich hermachte.

»Mein Lieblingsgebäck! Bist ein braves Mädchen!«

Ich zündete mir eine Zigarette an und lehnte mich zurück.

»Sie hat also gekriegt, was sie wollte«, sagte ich. »Schön, wenn einem das gelingt.«

»Ach, eigentlich hatte sie doch ein tragisches Schicksal.«

»Wie bitte? Also für mich klingt das nach einem ganz tollen Leben!«

»Aber diese schreckliche Geschichte mit ihrer Tochter.«

»Was ist mit ihrer Tochter?«

»Heißt das, du weißt auch davon nichts? Also ich dachte, davon hätte nun wirklich jeder gehört. Die Tochter hieß übrigens Cassandra – was sagst du dazu? Nur die Reichen bilden sich ein, sie könnten ihren Kindern Namen geben wie Cordelia, Elektra und Cassandra, ohne daß das Folgen hätte. Sie halten sich eben rundum für Ausnahmemenschen.«

»Aber was ist denn nun mit dieser Tochter?« drängte ich.

»Erstens einmal ist sie tot.«

»Wirklich? Mein Gott, wie ist denn das passiert?«

»Ich begreife nicht, daß du nie davon gehört hast«, sagte Harry. Es klang hoch erfreut, und er sah auch gleich wieder munterer aus. Klatsch hatte anscheinend eine unfehlbar belebende Wirkung auf ihn.

»Cassandra Griffin wurde vor über fünfzehn Jahren von einem unbekannten Eindringling in ihrem Zimmer erstochen.«

»Nein!« Fast hätte es mir den Atem verschlagen.

»Man weiß bis heute nicht, wer es getan hat«, fuhr Harry fort. »Der Fall ist nie aufgeklärt worden.«

»Mein Gott, wie schrecklich!«

»*Schrecklich* ist gar kein Ausdruck. Der Mord geschah in The Haven. Ein Wunder, daß Frances Griffin weiter dort leben kann. Ich glaube nicht, daß ich in einem Haus wohnen bleiben könnte, in dem mein Kind erstochen wurde. Wie steht's mit dir?« fragte Harry. Es sollte scherzhaft klingen, was aber nicht ganz gelang.

»Gott, jeder lebt sein Leben ...«

»Eine Zeitlang war es ein Riesenskandal, aber dann geriet der Fall aus irgendeinem Grund ziemlich rasch in Vergessenheit, und man hörte nie wieder davon. Ich nehme an, aus Rücksicht auf die Familie hat man ihn niedergeschlagen.«

»Und wie lange, sagst du, ist das her?«

»Fünfzehn, sechzehn Jahre. Holt Griffin war damals noch bei den Vereinten Nationen. UN-Botschafter oder irgend so was. Ich wundere mich wirklich, daß du nie davon gehört hast. Der Fall hat ganz schön Staub aufgewirbelt. Wahrscheinlich warst du einfach noch zu jung, damals.«

»Ich lief zu der Zeit mit ziemlichen Scheuklappen durch die Welt«, sagte ich, in Gedanken die Vergangenheit Revue passieren lassend. »Wie alt war sie – die Tochter, meine ich?«

»So Mitte Zwanzig«, antwortete Harry.

»Demnach wäre sie jetzt in meinem Alter. Etwas älter vielleicht.«

»Hmmm.«

»Mein Gott, was für ein Alptraum! Und du sagst, der Fall wurde nie aufgeklärt? Das kommt mir aber sonderbar vor.«

»Ja, nicht wahr? Bestimmt gab's haufenweise Indizien, die nie an die Öffentlichkeit gelangt sind.«

Ich sah, wie Harry nach der *Tarte Tatin* schielte.

»Noch ein Stück für dich?«

»Aber nur ein hauchdünnes, danke.«

Ich schnitt ihm ein zweites großes Stück ab. Diesmal ging er langsam und bedächtig zu Werk, trug erst die Apfeldecke ab und sparte sich die Karamelschicht auf, um sie zum Schluß – mit den Fingern – zu essen.

»Köstlich! Schon dieser Teig: schmeckt wie Plätzchen«, schwärmte er. »Ich komme immer erst bei der zweiten Probe richtig auf den Geschmack.«

»Wie kann man so was je verwinden? Es ist schon furchtbar, ein Kind durch Krankheit zu verlieren oder durch einen Unfall, aber Mord ... Sie war die einzige Tochter?«

»Das einzige Kind.«

»Mrs. Griffin möchte, daß ich den Saal ausmale, den sie für den ersten Ball ihrer Tochter bauen ließ. Ach, und stell dir vor, sie hat gesagt, ich würde sie an ihre Tochter erinnern.«

»Wirklich, ja?« Das schien Harry zu interessieren. »Ich glaube, die Tochter war ein ziemlicher Wildfang. So jedenfalls hieß es damals. Nach einer recht turbulenten Teenagerzeit heiratete sie schließlich irgend so einen Gigolo.«

»Trotzdem hat sie gesagt, daß ich sie an ihre Tochter erinnere.«

»Vielleicht siehst du ihr ja ähnlich.«

»Armes Ding.« Ich zuckte mit den Schultern.

»Nun krieg mir heute abend bitte keinen Moralischen, Faith.« Harry tätschelte mir die Hand. »Tja, Geld macht wohl doch nicht immer glücklich, wie?«

Ich stellte mir die Frances Griffin vor, die heute nachmittag in meinem Atelier gesessen hatte.

»Weißt du, es ist wirklich komisch«, sagte ich, »aber nicht in einer Million Jahren hätte ich die Frau, die heute bei mir war, mit der in Einklang gebracht, die du beschreibst. Deine Geschichte wirft ein ganz neues Licht auf die Sache. Du hast mich richtig neugierig gemacht. Was, glaubst du, will sie wirklich von mir?«

»Um das herauszufinden, brauchst du bloß nach The Haven zu fahren.«

Harry sah mich durchdringend an.

»Sei nicht töricht, Faith. Wenn sie dich haben will, dann mußt du einfach für sie arbeiten. Das ist geradeso wie der Auftrag von einem Königshaus. Nein, noch besser, weil sie mehr von der Materie versteht. Das ist die ganz große Chance, kapierst du das denn nicht? Ihr Name zählt! Wenn du erst einmal für sie gearbeitet hast, kannst du deine Honorare selbst bestimmen.«

»Das tue ich jetzt schon«, entgegnete ich stolz.

»Ja, aber in Zukunft wirst du von der Touristenklasse auf die Concorde umsteigen können!«

Brush sprang auf den Eßtisch und schlug die Krallen in Harrys Ärmel. Harry streichelte seinen Katzenbuckel. Ich versuchte, den Kater wegzuscheuchen.

»Laß ihn ruhig«, sagte Harry. »Er ist ja bloß ein bißchen liebebedürftig, nicht wahr, Brushie?«

»Wie alt ist eigentlich dein Mr. Spencer inzwischen?«

»So ungefähr hundertzwölf. Er ist zahnlos, herzlos und nutzlos, aber ich liebe den kleinen Racker über alles. Nächstes Mal mußt du zu uns zum Essen kommen. Er würde sich schrecklich freuen.«

Ein Essen in Harrys Wohnung war immer unvorstellbar chaotisch. Zu jedem Gang gab es mindestens drei verschiedene Soßen, die Harry vor lauter Begeisterung oft durcheinanderbrachte. So erinnere ich mich, daß wir einmal eine ansonsten köstliche Lammkeule mit Sauce caramel aßen, die er mit der Bratensoße verwechselt hatte.

»Über deine anderen Arbeiten würde ich mir an deiner Stelle keine Sorgen machen«, sagte Harry. »Du wirst haufenweise Aufträge kriegen, wenn du erst mal für die Griffin gearbeitet hast.«

»Aber will ich mich wirklich monatelang in ein und demselben Haus einsperren lassen?«

»Es dreht sich ja nicht gerade um eine Bruchbude, Liebes. The Haven gehört zu den schönsten Landsitzen der Welt. Und du wirst es noch glanzvoller machen. Im übrigen glaube ich, ehrlich gesagt, daß du einen Tapetenwechsel vertragen könntest, Faith. Du hast dich viel zu sehr abgekapselt. Als ob du's aufgesteckt hättest. Ich hab's erst aufgesteckt, als ich schon viel, viel älter war als du.«

»Hast du's denn wirklich aufgesteckt, Harry?«

»Ach, du weißt ja ...«

Als er sich schwerfällig zurücklehnte und eine Zigarette in die schwarze Lackspitze schob, hatte ich fast Angst, daß der zierliche Regency-Stuhl unter seinem Gewicht zusammenbrechen würde. Er griff nach dem silbernen Feuerzeug in Gestalt eines Affen, das er mir vor ein paar Jahren zum Geburtstag geschenkt hatte. Harry schnippte am Schwanz. Eine züngelnde Flamme schoß heraus. Er zündete sich die Zigarette an.

»Darf ein asthmatischer alter Herr dir seinen weisen Rat antragen?« Er legte den Kopf zurück und blies ein zartes Rauchwölkchen in die Luft. Ich nickte.

»Mir hat es im Leben nur leid getan um die Bilder, die ich nicht gekauft, die Reisen, die ich nicht gemacht, und die Menschen, die ich nicht geliebt habe. Mit anderen Worten, ich habe stets nur dem nachgetrauert, was ich unterlassen – nie dem, was ich getan habe«, sagte er mit Nachdruck. »Das einzige, was man im Leben wirklich bereut, sind die eigenen Versäumnisse.«

Ich dachte ernsthaft über diese These nach. Ob sie auch auf mich zutraf? Je länger ich mein Leben betrachtete, desto grauer, ja farbloser wurde die Leinwand. Vor langer Zeit hatte es einmal einen plötzlichen Farbenrausch gegeben – dominiert von leuchtendem Rot, Symbol meiner einzigen großen Liebesaffäre –, aber selbst das war im Lauf der Zeit zu einem wäßrigen Rosa verblaßt. Hat es, so fragte ich mich jetzt, Augenblicke gegeben, da ich Dinge hätte tun sollen, die ungetan blieben, da ich Menschen hätte lieben sollen und es nicht getan hatte?

Ich hatte immer ganz genau gewußt, wo es langging. Die

Frage, ob ich den falschen Weg gewählt hätte oder wenigstens noch einen anderen in Betracht ziehen solle, hatte sich nur sehr selten gestellt. Bis auf die Zeit meiner großen Liebe hatte ich immer mit beiden Beinen fest auf der Erde gestanden. Unbelastet von Zweifeln war ich stets geradeaus marschiert. Geradewegs auf mein Grab zu, dachte ich jetzt.

»Es ist alles so schnell vorbei, Faith«, sagte Harry. »Viel schneller, als man sich das in deinem Alter vorstellen kann. Plötzlich spürt man, wie die ganze Chose knirschend zum Stehen kommt; und dann schaut man zurück und denkt: War das nun mein Leben oder das eines anderen? Man kann es einfach nicht fassen. Es kommt einem alles vor wie ein Traum. Vermutlich reden alte Menschen deshalb soviel von früher, weil sie rauskriegen wollen, was eigentlich an ihnen vorbeigegangen ist. Und was war es? Das LEBEN.«

Harrys hämische Lache mündete unversehens in einen trokkenen, stoßweisen Husten. Ich überredete ihn, einen Schluck Wasser zu trinken, was auch half. Dann versanken wir beide in nachdenkliches Schweigen, wobei jeder blicklos vor sich hinstarrte. Harry räusperte sich ein-, zweimal.

»Faith, Liebes, ich muß jetzt gehen«, sagte er endlich müde, während er sich aus dem Stuhl hochwuchtete. »Danke fürs Essen. War köstlich.«

»Nimm den Rest von der *Tarte Tatin* mit heim. Ich krieg sie ja doch nicht auf.«

»Nein, Liebes, ich bin auf Diät.« Er sah nach der Uhr. »Ach, du meine Güte, so spät ist es schon! Mr. Spencer wird höchst ungehalten sein über mich. Und bestimmt hat er inzwischen die ganze Wohnung vollgepinkelt.«

Ich brachte Harry zur Tür. Bei der geringsten körperlichen Bewegung geriet er in letzter Zeit außer Puste.

»Es wird dir doch gleich wieder bessergehen, Harry, oder?«

»Will's nicht hoffen. Ich werde zu alt. Zeit fürs letzte Gebot.«

Ich küßte ihn auf die Wange.

»Du weißt doch, Faith, Liebes, seit wir uns kennen, habe ich dir immer wieder versichert, daß du zu Großem berufen bist. Das ist jetzt der Anfang.«

»Gute Nacht, lieber Freund.«

»Nimm den Auftrag an!« Harry ergriff meine beiden Hände. »Versprichst du's mir?«

»Also gut. Ich versprech's.«

2

Am nächsten Tag fuhr ich hinaus nach The Haven. Es lag an der Nordküste von Long Island, dort wo von der Jahrhundertwende bis zum Zweiten Weltkrieg die großen Villen entstanden waren. Die meisten dieser imposanten, weitläufigen Anwesen waren inzwischen längst aufgeteilt oder von Highways zerschnitten, waren den Zeitläufen, Unterhaltsschwierigkeiten oder dem Fortschritt zum Opfer gefallen. Doch einige wenige hatten standgehalten und überblickten nun mißbilligend wie strenge Matronen die trostlose Szenerie des ausgehenden zwanzigsten Jahrhunderts mit ihren Tankstellen, Imbißketten und Ladenstraßen.

Das Haus selbst konnte man von der Straße nicht sehen. Auf der Suche nach der Einfahrt kurvte ich um das ganze Anwesen herum. Den riesigen Besitz säumte eine halbzerfallene Steinmauer, an der Weinlaub rankte und die von stattlichen alten Bäumen überschattet war. Es war ein schönes, europäisch anmutendes Gemäuer, wie man es beispielsweise in Frankreich, in der Gegend der Loire-Schlösser, findet. Unkraut schlängelte sich über den Sockel, und aus den Ritzen quoll das Moos. Allein, diese verwitterte Mauer wirkte seltsam künstlich, so als habe nicht der Zahn der Zeit, sondern planmäßiger Vorsatz den Verfall herbeigeführt; zumal Schäden und Mängel in ästhetisch gefälligen Abständen auftraten. Ich kam zu dem Schluß, daß dies keine gewöhnliche Mauer sei, sondern ein Stück Ruinenarchitektur, deren romantischem Touch man durch absichtliche Schlamperei gekonnt nachgeholfen hatte.

Endlich hatte ich den Zugang gefunden. Er war bescheiden,

lediglich eine Öffnung in der Mauer, flankiert von zwei steinernen Säulen, in deren eine mit dezenten Blockbuchstaben THE HAVEN eingemeißelt stand. Ich bog in die weißbekieste Auffahrt ein, die sich erst durch dichtbewaldetes Gelände schlängelte und endlich auf eine riesige Lichtung mündete. Als unvermittelt die Sonne durch die Wolken brach, blitzten die Rasenflächen, die sich zu beiden Seiten der Auffahrt erstreckten, smaragdgrün. Bald ging die englische Rasenlandschaft in architektonische Gartenkultur über, geprägt von leuchtend bunten Blumenrabatten und phantasievoll gestutztem Baumwerk.

Eine letzte Biegung, und vor mir, im Widerschein der Nachmittagssonne, erhob sich das Haupthaus. Ich parkte auf einem kleinen kopfsteingepflasterten Hof und stieg aus. Es war merklich kühler geworden, einer dieser frischen, windigen Frühlingstage, bei denen ich immer an den Herbst denken muß. Die Baumkronen duckten sich unter kurzen, heftigen Böen. Es duftete schwach nach Flieder.

Im Näherkommen enthüllte sich mir die architektonische Schönheit des Hauses. Im Stil eines südfranzösischen Schlosses aus hellen Tuffsteinquadern errichtet, gehörte The Haven zu den wohlproportioniertesten Bauten, die ich je gesehen hatte. Bei aller Weitläufigkeit bestach es eher durch Details als durch seine Größe. Kurz, es war ein Juwel von einem Haus, der würdige Rahmen für die berühmte alte Dame, die sich hierher zurückgezogen hatte.

Eben wollte ich den Türklopfer in Gestalt eines bronzenen Löwenkopfes betätigen, da wurde die Tür schon von innen geöffnet und ein weißhaariger Mann im schwarzen Butlerfrack trat aus dem Halbdunkel.

»Miss Crowell?« fragte er.

»Ja.«

»Mrs. Griffin erwartet Sie. Wenn Sie mir bitte folgen wollen?«

Als ich aus dem hellen Sonnenlicht in die kühle, dunkle

Halle trat, mußte ich erst ein paarmal blinzeln, um meine Augen an den plötzlichen Lichtwechsel zu gewöhnen.

Von der Decke funkelte ein ganzer Kranz von Lichtern an einem emaillierten Kronleuchter in Form einer Montgolfiere. Zu meinen Füßen erblickte ich ein Schachbrett aus schwarzweißem Marmor. Da der Marmor alt und glatt, die Fliesen klein und ungleichmäßig waren, nahm ich an, der Estrich sei aus einem alten französischen Schloß importiert worden. Die Wände waren in sanftem Taubenblau lasiert. Ein Canaletto, eine seiner entzückenden Venedig-Impressionen, hing über einer kostbaren Rokokokommode. Ob das die Riesener-Kommode war, die Harry Mrs. Griffin verkauft hatte?

Der Butler führte mich an einer kleinen, erlesenen Galerie heiterer ländlicher Genreszenen entlang, die dezent angestrahlt waren. Unsere Schritte hallten in dem hohen Raum wider. Er brachte mich in eine von Rottönen dominierte Bibliothek, die nach dem Park zu lag, und erkundigte sich, ob ich eine Erfrischung wünschte. Ich lehnte dankend ab. Er sagte noch, Mrs. Griffin würde gleich herunterkommen, und zog sich dann zurück.

Ich setzte mich auf ein Sofa und blickte mich um. Über dem Kamin hing ein Delacroix; ein Maurenjüngling, der einen schwarzen Hengst am Zügel führte. Auf einem Beistelltisch aus Mahagoni war eine herrliche Sammlung von Bronzepferden aufgebaut. An der einzigen nicht von Bücherschränken gesäumten Wand stand ein Glasschaukasten mit ausgebleichten Siegesschleifen; rings um die Vitrine hing eine kunstvoll drapierte Kollektion von Reitgerten und Jagdpeitschen. Im Kamin waren Scheite und Papier zum Anzünden hergerichtet. Es roch schwach nach Holzfeuer. Bunte Gartenblumensträuße waren zwanglos in silbernen Siegespokalen arrangiert. Auf einem Butlertisch in einer Ecke war eine kleine, aber gut bestückte Bar aufgebaut. Reit- und andere Sportzeitschriften waren übersichtlich auf einem Couchtisch ausgelegt. Es war ein

Raum, in dem die Zwillingsthemen Geld und Luxus eine unaufdringlich leise Hintergrundmusik anstimmten, ein Raum, in dem man verweilen mußte, um seine Annehmlichkeiten gebührend würdigen zu können.

Voll Bewunderung für das Understatement, mit dem wirklich großer Reichtum einhergeht, wollte ich mich eben der friedlichen Stille hingeben, als mein Blick auf das einzige Foto im Zimmer fiel, das Schwarzweißporträt einer jungen Frau in weißem Satinkleid. Sie war weder schön noch häßlich, schwankte vielmehr auf Messers Schneide dazwischen. Ihre Züge hatten etwas Verkrampftes, als ob der Fotograf sie mehr als einmal aufgefordert hätte zu lächeln. Einiges an ihr erinnerte mich an mich selbst: das auffallend schmale Gesicht, die mandelförmigen Augen, die Unbeholfenheit – oder vielleicht war es auch Scheu –, die sich in ihrer Haltung widerspiegelte. Manches an ihr war überaus anziehend, besonders der anmutige Schwanenhals und die Schulterpartie, die das tiefe, runde Dekolleté, wunderschön zur Geltung brachte. Ihr Haar war im Nacken zu einem eleganten Knoten geschlungen, und sie trug ein Halsband aus Perlen und Brillanten. Ich hatte das Gefühl, ihr Gesicht würde, genau wie meins, in der Bewegung, wenn Charakter und Intelligenz ins Spiel kamen, hübscher sein. Aber auch so war das Foto, alles in allem, ganz reizend, schon wegen der sanft-romantischen Aura vergangener Tage.

Es war ein beklemmender Gedanke, daß diese junge Frau, so naiv und unverdorben in ihrem weißen Kleid, so privilegiert und scheinbar immun gegen die Brutalität der Welt, längst tot und begraben war, Opfer eines grauenhaften Mordes. Plötzlich hatte ich eine Vision, als ob Blut über das Bild spritzte. Rasch wandte ich mich ab.

Ich stand auf, um mir die sorgfältig in messingbeschlagenen Bücherschränken verwahrte Bibliothek anzusehen. Bei näherer Betrachtung erinnerten die alten, ledergebundenen Werke, meist mehrbändige Ausgaben, die aber jeden thematischen

Zusammenhang vermissen ließen, allerdings arg an die Art Bücher, die man meterweise und mehr des Einbands als des Inhalts wegen kauft. Ich wollte eben eins aus dem Regal nehmen, als ein kleiner Hund mit hervorquellenden Augen und zottigem weißen Fell hereingesaust kam, mir um die Beine tanzte und mit seinen winzigen Pfoten an den Knöcheln kratzte.

»Platz, Pom-Pom! Platz, sag ich!« befahl eine Stimme von der Tür her.

Ich blickte auf. Mrs. Griffin stand in der Tür; sie trug ein schlichtes, cremefarbenes Seidenkleid. Das Hündchen sprang weiter um mich herum, ohne sich von ihrem Kommandoton auch nur im geringsten beeindrucken zu lassen.

»Pom-Pom! Platz, aber augenblicklich!«

»Schon gut. Ich mag Tiere«, sagte ich und bückte mich, um dem kleinen Kerl den Kopf zu kraulen, der freilich unter dem langhaarigen weißen Fell kaum zu erkennen war.

»Ich entschuldige mich für Pom-Pom«, sagte Mrs. Griffin. »Er ist noch ganz jung und einfach unbelehrbar – vermutlich meine Schuld. Ich hab nun mal keine Hand dafür, Viecher abzurichten.«

»Wahrscheinlich riecht er meine Katze«, erwiderte ich. »Na, riechst du meine Katze, du kleiner Bursche, hm?«

Als Mrs. Griffin näher kam, richtete ich mich auf. Wir gaben uns die Hand.

»Aber meine Liebe, Ihre Hände sind ja ganz kalt!« rief sie aus.

»Kalte Hände, warmes Herz, wie das Sprichwort sagt«, versetzte ich leichthin.

»Manchmal ist man andersherum besser dran«, antwortete sie mit einem leisen Lächeln.

Wenigstens hat sie Humor, dachte ich.

»Sie haben also eine Katze«, fuhr sie fort. »Eigentlich sind mir Katzen auch lieber. Sind entschieden ruhiger als Hunde. Und viel schöner anzusehen, finden Sie nicht auch? Schon wie sie sich bewegen! So geschmeidig und dabei so unnahbar. Aber dummerweise bin ich allergisch gegen Katzen.«

Mrs. Griffin setzte sich und forderte auch mich mit einer Handbewegung dazu auf.

»Komm her, du Plagegeist.« Damit hob sie das weiche weiße Knäuel vom Boden auf und plazierte es neben sich auf dem Sofa.

»Was ist er denn für eine Rasse?«

»Pom-Pom ist ein Pommerscher Spitz. Das hat mich auf den Namen gebracht. Nicht gerade originell, ich weiß. Na ja, es heißt, Hunde seien gute Gesellschafter, und so probiere ich's eben mal aus. Und Ihre Katze heißt wie?«

»Brush.«

»Brush«, wiederholte sie. »Was für ein hübscher, passender Name. Und hat sie auch einen richtig schön buschigen Schwanz?«

»Er, Brush ist ein Kater, und mit *nomen est omen* ist es leider nicht weit her bei ihm. Er ist bloß ein alter Streuner. Ich fand ihn eines schönen Tages draußen auf der Straße vor meinem Atelier, und da habe ich ihn mit heim genommen.«

»Ist es nicht schrecklich, so ein streunendes Tier durch die Straßen irren zu sehen? Ich finde das noch trauriger als den Anblick von Obdachlosen.« Sie seufzte.

»Also da bin ich mir nicht so sicher, aber Tiere wirken eben so klein und hilflos. Brush war noch ein ganz junges Kätzchen, als ich ihn damals fand. Vor lauter Hunger hat er geschrien wie ein Baby.«

»Oh, bitte!« Sie hob abwehrend die Hände. »Ich kann's gar nicht ertragen, Ihnen zuzuhören. Je älter ich werde, desto weniger ertrage ich traurige Geschichten. Die Ironie dabei ist natürlich, daß man mit zunehmendem Alter immer mehr traurige Geschichten zu hören bekommt.«

Sie blickte verstohlen nach der Fotografie auf dem Tisch.

»Meine Tochter war ganz vernarrt in Katzen.«

»Ist das Ihre Tochter?« fragte ich, obwohl ich die Antwort bereits kannte.

»Ja. Cassandra. Cassa, wie wir sie nannten. Ich sagte Ihnen ja schon, daß Sie mich an sie erinnern. Jetzt sehen Sie selbst, daß eine ziemliche Ähnlichkeit besteht.«

Sie nahm das Foto in die Hand und sah es, während sie weitersprach, unverwandt an.

»Die Aufnahme wurde extra für ihren ersten Ball gemacht. In Wirklichkeit war sie viel hübscher, auch wenn sie sich nicht die geringste Mühe mit ihrem Aussehen gab. Und sie haßte es, fotografiert zu werden. Das sieht man dem Bild an, nicht wahr? Sie wurde nicht müde, mir zu erzählen, daß die Aborigines glauben, man beraube sie ihrer Seele, wenn man sie fotografiert. Wenn man bedenkt, wo die moderne Welt hingeraten ist, haben sie vielleicht gar nicht mal so unrecht.«

Sie stellte die Fotografie auf den Tisch zurück.

Ich wußte nicht, ob ich ihr verraten sollte, daß Cassandras tragisches Schicksal mir inzwischen bekannt war. Ob Mrs. Griffin womöglich davon ausging, daß ich, wie jeder andere, über den furchtbaren Tod ihrer Tochter Bescheid wußte? Da ich aber erst gestern durch Harry davon erfahren hatte, war es mir irgendwie peinlich, darüber zu sprechen. Es brauchte sehr viel Fingerspitzengefühl, um mit Menschen wie Mrs. Griffin, die einerseits im Rampenlicht standen, andererseits aber sehr zurückgezogen lebten, richtig umzugehen. Ich wollte nicht, daß sie mich für eine Schnüfflerin hielt, und ich hatte Angst, alte Wunden aufzureißen oder sie womöglich zu kränken. Schließlich hielt ich es für das beste, das Thema zu wechseln.

»Das ist ein wunderschöner Raum«, sagte ich.

Das Ambiente war in der Regel ein dankbarer Gesprächsstoff bei reichen Leuten, aber sie schien von meiner Bemerkung überrascht.

»Ach ja?« fragte sie mit leicht verstörter Miene. »Ich bin schon eine Ewigkeit nicht mehr hier drin gewesen, und wenn

Sie mich fragen, wirkt alles ein bißchen vernachlässigt. Ich sollt's renovieren lassen.«

»Wer hat denn all die Siegesschleifen gewonnen?«

»Oh, Cassa. Sie war eine passionierte Reiterin. Aber dann hat sie's plötzlich aufgegeben. Gott, riecht das hier moderig. Was haben wir denn für Wetter heute? Ich bin noch gar nicht draußen gewesen.«

»Es ist ein schöner Tag. Nur ein bißchen kühl. Man könnte meinen, es wäre Herbst.«

»Ich sollte mehr an die Luft.« Sie sagte das, als ob der Gedanke sie bedrücken würde. »Aber ich gehe nun mal nicht mehr gern ins Freie. Ich muß mich regelrecht dazu zwingen. Das ist so, wenn man älter wird: Bestimmte Dinge tut man nur noch gezwungenermaßen. Wollen wir einen kleinen Rundgang machen?«

Sie erhob sich, und Pom-Pom sprang vom Sofa herunter.

»Ich denke jedesmal, er bricht sich den Hals, wenn er das tut. Wenn du hier drinnen irgendwo Pipi machst, geb ich dich weg«, sagte Mrs. Griffin und drohte dem Hündchen mit dem Finger.

Ich folgte ihr aus der Bibliothek. Pom-Pom, der hinter uns dreintollte, rutschte wie ein Schlittschuh über die Marmorfliesen. Wir gingen durch die Halle auf eine hohe, gläserne Flügeltür zu. Mrs. Griffin drückte die längliche Bronzeklinke nieder, die Flügel öffneten sich majestätisch, und sie trat ein. Ich folgte ihr.

»Der Salon«, erklärte sie und knipste mehrere Schalter an, die sich hinter einer Wandtäfelung gleich neben dem Eingang verbargen.

Es war, als ob plötzlich die Scheinwerfer auf einer Bühne aufgeflammt wären. Ich stand in einem lichtdurchfluteten, farbenprächtigen Raum, der, trotz einer Fülle von Kostbarkeiten und Antiquitäten, intim und anheimelnd wirkte. Drei Paar Glastüren führten hinaus auf ein von einer Glyzinienhecke geschütztes Gärtchen. Zartgelbe Seidenvorhänge bauschten sich in der leichten Brise. Und wieder der Fliederduft, diesmal stärker als vorhin. Ein hinreißendes Ambiente.

Angesichts so vieler herrlicher Kunstgegenstände, Gemälde und Möbelstücke wußte ich kaum, was ich mir zuerst anschauen sollte. Mrs. Griffin ließ mich ein Weilchen herumstöbern, bis ich mich in ein kleines Schreibpult vergaffte, verziert mit Einlegearbeiten aus geblümtem Porzellan, das ganz versteckt in einer Ecke stand.

»Gefällt es Ihnen?« fragte sie. »Das hat einmal Marie Antoinette gehört.«

»Ein außergewöhnlich schönes Stück. Und wie kunstvoll gearbeitet!«

Ich strich mit der Hand über die zierlichen Ormulu-Beschläge und die verschnörkelten Intarsien, voll staunender Bewunderung für Stil und Ausführung.

»Ja, es ist recht hübsch, nicht? Ich muß sagen, an wirklicher Qualität sieht man sich nie über. Da ist übrigens noch eine kleine Überraschung für Sie – hier.«

Mrs. Griffin drückte mit der Fingerkuppe auf eins der Mosaikplättchen, und ein Geheimfach sprang aus dem Furnier.

»Oh! Wie raffiniert«, rief ich.

»Das sind zwei von Marie Antoinettes Briefen«, sagte Mrs. Griffin und reichte mir ein schmales, mit rotem Seidenband zusammengehaltenes Päckchen. »Die kamen zum Vorschein, als wir das Geheimfach entdeckten. Kein Mensch ahnte, daß sie da drin lagen. Leider sind sie nicht sonderlich interessant. Einer ist an ihre Schneiderin Rose Bertin gerichtet. Und der andere ist bloß eine flüchtige Notiz an einen Freund. Ein Jammer, daß in der Revolution soviel vernichtet wurde.«

Behutsam wog ich das Päckchen in der Hand und versuchte mir vorzustellen, wie die unglückliche Königin an diesem erlesenen Möbel gesessen und frivole Nichtigkeiten aufs Papier geworfen hatte. Es fiel schwer, sich ein solches Kleinod als Bestandteil des täglichen Lebens vorzustellen, bei Marie Antoinette wie bei Frances Griffin. Dabei hatte ich mich mittlerweile an den flüchtigen Kontakt mit der großen Geschichte gewöhnt. Das war eine der Annehmlichkeiten, die so nebenher abfallen, wenn man für reiche Leute mit Geschmack arbeitet. Trotzdem verlor die Faszination besonders schöner Antiquitäten und Bilder, nebst ihrer Beziehung zu historischen Persönlichkeiten und Ereignissen, nie ihren Reiz für mich.

Als ich Mrs. Griffin das Päckchen Briefe zurückgab, fiel mein Blick zufällig auf ein merkwürdiges kleines Bild, das direkt hinter ihr hing. Es war ein prosaisches kleines Stilleben ohne besonderen künstlerischen Wert, unverkennbar eine zeitgenössische Arbeit, die zwischen all den Meisterwerken geradezu lächerlich deplaziert wirkte. Mrs. Griffin sah, daß die kleine Studie meine Aufmerksamkeit erregt hatte.

»Das hat Cassa gemalt«, sagte sie.

Sie legte die Briefe zurück und schloß das Geheimfach.

»Sehr hübsch«, murmelte ich verlegen.

»Nein, eigentlich nicht, aber für eine Zehnjährige nicht zu verachten.«

»Wirklich?« Ich betrachtete das Bild mit neu erwachtem Interesse. »Sie war erst zehn, als sie das gemalt hat?«

»Zehn oder elf. Holt und ich waren sehr beeindruckt, damals. Aber Cassa hatte ja so viele Talente. Zu viele. Leider nahm sie ihre Begabung als etwas ganz Selbstverständliches hin. Es ist besser, wenn der Mensch um seinen Erfolg kämpfen muß. Er weiß ihn dann mehr zu schätzen.«

Ich folgte Mrs. Griffin aus dem Salon, und wir setzten unseren Rundgang fort. Sie zeigte mir sämtliche Zimmer. Jedes einzelne war nach einem individuellen Motto gestaltet: das indische und das chinesische Zimmer, das Chippendalezimmer, das Glasglocken- und das blaue Zimmer, das Gobelin-, das Rosenzimmer und so weiter und so fort. Es schien Mrs. Griffin Spaß zu machen, mir den Ursprung eines jeden zu erklären und was sie zu seiner Schöpfung angeregt hatte – ob es ein besonders schönes Möbelstück gewesen war, das sie auf ihren Reisen entdeckt hatte, oder ein Gemälde oder auch nur ein Gefühl, das der Raum selbst in ihr wachgerufen hatte. Sie schilderte mir, wie sie in manchen Zimmern stundenlang ganz für sich allein gesessen habe, bis ihr ein Einfall kam.

»Ich habe ein starkes Gespür für den Raum«, sagte sie. »Ich weiß, wann ein Zimmer richtig eingeteilt ist und wann nicht. Räume sind genau wie Menschen, haben ihre Schrullen und ihre eigene Persönlichkeit. Was ich nicht ausstehen kann, ist ein Raum, dem es an Proportion fehlt; das gilt übrigens für Menschen genauso. Mangelhafte Proportionen zerren ebenso an meinen Nerven, wie wenn jemand mit den Fingernägeln über eine Tafel kratzt.«

Die Anekdote mit dem Kamin fiel mir ein.

Am Ende unseres Rundgangs hatte ich völlig die Orientierung verloren. Das Haus, das von außen so klassisch gegliedert wirkte, war in Wirklichkeit ein Labyrinth von Korridoren und Gemächern. Für sich war jeder Raum vollkommen, aber es gab keine zwei, die miteinander in Beziehung gestanden hätten. Alle unterschieden sich nach Größe und Form, jeder einzelne war architektonisch der Epoche oder dem Motiv angepaßt, die er repräsentierte. Es war, als ob Mrs. Griffin, da sie sich nicht entscheiden konnte, welcher Stil ihr am meisten zusagte, beschlossen hätte, alles auszuprobieren. Auf die Weise konnte sie das Ambiente ebenso mühelos wechseln wie die Kleider.

»Ich wünschte mir ein Haus für meine Reiseerinnerungen und Wachträume«, sagte Frances Griffin, während sie den Tee einschenkte, der im Salon auf einem Silbertablett für uns bereitstand. »Einen Platz für die Pilgerfahrten meines Lebens. Und genau das ist dieses Haus, eine Truhe voll mit alten Kostümen – Theaterträumen. Ich gehe nicht sehr oft hinein. Aber ich bin froh, daß sie da sind. Sie erinnern mich an die Vergangenheit. An die *gute*.«

Sie betonte das letzte Wort so, als wolle sie damit andeuten, es habe auch eine böse Vergangenheit gegeben.

»Ja, ich kann mir denken, daß es schön ist, sich Räume als Souvenirs zu halten«, sagte ich, belustigt über die Extravaganz einer solchen Idee.

»Mein Mann und ich, wir haben zusammen die ganze Welt bereist«, fuhr sie fort. »Vor vielen Jahren, als wir jung verheiratet waren, habe ich einmal zu ihm gesagt, wir bräuchten einen Ort, an dem wir unser ganzes Leben um uns versammeln könnten. Dafür haben wir dieses Haus gebaut. Es zu füllen hat ein Leben lang gedauert. Jetzt ist es natürlich viel zu groß für mich. Ich sollte wirklich ausziehen. Aber es fällt schwer, sich von seinem ganzen Leben zu trennen.«

»Wo ist eigentlich der Ballsaal?« fragte ich.

»Oh, der liegt ganz separat, in einem kleinen Pavillon am anderen Ende des Parks. Ich werde Sie später hinführen. Lassen Sie uns erst in Ruhe unseren Tee trinken, ja? Und erzählen Sie mir ein bißchen von sich. Wo sind Sie aufgewachsen?«

»In New York City«, antwortete ich. »Da bin ich auch geboren.«

»Und was hat Ihr Vater gemacht?«

»Er hat sich in Luft aufgelöst«, sagte ich und lachte.

Mrs. Griffin fand das offenbar nicht witzig.

»Genaugenommen«, fuhr ich ernsthaft fort, »war er Arzt, aber ich habe ihn eigentlich nicht gekannt. Er und meine Mutter ließen sich scheiden, als ich noch ganz klein war.«

»Und Ihre Mutter – hatte sie einen Beruf?«

»Sie unterrichtete Musik an einer kleinen Privatschule«, sagte ich.

»Es muß schwer für sie gewesen sein, ein Kind ganz allein großzuziehen.«

»Ja, das glaube ich auch.«

»Sie sind Einzelkind?«

»Ja.«

»Wie meine Tochter.« Sie seufzte. »Einzelkinder haben es besonders schwer, finden Sie nicht?«

»Schwer ist das Leben so oder so.« Ich lächelte.

»Hatten Sie eine glückliche Kindheit?«

Auf die Frage war ich nicht gefaßt.

»Ich hab nie darüber nachgedacht«, antwortete ich wahrheitsgemäß.

»Und denken Sie jetzt darüber nach?« Sie sah mich forschend an.

Ich überlegte einen Augenblick. Was sie doch für merkwürdige Fragen stellte. Fast hätte man glauben können, daß sie auf etwas Bestimmtes aus war.

»Also, ehrlich gesagt glaube ich, daß man sich ab einem gewissen Alter mit seinem Leben arrangieren sollte. Ich denke, es kommt der Punkt, wo man beschließt, mit dem glücklich zu sein, was man hat.«

»Das klingt ja alles gut und schön«, sagte sie. »Aber wo bleiben Sehnsucht und unerfüllte Träume? Motten Sie die einfach ein?«

Sie starrte blicklos vor sich hin. Wir schwiegen eine ganze Weile.

»Dieser Tee ist vorzüglich.«

»Oh, schmeckt er Ihnen? Das freut mich aber«, sagte sie, gewaltsam ihren Trancezustand abschüttelnd. »Die Mischung wird eigens für mich in London zusammengestellt. Wollen wir uns jetzt den Ballsaal ansehen? Er liegt gleich gegenüber.«

»Dieses Haus kommt mir vor wie aus Tausendundeiner Nacht«, sagte ich, als wir durch den Park gingen. »Es hat offenbar immer neue Geschichten zu erzählen.«

Es war nur so eine Bemerkung, um meine Verlegenheit zu überbrücken, und Mrs. Griffin ging auch gar nicht darauf ein, sondern schritt weiter distanziert wie eine Fremdenführerin vor mir her.

»Früher gab es einen richtigen Laubengang bis hinüber zum

Pavillon«, sagte sie, den Verlauf mit den Händen andeutend. »Für Cassas großen Ball schmückte ich den Weg mit tausend Kerzen und dekorierte alle Bäume und Spaliere mit frischen Blumen, Bändern und Lampions. Ich wollte, daß es aussah wie ein Zauberwald, nein, wie ein Abbild der Jugend.«

Es dauerte nicht lange, und ich sah den Pavillon vor uns durch die Bäume schimmern. Es war ein wunderhübscher kleiner Bau, der anmutig inmitten einer erhöhten Lichtung thronte. Mit dem klassisch strengen Portikus, der hochgewölbten Kuppel und der eleganten Freitreppe hätte man ihn nachgerade für die Miniaturausgabe einer Palladio-Villa halten können. Moos quoll aus den Mauerritzen, ringsum wucherte dichtes Gestrüpp; offenbar hatte man den Pavillon verfallen lassen.

»Hier entlang«, sagte Mrs. Griffin und führte mich die Freitreppe hinauf.

Sie stieß die Flügeltüren auf, und wir traten über die Schwelle. Oben auf der ausladenden, anmutig geschwungenen Rundtreppe, die in den Saal hinunterführte, blieb ich einen Moment stehen, um den Schauplatz auf mich wirken zu lassen. Von hier oben sah ich, daß der ganze Bau nur aus diesem einen Raum bestand: ein weitläufiger Saal mit kreisrunder, marmorner Tanzfläche, gesäumt von einer niederen Balustrade, hinter der eine breite, erhöhte Galerie einlud zum Tafeln oder Flanieren und von wo man den Tänzern zuschauen konnte. Auch ein Podium für die Kapelle war da, und hohe Glastüren führten zum Garten hinaus. Es war ein riesiger Saal, dem es aber dank raffinierter Proportionen nicht an Atmosphäre mangelte.

Mrs. Griffin ließ mich allein herumspazieren, während sie mich vom Hauptportal aus beobachtete. Ich schritt den ganzen Saal ab, prüfte die Mauern, fuhr mit der Hand über die marmornen Säulen, die Treppenstufen und das Geländer vor der Galerie. Man hatte keine Kosten gescheut, weder an Material, noch an der handwerklichen Ausführung. Der schneeweiße

Marmor von Tanzfläche und Säulen stammte fast mit Sicherheit aus Carrara; ich jedenfalls kannte keinen zweiten Fundort für einen Stein mit so warmem, leuchtendem Schimmer.

»Na? Spricht der Raum zu Ihnen?« fragte sie nach einer Weile.

»Aber ja, er sprudelt nur so!« antwortete ich vergnügt.

»Und? Haben Sie schon eine Idee?«

»Hunderte! Jetzt muß es mir nur noch gelingen, sie auf *die* eine einzugrenzen.«

Sie nickte. »Ja, es ist wichtig, daß man seine Phantasiebilder konkretisiert. Geht es Ihnen nicht auch oft so, daß eine Vorstellung Sie umgaukelt wie eine Fata Morgana, aber wenn Sie sich ihr nähern wollen, um sie zu greifen, husch, verschwindet sie?«

»O doch, leider.«

»Ein Motiv oder eine Idee zu verwirklichen, indem man sie auf menschliches Maß bringt, darin liegt das ganze Geheimnis, nicht wahr?«

»Bitte? Ich verstehe nicht ganz.«

»Nun, unsere Liebessehnsucht zum Beispiel bleibt so lange abstrakt, bis wir einen Geliebten haben oder ein Kind bekommen. Von dem Moment an verknüpft sich unsere Vorstellung von der Liebe mit diesem Menschen, ja er wird uns zur Verkörperung der Liebe schlechthin.«

Ich versuchte gar nicht erst, darauf zu antworten, sondern hörte ihr einfach weiter zu.

»Die Lehre, die wir daraus ziehen können, heißt vermutlich: keine Halbheiten! Weder im Leben, noch in der Kunst, ja nicht einmal, wenn es um etwas so Banales geht wie die Ausstattung eines Raumes. Es gilt, die Verkörperung der eigenen Leidenschaften zu gestalten.«

Ich ertappte mich bei der Frage, was wohl aus dieser ungewöhnlichen Frau geworden wäre, wenn sie ihre Talente für etwas weniger Flüchtiges als Stil und Lebensart eingesetzt hätte.

»Haben Sie je daran gedacht, künstlerisch zu arbeiten?« fragte ich.

»Gott bewahre! Die Kunst überlasse ich den Starken.« Nach einer kleinen Pause setzte sie wehmütig hinzu: »Sie haben wirklich große Ähnlichkeit mit meiner Tochter.«

»So? Worin zum Beispiel?«

»Ach, es ist nicht so sehr Ihr Aussehen, auch wenn da, wie gesagt, eine gewisse Ähnlichkeit besteht. Es ist mehr die, nun ja, Ihre Ausstrahlung eben. Diese Begeisterungsfähigkeit. Ich kann Ihnen gar nicht sagen, wie sehr Sie mich an Cassa erinnern, so wie Sie jetzt dastehen.«

»Sie haben diesen Pavillon hier eigens für den ersten Ball Ihrer Tochter gebaut?«

»Ja, eigens dafür.«

»Allein für diesen einen Anlaß?«

»Na ja ... natürlich dachten wir, daß wir ihn auch später noch benutzen würden. Aber Sie wissen ja, wie das ist. Es kam nie dazu«, sagte sie traurig.

Mrs. Griffin musterte mich vom anderen Ende des Saales her. Vielleicht war es die räumliche Entfernung zwischen uns, die mir Mut gab. Sie wirkte nicht mehr ganz so ehrfurchtgebietend, wie sie da am Rand der geschwungenen Treppe stand, und ich dachte mir, jetzt sei der Moment, ihr einzugestehen, daß ich von der Tragödie wußte. Ich hatte das Gefühl, ich müsse ihr das sagen, einfach um es von der Seele zu haben. Also platzte ich, ohne lange zu überlegen, damit heraus.

»Ich habe gestern erfahren, daß Ihre Tochter tot ist«, sagte ich.

Ihre Züge verhärteten sich. »Das stimmt, ja.«

»Es tut mir schrecklich leid, Mrs. Griffin. Ich wollte Ihnen bestimmt nicht weh tun, ich ...«

Mit einer Handbewegung schnitt sie mir das Wort ab. »Sie brauchen sich nicht zu entschuldigen. Ich schlage vor, wir besprechen jetzt, was wir aus diesem Raum machen wollen. Ich darf doch davon ausgehen, daß Sie meinen Auftrag annehmen?«

»Ja, ich nehme an.«

»Sehr schön«, sagte sie mit Nachdruck. »Dann schlage ich vor, Trompe-l'œil, oder was meinen Sie?«

»Ja«, sagte ich zustimmend. »Trompe-l'œil bietet sich an.«

3

Nachdem ich mich für den Auftrag entschieden hatte, brachte ich meine anderen Arbeiten zum Abschluß und teilte meinen Kunden mit, daß ich bis auf weiteres in Urlaub sei. Zwei Wochen später fuhr ich nach The Haven, um einen Dekorationsplan für den Ballsaal zu entwerfen. Der Butler führte mich durch den Park hinüber zum Pavillon, den ich zu meiner Überraschung völlig verändert fand. Das Rankengestrüpp ringsum war entfernt worden, die Mauern von Gras und Moos befreit. Wie blankgeputzt glänzte der kleine Bau stolz in der hellen Frühlingssonne.

»Mein Gott, was ist denn hier passiert?« fragte ich den Butler im Näherkommen.

»Mrs. Griffin hat den Pavillon für Sie herrichten lassen, Miss«, sagte er.

»Wie aufmerksam von ihr!«

Er sperrte auf und fragte, ob er mir noch etwas bringen könne. Ich bat um einen Stuhl, einen kleinen Zeichentisch und um Kaffee, schwarz und sehr stark. Als er gegangen war, begann ich, mich auf den Raum einzustellen.

Während es draußen trotz der frühen Stunde schon sehr warm war, fand ich es hier drinnen angenehm kühl. Ich trat in die Mitte der runden Tanzfläche und drehte mich langsam im Kreis, wobei ich mir jede Wandpartie so lange einprägte, bis ich sie auch mit geschlossenen Augen vor mir sah. Ich muß immer erst Gefüge und Rhythmus eines Raumes erfühlen, bevor ich ein Konzept dafür entwerfen kann. Ich reiße ihn im Geiste ein und baue ihn aus dem Gedächtnis wieder auf, so lange, bis ich ihn auswendig kenne. Und obwohl ich nicht an Kulissen dieser Größenordnung gewöhnt war, wollte ich doch auch hier bei der bewährten Methode bleiben, mein Dekor dem Raum überzustülpen wie einen Handschuh; ihn aufzuwerten, ohne daß er nachher überladen wirkte.

Der Butler war bald mit allem Gewünschten zurück. Während er die Sachen zurechtstellte, sah ich ihn mir zum erstenmal genauer an. Er war mittelgroß, ein schlanker, älterer Mann mit schlaffen, ausdruckslosen Zügen und schütterem weißen Haar, das er sorgfältig über eine kahle Stelle am Oberkopf frisiert trug. In seiner adretten, schwarzweißen Livree sah er aus wie das druckfrische Reklamebild eines Butlers. Er schlug das Tischchen auf, rückte den Stuhl davor und schenkte den Kaffee ein, alles mit den flinken, ruhigen und sicheren Handgriffen des geschulten Dieners, der stolz ist, die Kunst des Servierens vollendet zu beherrschen. Ich bedankte mich und fragte ihn dabei gleich nach seinem Namen.

»Henry Deane, Miss – aber man ruft mich Deane«, setzte er so hastig hinzu, als hätte meine Frage ihn in Verlegenheit gebracht.

In Gedanken beschäftigte ich mich weiter mit Deane, als er längst gegangen war. Wie lange mochte er schon bei Mrs. Griffin sein, und was wußte er über den Mord? Hatte er Cassandra noch gekannt? War er hier gewesen, als das Verbrechen geschah? Ob ich je den Mut aufbringen würde, ihn danach zu fragen?

Ich setzte mich auf den von Deane gebrachten Stuhl und begann zu zeichnen. Meine ersten Skizzen waren grob hingeworfene, vereinfachte Raumwiedergaben, lediglich Gedächtnisstützen, mit deren Hilfe ich den architektonischen Aufbau würde nachvollziehen und gegebenenfalls Problemstellen für meine Arbeit vorwegnehmen können. Als ich damit fertig war, hielt ich mehrere Spontaneinfälle in Rohentwürfen fest, von denen freilich keiner wirklich stimmig schien. Offenbar hatte ich nicht gerade einen besonders produktiven Vormittag, doch ich ließ mich davon nicht entmutigen. Ich wußte ja, daß mir noch ein langer Reigen frustrierender, aber auch lohnender Tage bevorstand – das ist nun mal der Rhythmus kreativer Arbeit.

Ich hatte gehofft, Mrs. Griffin würde vorbeischauen, um meine Skizzen mit mir durchzusprechen, doch sie ließ sich den ganzen Vormittag nicht blicken. Um halb eins kam Deane wieder und fragte, ob ich etwas zu essen wünschte. Ich zeigte ihm das Sandwich, das ich dabei hatte, und schüttelte den Kopf.

Er versuchte mich trotzdem zu überreden. »Hätten Sie nicht lieber etwas Kräftiges, Miss?«

Wieder lehnte ich dankend ab. Ich war es gewohnt, mich mittags mit einem raschen Snack am Arbeitsplatz zu begnügen, um nicht aus dem Tritt zu kommen. Also machte ich allein im Garten Mittagspause und zog dabei Bilanz über meine Arbeit am Vormittag. Doch wie ich da auf dem Rasen saß, mein Sandwich aß und meine Cola trank, konnte ich nicht umhin, mich über den makabren Charakter dieses Auftrages zu wundern: ein Trompe-l' œil-Dekor für den Schauplatz eines antiquierten Rituals zu Ehren eines Mädchens, das seit vielen Jahren tot war!

Und unversehens war ich in Gedanken bei Cassandra. Wie mochte das rätselhafte Mädchen auf dem Foto in der Bibliothek wohl ihren ersten Schritt in die Gesellschaft empfunden haben? Hatte sie ihren glanzvollen Auftritt genossen und mit einem Dutzend bewundernder Freier die Nacht durchgetanzt? Oder war sie mehr Zuschauerin im Ballgetümmel geblieben, ja hatte sich womöglich mißbraucht gefühlt als Vorwand für dieses rauschende Fest? Plötzlich überlief es mich kalt, als ob ein Geist über mein Grab gehuscht wäre. Ich stand auf und ging wieder hinein.

An meinen Arbeitstisch zurückgekehrt, zerriß ich alle bisherigen Entwürfe, sogar die paar Skizzen, die ich vorhin noch ganz vielversprechend fand. Aber letztlich waren sie doch alle zu gespreizt, zu konventionell. Die spukhafte Atmosphäre des Saals hatte ich nirgends eingefangen. Ich hatte ganz einfach den Zugang noch nicht gefunden.

Irgendwann am Nachmittag packte ich zusammen und beschloß, die Sache erst einmal in Ruhe zu überschlafen und abzuwarten, ob und wie das meine Phantasie aktivierte. Gegen halb vier verließ ich The Haven und fuhr zurück in die Stadt. Aber während ich mich sonst auf längeren Autofahrten wunderbar entspannen kann, merkte ich diesmal, wie ich mich zusehends mehr verkrampfte. Zunächst schob ich das auf den Frust über einen unproduktiven Arbeitstag. Aber langsam dämmerte mir, daß etwas anderes dahintersteckte; auch wenn ich nicht genau wußte, was, spürte ich doch, daß es mit Cassandra Griffin zusammenhing.

Statt gleich heimzufahren, ging ich noch auf einen Sprung in die Bücherei. Eine Bibliothekarin half mir, im Archiv den einschlägigen Mikrofilm der *New York Times* herauszusuchen. Ich ging hinauf in eine Kabine und setzte mich ans Lesegerät.

Den ersten Pressebericht über Cassandra Griffin fand ich in den Gesellschaftsnachrichten, unter der Schlagzeile: AMERIKANISCHE PRINZESSIN BETRITT SOCIETY-PARKETT. Der Artikel war illustriert mit körnigen Fotos, die den Pavillon sowohl im Bau als auch nach der Fertigstellung zeigten. Natürlich war auch ein Bild von Cassandra dabei, das gleiche, das ich in der Bibliothek ihrer Mutter gesehen hatte.

Danach hatten sich die Zeitungen anscheinend nicht mehr mit Cassandra beschäftigt, bis sie acht Jahre später, gerade sechsundzwanzig Jahre alt, ermordet wurde. Der kurze Presserummel, den das Verbrechen entfachte, schlug sich in schaurigen Schlagzeilen in den Stadtnachrichten nieder. Jeder Artikel über den Mord machte mit dem alten Foto der Debütantin auf. Unwillkürlich sah man sie vor sich, diese junge, vom Schicksal verwöhnte Frau, wie sie jetzt leblos auf dem Schlafzimmerboden ihres luxuriösen Elternhauses lag, erstochen wie irgendein x-beliebiges blutüberströmtes Opfer aus den Revolverblättern. Und doch gab es einen Unterschied, eine größere Faszination jedenfalls, ausgelöst durch die Person des Opfers oder vielmehr das, wofür sie stand.

In mehreren Hintergrundartikeln veröffentlichte die *New York Times* Fotos von dem eleganten Paar, Frances und Holt Griffin, nebst der Ferrotypie des gestrengen Dynastiegründers, Holt Griffins Urgroßvater Elias Holt. Das Foto von Frances Griffin, eins von Cecil Beatons unterkühlten Studioporträts, verblüffte mich. Ich erkannte sie darauf kaum wieder. Die Frances Griffin, die ich kennengelernt hatte, sah aus wie eine einstige Schönheit, die mit Würde gealtert ist. Die Frau auf diesem Bild aber war nicht einmal besonders hübsch. Dem jugendlichen Gesicht fehlte der etwas geheimnisvolle Zug, der das Antlitz der alten Mrs. Griffin prägte. Es hätten zwei verschiedene Menschen sein können.

Sämtliche Berichte erwähnten auch wieder den prunkvollen Saal, der eigens für Cassandras ersten Ball gebaut worden war, eine Extravaganz, die Ende der sechziger Jahre, als solche Galainszenierungen eigentlich passé waren, offenbar großes Aufsehen erregt hatte. Und immer wieder wurde auf den sagenhaften Reichtum des unglücklichen Mädchens hingewiesen und darauf, daß sie die Alleinerbin der Griffin-Millionen gewesen sei. Die Kolumnisten apostrophierten sie bald als »die Griffin-Erbin«, bald als »die tragische amerikanische Prinzessin«. Ein, zwei Artikel erwähnten am Rande, daß Cassandra inzwischen einen Skilehrer geheiratet hatte – einen gewissen Roberto Madi.

Über diesen Mr. Madi war aufreizend wenig zu erfahren, und die Hochzeit selbst wurde überhaupt nicht dokumentiert. Soviel ich auch suchte, es fand sich keine Vermählungsanzeige. Das konnte nur bedeuten, daß die Hochzeit ohne festlichen Rahmen stattgefunden hatte, was wiederum sehr ungewöhnlich war für eine Braut aus Cassandras Kreisen. Die Berichte über den Mord gingen mit keiner Silbe auf Madis Leben ein und machten auch keinerlei Andeutung darüber, was nach dem Verbrechen aus ihm geworden war. Seine Existenz schien mit zwei, drei Sätzen ausgeschöpft. Aber von dem Moment an, da ich seinen Namen gelesen hatte, war Roberto Madi für mich präsent, ja lauerte wie ein Schatten zwischen den Zeilen.

Ausgerechnet zu dem Zeitpunkt, als die Öffentlichkeit sich vermutlich brennend für den Fall zu interessieren begann, hüllte sich die Presse unerklärlicherweise in Schweigen. Schlagartig verlautete kein Wort mehr über das Verbrechen, über mutmaßliche Indizien, Verdächtige oder bevorstehende Festnahmen. Es gab keine ergreifenden Geschichten mehr über die Familie, keine weiteren Spekulationen, keine Kommentare, gar nichts.

Dann, mehrere Monate später, tauchte plötzlich, hinten im Lokalteil versteckt, doch noch ein Nachtrag auf. Unter der Überschrift »Mord an Millionenerbin weiter ungeklärt« wurde in dürren Worten dargelegt, wie die Polizei mit dem Fall aufgrund nicht beweiskräftiger Indizien in eine Sackgasse geraten sei.

Die letzten Hinweise auf das Verbrechen, die ich finden konnte, hatten nur indirekt damit zu tun. Da war einmal der Nachruf auf Holt Griffin, in dem die strahlenden Zeugnisse seiner Großmut und seiner Verdienste um die Nation den Mord an seiner Tochter in den Schatten stellten, ja ihn fast zu einer Art unschöner Fußnote dieses distinguierten Lebens machten. Allerdings hieß es in dem Artikel auch, das noch immer unaufgeklärte Verbrechen habe den großen Philanthropen und Diplomaten arg belastet, ja sei vermutlich mit ein Auslöser für den Herzanfall gewesen, dem der Sechsundsechzigjährige erlag.

Ferner fand ich eine Notiz über den Tod des Kriminalbeamten, der die erfolglose Untersuchung geleitet hatte. In diesem

Nachruf wurde Cassandra Griffin fast ebensooft erwähnt wie der Verstorbene, was den Verdacht nahelegte, die Presse habe sich mit dem Tod von Detective Miles M. Sarnoff in erster Linie wegen seiner Rolle im Fall Griffin beschäftigt. Man zitierte ihn mit den Worten, niemals könne er »den grauenhaften Anblick dieses jungen Mädchens, das blutverschmiert auf dem Teppich lag« vergessen. Und er bedauere nichts so sehr, hieß es weiter, wie, daß er gerade diesen Fall nicht habe aufklären können. Alles in allem war die Berichterstattung genauso rätselhaft wie der Mord selbst. Ich ließ mir die relevanten Mikrofilmabschnitte kopieren, um sie daheim in Ruhe nachzulesen.

Ziemlich bedrückt trat ich auf die dämmerige Straße hinaus. Da trage ich nun, dachte ich, das ganze Leben einer jungen Frau unter dem Arm, ein Leben, das so verheißungsvoll begann und das sich am Ende auf ein paar traurige Sensationsartikel reduzieren läßt.

Ich mußte an das Skelett in einem Brautkleid aus weißem Satin denken, das ich einmal im Schaufenster eines mexikanischen Folkloreladens an der Third Avenue gesehen hatte. Wie hypnotisiert hatte ich damals auf den grinsenden Totenkopf unter der Spitzenmantille gestarrt.

Ich habe mich mein Leben lang mit morbiden Gedanken getragen. Oft frage ich mich, was aus mir geworden wäre, hätte ich nicht ein gewisses handwerkliches Talent mitbekommen. Jetzt, da ich keine Familie mehr hatte, unverheiratet und kinderlos war, also ohne jeden traditionellen Halt in der Welt, hätte ich leicht selbstzerstörerischen Anwandlungen anheimfallen können. Einzig mein fester Glaube an die erlösende Kraft der Kunst, diesen Ausweg aus dem Irrgarten, hatte mich vor dem Abgrund bewahrt. Aber wie war das mit Cassandra gewesen? Woran hatte sie geglaubt? Was war sie für ein Mensch gewesen? Wurde sie ein Opfer der Verhältnisse oder der eigenen dunklen Triebe?

Als ich nach Hause kam, fand ich vor meiner Tür eine zierliche weiße Narzisse mit beigefügter Karte. Darauf stand: »Die Kunst ist die Kundschafterin der Liebe. Viel Erfolg bei der Arbeit. Frances Griffin.«

Ich wußte nicht recht, was ich davon halten sollte. »Die Kunst ist die Kundschafterin der Liebe.« Was meinte sie damit? Ich trug die Blume hinein und ließ sie auf dem Küchentisch stehen, während ich für Brush und mich das Abendessen richtete. Ich stand dem Geschenk ein bißchen zwiespältig gegenüber. War es einfach eine freundliche Geste oder der erste Schritt zu einer Art Bestechungsversuch? Ich würde jedenfalls auf der Hut sein.

Als strahlender Mittelpunkt ihres selbsterschaffenen Sonnensystems hatte eine Frances Griffin zweifellos Übung darin, andere Menschen in ihre Umlaufbahn zu ziehen. Die Frage war, warum sie ausgerechnet auf meine gute Meinung Wert legte? Schließlich arbeitete ich doch nur für sie. Irgend etwas war merkwürdig an dieser Geschichte. Immer wieder fiel mein Blick auf die Narzisse, und ich fragte mich, was sie wohl kaschieren sollte. Ich hatte einen Riecher für kaschierendes Blendwerk. Schließlich war es mein Beruf.

Als ich abends im Bett lag, wo Brush sich neben mir zusammengerollt hatte, nahm ich mir die Zeitungsartikel über den Mord noch einmal gründlich vor. Leider warfen die Kommentare mehr Fragen auf, als sie beantworteten. Trotzdem gelangte ich nach mehrmaliger Lektüre zu einem interessanten, wenn auch uneinheitlichen Bild von Cassandra Griffins Leben.

Oberflächlich betrachtet, war Cassandra im wohlbehüteten Umfeld einer höheren Tochter mit angelsächsisch-protestantischem Background aufgewachsen: Pensionat, Debütantinnenball, College. Einige Artikel erwähnten ihr Talent für die Malerei und ihre Reitkünste, aber alle stellten sie auf das Podest der Oberen Zehntausend. Mir fiel auf, daß sie immer nur mit ihrem Mädchennamen genannt wurde. Von ihrem Mann, Roberto Madi, erfuhr man, daß er Skilehrer war, und sonst nichts, weder über seine Herkunft, noch über seine Familie. Man konnte sich unschwer vorstellen, daß Cassandras Eltern nicht gerade glücklich gewesen waren über diese Heirat. Bei ihrer einstigen Vorliebe für Partys und Festlichkeiten hätte Frances Griffin ihrer Tochter bestimmt eine Märchenhochzeit ausgerichtet, wäre sie mit Cassandras Wahl einverstanden gewesen.

Die Berichte über den Mord steckten voller Widersprüche, sowohl was den Tathergang als auch eventuelle Zeugen betraf. In den ersten Protokollen hieß es, Cassandra hätte am Abend des Verbrechens allein mit ihren Eltern in The Haven gegessen, und alle drei seien früh zu Bett gegangen. Ungefähr um Mitternacht, so die Polizei, sei der Täter am Spalier vor Cassandras Schlafzimmer hinaufgeklettert und durch ein nur angelehntes Fenster eingestiegen. Cassandra war wach geworden, aufgestanden und hatte entweder versucht, den Eindringling zu stellen oder vor ihm zu fliehen. Jedenfalls war es zu einem kurzen, aber heftigen Kampf zwischen ihr und dem Angreifer gekommen, in dessen Verlauf er sie mit einem einzigen Messerstich, der direkt ins Herz ging, getötet hatte. Daraufhin, so vermutete die Polizei, geriet der Einbrecher in Panik und verschwand – ohne etwas mitgehen zu lassen – auf demselben Weg, wie er gekommen war: durchs Fenster und am Spalier hinunter. Das schien eine logische Erklärung in Anbetracht dessen, daß nichts gestohlen und nirgends im Haus eine Spur gewaltsamen Eindringens entdeckt wurde.

Die fünf damaligen Hausbewohner waren Mrs. Griffin, Mr. Griffin, Cassandra und zwei Dienstboten, die beide schon jahrelang bei den Griffins arbeiteten. Niemand hörte, keiner sah etwas. Am nächsten Morgen wollte Mrs. Griffin ihre Tochter wecken und machte die grausige Entdeckung. Beim Betreten des Zimmers stieß sie den Berichten zufolge einen Schrei aus und fiel in Ohnmacht. Kein Wunder, dachte ich. Was muß das für ein Anblick sein für eine Mutter – ihr einziges Kind liegt am

Boden, die Augen starr, das Gesicht bleich wie der Mond, die Kleider blutdurchtränkt. Wie der Gerichtsmediziner diagnostizierte, war der Tod »barmherzigerweise auf der Stelle« eingetreten. Das sollte vermutlich ein Trost für die Eltern sein.

Ich ließ die Blätter sinken, kraulte Brush und landete wieder einmal bei der Frage, wie Frances Griffin es nur all die Jahre in dem Haus ausgehalten hatte, in dem ihre Tochter so brutal umgebracht worden war. Immerhin, dachte ich, wäre ein Umzug für sie ja keine Geldfrage gewesen. Ob sie sich jedesmal, wenn sie an Cassandras Zimmer vorbeikam, an ihren grausigen Fund von damals erinnerte, bis auf den heutigen Tag? Wie konnte sie das nur ertragen? Und wo lag eigentlich das Mordzimmer? Bei unserem Rundgang durchs Haus hatte Mrs. Griffin keine Andeutung darüber gemacht, welches einmal das Zimmer ihrer Tochter gewesen war. Das indische oder das chinesische oder vielleicht das Glasglockenzimmer?

Nach meiner Überzeugung ist und bleibt der Schauplatz einer Gewalttat gezeichnet, weil sie die Atmosphäre verletzt und gleichsam einen Riß hinterläßt, durch den für alle Zeiten die klamme Zugluft der Erinnerung pfeift. Ich war gespannt, in welchem der vielen Räume auf The Haven ich eines Tages einen Frosthauch spüren würde.

Ich ließ mir die ersten Protokolle noch eine ganze Weile durch den Kopf gehen. Aber je länger ich darüber nachdachte, desto stutziger wurde ich. Also las ich weiter. Obwohl die späteren Kommentare kürzer waren und nicht mehr so ins Detail gingen, korrigierten sie doch gewisse Punkte im Vorfeld des Verbrechens. Seinerzeit spielte man diese Änderungen als nebensächlich herunter und behauptete, sie seien eigentlich nicht relevant für den Fall. Ich dagegen las sie jetzt sehr gespannt und fand sie höchst aufschlußreich.

Zum Beispiel hieß es in einer späteren Reportage, Cassandra und ihre Eltern hätten am fraglichen Abend *nicht* allein gegessen. Der obskure Mr. Madi sei dabeigewesen, aber schon früh gegangen. Seine Anwesenheit sei ursprünglich nicht protokolliert worden, weil Mr. und Mrs. Griffin laut Polizeibericht dermaßen unter Schock standen, daß ihnen sein Besuch einfach entfallen war.

Entfallen? Also, das war ein schwerverdaulicher Brocken. Aber angenommen, es stimmte, angenommen, es war ihnen tatsächlich entfallen, dann blieben immer noch eine Menge unbeantworteter Fragen übrig. Wenn Madi schon zum Essen in The Haven gewesen war, warum blieb er dann nicht über Nacht? Er und Cassandra waren immerhin verheiratet, warum würde er da mit ihr und ihren Eltern zu Abend essen, seine Frau aber hinterher alleinlassen? Warum blieb er nicht bei ihr?

Ich stieß mich immer wieder daran, daß die Griffins ihn der Polizei zunächst unterschlagen hatten. Warum sagten sie nicht gleich, daß er bei ihnen gegessen hatte? Waren sie wirklich so außer sich, daß sie seinen Besuch vergessen hatten? Oder hatten sie einen heimlichen Grund, seine Anwesenheit so lange wie möglich zu verschweigen?

Eine andere Ungereimtheit stellte die Mordwaffe dar. In den ersten Berichten hieß es, die Waffe sei sichergestellt und als ein silbernes Obstmesser identifiziert worden, das zu einem hauseigenen Besteck gehörte. Nachfolgende Kommentare korrigierten, das Messer könne nicht eindeutig dem Griffin-Bestand zugeordnet werden. Und laut Aussage des Butlers fehlte kein Messer vom Obstbesteck. Dann las ich auf einmal, das Messer, das man bereits als Tatwerkzeug identifiziert hatte, sei vielleicht gar nicht die Mordwaffe. Ein Gerichtsmediziner hatte nämlich bei der Untersuchung der Leiche festgestellt, daß die Wunde zu groß sei, als daß sie von dem fraglichen Messer stammen könne. Ergo müsse als Tatwaffe ein anderes Messer benutzt worden sein, eines, das man nicht gefunden hatte. Unter dem Titel: RÄTSELRATEN UM FEHLENDE MORDWAFFE IM FALL GRIFFIN, rekapitulierte ein Kommentator die Geschichte des zweifelhaften Obstmessers. Dann verschwand dieses Messer plötzlich aus der Asservatenkammer der Polizei. Das provozierte eine knappe, bitterböse Spekulation über mögliche Mauscheleien zwischen Betroffenen und Ermittlungsbehörden, gegen die es prompt von allen Seiten Dementis hagelte, welche die Presse wiederum mit Kritik an ineffizienten Polizeimaßnahmen, insbesondere bei der Auswertung von Beweismaterial, konterte. Aber wie man es auch drehen und wenden mochte: Die Mordwaffe war und blieb verschwunden.

Als ich endlich alle Artikel durch hatte, war es lange nach Mitternacht. Aber immerhin kannte ich jetzt die relevanten Einzelheiten des Falles ebensogut wie die angeblichen Widersprüche. Meines Erachtens war der wackligste Punkt der, den ich bei mir »das Rätsel des verschlossenen Fensters« nannte.

Der Butler – ein Mann namens Frank Beridge – hatte bei seiner ersten Vernehmung ausgesagt, er habe am Morgen nach dem Mord, gegen neun Uhr, eine Frau schreien hören. Er sei diesen Schreien nachgegangen und hinauf in Cassandras Schlafzimmer gelangt, wo er Mrs. Griffin ohnmächtig neben der Leiche ihrer Tochter gefunden habe. Als erstes, so Beridge, habe er das Fenster aufgemacht, um frische Luft hereinzulassen. Dann habe er sich bemüht, Mrs. Griffin wiederzubeleben, erfolglos übrigens. Wenn Beridges Aussage stimmte, konnte der Täter natürlich unmöglich durchs Fenster eingestiegen sein. Es sei denn, er hätte es anschließend selbst geschlossen und das Haus auf anderem Wege verlassen, also nicht, wie die Spurensicherung behauptete, wieder am Spalier hinunter. Nun war freilich die Vorstellung, ein blutbespritzter Irrer könne, mit einem Messer in der Faust, auf der Suche nach einem Schlupfloch durch die labyrinthischen Gänge dieses großen Hauses geirrt sein, ohne die geringste Spur zu hinterlassen, absolut lächerlich.

Allerdings ging ohnehin niemand dieser hanebüchenen Version nach, weil Mrs. Griffin offenbar durch eine spätere Aussage die ganze Geschichte aufklären konnte. Sie sei am Morgen ins Zimmer ihrer Tochter gegangen, um das Fenster zu schließen (mitten im Sommer, wohlgemerkt!), und erst nachdem sie das besorgt hatte, wollte sie gesehen haben, daß ihre Tochter blutüberströmt am Boden lag. Da begann sie zu schreien und wurde ohnmächtig. Unter dieser Prämisse paßte die ursprüngliche Annahme der Polizei wieder, und der Täter konnte beide Male das Fenster benutzt haben.

Nur war selbst für mich, die zeitlich wie räumlich distanzierte Beobachterin, Mrs. Griffins revidierte Aussage höchst unglaubwürdig. Ich wunderte mich, wieso die Polizei ihr diese Geschichte abgekauft hatte, falls sie's tat. Warum hatte sie ihnen überhaupt so eine Räubergeschichte aufgetischt? War am Ende doch etwas Wahres dran? Was sie erzählte, klang jedenfalls völlig verrückt, denn demnach wäre sie ins Schlafzimmer ihrer Tochter gegangen und dort ahnungslos über eine am Boden liegende Leiche hinweggestiegen, nur, um an einem schönen Sommertag die Fenster zu schließen. Dann erst wollte sie sich umgedreht haben, hatte die Tote gesehen und zu schreien angefangen. Zugegeben, es war noch relativ früh am Morgen, und viele Leute sind morgens groggy. Aber konnte man so weggetreten sein, daß man nicht einmal eine Leiche auf dem Fußboden bemerkte? Also, auch Schlaftrunkenheit hat, denke ich, ihre Grenzen!

Offenbar war man seinerzeit über dieses Zeugnis genauso irritiert wie ich jetzt, denn bei der gerichtlichen Untersuchung widerrief Beridge, der Butler, seine Aussage radikal. Er habe sich geirrt – er habe das Fenster gar nicht aufgemacht, ja er sei nicht einmal in die Nähe des Fensters gekommen. Vor dem Leichenbeschauer sagte er unter Eid aus, daß das Fenster bereits offengestanden habe, als er ins Zimmer kam.

Es war zwei Uhr morgens, als ich endlich das Licht ausknipste. Brush schlief friedlich zusammengerollt neben mir. Ich mußte am Morgen früh raus, aber als ich die Augen zumachte, konnte ich nicht einschlafen. In meinem Kopf jagten sich die Gedanken wie Vögel, die gegen einen Propeller prallen und einer nach dem anderen in kleinen Blutsalven zerplatzen.

Es lag doch auf der Hand! Jemand vom Haus hatte den Mord verübt. Sämtliche Familienmitglieder kannten die Wahrheit, aber aus irgendeinem Grund halfen alle mit, sie zu vertuschen. Nur warum? Warum den Mörder decken? Insbesondere, da mir sonnenklar schien, *wer* der Täter war. Ich, die Amateurdetektivin, hatte aus ein paar Zeitungsartikeln die Beweisstücke zusammengetragen und war nun überzeugt, daß Roberto Madi, der zwielichtige Skilehrer und unerwünschte Ehemann, Cassandra Griffin getötet hatte. Das war doch das Naheliegendste! Er war zur fraglichen Zeit am Tatort, und er hatte ein Motiv: Geld. Warum also hatte man ihn nicht vor Gericht gebracht? Ich starrte auf einen Mondstrahl an der Wand zwischen Frisierkommode und Schranktür. An Schlaf war nicht mehr zu denken. Madi mußte der Täter sein. Er und kein anderer. Aber warum hatte man ihm nicht den Prozeß gemacht? Warum wurde er nicht einmal als Verdächtiger genannt? Wohin war er verschwunden? Warum waren alle Meldungen über ihn so vage? Wer war dieser Mann wirklich?

Ich wußte, daß wahrscheinlich meine Phantasie mit mir durchging, aber ich hatte nun einmal ein besonderes Interesse an Männern, die Frauen malträtieren, und an den Frauen, die ihnen in die Hände fallen. Meine Mutter war einem Liederjan ins Netz gegangen – meinem eigenen Vater. Und ich war ihrem Schicksal nur knapp entronnen ... oder doch nicht? Meine Begegnung mit der masochistischen Liebe hatte keine greifbaren Zeugnisse hinterlassen, kein unerwünschtes Kind, keine sichtbaren Narben, keine krankhafte Sucht, mit der ich die scharfen Kanten zerbrochener Träume abzuschleifen suchte. Geblieben war jedoch ein Vakuum in meinem Gefühlshaushalt, und in dieser Leere trieb ich seit zwölf Jahren, allein und tieftraurig.

Ja, Madi faszinierte mich. Natürlich faszinierte er mich.

Noch so ein unergründliches Mannsbild, über das ich nachgrübeln, von dem ich mit offenen Augen träumen konnte. Von Madi war nicht ein Bild in den Zeitungen gewesen. Ich lag im Dunkeln und versuchte mir vorzustellen, wie er wohl ausgesehen haben mochte. Das einzige Gesicht, das ich auf Anhieb heraufbeschwören konnte, war das meines ehemaligen Lovers John Noland. Er war für mich gewesen, was meiner Vermutung nach Roberto Madi für Cassandra bedeutet hatte. Ich betrachtete John als Modell für alle Männer dieses Schlages.

Schon sehr zeitig hatte mein Vater, der Mann, der seine Familie im Stich ließ, in meinem Unterbewußtsein das Muster für mein späteres Liebesleben vorgezeichnet. Weil er uns verlassen hatte, maß ich die Liebe eines Mannes eher an dem, was sie vermissen ließ, als an ihren Freuden; mehr an ihrem Schmerz, als an den angeblichen Glücksgefühlen. Immer wieder hatte ich mit angesehen, wie meine Mutter sich gleich einem Phönix aus der Asche ihres grauen Alltags aufschwang, indem sie meinen Vater verfluchte und ihm zugleich dankte für den einen wunderbaren Trost, den er ihr gelassen hatte: ein Kind. Mich.

Ich hatte kaum Erinnerungen an meine Kindheit und so gut wie gar keine an den Mann, der mich gezeugt hatte. Ich erinnere mich aber, daß meine Mutter mir später einmal gestand, in der Nacht, als mein Vater endgültig das Haus verließ, habe sie geweint und geweint, mich in ihren Armen gewiegt und mir vorgesungen. Von da an weinte sie nie mehr.

Die Erfahrung, wie sehr sich meine Mutter wegen meines Vaters gegrämt hatte, weckte in mir nicht eben Sehnsucht nach einem Mann. Als ich Anfang Zwanzig war, hatte ich ein halbes Dutzend Freunde, deren Aufmerksamkeiten ich wie eine Art Schlafwandlerin über mich ergehen ließ. Dann, mit vierundzwanzig, lernte ich John Noland kennen. Er faszinierte mich auf Anhieb, weil ich in ihm endlich jemanden gefunden hatte, der so unzuverlässig und verschlagen war wie meine Definition der Liebe.

John Noland war geschieden, als ich ihn kennenlernte, etliche Jahre älter als ich – ein Schriftsteller an der Schwelle zum Ruhm, der eine flüssige, geschliffene Prosa pflegte. Er galt als »hervorragendcr Stilist«, als gleichermaßen weltläufig im Leben wie in der Kunst. Die Frauen beteten ihn an! Wie kleine Wellen schwappten sie an ihm hoch und liebkosten ihn bald mit Schmeicheleien, bald mit scheuer Verehrung. Auf Partys beobachtete ich, wie sie mit ihm lachten und flirteten, während er ihnen mit seinen tiefblauen Augen das Innerste nach außen kehrte. Sein messerscharfer Verstand und die ironische Art, mit der er sie auf Distanz hielt, machten sie vollends kirre. Im Verlauf eines Abends konnte ich verfolgen, wie er bedächtig eine aus der Schar seiner Bewunderinnen auswählte, sich an sie heranpirschte und sie von der Herde absonderte. Obgleich Typ und Aussehen variierten, hatten die Frauen, auf die John stand, doch eines gemeinsam: Sie waren alle sehr, sehr einsam. Man sah es an ihren Augen, an der Art, wie sie darum bettelten, gedemütigt und betrogen zu werden. Gleich einem trägen alten Löwen wußte auch John Noland, woran man weidwundes Wild erkennt.

Als er mich rauspickte, was eines Abends auf einer dieser verrauchten, überfüllten Loftpartys geschah, die damals so in Mode waren, fühlte ich mich geschmeichelt, bestätigt, herausgehoben aus der Masse. Ich erkannte mich nicht sofort als Mitglied des weidwunden Rudels, auch wenn mich da die Erfahrung bald eines Besseren belehrte. Nein, an jenem Abend fand ich mich klug und unwiderstehlich und dachte, ich sei ganz anders als die Frauen, die er gewohnt war. Nicht als Opfer sah ich mich, sondern als Amazone. Und ich redete mir ein, ich hätte es in der Hand, ihn zu ändern.

Schon in der ersten Phase unserer Beziehung spürte ich, daß er enttäuscht war von der Welt, weil die ihm angeblich nicht gönnte, was ihm zustand. Er war wütend, wenn die Kritiker ihn übergingen, während andere Autoren mit Büchern, die weniger gut geschrieben waren als die seinen, zu Ruhm und Ansehen gelangten. Seine Unzufriedenheit mit dem Leben machte ihn rastlos und unfähig, längere Zeit an einem Ort zu bleiben. Ein fester Wohnsitz, das war für ihn kein Ruhepol, sondern die Gefahr, zuviel Zeit zu haben, um über die eigenen Enttäuschungen nachzudenken. Deshalb war John ständig auf Achse, durchstreifte ferne Länder, um für seine Bücher zu recherchieren, leistete sich nebenher flüchtige romantische Abenteuer, ließ sich aber im Grunde auf nichts und niemanden wirklich ein, ausgenommen seine Schreiberei und die eigene Person. Als seine Arbeit endlich einen gewissen Erfolg verzeichnen konnte, beschwerte er sich, es sei zuwenig und käme zu spät. Er hatte erreicht, was er wollte, aber anscheinend machte er sich nichts aus dem, was er bekam. Denn John war immer auf der Jagd nach mehr, obwohl ich glaube, daß nicht einmal er selber wußte, was er eigentlich suchte.

Nachdem wir fast ein Jahr lang ständig zusammengewesen waren, lebten wir uns allmählich auseinander. Immer häufiger spürte ich, wie sein Frust sich in Aggression entlud. Er begann mich zu vernachlässigen, zuerst im kleinen, dann im großen. Ohne ein Wort der Erklärung ließ er sich eine ganze Woche lang nicht blicken. Dann rief er mich an, als ob nichts gewesen wäre. Ich weinte, schimpfte, machte ihm Vorwürfe, und er beschwichtigte mich mit der Versicherung, es würde nicht wieder vorkommen – aber es passierte immer öfter.

Allein, je mehr er sich zurückzog und je mehr ich mit Einsamkeit und Wutanfällen zu kämpfen hatte, desto stärker hing ich an ihm. Jede neue Wunde, die er mir zufügte, schürte meine Leidenschaft. Ich fing an, Detektiv zu spielen, und deckte mit geradezu manischer Lust seine Lügereien und Seitensprünge auf, die ich ihm dann nicht schnell genug unter die Nase reiben konnte. Er war jedesmal zerknirscht, leidenschaftlich und schaffte es immer wieder, mich davon zu überzeugen, daß er in Wirklichkeit nur mich liebe. Ein übers andere Mal ging ich zu ihm zurück, im festen Glauben, daß er es sei, zu dem ich zurückkehrte, und nicht die Enttäuschung, das Herzeleid. Ja, nachdem er die Masochistin in mir freigelegt hatte, machte er mich obendrein auch noch zur Sadistin. Drei Jahre ging das mit Abständen so weiter, quälten wir einander mit unseren wechselseitigen Zwangsvorstellungen und unserer Unfähigkeit zu lieben.

Mein täglicher Lebensrhythmus – Arbeit, Essen, Schlafen, Freizeit – war beherrscht von dem Gedanken an John. Wenn ich eine Arbeit fertig hatte, brannte ich darauf, sie ihm zu zeigen. Wenn ich etwas Interessantes entdeckte, hatte ich nur den Wunsch, es ihm vorzuführen. Wenn ich mir ein neues Kleid kaufte, malte ich mir aus, wie er mich darin bewunderte. Wenn ich etwas kochte, dann, damit er es aß. Wenn ich Musik auswählte, dann für seine Ohren. Tag und Nacht regierte er mein Leben, obwohl wir uns nur noch selten sahen. Wir hatten ständig Kontakt, aber auf Distanz, das heißt, wir riefen uns an und kamen ein-, zweimal im Monat für ein, zwei Nächte zusammen. Außer in den Augenblicken, da ich mit ihm telefonierte oder mit ihm zusammen war, lebte ich nicht, ich schlug nur die Zeit tot.

Es kam ein Punkt, da war ich so besessen von meiner Sucht nach ihm, daß ich das Gefühl hatte, sie würde mich umbringen. Ich wußte damals nicht, was wirklich ablief; erst sehr viel später, nachdem ich mir die kurzen Glücksmomente, die langen Durststrecken und tiefen Enttäuschungen immer wieder vergegenwärtigt hatte, begriff ich, daß die vermeintliche Flucht vor meiner freudlosen Kindheit in Wahrheit nur deren selbstkreierte Neuauflage gewesen war, aufgepeppt mit gewagteren, grellen Mustern. Ich sehnte mich nach John Noland, wie ich mich früher nach meinem Vater gesehnt hatte. Und indem ich diese Sehnsucht auslebte, konnte ich mir einbilden, daß ich ihn lieben würde.

In dieser Beziehung empfand ich eine Wahlverwandtschaft

mit Cassandra Griffin. Aus meiner Sicht waren wir beide Opfer einer Leidenschaft, gegen die wir machtlos waren; nur war sie daran gestorben, und ich hatte überlebt.

4

The Haven wirkte viel unheimlicher auf mich, als ich es am nächsten Tag wiedersah: als ob seine Schönheit eine raffinierte Maske des Bösen wäre. Gleich als ich aus dem Wagen stieg, blickte ich hinauf zu den Fenstern im Obergeschoß und überlegte, welches wohl Cassandras Zimmer gewesen sein mochte. Deane öffnete mir und sagte, Mrs. Griffin wünsche mich kurz zu sprechen. Ich folgte ihm durch die Halle.

Mrs. Griffin stand hinter einem großen, weißgedeckten Tisch in der Anrichte und stellte Blumensträuße zusammen. Sie trug Gartenhandschuhe und eine Schürze, die aussah wie aus Drillich. Auf dem Kopf hatte sie einen breitkrempigen Strohhut. Pom-Pom war auch da und döste zu ihren Füßen. Sie erinnerte mich an eine dieser englischen Landadeligen, deren Leben sich angeblich um ihren Garten und ihre Hunde drehte. Ein winziges Dienstmädchen in grauweißem Hauskleid reichte ihr aus großen Kübeln die gewünschten Blumen an.

»Eins meiner unbedeutenden Hobbys«, sagte Frances Griffin, als ich hereinkam.

Ich blieb einen Augenblick stehen und bewunderte den Strauß, den sie eben herrichtete, ein Riesenbukett zartorangefarbener Tulpen, die so dicht gesteckt waren, daß sie eine lückenlose Kugel bildeten.

»Das müssen ja bald hundert Tulpen sein!« rief ich.

»Zweiundachtzig. Klotzen statt Kleckern. Das ist das Motto dieses Hauses. Minimal Art ist nichts für uns, stimmt's, Bridey?« Das Mädchen sah nicht einmal auf.

Ich strich mit dem Finger über den Kelchrand einer Blüte.

»Papageientulpen«, sagte ich.

»Ja, die werden in meinem Landhaus eigens für mich gezüchtet. Auf dem Markt kriegen Sie ja heutzutage keine wirklich schönen Blumen mehr.«

»Wo haben Sie denn Ihr Landhaus?« fragte ich, etwas verdutzt über diese Bemerkung.

»In Frankreich«, antwortete sie. »Etwa hundert Kilometer außerhalb von Paris. In der Nähe von Chartres.«

»Heißt das, diese Tulpen kommen aus Frankreich?«

»Ich lasse sie einmal pro Woche einfliegen, ja«, sagte sie. »Extravagant, ich weiß. Ich sollte das Haus drüben verkaufen. Aber so ist es doch wenigstens für etwas gut. Und es ist ungleich weniger kompliziert, Sachen zu behalten, als sie loszuwerden, finden Sie nicht auch?«

»Nun ja, wenn man sich's leisten kann – warum nicht?«

Einige meiner reichen Kunden, die auch über den traurigen Niedergang des Blumenhandels klagten, ließen sich ihren Blumenschmuck von ihrem Landsitz in New Jersey oder aus einem privaten Treibhaus in den Nachbarstaaten schicken. Aber daß jemand regelmäßig Blumen über den Atlantik einfliegen ließ, hörte ich heute zum erstenmal. Sogar ich, die von Berufs wegen mit allerhand Extravaganzen konfrontiert wurde, fand das mehr als außergewöhnlich.

»Gefällt Ihnen die Narzisse?« fragte Mrs. Griffin.

Erst jetzt fiel mir die Topfpflanze wieder ein, die sie mir geschickt und die ich über meiner abendlichen Zeitungslektüre ganz vergessen hatte.

»O ja! Verzeihen Sie, ich wollte mich natürlich dafür bedanken. Sie ist wunderhübsch. Aber das wäre doch nicht nötig gewesen.«

»Ich dachte, Sie hätten eine kleine Aufmunterung verdient.«

»Das ist sehr freundlich von Ihnen, Mrs. Griffin, aber ich bin nicht traurig«, sagte ich obenhin, bemüht, ihren verwirrenden Kommentar herunterzuspielen.

»Ach, das müssen Sie nicht so wörtlich nehmen – wir brauchen doch alle mal eine Aufmunterung«, antwortete sie.

Die Gartenschere mit der Präzision eines Chirurgen führend, stutzte Mrs. Griffin Blätter und Dornen einer sonnenuntergangroten Rose, die sie dann genau in die Mitte zwischen die Tulpen steckte. Einen Schritt zurücktretend, bewunderte sie ihr Werk.

»Voilàa!« rief sie lebhaft und streifte die Handschuhe ab. »Hier bin ich fertig. Den Rest machen wir später, Bridey.«

Das Mädchen nickte und fing an aufzuräumen.

»Warum haben Sie eine einzige Rose in diesen Riesentulpenstrauß gesteckt?« fragte ich.

»Ich habe eben ein Faible für Überraschungen«, sagte sie. »Hätten Sie Lust, nachher mit mir zu Mittag zu essen?«

»Ich mache eigentlich keine große Mittagspause.«

»Es dauert nicht lange, und es gibt auch nur was Leichtes zu essen. Das verspreche ich Ihnen.«

»Ja dann, vielen Dank«, sagte ich und nahm ihre Einladung wider besseres Wissen an.

»Ich erwarte Sie Viertel vor eins im Salon.«

Damit verschwand sie im Korridor. Ich ging hinüber in den Pavillon und machte mich an die Arbeit. Bei dem Gedanken an den gemeinsamen Lunch war mir gar nicht wohl. So ein Essen zu zweit würde unweigerlich eine gewisse Intimität herbeiführen, ich aber wollte so unabhängig wie möglich bleiben. Doch ein Teil von mir, jener Teil, der die halbe Nacht wach geblieben war, um die Zeitungsausschnitte über den Mord an ihrer Tochter zu studieren, der wollte wissen, wie sie es all die Jahre in dem Haus ausgehalten hatte, in dem das Verbrechen geschehen war; der war ganz versessen darauf, sie näher kennenzulernen.

Der Vormittag schleppte sich zäh dahin. Ich zeichnete mehrere Entwürfe, mit denen ich nicht zufrieden war, und rauchte zu viele Zigaretten. Schon um zwölf war mir schwindlig vor

Hunger, und ich wünschte sehnlichst, ich hätte einfach rausgehen und wie geplant im Garten mein Sandwich essen können. Ich war schlechter Laune, weil ich mit der Arbeit nicht vorankam, und das letzte, wonach mir der Sinn stand, war höfliche Konversation mit meiner Auftraggeberin.

Zum vereinbarten Zeitpunkt ging ich ins Haupthaus zurück und wartete im Salon ungeduldig auf Mrs. Griffin. Ich wollte das Essen so rasch wie möglich hinter mich bringen, um bald weiterarbeiten zu können. Die schöne vergoldete Louis-Seize-Uhr über dem Kamin zeigte zwanzig vor eins, genau wie die entzückende emailleblaue Fabergé-Uhr auf einem Tisch neben dem Sofa. Also stellte ich meine Armbanduhr zurück, in der Annahme, sie ginge vor. Ich freute mich, als Mrs. Griffin präzise um Viertel vor eins, jedenfalls nach diesen erlesenen Chronometern, in der Tür stand. Sie achtete also auf Pünktlichkeit. Das gefiel mir. Sie hatte sich umgezogen und sah frisch und erholt aus in dem hellblauen Leinenkleid mit der Perlenkette. Ihr Haar war makellos frisiert und eine Spur heller als am Morgen. Als ich das entdeckte, kam mir zum erstenmal der Verdacht, daß sie eine Perücke trug.

Ich folgte ihr ins Eßzimmer, wo Deane uns den Lunch an einem runden Tischchen vor dem Erkerfenster servierte, das auf den Garten hinausging. Als er Mrs. Griffin die Fischplatte reichte, hörte ich ihn flüstern: »Das linke Stück ist ohne Fett gegart, Madam.«

Sie nickte.

»Ich muß diese scheußliche Diät einhalten«, sagte sie, während sie sich das trockene Seezungenfilet nahm. »Mein Cholesterinspiegel ist aus unerfindlichen Gründen plötzlich in die Höhe geschnellt, und da hat mich mein Arzt für mindestens sechs Monate unter Kuratel gestellt. Schrecklich fad, das können Sie mir glauben! Als ich in Ihrem Alter war, sprach kein Mensch von Cholesterin und Ozonbelastung und was weiß ich. Man aß, worauf man Appetit hatte, und war entweder dick oder dünn, je nach Veranlagung. Je älter ich werde, desto mehr komme ich zu der Überzeugung, daß man auch überinformiert sein kann.«

»Oder umgekehrt«, sagte ich.

Sie reagierte nicht darauf.

»Mein Koch hat zur Zeit jede Freude an seiner Arbeit verloren, weil ich ihm verbieten mußte, Öl, Butter oder Sahne zu verwenden. Sie ahnen ja nicht, wie das so einer Primadonna von einem Chef zusetzt! Es ist, als würde man einem Maler vorschreiben, er dürfe nur noch in Schwarzweiß malen. Deshalb ist er froh, wenn ich mal Gäste habe und er mit seinen Pfunden wuchern kann. Wie schmeckt's?«

Ich probierte von meinem Fisch.

»Köstlich!« sagte ich, ehrlich begeistert.

»Schön. Ich möchte auch nicht, daß er aus der Übung kommt.«

Ich ließ den Wein stehen und trank statt dessen Mineralwasser. An der Pergola draußen im Garten hingen die Glyziniendolden tief und schwer. Ein einzelner Vogel trällerte. Alles wirkte vollkommen heiter und harmonisch.

»Es ist so wunderbar friedlich hier«, sagte ich.

»Ich kann Krach nicht ausstehen. Mein Arzt sagt, ich leide an Hyperakusie. Das ist eine Störung des Hörnervs, die bewirkt, daß ich Dinge höre, die andere gar nicht wahrnehmen.«

Was für eine aufschlußreiche Information, dachte ich. Hätte sie denn in dem Fall nicht auch in der Nacht, als Cassandra ermordet wurde, etwas gehört haben müssen?

»Ich weiß nicht, wie Sie es in der Stadt aushalten«, fuhr sie fort. »Ich könnte den Lärm nicht ertragen.«

»Ich habe mich inzwischen daran gewöhnt. Den Krach nehme ich als eine Art Unterhaltung in Kauf.«

»Sie leben allein?« fragte sie.

»Abgesehen von Brush, ja.«

»Tiere sind ein wunderbarer Beistand, und man braucht sich

um sie nicht zu sorgen wie um Kinder. Aber mein Pom-Pom ist ein sehr ungezogener kleiner Kerl, und er ruiniert mir sämtliche Teppiche.« Sie sah hinunter zu dem schlafenden Hund. »Sind Sie heute vormittag gut vorangekommen?«

»Leider nicht.« Ich seufzte. »Aber ich fange ja gerade erst an. Ich trage mich allerdings mit ein paar Ideen, die ich gern mit Ihnen besprechen möchte.«

»Ich würde eigentlich lieber was sehen, als über Kopfgeburten zu reden, wenn's Ihnen recht ist.«

»Gut, dann wurschtele ich erst mal allein weiter. Im Augenblick versuche ich mich einfach so gut wie möglich mit dem Raum vertraut zu machen.«

»O ja!« Sie nickte verständnisinnig. »Räume sind wie Menschen. Man braucht Muße, sie kennenzulernen. Und die wirklich interessanten offenbaren sich mit der Zeit immer weiter, Schicht für Schicht.«

Mrs. Griffin war vor mir mit dem Essen fertig. Sie lehnte sich zurück und nahm eine Zigarette aus einem Silberetui auf dem Tisch, zögerte aber, sie anzuzünden.

»Stört es Sie, wenn ich rauche?« fragte sie.

»Nein, durchaus nicht.«

Sie riß ein Streichholz an, setzte die Zigarette in Brand, nahm einen tiefen Zug und blies dann den Rauch durch Nase und Mund, wie ein Routinier. Ich weiß nicht, warum es mich überraschte, sie rauchen zu sehen, aber gerade dieses Laster hatte ich mir bei ihr nicht vorgestellt.

»Der Arzt hat mir das Rauchen strikt verboten. Aber das kümmert mich nicht. Es gibt ein paar Dinge im Leben, auf die ich einfach nicht verzichten will«, erklärte sie.

»Was gehört denn noch dazu?«

Sie legte den Kopf schief, als ob die Frage sie amüsiert hätte.

»Leinene Bettlaken«, sagte sie.

»Die sind aber doch wohl kein Laster, und ganz bestimmt stirbt man nicht daran.«

»Nein, so gesehen nicht, aber sie bringen meine Mädchen um.« Sie lachte. »Das Waschen und Bügeln ist schrecklich lästig. Ich habe eine Frau, die einmal die Woche eigens für die Bettwäsche kommt. Aber sie ist inzwischen so alt, daß sie kaum noch das Bügeleisen halten kann. Und diese jungen Dinger verstehen nichts davon, haben auch gar kein Interesse mehr, es zu lernen. Keiner will ja mehr im Haushalt arbeiten, heutzutage. Die Zeit der Dienstboten ist dahin, genau wie all die anderen Annehmlichkeiten von früher. Ist Ihnen das noch nicht aufgefallen?«

»Man hört es immer wieder, ja, aber ich versuche die alten Techniken so weit wie möglich beizubehalten. Meine Lehrer beherrschten sie zum Glück noch. In meinem Beruf sind die Methoden von früher einfach am zuverlässigsten.«

»Schokolade!« rief sie unvermittelt.

»Wie bitte?«

»Noch etwas, worauf ich nicht verzichten mag.«

Ich lachte. »Oh, das kann ich Ihnen nachfühlen. Ich bin selber ganz wild auf Schokolade.«

»Lassen Sie mich überlegen ... Was noch?« sinnierte sie.

Sie schien gleichermaßen fixiert auf diese Sammlung von Dingen, die sie nicht aufgeben mochte, wie auf die blauen Rauchkringel ihrer Zigarette.

»Dieses Haus«, meinte sie. »Ich werde dieses Haus nicht aufgeben.« Sie sagte das so trotzig, als ob jemand sie dazu aufgefordert hätte.

»Warum sollten Sie auch?«

Natürlich wußte ich ganz genau, warum. Was ich nicht wußte, war, ob ich das nur aus Nervosität gefragt hatte, oder um sie zu provozieren.

»Warum?« wiederholte sie. »Nun, zum einen, weil meine Tochter hier ermordet wurde.«

Ich rutschte verlegen auf dem Stuhl herum und stocherte, nur um die Hände zu beschäftigen, in meinem Fisch. Als ich aufschaute, fand ich ihren Blick durchdringend auf mich gerichtet. Ich spürte, wie meine Lippen sich zu einem fahrigen Lächeln verzogen. Aber ich sagte nichts.

»Das wußten Sie, oder? Sie wußten doch, daß Cassandra hier in diesem Haus getötet wurde?«

»Ja«, sagte ich leise. »Ja, das habe ich gewußt.«

Die Frage war: Sollte ich ihr sagen, wieviel ich wirklich wußte?

»Sie wundern sich wahrscheinlich, wie um alles in der Welt ich hier weiterleben kann.«

Ich nickte.

»Das geht allen so«, sagte sie.

Sie schien auf einmal weit weg.

»Manchmal wundere ich mich selbst darüber«, sagte sie, während sie mit der Gabel kreuzweise das Tischtuch schraffierte. »Mein Mann wollte wegziehen, gleich als es passiert war. Aber ich weigerte mich. Ich konnte mich einfach nicht losreißen. Ich weiß, das wird Ihnen merkwürdig vorkommen, aber hier fühle ich mich Cassa nahe, wissen Sie. Sie ist in diesem Haus aufgewachsen, und solange ich hier bin, ist mir, als ob ich sie immer noch um mich hätte. Und ich brauche dieses Gefühl ihrer Gegenwart, besonders jetzt, wo ich alt werde. Es tröstet mich.«

Sie legte die Gabel hin und saß ganz still. Auf einmal sah sie kleiner und hinfälliger aus, wie geschrumpft unter einer Erinnerung, die wie ein zu großer Mantel an ihr hing.

»Hat man den Täter je gefunden?« fragte ich.

Sie nahm einen letzten Zug und drückte die Zigarette dann in dem kleinen silbernen Aschenbecher vor ihrem Platz aus.

»Nein.«

»Wie furchtbar für Sie.«

»Ja.« Sie seufzte.

»Gab es denn nicht mal Anhaltspunkte, Indizien?«

»Wieviel wissen Sie eigentlich über den Fall?«

»Nur was ich in den Zeitungen gelesen habe«, sagte ich.

»In den Zeitungen? Aber das ist über fünfzehn Jahre her.«

Ich schluckte und holte tief Luft.

»Äh – ich möchte Ihnen ein Geständnis machen, Mrs. Griffin. Ich wußte kaum etwas über das Verbrechen, bevor ich anfing, für Sie zu arbeiten. Aber gestern nachmittag war ich in der Bibliothek und habe mir ein paar Zeitungsausschnitte fotokopiert. Die habe ich mit heimgenommen und ... tja, ich hab sie halt gelesen. Tatsache ist, ich war die halbe Nacht damit beschäftigt.«

Sie lächelte ein seltsam schiefes Lächeln.

»Ja. Ich weiß.«

»Wie bitte?«

»Nun, ich weiß, daß Sie in der Bibliothek waren und die Zeitungsberichte über den Mord eingesehen haben. Daß Sie die halbe Nacht darin gelesen haben, wußte ich natürlich nicht.«

Ich war sprachlos.

»Aber woher wissen Sie, daß ich in der Bibliothek war?«

Sie stützte den Kopf auf die Stuhllehne, schloß die Augen und sprach wie aus weiter Ferne, so als hätten Erschöpfung oder Schmerzen ihre Stimme geschwächt.

»Ich bräuchte Ihnen das nicht zu sagen; ich tue es aus freien Stücken, weil ich Ihnen reinen Wein einschenken möchte. Ich halte es für nötig, Leute, die zum erstenmal für mich arbeiten, eine Zeitlang zu beobachten.«

Es dauerte ein paar Sekunden, bis ich begriffen hatte, aber dann war ich ehrlich erstaunt. Und einigermaßen entsetzt.

»Soll das heißen, man spioniert mir nach?«

»Ja.«

»Sie haben jemanden auf mich angesetzt?«

»Ja.«

»Wie lange schon?«

»Lange genug.«

»Wie lange genau?« Ich spürte, wie mir die Galle hochkam.

»Sagen wir einfach, seit Sie für diesen Auftrag ausgewählt wurden.«

Mir schoß das Blut in den Kopf. Wütend fuhr ich mir mit den Fingern durchs Haar.

»Mrs. Griffin – ich fasse es einfach nicht. Ich bin sprachlos. Ich meine, wie kann man nur so etwas Hinterhältiges tun!«

»Ach ja.« Sie seufzte müde. »Aus Ihrer Sicht wirkt es vermutlich so. Aber es ist ganz einfach eine Vorsichtsmaßnahme.« Sie öffnete die Augen und sah mich an. »Und selbstverständlich behandle ich alles, was ich erfahre, streng vertraulich.«

»Soll das etwa ein Trost sein? Mein Leben geht Sie nichts an, Mrs. Griffin.«

»Nein, ich weiß«, versetzte sie ruhig.

»Ja, aber wie können Sie sich dann unterstehen? Wirklich, Mrs. Griffin, wie können Sie es wagen ...«

»Es ist bloß eine Vorsichtsmaßnahme, weiter nichts.«

»Hören Sie, Mrs. Griffin, ich habe schon für eine Menge sehr reicher und prominenter Kunden gearbeitet, aber so etwas ist mir noch nie vorgekommen.«

Sie kniff die Augen zusammen.

»Wie wollen Sie das wissen?«

Sie hatte recht; natürlich wußte ich es nicht mit Bestimmtheit. Theoretisch hätte mich manch einer vor ihr überwachen lassen können. Trotzdem fand ich die Vorstellung nachgerade empörend.

»Jedenfalls bin ich froh, daß ich nichts davon wußte, denn sonst hätte ich schon früher reagiert, wie ich es jetzt tun werde – will sagen, ich kündige.«

Damit warf ich meine Serviette auf den Tisch und erhob mich. Mrs. Griffin packte mich am Arm. Ihre feine, knochige Hand fühlte sich an wie eine Vogelkralle. Es war keine Kraft dahinter. Ich hätte mich leicht losreißen können, aber etwas in mir weigerte sich und ließ sich festhalten.

»Bitte! Bitte gehen Sie nicht!« jammerte sie. »Ich *hätte* es Ihnen doch nicht zu sagen brauchen. Ich hab's *freiwillig* getan, weil ich ehrlich zu Ihnen sein will. Ich möchte keine Geheimnisse zwischen uns. Bitte ... bitte setzen Sie sich wieder hin, und hören Sie mich an.«

Sie zupfte mich am Ärmel und sah dabei so kläglich und hilflos aus, daß ich einfach nicht nein sagen konnte.

»Also schön«, sagte ich und machte sacht meinen Arm los.

Ich setzte mich wieder hin, verschränkte die Arme vor der Brust und wappnete mich, immer noch zornbebend, für ihre Erklärung. Sie sprach langsam, als gelte es, sich vor jedem unbedachten Wort zu hüten.

»Sehen Sie, nach Cassas Tod packte uns plötzlich eine schreckliche Angst«, begann sie. »Eine schreckliche Angst, gegen die wir ohnmächtig waren, Holt und ich. Wir fürchteten nicht bloß um unser eigenes Leben, nein, wir hatten auf einmal Angst vor dem Leben überhaupt. Können Sie das verstehen?«

Ich nickte.

»Wenn einem ein Kind stirbt, bricht das ganze Mosaik, das Grundbild des Lebens, entzwei. Cassa war unser einziges Kind. Und ich habe sonst was auf mich nehmen müssen, um überhaupt schwanger zu werden. Folglich war ich dann eine überfürsorgliche Mutter. Ich wollte immer nur das Beste für sie, wollte ihr all das ersparen, was ich in meinem Leben hatte durchmachen müssen.« Sie schauderte.

»Aber irgendwie«, fuhr sie nach einer Pause fort, »irgendwie entglitt sie mir. Ich weiß bis heute nicht genau, wie es dazu kam. Wahrscheinlich war da irgend so ein wilder, ungestümer Drang in ihr. Jeder Mensch hat eben sein eigenes Schicksal.«

Nach einer weiteren Pause fuhr sie fort: »Zuerst begriff ich es gar nicht, sondern dachte bloß immer: Aber wir haben ihr doch alles gegeben. Und als mir dann allmählich ein Licht aufging, da war es schon zu spät. Sie war auf und davon und hatte Roberto geheiratet.«

»Roberto Madi?« fragte ich.

»Roberto Madi«, wiederholte sie angeekelt.

»Sie mochten ihn nicht?«

»Nein«, sagte sie. »Ich mochte ihn nicht. Meine Tochter heiratete einen Schönling, der ein phantastischer Skifahrer war, aber nichts im Kopf hatte. Ich konnte ihn nicht ausstehen.«

»Wo lernte sie ihn kennen?«

»In Europa. Er war ihr Skilehrer. Ich bin überzeugt, er wußte im voraus, wer sie war, und hat sie sich allein wegen ihres Geldes geangelt, auch wenn er das immer bestritt. Und Cassa beteuerte natürlich erst recht, daß es die große Liebe sei – ha! So ein Saukerl!«

»In den Zeitungen stand leider nicht viel über ihn.«

»Oh, er hatte keinen Background, keine Familie, gar nichts. Wir wußten so wenig über ihn – theoretisch hätte sogar die Polizei hinter ihm her sein können.«

»Glauben Sie, daß jemand hinter ihm her war?«

»Jedenfalls meine Tochter, die bestimmt.« Sie sagte es, als sei schon der Gedanke ihr widerlich. »Nichts, was wir vorbrachten, konnte sie umstimmen. Gar nichts. Holt drohte, sie zu enterben, wenn sie diesen Menschen heiraten würde, aber das war ihr egal. Sie hatte etwas eigenes Geld, und die meisten Treuhandvermögen waren sowieso auf sie abgeschlossen. Also würde sie eines Tages reich sein, mit oder ohne unser Einverständnis. Das wußte sie natürlich, und darum hörte sie einfach nicht auf uns.« Mrs. Griffin hatte sich heiser geredet.

Sie langte mit zitternder Hand nach ihrem Weinglas. Fast hätte sie etwas verschüttet, ehe es ihr gelang, es an den Mund zu führen.

»Er ließ sich heimlich mit meiner Tochter trauen, und er wollte ihr Vermögen stehlen«, fuhr sie fort. »Er hatte sie schon ganz willenlos gemacht. Aber wir kamen dahinter. Ich kann Ihnen gar nicht sagen, was wir alles Furchtbares durchgemacht haben. Holt versuchte, ihn ausweisen zu lassen. Na, jedenfalls war sie am Ende doch bereit, sich von ihm zu trennen. An dem Abend, bevor sie ermordet wurde, kam es zu einer schrecklichen Szene. Holt und Roberto hatten einen furchtbaren Streit ... Hinterher sagte Cassa, nein, sie *versprach* uns, daß sie ihn verlassen würde. Aber wir müßten sie in Frieden lassen und ihr Zeit geben, selber damit klarzukommen. Holt wurde schrecklich wütend. Ich hatte ihn noch nie so gesehen. Und Roberto – mein Gott – die beiden ...«

Sie schlug die Hände vors Gesicht und begann zu weinen. Ich beugte mich über den Tisch und strich ihr begütigend über die Schulter.

»O Gott, o Gott, hätte ich sie doch nur besser behütet«, schluchzte sie. »Es ist alles meine Schuld.«

»Es tut mir so leid, Mrs. Griffin. Kann ich irgendwas für Sie tun?«

Sie schüttelte den Kopf und trocknete sich die Augen mit der Serviette.

»Jetzt verstehen Sie wohl«, sagte sie, zu mir aufblickend, »daß es mir sehr schwer fällt, einem Menschen unbesehen zu vertrauen.«

»Schon gut«, sagte ich mitfühlend, »jetzt verstehe ich Sie.«

Ich spürte, daß sie mir in diesem Moment schutzlos ausgeliefert war, und beschloß, die Chance zu nützen und ihr die Frage zu stellen, die mir seit der nächtlichen Zeitungslektüre keine Ruhe mehr ließ.

»Haben Sie ihn denn nie verdächtigt?« fragte ich.

»Wen?«

»Roberto Madi! Hatten Sie nie den Verdacht, daß er der Mörder war?« legte ich nach.

»Oh, bitte ersparen Sie mir diese Frage.«

»Sie sagten doch, er hätte versucht, das Vermögen Ihrer Tochter zu stehlen. Dann aber wollte sie ihn verlassen. Da mußte doch der Verdacht auf ihn fallen!«

»Ich kann Ihnen darauf nicht antworten. Bitte!« Sie stöhnte.

»Warum nicht?«

»Ich kann einfach nicht. Bitte fragen Sie nicht weiter.«

Sie fing wieder an zu weinen.

»Ich wünschte«, sagte sie stockend, »ich wünschte bei Gott, ich hätte an dem Abend gewußt, daß ich Cassa zum letztenmal lebend sah ... Wenn ich das gewußt hätte ...«

»Ja, was dann?« drängte ich.

»Wenn ich's gewußt hätte ... dann hätte ich ihr gesagt ...« Wieder stockte sie.

»Was? Was hätten Sie gesagt, Mrs. Griffin?«

Die alte Frau ergriff meine Hand, hielt sie wie zum Vergleich neben die eigene und betrachtete sie.

»Kleine, zarte Hände«, sagte sie zerstreut.

Dann blickte sie mich auf einmal so verwundert an, als sähe sie nicht mich, sondern ganz jemand anderen.

»Es tut mir leid, Liebling«, klagte sie und schaute mir dabei fest in die Augen. »Bitte verzeih mir, Cassa ... es tut mir so leid ... so leid.«

»Mrs. Griffin, ich bin nicht Cassandra.«

Ich kann nicht sagen, ob sie mich hörte oder nicht, denn lange saß sie bloß reglos da, hielt meine Hand und schluchzte dumpf. Ich wußte nicht, was ich tun sollte, also ließ ich sie einfach gewähren. Aber ihr Schmerz entlud sich so heftig, so ungezügelt, daß ich mich genierte, wie wenn ich Zeuge einer intimen Umarmung geworden wäre. Ich hatte keine Ahnung, wie ich sie hätte beruhigen sollen. Wie tröstet man einen Menschen, der sich über einen so unersetzlichen Verlust grämt? Wären wir befreundet gewesen, oder hätte ich sie auch nur besser gekannt, dann hätte ich sie in den Arm nehmen und ihr durch die Berührung Beistand signalisieren können. So aber fürchtete ich, jede Annäherung meinerseits könne als Heuchelei oder gar plumpe Vertraulichkeit mißverstanden werden. Am liebsten wäre ich aufgestanden und hätte dieses stickige Zimmer auf der Stelle verlassen.

Mrs. Griffin ließ meine Hand los. Sie räusperte sich, als ob sie etwas sagen wollte. Statt dessen erhob sie sich und ging ohne ein Wort langsam zur Tür. Ich sah ihr nach, blieb noch eine Weile reglos auf meinem Platz sitzen und starrte zum Fenster hinaus. Ihre letzten Worte hallten in meinen Ohren wider.

»Bitte verzeih mir, Cassa ... es tut mir so leid ... so leid.«

Was meinte sie damit? Was tat ihr leid? Was sollte Cassandra ihr verzeihen?

Endlich kam Deane herein und meldete, Mrs. Griffin sei müde, und es stünde mir frei, zurück an meine Arbeit zu gehen, oder den Nachmittag freizunehmen. In welches Zimmer, dachte ich, hat sie sich wohl zurückgezogen – sucht sie Trost in ihrem Schlafzimmer oder anderswo? Vielleicht in dem Zimmer, das Cassandra als Kind bewohnt hat und in dem sie gestorben ist?

Später, als ich das Anwesen verließ, hätte ich gar zu gern gewußt, ob Mrs. Griffin mich beobachtete. Eines wußte ich immerhin: Von jetzt an würde ich sie im Auge behalten.

5

Statt wieder an die Arbeit zu gehen, nahm ich mir den Nachmittag frei. Ich verließ The Haven und fuhr einfach ziellos ins Blaue. Im Geiste sah ich Cassandra und Roberto Madi immer noch verkörpert durch mich und John Noland. Plötzlich stellte ich mir vor, John stieße mir ein Messer ins Herz. Ich hielt auf dem Seitenstreifen, um einen Moment Atem zu schöpfen.

Nach einer Weile ließ ich den Motor wieder an und fuhr aufs Geratewohl durch die Stadt, bis ich mich unversehens in meiner alten Wohngegend wiederfand, im Village, nicht weit vom Washington Square. Bis auf die jetzt unübersehbar vergammelten Bürgersteige hatte das Viertel sich in den fünfzehn Jahren, seit ich weggezogen war, nicht sehr verändert. Die Architektur der Jahrhundertwende und die schmalen, gewundenen Straßen gemahnten an eine Epoche, in der das Leben noch gemächlich und idyllisch verlaufen war. Hier hatte ich John Noland kennengelernt; in den Cafés, Jazz Clubs, Theatern und Restaurants, die dem Viertel das Gepräge gaben, hatte sich unser Verhältnis entwickelt. Wir wohnten nahe genug beieinander für glückselige Zweisamkeit, spontane Rendezvous und dafür, daß ich ihm nachspionieren konnte. Und jetzt fuhr ich auf einmal wieder an seinem Haus vorbei und schaute zu seinem Fenster hinauf, um zu sehen, ob er daheim war.

Er wohnte im zweiten Stock eines Brownstones gleich um die Ecke von der Bleecker Street, oder jedenfalls hatte er da mal gewohnt. Nachdem wir Schluß gemacht hatten, nahm ich die verrücktesten Umwege in Kauf, nur um an seiner Wohnung vorbeizukommen. Manchmal schlenderte ich auch vor dem Haus auf und ab, in der Hoffnung, ihn zu treffen; dann zitterte ich davor, ihn mit einer anderen Frau zu sehen, und fand den Gedanken gleichzeitig krankhaft erregend. Einmal überwachte ich ihn sogar eine ganze Nacht lang. Ich stand auf der Straße, bis es hell wurde, starrte zu seinen Fenstern hinauf und sah ihn ab und zu rauchend oder mit einem Glas in der Hand in der Wohnung auf und ab tigern, während er an einem Text feilte. Bei dieser Nachtwache begriff ich, wieviel näher ich mich John fühlte, wenn ich nicht bei ihm war, wenn ich ihn aus der Ferne beobachtete oder nur an ihn dachte. Ich erkannte endlich, wie unbefriedigend unsere Beziehung gewesen war.

Ich wußte nicht, ob er noch dort wohnte. Es war so lange her, seit ich ihn das letzte Mal gesehen oder von ihm gehört hatte. War er inzwischen umgezogen? Oder gestorben? Nein, dachte ich, tot kann er nicht sein. Das hätte ich gehört oder hätte wenigstens die Todesanzeige in der *Times* gelesen. In den letzten paar Jahren hatte ich, um gesellschaftlich auf dem laufenden zu bleiben, von den Vermählungs- zu den Todesanzeigen in der *Times* gewechselt. Bestimmt hätte man John Noland, den inzwischen geachteten Schriftsteller, als Toten ebenso respektvoll besprochen wie als Lebenden, ja vielleicht noch wohlwollender.

Ich stellte den Motor ab und sah hoch zu der vertrauten Fensterreihe im zweiten Stock. Die alte Prozedur. Das dritte Fenster von links war sein Arbeitszimmer, damals jedenfalls. Daneben lag sein Schlafzimmer, früher jedenfalls. Dort hatte er ständig die Jalousie heruntergelassen. Sie war auch jetzt unten.

Ich stieg aus und ging zum Eingang, um nachzusehen, ob er immer noch dort wohnte. Da ist doch nichts dabei, dachte ich. Es war immer noch der gleiche Hausflur, schlecht beleuchtet, buttergelb mit geschwärzten Rissen im Kachelboden; es roch immer noch nach Katzen, und, bei Gott, da hing immer noch sein Name am selben Briefkastenschlitz, auf eine vergilbte Karteikarte gekritzelt: John Noland.

Der Briefkasten war zum Überquellen voll. Er muß verreist sein, dachte ich. Nun, das war ganz normal. Er würde oft unterwegs sein, um für seine geschleckten Bücher zu recherchieren. Es faszinierte mich, wie ein Mann, der selber so von Ängsten und Leidenschaften gebeutelt wurde, dermaßen distanziert zu schreiben vermochte. Wie hieß doch gleich sein letztes Buch? Ich stand im Flur und versuchte, mich auf den Titel zu besinnen. Ich erinnerte mich, daß ich vor ungefähr einem Jahr eine Kritik gelesen hatte, in der von seiner »historisch-honorigen Betrachtungsweise« die Rede war. Dann fiel es mir wieder ein: Das Buch handelte von der Kolonisation Perus, erzählt aus dem Blickwinkel eines Missionars und eines Inkas, die Freunde werden und dann gemeinsam tapfer eines gewaltsamen Todes sterben. Wie war doch gleich der Titel? Ich dachte angestrengt nach. O ja: *Männer aus Stein*. Wie treffend!

Ich trat wieder hinaus auf die Straße und dachte an die Zeit, die John und ich miteinander verbracht, in der wir uns geliebt, gestritten und wieder versöhnt hatten. Ich erinnerte mich an den Tag, als ich in sein Arbeitszimmer gegangen war, einen Stapel Post durchgeblättert und mit rasend klopfendem Herzen den Brief einer anderen liebeskranken Frau gefunden und gelesen hatte. Ich stellte ihn zur Rede.

»Wer ist diese Frau, die behauptet, daß sie dich liebt und umgekehrt?!« hatte ich ihn angebrüllt.

»Das geht dich nichts an«, hatte er gesagt und mir sachte den Brief aus der Hand genommen.

»Warum tust du mir das an?«

»Du tust dir das selber an«, antwortete er.

Und er hatte recht. Ich quälte mich selber. Wieder und immer wieder.

Wir machten Heiratspläne. Ich kaufte sogar ein weißes Spitzenkleid für den Fall, daß wir uns ganz spontan entscheiden sollten. Ich wollte auf alles vorbereitet sein. Ich hatte mir immer eine weiße Hochzeit gewünscht. Und jetzt, dachte ich, kriege ich, falls ich doch mal heiraten sollte, eine rundum weiße Hochzeit: weißes Kleid, weiße Blumen, weißes Haar.

Ich stand draußen auf der Straße, konnte mich aber einfach nicht losreißen, sondern dachte an den Tag, an dem John angerufen und ich ihm, einer plötzlichen Eingebung folgend, gesagt hatte, daß ich mich nicht mehr mit ihm treffen wolle. Und diesmal war es mir wirklich ernst gewesen. Trotzdem verblüffte ich mich wahrscheinlich genauso sehr wie ihn. Meine Stimme klang ungewohnt kühl. Er wollte wissen, was er denn getan habe. Oder gab es einen anderen? Nein, sagte ich, er habe nichts Besonderes getan, und es gäbe auch keinen anderen. Ich wolle einfach bloß Schluß machen – was nicht stimmte. Ich wollte nicht weg von ihm, aber auf einmal war ich den ewigen Kummer leid, der mich vielleicht sogar ein kleines bißchen langweilte. Er versuchte mit allen Mitteln, mich umzustimmen, und ich war schon versucht, nachzugeben, aber statt dessen sagte ich bloß: »Mach's gut«, und hängte ein. Er rief mich nie wieder an.

Ich brachte die Kraft auf, aus dem Village wegzuziehen. Irgendwann fragte ich mich nicht mehr, ob ich die richtige Entscheidung getroffen hätte, unterließ die heimlichen Pilgerfahrten zu seinem Haus und hockte auch nicht mehr ständig in Erwartung seines Anrufs neben dem Telefon. Ich hörte auf, allmorgendlich in der Post nach seinen kryptischen Mitteilungen und Postkarten zu suchen. Wenn sie kamen – und es kamen etliche –, las ich sie und warf sie weg, statt sie aufzuheben. John Nolands erste Briefe und die Geburtstagskarten, die mein Vater mir aus fernen Ländern geschickt hatte, lagen jahrelang nebeneinander in einem Geheimfach in meinem Schreibtisch, bis ich den Gedanken, daß sie dort lauerten, eines Tages satt hatte und beide Päckchen verbrannte. Ich richtete mir mein Leben neu ein, krempelte meinen Gefühlshaushalt um und begnügte mich mit einem Zustand resignierter Zufriedenheit.

Wann immer ich eine Rezension von einem von Johns Büchern sah, lächelte ich. Hin und wieder nahm ich bei einem Schnuppergang durch eine Buchhandlung ein Exemplar seines jeweils neuesten Romans zur Hand. Ich betrachtete das Bild hinten auf dem Umschlag und dachte, das ist er, immer noch ein gutaussehender, kantiger Typ, immer noch sehnig und schlank, immer noch der Frauenheld, aber auch er wird älter. Ich sah mir auch jedesmal die Widmung in seinen Büchern an. Eine lautete: »Für S.R. – In Liebe.« Arme »S.R.«.

Als ich an diesem Abend nach Hause kam, blätterte ich noch einmal alle Zeitungsausschnitte über Cassandra durch und las Brush und mir Bruchstücke daraus laut vor. Ich schlief bei Licht ein und hatte einen Traum, an den ich mich hinterher nicht genau erinnern konnte. Aber am nächsten Morgen war ich so müde, als hätte ich gar nicht geschlafen.

Mrs. Griffin traf ich nach unserem merkwürdigen gemeinsamen Mittagessen über zwei Wochen nicht mehr. Ich erschien jeden Tag zur Arbeit, aber von ihr sah und hörte ich nichts. Mir war das ganz lieb. Denn ich dachte mit einiger Verlegenheit an unser letztes Gespräch zurück, und dann ging mir auch ihr »Bitte, verzeih mir, Cassa« nicht aus dem Kopf. Dieser Vorfall hatte unser Verhältnis aus dem Gleichgewicht gebracht, und wir brauchten beide Zeit, um uns wieder zu fangen. Sie hatte mir zu rasch Einblick in ihre intimen Gedanken gewährt. Für so eine tränenreiche, dramatische Verwechslungsszene kannten wir uns wahrhaftig nicht gut genug. Ich fand, nur Zeit und Distanz konnten die erwünschte Unbefangenheit wiederherstellen.

Unterdessen arbeitete ich unermüdlich, aber mit geringem Erfolg. Stundenlang saß ich im Pavillon, rauchte, zeichnete, rang um Einfälle, die ich schon am nächsten Tag wieder als zu banal oder langweilig verwarf. Ich ertappte mich bei der Frage, wie Mrs. Griffin eigentlich ihre Tage verbrachte. Soweit ich das mitbekam, ging sie nie außer Haus und empfing auch keine

Besucher. Außer Lieferanten kam niemand nach The Haven. Sie zeigte sich weder unten im Haus, noch sah ich sie je im Park spazierengehen. Sie schaute nie nach mir und meiner Arbeit. Sie blieb ganz für sich, nur in der Obhut ihrer Bediensteten. Also was, fragte ich mich, was macht sie bloß den ganzen Tag? Liest sie oder sieht sie fern? Geht sie in ihre sogenannten Kostümräume und probiert ihre Erinnerungen an? Oder hat sie ein heimliches Projekt, mit dem sie sich die Stunden vertreibt?

Auch wenn ich sie nie zu Gesicht bekam, spürte ich doch die Gegenwart der alten Frau, ja, ich wurde das unangenehme Gefühl nicht los, daß sie mich beobachtete. Kleinigkeiten brachten mich darauf. Die Vögel hörten plötzlich auf zu tschilpen, und ich spürte, daß draußen jemand herumschlich. Aber wenn ich nachsehen ging, war nie jemand da. Manchmal schlenderte ich in der Mittagspause um den Pavillon herum und entdeckte dabei schwache Fußspuren im Boden, kleine Abdrücke, die nur von einem Frauenschuh stammen konnten. Manchmal hätte ich auch schwören können, daß ich draußen jemanden leise weinen hörte.

Anfangs kümmerte ich mich nicht weiter um diese Zwischenfälle. Doch allmählich verdichtete sich das Gefühl, unter Beobachtung zu stehen, so sehr, daß ich überlegte, ob sie mich nicht womöglich durch eine geheime Öffnung in der Wand bespitzele. Es kam vor, daß ich mich mitten in einer Zeichenarbeit abrupt umdrehte, um die Wände nach einem lauernden Auge abzusuchen.

Eines Tages kam ich absichtlich schon sehr früh am Morgen, als die Sonne noch recht tief stand, in den Ballsaal. Ich stellte mich in die Mitte der Tanzfläche, drehte mich langsam im Kreis, und tatsächlich, da war er: ein Sonnenstrahl, so fein wie ein Nadelstich, der, fast verdeckt von einer Säule, die Ostwand in Augenhöhe durchbohrte. Ich ging hin, um ihn näher zu untersuchen. Es war ein winzig kleines Loch, eben groß genug, um mit einem Auge hindurchzulinsen. Ich stopfte es mit Papier zu und nahm mir vor, es bei nächster Gelegenheit ordentlich zu vergipsen. Dieses eine Spielchen war damit vorbei, und ich hatte die Runde gewonnen.

Mit der Zeit wurde mir der Ballsaal vertraut wie ein enger Freund, den man mit all seinen Launen und Schwächen kennt. Schon als Schauplatz eines verstaubten Rituals haftete ihm jetzt, wo er nur noch Museum sein durfte, eine gewisse Melancholie an. Ich wußte, daß Mrs. Griffin hier keinen Ball mehr geben würde. Sie war zu alt, zu sehr Einsiedlerin geworden. Das aber warf die Frage auf, warum sie dann den Saal überhaupt renovieren ließ. Vielleicht, dachte ich, will sie damit irgendeine Erinnerung an heitere, unbeschwerte Zeiten beschwören oder auch nur die Illusion davon wachhalten. Und die Vorstellung verstärkte in mir den Wunsch, diesem Raum ein – wie soll ich es ausdrücken – fröhliches Ambiente zu verleihen; ein Vorsatz, mit dem denn auch langsam ein Plan für die Ausgestaltung des Pavillons reifte.

Da ein wirklich schöner Ballsaal immer so aussehen sollte, als könne das Fest gleich beginnen, beschloß ich, den meinen einfach herzurichten für den großen Augenblick. Ich würde den strengen, klassisch gegliederten Raum mit Gästen, Phantasie und Musik beleben – ein Tanzfest würde ich kreieren, ja einen Debütantinnenball, in dessen Mittelpunkt ich die Hauptperson stellen wollte – Cassandra Griffin –, wie sie eben die Tanzfläche betritt, eine echte Prinzessin im langen weißen Kleid, im Schmuck der Jugend.

Während meine Eingebung sich zum konkreten Bild formte, hielt ich innerlich Zwiesprache mit Cassandra: Du und ich, sagte ich zu ihr, wir werden ein paar Monate miteinander verbringen, in denen ich deinen glanzvollen Abend verewige. Ich werde dich und vielleicht auch mich selber dadurch ein bißchen besser kennenlernen. Ich werde mit dir leben, werde dein schönstes Fest neu erschaffen und vielleicht sogar das Rätsel deines Todes lösen.

Nachdem der Plan feststand, zeichnete ich meine Entwürfe direkt auf die Saalwände. Der Kohlestift flog nur so über den Putz, indes hundert Einfälle mich gleichzeitig bestürmten. Endlich spürte ich jenen Kreativitätsschub, den jeder Künstler herbeisehnt, jenen magischen Augenblick, da die Zauberquelle tief im Unterbewußtsein zu sprudeln beginnt. Ich arbeitete wie besessen und gönnte mir kaum eine Pause, bis ich mein Konzept in einer Reihe detaillierter Skizzen konkretisiert hatte.

Am Ende dieser Woche bevölkerte ein bunter Reigen von Festgästen, Musikern, Getier und Blumenschmuck den Ballsaal. Jedes Paneel erzählte eine kleine Geschichte, und jede Geschichte hatte ihre drollige Pointe. Mir persönlich gefiel besonders die Vignette, in der ein kleines Hündchen, das sich im Kleidersaum seiner Herrin versteckt hielt, an der Hose ihres Kavaliers sein Bein hebt. Die Dame, die eine Zigarette in langer Spitze raucht, und der junge Mann, ein Beau im Dinnerjacket und mit Champagnerkelch, bemerken das Malheur gar nicht. Ich streute noch andere, nicht weniger pikante Szenen unter die ansonsten höchst schickliche Kotillon-Gesellschaft: einen Kellner, der einer vornehmen Dame ins Dekolleté linst, während er ihr die Hors d' œuvres reicht; einen alten Roué, der ein junges Mädchen in den Po kneift; eine Frau, die, zum Entzücken ihres Kavaliers, die Röcke allzu hoch rafft. Im Mittelpunkt der Gala aber prangte das noch gesichtslose Porträt der Debütantin.

Nun, da ich das Ensemble skizziert hatte, brauchte ich Mrs. Griffins Zustimmung, um mit dem Ausmalen beginnen zu können. Ich wußte, daß sie mich nicht mehr bespitzelte – dem hatte ich ja wohl einen Riegel vorgeschoben. Trotzdem hatte ich sie in Verdacht, daß sie sich abends, wenn ich gegangen war, in den Ballsaal schlich und meine Fortschritte begutachtete. Aber jetzt wollte ich, daß sie offiziell zu meiner Arbeit Stellung nahm. Also bat ich sie durch Deane um einen Besuch im Pavillon. Während ich auf Antwort wartete, drehte ich eine Runde durch den Park. Seltsam, aber die Aussicht auf ein Wiedersehen mit ihr beschwingte mich und machte mich zugleich nervös.

Ich wußte, daß ich gute Arbeit geleistet hatte, und hoffte, meine Skizzen würden ihr gefallen, aber ich hegte nach wie vor Argwohn gegen sie. Ich verstand immer noch nicht dieses Spielchen, das sie mit mir spielte, ja wußte nicht einmal, ob es überhaupt ein Spiel war und nicht vielleicht reine Einbildung meinerseits. Ich war neugierig, wie sie sich verhalten würde, nachdem unser letztes Beisammensein so unverhofft ins Emotionale entglitten war. Das beste war sicher, ich überließ es ihr, den Ton für diese Unterredung zu wählen.

Einige Zeit später wurde ich in Mrs. Griffins Schlafzimmer gerufen. Sie saß, von einem Berg Kissen gestützt, aufrecht in ihrem seidenen Himmelbett und sah so alt und eingefallen aus, daß ich sie im ersten Moment fast nicht erkannt hätte. Besonders ihr Kopf kam mir viel kleiner vor. Borstige graue Strähnen standen wie Stacheln vom Schädel ab.

»Bring mir meine Haare«, gebot sie einem Dienstmädchen, das prompt im Ankleidezimmer verschwand.

»Ich hatte einen Anfall«, sagte sie.

Mrs. Griffin hob einen Handspiegel vor ihr Gesicht und musterte es kritisch.

»Scheußlich«, konstatierte sie mit einem verlegenen kleinen Lachen. »Einfach scheußlich.«

Sie ließ den Spiegel sinken und sah mich mit ihren großen hellblauen Augen an.

»Wissen Sie, früher habe ich mir mit meinem Äußeren sehr große Mühe gegeben. Ja, dafür war ich geradezu berühmt. Nie schlecht frisiert, nicht einmal, wenn ich bloß einen Sprung um die Ecke machte. Wirklich gute Pflege ist ein Fulltime-Job, und ich verstand was davon. Kein Mensch sieht mich jemals so wie jetzt, außer meiner Zofe natürlich.«

Ich wunderte mich, warum sie mir erlaubte, sie in diesem bejammernswerten Zustand zu sehen, und als ob sie meine Gedanken erraten hätte, sagte sie: »Aber ich wollte mich Ihnen zeigen. Ich wollte, daß Sie mich ohne jede Maske sehen.«

»Warum?« fragte ich.

Sie dachte einen Moment nach. »Vielleicht weil ich Ihr Wohlwollen gewinnen möchte, und das schenken einem die Leute eher, wenn sie einen ein bißchen bemitleiden.«

Mir entfuhr ein verdutztes, leises Lachen.

»Warum um alles in der Welt sollte Ihnen an meinem Wohlwollen gelegen sein? Ich verstehe das nicht.«

»Nein. Ich weiß, daß Sie das nicht verstehen. Und das wird auch noch ein Weilchen so bleiben. Ich bin nicht einmal sicher, ob ich's selber ganz verstehe. Aber ich denke, ich kann Ihnen frei heraus bekennen, daß ich eines Tages all Ihr Mitleid brauchen werde. Mitgefühl ist der wichtigste Baustein einer jeden Beziehung. Davon hängt sehr viel ab. Alles steht und fällt mit dem Quantum, das man investiert. Für mich werden Sie eine ganze Menge brauchen.«

Sie nahm wieder den Spiegel zur Hand und betrachtete ihr Gesicht.

»Früher habe ich mich wahnsinnig gern im Spiegel gesehen«, sagte sie. »Das gab mir Sicherheit.« Sie zeichnete ein, zwei tiefe Falten mit den Fingerspitzen nach und seufzte. »Ich hätte nie gedacht, daß auch ich einmal alt werde ... Wie alt sind Sie jetzt?«

»Neununddreißig«, antwortete ich ohne zu zögern.

»Ah! Mit neununddreißig war ich unsterblich ... Können Sie sich vorstellen, eines Tages eine alte Frau zu sein?«

Ich zuckte die Achseln. »Ja und nein. Ich versuche, mir keine unnötigen Gedanken darüber zu machen. Außerdem fühle ich mich manchmal jetzt schon ziemlich alt.«

»Das liegt daran, daß Sie allein sind«, sagte sie. »Das Alleinsein macht Sie älter.«

»Ach, glauben Sie?« Der Gedanke war mir nie gekommen.

»Aber ja«, sagte sie mit Nachdruck. »Man braucht Kontakt zu anderen Menschen, um jung zu bleiben.«

Die Zofe kam mit zwei auf Ständer gespannten Perücken zurück. Mrs. Griffin suchte sich eine aus, setzte sie auf und steckte ihre eigenen widerspenstigen Strähnen fachmännisch darunter fest.

»Wußten Sie, daß ich eine Perücke trage?«

»Ich hatte so eine Ahnung«, sagte ich.

»Ich hasse die Dinger. Man schwitzt so drunter. Aber Sie sehen ja selbst, daß mein eigenes Haar unmöglich ist. Früher hatte ich prächtiges Haar, auch wenn es nicht – falls ich das von mir selber sagen darf – mein größter Pluspunkt war, wie oft bei häßlichen Frauen. Wenn ich nicht so eitel wäre, würde ich einfach einen Turban tragen. Aber ich bin nun mal eitel. Ich habe mein wahres Alter mein Leben lang verheimlicht. Ich war fast dreiunddreißig, als Cassa geboren wurde, doch ich habe allen weisgemacht, ich sei erst achtundzwanzig. Jetzt hat es keinen Sinn mehr, wegen irgendwas zu lügen. So«, sagte sie und hielt den Spiegel ein bißchen weiter weg, um einen besseren Gesamteindruck zu bekommen. »Das ist wenigstens etwas besser ... Na ja, vielleicht auch nicht.«

Sie sah jetzt wirklich besser aus. Aber ich konnte das bizarre Bild nicht vergessen, das sie ohne Perücke abgegeben hatte – ein Schrumpfkopf, aus dem schüttere graue Borsten sprossen.

»Ach, es ist gräßlich zu wissen, daß man nie wieder so aussehen wird wie früher«, sagte sie gereizt. »Ich habe Krebs, unheilbar.«

Ich wußte nicht, was ich darauf antworten sollte. Aber sie sprach ohnehin pausenlos weiter.

»Die Ärzte geben mir höchstens noch ein, zwei Jahre. Es ist ganz merkwürdig, wissen Sie. Ich habe nämlich nicht das Gefühl, als ob ich sterben müßte, und doch weiß ich, daß es so ist. Und daß es gar nicht mehr lange dauert. Aber mir kommt es vor, als ob das alles jemand anderem passieren und ich nur dabei zuschauen würde. Wissen Sie, was ich meine?«

»Ich glaube schon.«

»Vor den Nächten fürchte ich mich allerdings«, fuhr sie fort. »Nachts fühlt man sich aus irgendeinem Grund so allein. Ich weiß nicht, warum das so ist, denn ich bin schließlich auch tagsüber allein. Aber es hat wohl etwas mit der Stille zu tun und mit der Dunkelheit. Ich liege im Bett und denke an all diese heimtückischen Zellen, die wachsen und wachsen und meine Eingeweide auffressen. Ich kann sie beinahe hören – wie sie schmatzen. Und ich ekle mich vor dem Gedanken an den langsamen Verfall. Ich will nicht so elend zugrunde gehen.«

»Meine Mutter ist an Krebs gestorben.«

Das weckte ihr Interesse.

»Und Sie haben sie gepflegt?«

»Ja.«

»Ah, das hätte ich bei Ihnen auch nicht anders erwartet. War es schwer?« fragte sie.

»Sehr.«

»Was war denn am schlimmsten?«

Ich dachte einen Moment nach.

»Das Schlimmste ... ist jetzt.«

Mrs. Griffin tätschelte mir die Hand.

»Braves Mädchen. So, nun aber Schluß mit dieser Jammerei«, sagte sie unvermittelt. »Helfen Sie mir raus aus dieser Gruft, ja? Ich möchte rüber zum Pavillon und sehen, was Sie sich haben einfallen lassen.«

6

Mrs. Griffin nahm meinen Arm und stützte sich auf mich, als wir, fast wortlos, die Treppe hinuntergingen. Die körperliche Anstrengung schien all ihre Energie aufzubrauchen. Wenn sie strauchelte, half ich ihr auf, indem ich beide Arme um sie legte, eine Geste, für die sie mir fast zu überschwenglich dankte. Aber ihre schier pathetische Anerkennung und ihre Hinfälligkeit weckten unwillkürlich meinen Beschützerinstinkt. Auf diesem Gang kam mir erst so recht zum Bewußtsein, welch ein Geschenk meine Gesundheit und meine Jugend waren. Dieser gemeinsame Weg, auf dem ich sie von Zeit zu Zeit stützen mußte, schien eine Art Urverbundenheit zwischen uns zu schaffen. Ich dachte an meine Mutter und erinnerte mich, wie die letzten Monate mit ihr gewesen waren. Auch sie hatte sich in diesen Tagen der Verzweiflung an mich geklammert, als ob ich sie retten könnte. Während wir langsam den Park durchquerten, fragte ich mich auch, ob Frances Griffin sich wohl jetzt vorstelle, wie es gewesen wäre, diese ihre letzte Lebensphase an Cassandras Arm zurückzulegen.

Als wir den Pavillon erreichten, hatte sich eine neue Vertraulichkeit zwischen uns eingestellt. Ich war jetzt gelöster in ihrer Gegenwart. Trotzdem hielt ich den Atem an, als wir den Saal betraten. So begierig ich darauf war zu sehen, wie die für ihren Kunstsinn berühmte Frances Griffin auf meine Arbeit reagieren würde, so schreckliche Angst hatte ich andererseits davor, ihren Ansprüchen nicht zu genügen.

Ich führte sie hinein. Auf dem Treppenabsatz sah sie sich einen Moment um und stieß einen kleinen Schrei aus. Dann machte sie sich mit einiger Anstrengung von mir los und ging langsam die Stufen hinunter und weiter bis zur Mitte der Tanzfläche, wo sie stehenblieb und jedes Paneel der Reihe nach betrachtete. Sie wies meine Hilfe zurück und zog (wic ich mir einbildete, mit der letzten ihr noch verbliebenen Kraftreserve) meinen Zeichenstuhl in die Mitte des Raumes, direkt vor das Hauptporträt. Dann setzte sie sich und starrte mit geradezu grimmiger Leidenschaft auf dieses Herzstück meiner Arbeit.

Es war das bei weitem größte Paneel, das belebteste, figurenreichste, auf das ich außerdem die meiste Sorgfalt verwendet hatte. Wie die übrigen bestand es vorerst nur aus groben Kohlestiftumrissen. Den Mittelpunkt bildete die Gestalt einer noch gesichtslosen jungen Frau im weißen Abendkleid. Sie hielt ein Bukett in einer Spitzenmanschette mit flatternden Bändern in der Hand und war eben im Begriff, den Ballsaal zu betreten; ihr hübscher Kavalier im Frack stand hinter ihr, etwas abseits, so daß sie allein den Vordergrund beherrschte. Das weiße Oval, dem ich zum Schluß ihre Gesichtszüge verleihen würde, wirkte fast surrealistisch inmitten der fertigen Gesichter, die ringsum von den Wänden blickten.

»Dieses Mädchen«, begann Mrs. Griffin, den Blick immer noch starr auf die gesichtslose Gestalt gerichtet, »wer ist sie?«

»Ihre Tochter«, antwortete ich leise.

»Meine Tochter …«

»Ja. Ich dachte, wenn der Pavillon für sie geschaffen wurde, dann sollte ich sie auch jetzt in den Mittelpunkt stellen. Sie haben den Saal doch für ihren ersten Ball gebaut, nicht wahr?«

Mrs. Griffin antwortete nicht. Ihr Schweigen machte mich nervös. Ich konnte nicht erraten, ob mein Einfall ihr gefiel, oder ob sie ihn als Affront empfand.

»Ich dachte nämlich«, fuhr ich fort, »es könnte doch sehr schön sein, diesen wunderbaren Augenblick auf immer im Bild festzuhalten – als eine Art Hommage an Sie und Ihre Tochter, ja gewissermaßen auch an die Atmosphäre dieses Saals.«

Die alte Frau blieb stumm.

»Natürlich«, räumte ich ängstlich ein, »ist das alles hier noch längst nicht fertig. Wenn Sie wollen, kann ich's noch ändern. Ich kann das ganze Konzept umstoßen oder jedes beliebige Detail. Das ist nämlich bloß Kohlestift, der läßt sich leicht entfernen. Sie dürfen das hier bitte nur als Entwürfe betrachten, über die Sie zu entscheiden haben. Ich kann alles wegwischen und noch einmal ganz von vorn anfangen.«

Ich merkte selbst, wie demütigend mein kleinlautes Geplapper sich anhörte, und brach ab. Mrs. Griffin sagte noch immer nichts. Ich stand scheinbar endlos lange mit hängenden Armen da und überlegte, was in Gottes Namen ihr bloß durch den Kopf ging. Dann sah ich eine einzelne Träne aus ihrem Augenwinkel quellen.

»Woher wußten Sie von den Bändern und der Spitzenmanschette?« fragte sie endlich. Ihre Stimme klang hohl.

»Sie meinen an dem Bukett? Das hab ich nicht gewußt. Ich hab's mir bloß so vorgestellt.«

»Und das Kleid? Woher wußten Sie, wie es aussah? Es gab doch nie ein lebensgroßes Foto.«

»Auch das hab ich mir einfach nur ausgedacht.«

Sie wandte sich um und starrte mich mit versteinerter Miene an.

»Das ist ihr Kleid, ihr Bukett. Die Haltung, die Scheu, alles ganz sie. Bis auf das Gesicht. Sie haben das Gesicht nicht gezeichnet.«

»Ich hoffe, ich habe Sie nicht gekränkt, Mrs. Griffin.«

»Mich gekränkt ...«

Ich hielt den Atem an. Ich konnte beim besten Willen nicht erraten, was in ihr vorging. Auf einmal hob sie die Hände mit gespreizten Fingern vors Gesicht, so daß sie dazwischen einzelne Motive des Wandgemäldes gesondert betrachten konnte, gleichsam wie gerahmt: Hin und wieder warf sie auch einen Blick auf die anderen Paneele, kehrte aber stets aufs neue zu dem Haupttableau mit ihrer Tochter im Mittelpunkt zurück. Plötzlich erhob sie sich unvermutet lebhaft und erklärte: »Das ist genau das Richtige! Es wird bestimmt alles wunderschön.«

Ungläubig sah ich zu, wie sie flott umherging und bei jedem Paneel Details hervorhob, die ihr besonders gefielen. Sie war ein ganz anderer Mensch – jünger, neu gestärkt.

»Das hier finde ich ganz reizend«, sagte sie und deutete auf eine Vignette, mit der auch ich besonders zufrieden war. »Und dort – da haben Sie sehr viel Humor hineingelegt … wirklich originell … Diese Partie wird großartig sein, wenn alles ausgemalt ist.« Und so ging es fort.

Ihre Bemerkungen waren nicht einfach bloß schmeichelhafte Nichtigkeiten, sondern treffende, prägnante Kommentare. Sie schien zu verstehen, auf was es mir ankam, welche Atmosphäre ich vermitteln wollte. Sie war unermüdlich in ihrem Lob, machte auf jedes gelungene Stück meiner Arbeit aufmerksam, schwärmte von einem Faltenwurf, einer Blume, einem Mienenspiel, als ob jedes für sich eine ganz besondere Kostbarkeit wäre. Ihr anfängliches Schweigen und die bange Ungewißheit, in die es mich gestürzt hatte, machten meinen Triumph jetzt um so strahlender. Ich war begeistert, weil ihr vielgerühmter Blick so kongenial von den Rohentwürfen auf die künftigen Bilder zu schließen verstand. Sie gab mir das Gefühl, als hätte ich es fast geschafft, mein großes Vorbild Veronese zu erreichen.

Abschließend debattierten wir noch eine Weile über die Farben und einigten uns darauf, daß die Gesamtszene etwas gedämpft bleiben solle, damit Cassandras cremeweißes Abendkleid um so leuchtender hervortreten könne.

»Sie müssen sich Zeit lassen«, sagte sie. »Nehmen Sie sich alle Zeit der Welt. Es muß ganz einfach vollkommen werden.«

»Ich bin ja so froh, daß es Ihnen gefällt, Mrs. Griffin. Im ersten Moment dachte ich nämlich, ich hätte Ihren Geschmack nicht getroffen.«

»Ich war einfach überwältigt, sonst nichts. Nein, es ist genau das, was mir vorgeschwebt hat. Und das bekommt man nur ganz selten gleich auf Anhieb. Natürlich habe ich vorher nicht gewußt, daß ich's so haben wollte, aber jetzt, wo ich es sehe, ist es einfach die perfekte Lösung. Ich kann keine eigenen Ideen umsetzen, ja ich kann sie mir nicht einmal richtig plastisch vorstellen. Aber ich habe einen Blick für Menschen, die diese Gabe haben. Das ist das Geheimnis – zu wissen, wen man mit welcher Aufgabe betraut.«

Ihre Rede wurde langsamer, stockender. Ich spürte, wie ihre Kräfte erlahmten.

»Entschuldigen Sie mich«, sagte sie schließlich. »Aber ich bin sehr müde.«

Ich bot ihr an, sie zum Haus zurückzubegleiten, aber sie sagte, nein, sie müsse ein Weilchen allein sein. Ich sah ihr nach, wie sie langsam und vorsichtig die Treppe hinaufstieg und sich dabei ans Geländer klammerte, als hätte sie Angst, auszurutschen. Oben angekommen, drehte sie sich noch einmal nach dem großen Mittelpaneel um.

»Bemerkenswert gut getroffen«, sagte sie. »Sogar auf die Entfernung.«

Damit trat sie hinaus in den Park.

Nachdem sie fort war, blieb ich lange gedankenversunken im Saal stehen. Die eigentliche Arbeit lag immer noch vor mir, aber ich war optimistisch und stolz, denn Frances Griffin, die große Frances Griffin, hatte an meinem Plan Gefallen gefunden, ja ihn in höchsten Tönen gelobt. Ihre Begeisterung beflügelte mich. Ich konnte es kaum erwarten, wieder an die Arbeit zu gehen, aber ich gönnte mir doch die Zeit, diesen Moment des Triumphes auszukosten.

Ich schaute die gesichtslose Cassandra an und sagte laut: »Dein Gesicht werde ich mir bis ganz zuletzt aufheben. Ich verspreche dir, ich male es erst dann, wenn der Galaabend, den ich für dich kreiere, deinen Beifall gefunden hat.«

Nun machte ich mich mit neuem Elan ans Werk, wählte Farben und Pinsel aus und legte einen Arbeitsplan fest. Unversehens aber keimten Zweifel auf und trübten meine Hochstimmung. Mrs. Griffin war allzu freigebig mit ihrem Lob bei der Hand gewesen. Im nachhinein schien mir manches daran unecht, ja berechnend.

Die Frances Griffin, von der ich soviel gehört hatte – jene sagenhafte Frances Griffin, die mit ihrem hohen Niveau in Kunst- und Stilfragen den Geschmack einer ganzen Generation reicher Damen geprägt hatte –, galt als Perfektionsfanatikerin. Und so zufrieden ich auch mit meinen Entwürfen war, ich wußte doch, daß man die Arbeit noch längst nicht perfekt nennen konnte. Mir waren sogar etliche Fehler unterlaufen, die ich zu korrigieren beabsichtigte. Warum also hatte Mrs. Griffin mich so verschwenderisch mit ihrem Lob überschüttet? Nach allem, was ich über sie gehört hatte, bezweifelte ich, ob selbst ein Veronese ihr eine Arbeit hätte vorlegen können, an der sie nicht die eine oder andere Kleinigkeit auszusetzen gefunden hätte. Und doch hatte sie an meinen Wandgemälden keinen einzigen Fehler entdeckt. Nun war ich aber bestimmt kein Veronese. Wenn sie nur die kleinste Kritik angemerkt, den geringsten Änderungswunsch vorgebracht hätte, wäre mir jetzt nicht so mulmig zumute gewesen.

Wieder einmal ertappte ich mich bei der Frage, ob Mrs. Griffin ein raffiniertes Spiel mit mir spielte, oder ob meine blühende Phantasie nach Motiven suchte, die gar nicht vorhanden waren. Schließlich gab ich mir einen Ruck, schob meine Zweifel beiseite oder beschloß vielmehr, sie künstlerischer Unsicherheit zuzuschreiben und einfach unbeirrt weiterzumachen. Vielleicht war ich ja besser, als ich selber wußte. Oder vielleicht hatte die große Dame im Alter ihre Ansprüche heruntergeschraubt. Wie dem auch sei – ich nahm mir fest vor, mir den Triumph, ihren Beifall errungen zu haben, nicht durch meine eigenen Zweifel vermiesen zu lassen.

An diesem Nachmittag, ich wollte eben aufbrechen, brachte mir Deane einen eleganten, mit einer Schleife verzierten Modehauskarton.

»Das schickt Ihnen Mrs. Griffin«, sagte er. »Und es wäre ihr lieb, wenn Sie's erst zu Hause aufmachten.«

Ich bedankte mich, und er half mir, die Schachtel im Wagen zu verstauen.

Ich beschloß, das Geschenk wirklich erst daheim zu öffnen, aber nicht, weil das Mrs. Griffins Wunsch war, sondern weil ich mich allmählich daran gewöhnte, Mitspielerin in einem laufenden Drama zu sein, das ich nicht ganz verstand. Trotzdem war ich natürlich neugierig auf ihr Geschenk. Ich behielt die Schachtel neben mir auf dem Beifahrersitz und warf ab und zu einen Blick darauf, während ich den Parkway runterbrauste.

Brush lag schon an der Wohnungstür auf der Lauer, als ich hereinkam. Er begrüßte mich herzlich wie immer, rieb sich an meinem Bein und schnurrte dazu wie ein kleiner Motor. Diese langen einsamen Tage brachten ihn immer in Stimmung für ein bißchen Geschmuse, wenn ich abends nach Hause kam. Doch ich war so gespannt auf mein Geschenk, daß ich ihn erst mal vertröstete.

»Du mußt dich noch ein bißchen gedulden, kleiner Freund«, sagte ich und legte die Schachtel aufs Wohnzimmersofa.

Brush sprang unverzagt ebenfalls hinauf und sah mir beim Öffnen der Schachtel zu. Sie war aus festem Pappkarton und ganz mit lavendelfarbenem Stoff bespannt. Das breite, purpurne Band darum war aus reinem Seidensamt. Als ich an der üppigen Schleife zupfte, löste sich anmutig der Knoten. Typisch, dachte ich unwillkürlich, daß eine Frau wie Frances Griffin, deren ganzes Leben eine Folge wohlinszenierter Auftritte war, selbst die Verpackung eines Geschenks so stilvoll gestaltet.

Ich hob den Deckel ab, und zum Vorschein kam ein blankes

Meer zartblauen Seidenpapiers. Mir juckten die Finger vor Neugier, weshalb ich rasch das Papier entfernte und darunter eine cremeweiße Satinrobe freilegte, mit Staubperlen und Alençonspitze besetzt. In einem Extrapäckchen eingeschlagen fand ich ein Bukett getrockneter Blumen in einer Spitzenmanschette, von der lange weiße Bänder herabhingen. Es lag keine Karte bei, aber das war auch gar nicht nötig. Ich wußte genau, was ich da vor mir hatte.

»Mein Gott, Brush, das ist das Kleid! *Ihr* Kleid! Cassandras Ballkleid!«

Brush sah zu, wie ich die elegante Robe aus der Schachtel nahm. Ich hielt mir das Kleid vor und betrachtete es prüfend. Es war tatsächlich fast identisch mit dem, das ich für die Cassandra auf meiner Skizze gezeichnet hatte: ärmellos, mit schlichtem, rundem Ausschnitt, tailliertem Oberteil, bodenlangem Rock und Schleppe; der schwere Satin hatte seinen Glanz nicht verloren.

Cassandra hatte anscheinend ungefähr meine Größe gehabt. Aus reiner Neugier ging ich ins Schlafzimmer und hielt mir das Kleid vor dem Spiegel in der Schranktür an.

»Sieht aus, als würde es passen wie angegossen«, sagte ich zu Brush, der mir nachgekommen war. »Was, glaubst du, hat sie sich dabei gedacht? Meinst du, sie möchte, daß ich es behalte, oder soll ich's zurückgeben? Was führt sie wohl im Schilde?«

Das Kleid eng an meinen Körper gepreßt, betrachtete ich mich von allen Seiten.

»Ist es nicht erstaunlich, wie gut ich's in der Zeichnung getroffen habe? Bis hin zu dem Bukett mit den weißen Bändern. Wie konnte ich das bloß wissen, Brush? Sag, glaubst du an Gespenster? An Telepathie?«

Brush zwinkerte mit seinen großen Augen.

»Nein – ich auch nicht. Zufall also, weiter nichts.«

Ich spielte zwar mit dem Gedanken, das Kleid anzuprobieren, unterließ es dann aber, weil mir so was einfach morbid vorgekommen wäre. Statt dessen legte ich es zusammen und schob es zurück in sein Bett aus blauem Seidenpapier. Ich fand, es sei diplomatisch klug, Mrs. Griffin heute abend noch anzurufen und mich zu bedanken, da ich sie übers Wochenende ja nicht sehen würde, aber dann sagte mir Deane am Telefon, sie habe sich hingelegt und dürfe nicht gestört werden. Ob er etwas ausrichten könne? Nein, sagte ich, es habe Zeit bis Montag.

Während ich das Abendessen richtete, hörte ich meinen Anrufbeantworter ab. Harry Pitt hatte mehrmals angerufen und erkundigte sich dringend nach meinen Fortschritten in The Haven. Ich bekam gleich ein schlechtes Gewissen, weil ich mich noch nicht bei ihm gemeldet hatte. Bei seinem letzten Anruf schlug er ein baldiges Treffen vor und fragte an, ob ich ihn am Samstag in die Goya-Ausstellung im Metropolitan Museum begleiten wolle. Dann hatten noch ein Freund und eine Freundin angerufen, die beide wissen wollten, wo ich denn in letzter Zeit gesteckt hätte – war ich etwa verreist? Oder was war sonst los mit mir? Ferner hatte sich ein potentieller Kunde, ein Innenarchitekt, gemeldet, der mich bat, ihn wegen eines großen Auftrags auf einer Plantage in South Carolina sobald wie möglich zurückzurufen. Dazwischen etliche Anrufe, bei denen der Teilnehmer aber nicht aufs Band gesprochen hatte. Das war ungewöhnlich, und ich fragte mich, wer wohl heute noch so konsequent den Anrufbeantworter boykottierte. Konnte es Mrs. Griffin sein? Das war zwar weit hergeholt, aber mir fiel sonst niemand ein, es sei denn, es handelte sich um irgendeine billige Anmache. Ich beschloß, alle Rückrufe zu verschieben, bis ich was gegessen hatte.

Brush und ich ließen uns unser jeweiliges Abendbrot gut schmecken. Ich blätterte zu meiner Pasta mit frischen Tomaten und Basilikum in einer von Giorgio Vasaris Künstlerbiographien, die mit zu meiner Lieblingslektüre zählen. Und da ich mir freitags abends, zum Ausklang der Arbeitswoche, immer etwas Besonderes gönnte, genehmigte ich mir eine halbe Flasche Château Haut Brion '86. Brush aß seine geschnetzelte Leber ganz auf und leckte noch den Teller sauber, ehe er mir gegenüber aufs Tischende sprang und sich einrollte, während ich ihm einzelne Absätze vorlas, denn wir waren beide große Fans von Vasari.

»›Meines Erachtens verdanken die Maler dem Florentiner Giotto gerade so viel wie der Natur, die ihnen immerzu als Modell dient und deren edelste und schönste Hervorbringungen sie beständig zu imitieren und nachzuschaffen trachten ...‹« las ich laut.

Es machte mir Freude, gewissermaßen eine Brücke zu schlagen zwischen mir und den Malern und Kunsthandwerkern der Vergangenheit. Heute sind es ja leider nicht mehr die Künstler, sondern die Naturwissenschaftler, die mit ihren Theorien und Gleichungen die großen neuen Bilder kreieren. Ihre eigenartigen, computergesteuerten Sinfonien sind die innovative Musik der Neuzeit. Da schaue ich doch lieber zurück und suche mir meine Inspiration in der Vergangenheit.

Nach dem Essen erledigte ich meine Rückrufe. Der arme Innenarchitekt wirkte ganz geschlagen, als ich ihm sagte, ich könne leider nicht mit nach South Carolina fliegen und mir die Plantage ansehen, die er zu restaurieren hatte. Ich entschuldigte mich mit Arbeitsüberlastung, ohne ins Detail zu gehen. Aber ich empfahl ihm einen Freund von mir, einen sehr tüchtigen Trompe-l' œil-Maler, der sich noch dazu vorzugsweise mit dem Bürgerkrieg beschäftigte. Der Kunde schien dankbar.

Als nächstes rief ich kurz meinen Freund und meine Freundin an, um ihnen zu sagen, daß ich quasi auf Tauchstation bleiben müsse, bis mein jetziger Auftrag unter Dach und Fach sei. Beide waren schier sprachlos und sehr beeindruckt, als ich verlauten ließ, für wen ich arbeitete. Ich dagegen hatte fast vergessen, welch magische Kraft dem Namen Frances Griffin immer noch innewohnte.

Als letzten rief ich Harry an und verabredete mich mit ihm für den nächsten Morgen um elf vor dem Metropolitan Museum. Er hätte sich gern noch unterhalten, aber ich sagte, ich sei müde und hätte ihm außerdem viel mehr zu erzählen, als sich per Telefon mitteilen ließe. Er müsse sich schon bis morgen gedulden, da würde ich ihn nach der Ausstellung zum Lunch ausführen. Er war einverstanden.

Ich zog mich aus und machte mich bettfertig. Kurz vor dem Schlafengehen holte ich aber noch einmal Cassandras Kleid aus der Schachtel und tauchte die Hände in den schweren cremefarbenen Satin, der zwischen meinen Fingern aufquoll wie schaumiger Eischnee. Diesmal konnte ich der Versuchung, es anzuprobieren, nicht widerstehen. Ich streifte es mir über den Kopf, trat vor den Spiegel und betrachtete mich lange, bevor ich auch nur den Versuch machte, es zuzuhaken. Du bist, dachte ich, nie ein sehr hübsches Mädchen gewesen. Gleichwohl stellte ich befriedigt fest, daß mein Äußeres mit den Jahren gewonnen hatte; es sah aus, als ob ich früher mal hübsch gewesen wäre und eben erst anfinge zu verblühen.

Ich zupfte das enganliegende Oberteil zurecht und versuchte vergeblich, die unzähligen Haken und Ösen an der Seite zu schließen, jene Markenzeichen der Haute Couture. Ich stellte mir vor, wie Cassandra Griffin, ein graziles, aristokratisches Geschöpf mit kleinem Busen, am Abend ihres ersten Balles von einer Zofe angekleidet worden war. Ein Kleid wie dieses assoziierte man unwillkürlich mit Dienstboten, die einem zur Hand gingen, für Anproben und Pflege verantwortlich waren.

Ich hakte es zu, so gut ich eben konnte. Obwohl es paßte wie angegossen – sogar die Länge stimmte –, war es doch das Kleid der Jugend an einem Körper in mittleren Jahren. Der königliche Faltenwurf und das schmeichelnde Dekolleté unterstrichen nur das allmähliche Welken meiner Züge. Im Endeffekt war das Kleid kaum imstande, mich zu verwandeln.

Ob Cassandra am Abend ihres ersten Balles auch so vor dem Spiegel gestanden hatte? Und hatte sie all die Verheißungen, die ihr daraus entgegenlachten, als selbstverständlich hingenommen, als eine Zukunftsvision, mit der sie schließlich großgeworden war? Oder hatte sie hinter den Spiegel geblickt, in schwarzwogende Unsicherheit? Hatte sie am Ende ihre privilegierte Stellung gar nicht als solche empfunden, ja sie vielleicht sogar abgelehnt?

Ich zog das Kleid wieder aus, legte es endgültig in die Schachtel zurück und ging zu Bett. Ich schlief tief und fest, als ein beharrliches Klingeln durch meine Träume schrillte. Ich war so betäubt, daß es eine Weile dauerte, bis ich begriff, was der Lärm zu bedeuten hatte. Beinahe hätte ich das Telefon vom Nachttisch gestoßen, als ich im Dunkeln danach tastete.

»Hallo?«

»Na endlich«, sagte eine bekannte Männerstimme, die ich aber trotzdem nicht gleich unterbringen konnte.

»Wer spricht denn da?«

»Rate mal.«

Wenn man vom Teufel spricht, fuhr es mir durch den Sinn, als ich die leise, kehlige Stimme erkannte.

»John? John Noland!«

»Wie geht es dir?«

»Wie spät ist es?« stöhnte ich.

»Ziemlich spät.«

»Und das in mehr als einer Beziehung. Was, zum Teufel, fällt dir ein, mich mitten in der Nacht anzurufen? Ja, wie kommst du *überhaupt* dazu, mich anzurufen?«

»Du bist ja nie zu Hause. Ich hab's heute mehrmals versucht.«

»Warum hast du keine Nachricht hinterlassen?«

»Du kennst mich doch. Ich hasse Anrufbeantworter.«

Ich schwieg. Sollte er doch sehen, wie er diese Unterhaltung in Gang bekam.

»Also … wie geht's dir immer?«

»Danke, gut«, antwortete ich schroff.

»Freut mich.«

Wieder eine endlose Pause. Diesmal brach ich das Schweigen.

»Was willst du, John?«

»Ich weiß nicht. Ich hab halt an dich gedacht.«

»Ach, und was dachtest du?«

Ich spürte, wie ich schon wieder in diesen Sog gezogen wurde.

»Warst du das vor zwei Wochen?« fragte er.

»Was?«

»Na, die Frau, die aus meinem Haus kam.«

Er hatte mich also gesehen.

»Ja«, sagte ich.

»Dachte ich mir.«

»Du hast mich gesehen?«

»Hm.«

»Warum hast du dich dann nicht gemeldet?«

»Ich melde mich doch jetzt. Grüß dich!«

»Grüß dich«, sagte ich.

»Was wolltest du denn bei mir?«

»Ich hatte in der Gegend zu tun, und da überkam mich die Neugier«, sagte ich, bemüht, so nonchalant wie möglich zu klingen. »Ich wollte nur mal gucken, ob du immer noch dort wohnst.«

»Warum hast du nicht raufgerufen?«

»Woher weißt du, daß ich's nicht probiert hab?«

»Weil ich zu Haus war«, sagte er.

»Du warst in deiner Wohnung?«

»Ich hab dich vom Fenster aus gesehen.«

»Oh … Warum hast du dann nicht runtergerufen?«

»Warum hast du nicht geklingelt?«

Wir waren wieder da, wo wir angefangen hatten.

»Okay, John, warum rufst du an?«

»Ich weiß nicht. Wahrscheinlich, weil ich Sehnsucht hab.«

Er sagte das so beiläufig, als hätten wir uns nur ein paar Tage nicht gesehen.

»John, ich bitte dich, wir haben seit zwölf Jahren null Kontakt!«

»Hab ich dir gefehlt?« Er fuhr fort, als hätte er meinen Einwurf gar nicht gehört.

Ich hätte mir eher die Zunge abgebissen, als ihm die Genugtuung zu geben, auch nur die klitzekleinste Sehnsucht einzugestehen. Überhaupt keine Genugtuung würde er von mir bekommen, basta!

»Na und … was hast du denn so getrieben all die Jahre?« fragte ich.

»Schreiben, reisen. Wie gehabt.«

»Ich hörte, du seist verheiratet.«

»Hmm.«

»Mit wem?«

»Kennst du nicht.«

»Wie heißt sie?« fragte ich barsch.

»Wir haben uns getrennt.«

»Also schön: Wie *hieß* sie?«

»Der Name tut nichts zur Sache. Sie war übrigens Malerin.«

»Tatsächlich?« Das interessierte mich nun doch.

»Ich hab 'ne Schwäche für Malerinnen, wie du weißt.«

»Und was für 'ne Art Malerin war sie?«

»Eine schlechte.«

»Das meine ich nicht«, sagte ich, ungehalten über seine ständigen Ausflüchte. »In welchem Stil hat sie gemalt?«

»Abstrakt.«

»So, so, abstrakt.«

Die nächste Pause.

»Also, wann sehen wir uns?«

»Überhaupt nicht«, sagte ich mit Nachdruck.

»Warum das?«

»John, ich frage dich noch mal – was willst du?«

»Dich sehen. Hören, was es Neues gibt. Dir ein Exemplar meines letzten Buches schenken.«

»Warum? Hast du's mir gewidmet?«

»Nein.«

»Wem hast du's denn gewidmet?«

»'ner aussterbenden Spezies.«

»Also doch mir.«

Er lachte. »Deinen Humor hast du offenbar nicht verloren.«

»Andernfalls wäre ich schon tot«, sagte ich.

»Tja ... geh doch nächste Woche mal mit mir essen.«

»Das halte ich für keine gute Idee, John. Ehrlich nicht.«

»Ach, gib dir 'nen Ruck«, drängte er.

Ich war arg in Versuchung, nachzugeben. Seine Stimme war immer noch sehr verführerisch. Ich hab ja nichts zu verlieren, dachte ich. Warum soll ich nicht mit ihm essen gehen? Ich war nahe daran, ja zu sagen, denn ich wollte ihn wiedersehen, obwohl ich doch bei dieser merkwürdigen Stippvisite neulich vor seinem Haus nichts für ihn empfunden hatte. Ich konnte es kaum glauben, daß er mich tatsächlich beobachtet hatte, an dem Abend. Ein aufreizender Gedanke.

Als er nicht aufgab, fing ich an, mich mit falscher Logik zu betrügen, wie man das in selbstzerstörerischer Laune zu tun pflegt. Ich redete mir ein, seine Einladung abzulehnen, sei ein Zeichen größerer Schwäche, als sie anzunehmen.

»Wann?« fragte ich leise.

»Dienstag. Ich hole dich ab.«

Mein Selbsterhaltungstrieb hieß mich einen letzten Augenblick zögern.

»Na gut, meinetwegen.« Ich seufzte.

»Also bis dann.«

Er legte auf.

Ach, dachte ich, es wird immerhin interessant sein zu sehen, ob ich mich verändert habe. Daß ich die Einladung überhaupt angenommen hatte, war freilich der erste Beweis dafür, daß ich mich zumindest nicht sehr verändert haben konnte. Egal, der Würfel war gefallen. Unverhofft fühlte ich mich in Hochstimmung. Zum erstenmal seit langem hatte ich etwas, worauf ich mich freuen konnte und das nichts mit meiner Arbeit zu tun hatte. Ich lag wach und starrte in die Dunkelheit. Es schien plötzlich noch sehr lange bis Dienstag.

7

»Erzähl weiter, erzähl weiter!« quengelte Harry Pitt aus seinem Rollstuhl, und sein mächtiger, kahler Schädel ruckte dabei vor Erregung auf und nieder.

Ich schob Harry durch die Goya-Ausstellung im Metropolitan Museum und unterhielt ihn mit Kuriositäten über Frances Griffin und The Haven – die leitmotivische Raumgestaltung, die kostbaren Gemälde und Möbel, die hoheitsvolle alte Dame mit ihrer fast krankhaften Menschenscheu. Harry brauchte eigentlich gar keinen Rollstuhl, aber im Metropolitan verlangte er immer einen, weil er sich damit so gut an der Schlange vorbeimogeln konnte, wenn, wie an diesem Tag, großer Andrang herrschte. Auch wenn ich nicht eben erpicht darauf war, die Scheherezade zu seinem König Schariar zu geben, hätte ich trotzdem gewartet, bis wir an der Reihe waren. Aber Harry konnte seine Ungeduld nicht zügeln und griff zu seinem bewährten Trick.

»Lassen Sie uns durch! Machen Sie Platz, bitte!« quäkte er.

In ihrem Kunstgenuß gestört, wandten etliche Museumsbesucher sich verärgert nach Harry um; der aber, ein Gefangener des Rollstuhls, blickte lammfromm zu ihnen auf.

»Ach, bitte lassen Sie einem gebrechlichen alten Mann den Vortritt«, bat er liebenswürdig. »Sie sehen ja, ich bin behindert. Wären Sie so freundlich und würden uns durchlassen?«

Auf den eben noch ungehaltenen Gesichtern erschien prompt ein verlegenes Lächeln; man trat beiseite und gab den Weg frei. »Panoptikum der Schuldbewußten«, raunte Harry bissig, als ich ihn an der Schlange vorbeischob.

Mir war Harrys Betrugsmanöver zwar über die Maßen peinlich, aber seine Wirksamkeit konnte ich nicht leugnen.

»Du bist unmöglich!« zischte ich ihm ins Ohr.

Er ließ sich davon nicht beeindrucken, und bestimmt fand er, einem Kunstkenner wie ihm stünden solche kleinen Vorrechte einfach zu. Für Harry waren die meisten Menschen Banausen, die weit unter seinem Niveau standen.

»Geschmacksbildung ist heutzutage ebenso rar wie fundierte Lateinkenntnisse«, jammerte er. »Oft komme ich mir vor wie einer dieser mittelalterlichen Mönche, die die klassischen Schriften vor dem Zugriff der Heiden schützten und so, allen Zerstörungsversuchen zum Trotz, das Gelehrtentum am Leben erhielten. Wir tragen eine schwere Verantwortung, aber es ist nun mal unsere Pflicht, die Zeugnisse der Vergangenheit zu bewahren, die dieses kleingeistige Jahrhundert partout ausrotten will ... Ist dir schon aufgefallen, daß von unseren Zeitgenossen kaum noch einer die Geduld aufbringt, ein Bild zu betrachten, das sich nicht bewegt?«

»Das scheint mir ein bißchen zu streng, Harry. Schau dir nur an, wie viele Menschen sich hier in der Ausstellung drängen.«

»Aber die haben doch keinen Schimmer von dem, was sie sehen. Die sind bloß hier, weil irgendein Kunstkritiker ihnen das als ein ›Must‹ aufgeschwatzt hat.«

»Du übertreibst«, sagte ich, mit Blick auf die verzückten Gesichter einiger Museumsbesucher ringsum.

»Natürlich bist du optimistisch, meine Liebe. Kein Wunder, wenn man noch so jung ist wie du.«

Ich schob ihn vor Goyas anrührendes Porträt der schönen Marquesa de Chincháon.

»Sieh sie dir an!« Harry seufzte. »Ist sie nicht göttlich?«

Ergriffen verharrten wir beide vor dem betörenden Bildnis der jungen Marquesa, ein weißgewandetes, ätherisches Geschöpf im leeren Raum, die weichen, verträumten Züge überschattet von der Trauer eines nur halb gelebten Lebens.

»Die arme Marquesa«, meinte Harry. »Diese Schönheit, dieser verheißungsvolle Start – und dann so kläglich Schiffbruch zu erleiden. Du kennst ja sicher ihre Geschichte?«

Ich schüttelte den Kopf.

Wie immer genoß er seinen Wissensvorsprung. »Sie war eine ganz große Dame, heiratete aber leider einen fürchterlichen Sadisten. Irgend so einen gräßlichen Parvenu von einem General, der sie prügelte, ihr Geld verschleuderte und schließlich mit einer anderen Frau durchbrannte. Typisch. Sie hat das nie verwunden. Ist ganz jung gestorben.

Sieh nur, wie mitfühlend Goya sie hier darstellt. Er isoliert sie, zeigt sie als die Unnahbare, Entrückte, die er dem Betrachter zugleich aber als schutzbedürftige, reizvolle junge Frau präsentiert. Man möchte doch einfach hingehen und sie in den Arm nehmen, findest du nicht auch? Dabei kann ihre Zartheit einem bange machen. Sieht sie nicht aus, als ob sie sich jeden Moment in Luft auflösen würde? Vermutlich wollte der Künstler damit sagen, daß Schönheit und Traurigkeit in dieser vergänglichen Welt irgendwie zusammengehören.« Sichtlich bewegt hielt er einen Moment inne. »Tja, einem Goya ist so was natürlich nicht entgangen.«

»Sie erinnert mich an Cassandra Griffin«, sagte ich, den Blick auf das leidende Gesicht der Marquesa gerichtet.

»Wirklich?« Harry sah mich neugierig an.

Wir gingen weiter, plauderten angeregt und verweilten zwischendurch immer wieder, wenn ein Bild uns besonders ansprach.

»Erzähl mir mehr über Frances Griffin«, sagte Harry.

»Also meinem Gefühl nach lebt sie ihr Leben nicht, sie inszeniert es.«

»Oh, aber das gilt für so viele Damen aus diesen Kreisen. Die unbedarften Aufsteigerinnen versuchen's natürlich über Publicity. Ich weiß, wovon ich rede, ich hab sie schließlich scharenweise eskortiert, als mir meine Beine noch gehorchten«, setzte er ironisch lächelnd hinzu. »Und dabei habe ich gelernt, daß sie erst dann mit einem Abend zufrieden waren, wenn am nächsten Tag die Klatschspalten darüber berichteten und sie die Zeitung mit dem eigenen Konterfei vollgepflastert fanden.«

»Du kannst mir nicht weismachen, daß Frances Griffin je um Publicity gebuhlt hätte. Das kann ich nicht glauben. Sie ist doch ein regelrechter Weltflüchtling.«

»Nein, sie hat sich nie ins Rampenlicht gedrängt«, räumte Harry ein. »Dazu war sie viel zu vornehm, zu distinguiert. Ich weiß noch, als sie damals in meinen Laden kam, hatte ich keine Ahnung, wer sie war. Aber *daß* sie jemand war, das erkannte ich schon an der Art, wie sie sich kleidete, und an ihren Bewegungen. Sie hatte es nicht nötig, mit ihrem Namen hausieren zu gehen.«

»Ja, sie hat ein direkt aristokratisches Auftreten für eine Frau, die, wie du sagst, aus dem Nichts kommt.«

»Du darfst nicht vergessen, meine Liebe«, mahnte Harry, »daß so eine selbst erschaffene Persönlichkeit unter Umständen echter wirken kann als Geburtsadel, denn erstere versteht sich in der Regel darauf, die angestrebte Rolle dem eigenen Typ anzupassen. Und nun gar Frances Griffin mit ihrem untrüglichen Gespür für Dramatik! Sie hat es stets verstanden, ihr Geheimnis zu wahren, ein Trick, den natürlich jede Frau beherrschen sollte, aber für die wahre *Grande Dame* ist er einfach unverzichtbar!«

»Glaubst du nicht, daß jeder Mensch seine Persönlichkeit auch ein bißchen selber formt?« fragte ich.

»Bis zu einem gewissen Grad schon. Und bei uns hier in den Staaten ganz besonders. Wer sich allein mit Willenskraft und Talent nach oben boxt, heißt nicht umsonst ein Selfmademan. Aber daneben gibt es auch ein paar Ausnahmeerscheinungen, die bereits von Geburt an eine Sonderstellung einnehmen – sei es durch Vermögen, einen großen Namen oder durch auffallende Schönheit. Und diese Auserwählten geben sich nicht mit Eigenschöpfungen ab, sondern verbringen ihr Leben damit, die in sie gesetzten Erwartungen zu erfüllen oder auch nicht.«

»Ich wüßte gern, was von Cassandra Griffin erwartet wurde«, sagte ich.

»Das kommt wohl ganz darauf an, wen du fragst. Die meisten Leute erwarten sicher eine ganze Menge von jemandem, dem so viel in die Wiege gelegt wurde. Nur wissen sie leider nicht, daß ein Zuviel genauso nachteilig sein kann wie zuwenig«, meinte Harry. »Großer Reichtum, große Armut – Kehrseiten derselben Medaille. Cassandra, das arme Ding, hatte womöglich gar keine Chance, mit dem Background.«

»Nein. Oder sie hätte erst all ihre Privilegien über Bord werfen müssen.« Wir lachten beide.

»Gott, was sind wir doch für Zyniker«, spottete ich.

»Ach, sag lieber, wir sind vorsichtig ... und lebenserfahren. Und was Frances Griffin angeht, so darfst du nicht vergessen, daß sie eines schönen Tages plötzlich die Bühne betrat; so unverhofft, daß wahrscheinlich keiner mit vorgefaßten Erwartungen an sie heranging.«

»Worauf willst du hinaus, Harry?«

»Ganz einfach, als die Gesellschaft sie unter die Lupe nehmen wollte, war es schon zu spät. Da hatte sie ihr Terrain bereits abgesteckt. Und jeder, der bei ihr gut angeschrieben sein wollte, mußte wohl oder übel die Geschichte schlucken, die sie ihm auftischte. Damit wurde aus ihrer Version die offizielle Story. Der Dunstkreis von Geld und Macht schlägt den Leuten bekanntlich leicht aufs Gedächtnis. Aber nun sag mal, Faith«, fragte er in leicht verändertem Tonfall, »magst du sie eigentlich?«

Es war eigenartig, aber darüber hatte ich bisher noch gar nicht nachgedacht. So mußte ich jetzt einen Moment überlegen.

»Weißt du, irgendwie schon, ja.«

»Was meinst du mit ›irgendwie‹?«

»Ach, das ist ein bißchen kompliziert. Ich werde das Gefühl nicht los, daß sie alle möglichen Spielchen mit mir treibt, und ich kann mir nicht erklären, warum sie das tut.«

»Spielchen? Ja, was denn zum Beispiel?«

»Oh, bloß Kleinigkeiten. Sie hat mich beispielsweise beobachten lassen. Und ich glaube, die erste Woche, die ich im Pavillon arbeitete, hat sie mich sogar selber bespitzelt. Und dann hatten wir noch einen sehr merkwürdigen Lunch miteinander, bei dem sie mich mit ihrer Tochter verwechselte.«

»Also, das mußt du mir, bitte, erklären.«

»Ach, du hättest dabeisein sollen! Also sie entschuldigte sich quasi bei mir, als ob ich Cassandra gewesen wäre. Ach, Harry, das bringt mich auf etwas, worüber ich eigentlich mit dir reden wollte.«

Ich beugte mich nieder und senkte vertraulich die Stimme. »Ich glaube, ich weiß, wer ihre Tochter ermordet hat«, flüsterte ich. »Und es war beileibe kein Einbrecher.«

»Wer war es dann?«

»Roberto Madi. Cassandras Mann.«

Ich hatte erwartet, daß diese Behauptung Harry die Sprache verschlagen würde; schließlich hatte ich mich kaum getraut, meinen Verdacht auszusprechen.

»Ja, gewiß, der Schwiegersohn«, sagte er trocken. »Mir schwant da jetzt auch so was. Doch, doch, der war's.«

Ich war platt.

»Was soll das heißen, er war's?« fragte ich.

»Na, selbstverständlich hatte alle Welt ihn in Verdacht.« Harrys schnodderig-arroganter Ton reizte mich dermaßen, daß ich seinem Rollstuhl einen kleinen Extraschubs versetzte, nur damit ihm klar wurde, daß er immer noch auf mich angewiesen war. Und er wußte den Stoß sehr wohl zu deuten.

»Aber, aber, immer hübsch sachte ...«

»Was soll das heißen, alle Welt hatte ihn in Verdacht?«

»Keine Ahnung, es war einfach so. Jedenfalls ging damals das Gerücht um.«

»Und warum hat man dann nichts unternommen?«

»Ja, was hätte man denn tun sollen?«

»Ich weiß nicht ... ihn vor Gericht stellen«, sagte ich wütend. »Macht man das nicht normalerweise mit einem Mörder?«

»Faith, Liebes, was für eine alberne Idee. Also deine Naivität ist manchmal wirklich verblüffend.«

»Ja, hatten sie denn keine Beweise?«

»Vielleicht schon, wer weiß?« Harry zuckte die Achseln.

»Glaubst du, man hat was verschleiert? Denkst du an Kungelei?«

»Meine Liebe, wir reden hier über die High-Society. Besser gesagt, die sogenannte High-Society, und die besteht überhaupt nur aus Kungelei!« Er schnaubte verächtlich.

»Ach, komm schon, du weißt doch, was ich meine, Harry! Man sollte annehmen, die Griffins hätten's mit Wonne dem Schwiegersohn angehängt. Mrs. Griffin kann ihn nicht ausstehen. Er hat sich gegen ihren erbitterten Widerstand in die Familie eingeschlichen.«

Auf meinen gereizten Ton reagierte Harry betont gleichmütig. »Jedenfalls wollten sie nicht, daß man ihn anklagt, aus welchem Grund auch immer«, sagte er.

»Sie *wollten's* nicht – du sagst das, als ob die Griffins es in der Hand gehabt hätten!« rief ich.

Ich hörte selbst, wie meine Stimme den allgemeinen Geräuschpegel übertönte. Die anderen Museumsbesucher wandten schon die Köpfe nach mir.

»Nicht so laut«, tadelte Harry. »Hör zu, meine Liebe, wenn man so reich und so prominent ist wie die Griffins, dann hat man eigentlich alles in der Hand. Solchen Leuten liegt das Leben zu Füßen. Du darfst nicht vergessen, daß Holt Griffin aus einer der ersten Familien des Landes stammte. Da hat man

Verbindungen bis ganz nach oben, und das heißt, bis zu einem gewissen Grad sind diese Leute immun gegen die normalen Gesetze des Lebens – und des Todes.«

»Harry, jetzt hörst du mir mal zu, ja? Sag, hast du je die Presseberichte über den Mord verfolgt?«

»Damals ja, selbstverständlich«, antwortete er. »Es wurde ja über nichts anderes gesprochen.«

»Aber in jüngster Zeit hast du sie dir nicht noch mal angesehen?«

»Ich hab sie nicht wie eine Bibel neben dem Bett liegen, wenn du das meinst.«

»Aber aus heutiger Sicht gesehen, deuten sie glasklar auf ihn als einzig möglichen Täter. Ich begreife einfach nicht, wieso man ihn damals nicht überführen konnte.«

»Weil man das nicht *wollte*«, sagte er.

»Aber das ist doch krank! Da weiß einer, wer der Mörder seiner Tochter ist, und will ihn nicht überführt sehen!«

»Na, stell dir doch bloß mal den Skandal vor, wenn sie ihn überführt *hätten*. Ein Skandal war es natürlich auch so, aber wenigstens wuchs nach einiger Zeit Gras drüber. Nicht auszudenken, was passiert wäre, wenn man dem Schwiegersohn den Mord hätte anhängen können. Schon bei dem Gedanken wird mir ganz schwindelig. Die Festnahme, der Prozeß – das wäre doch Jahr um Jahr so weitergegangen! Kannst du dir vorstellen, daß eine Frances Griffin sich die Art von Publicity gefallen läßt? Na, und erst Holt Griffin, der hätte das nicht überlebt. Es wäre sein Tod gewesen.«

»Er ist ja auch so gestorben.«

»Aber erst Jahre später. Schau, Faith, es hat schließlich nicht jeder soviel Sinn fürs Makabre wie du. Und gerade Holt Griffin war über die Maßen penibel und korrekt. Er hätte diesen Rummel einfach nicht geduldet.«

Harry fächelte sich mit dem Katalog Luft zu, und ich dachte derweil über seine Worte nach.

»Erzähl mir ein bißchen was über Holt Griffin.«

»Gern, aber erst bring mich raus hier. Ich krieg langsam Platzangst, und außerdem bin ich kurz vorm Verhungern«, knurrte Harry gereizt.

»Also gut, gehen wir Mittag essen.«

»Wird aber auch Zeit!«

Ich führte Harry in ein kleines Terrassenrestaurant unweit vom Museum. Da es ein schöner Tag war, setzten wir uns nach draußen, wo man die Passanten beobachten konnte. Die Bedienung war arg langsam, was Harry anfangs verärgerte, aber als der Kellner ihm eine Karaffe Wein brachte, besserte sich seine Stimmung. Wir bestellten das Essen und machten es uns bequem.

»Also dann«, sagte ich, »Holt Griffin.«

Harry stützte die Ellbogen auf den Tisch und faltete die Hände wie zum Gebet, eine malerische Pose, auf die er aber zwischendurch häufig verzichtete, um sich einen Schluck Weißwein zu genehmigen.

»Ritterlich, das ist das Attribut, das ihn am ehesten charakterisiert. Ein ritterlicher Mann. Ich habe ihn öfter gesehen, bin aber nur einmal mit ihm ins Gespräch gekommen. Er war eher schüchtern und sehr bescheiden. Elegante Erscheinung, groß, feingeschnittenes Gesicht, aristokratische Züge. Phantastisch angezogen, ganz nach englischer Mode, also mit Understatement, aber vom Feinsten. Du kennst ja den Typ. Und eine Spur effeminiert.« Er stockte.

»Ja? Sprich doch weiter«, sagte ich.

»Ich hab nur einen Moment nachgedacht. Ich glaube nicht, daß er aktiv schwul war, auch wenn das Gerücht ging, von dem ich dir wohl schon erzählt habe, daß erst seine Frau ihn von der latenten Neigung abgebracht hätte, weshalb er dann so abhängig von ihr geworden sein soll ... Wie dem auch sei, das Auffallendste an ihm war jedenfalls seine Reserviertheit, seine unnachahmliche Distanz. Ich bin ihm, wie gesagt, nur einmal vorgestellt worden, aber schon bei diesem kurzen Gespräch hatte ich das Gefühl, als ob ich nicht wirklich mit dem Mann da vor mir reden würde. Er hatte etwas wahnsinnig Unnahbares. Trotzdem war er ausgesucht freundlich, liebenswürdig, wohlerzogen. Er ließ einen nur nicht an sich rankommen. Verstehst du, was ich meine?«

Ich nickte. Harry hatte sein erstes Glas leergetrunken und schenkte sich aus der Karaffe nach. Er bot auch mir von dem Wein an, aber ich lehnte dankend ab. »Du weißt doch, daß ich untertags nicht trinke. Ich werde zu müde davon.«

Harry nickte und fuhr fort: »Er verteidigte geradezu fanatisch seine Privatsphäre. Du hältst seine Witwe für eine Einsiedlerin? Verglichen mit ihm wirkte sie umtriebig wie ein Rockstar. Er war schon krankhaft publicityscheu. Holt Griffin entstammte noch jener alten Schule, die lehrte, ein Gentleman dürfe seinen Namen nur dreimal in der Zeitung lesen: in seiner Geburts-, Vermählungs- und in der Todesanzeige.«

»Ich dachte, er war im diplomatischen Dienst. Da muß er doch immerzu in der Zeitung gestanden haben.«

»Aber nein! Als Diplomat hat man sich aus den Gazetten rauszuhalten. Doch selbst wenn in amtlicher Eigenschaft über ihn geschrieben wurde, dann betraf das seinen Dienst am Vaterland. Ich spreche dagegen von seinem Privatleben. Und da war Holt Griffin für heutige Verhältnisse ein Fossil, denn er verabscheute, wie gesagt, jegliche Publicity.«

»Du glaubst allen Ernstes, er könnte den Mörder seiner Tochter gedeckt haben, bloß um Publicity zu vermeiden?« fragte ich empört.

»Ich kann das natürlich nicht mit Bestimmtheit sagen. Aber ausschließen würde ich es auch nicht.«

»Ich habe da eine ganz andere Theorie«, versetzte ich. »Daß die wahren Vorgänge vertuscht wurden, glaube ich auch, aber wohl nicht bloß, um Publicity zu vermeiden. Ich denke, daß da noch ganz was anderes im Spiel war.«

»Was denn zum Beispiel?«

»Keine Ahnung. Aber *eines* weiß ich: Was es auch war, Mrs. Griffin hat furchtbare Schuldgefühle deswegen, und nun versucht sie, mich zu einer Art Ersatztochter zu machen, damit sie ihr Gewissen erleichtern oder auf irgendeine verquere Weise Wiedergutmachung an Cassandra leisten kann.«

»Wie kommst du darauf, Faith?«

»Rein aus Instinkt.«

»Und angenommen, sie versucht tatsächlich, in dir so was wie eine Ersatztochter zu sehen. Wäre das denn so furchtbar?« fragte Harry.

»Bißchen überspannt finde ich das schon, du etwa nicht?«

»Eigentlich nein. Sie ist eine reiche alte Frau, die aber ganz allein im Leben steht. Sie hat eine schreckliche Tragödie hinter sich. Du bist jung, etwa im Alter ihrer Tochter oder so alt, wie ihre Tochter heute wäre. Wenn du drüber nachdenkst, ist es doch nur natürlich, daß sie den Wunsch hat, bei dir ein bißchen Halt zu finden.«

»Ich find's gruselig.«

»Gruselig – was für ein Wort, Faith!«

»Sie hat Krebs. Ich glaube, sie stirbt«, sagte ich.

Harry runzelte die Stirn und beugte sich weit über den Tisch. »Nein«, widersprach er, »das kann nicht sein.«

»Warum nicht? Sie hat's mir selbst erzählt. Ach, ich möchte sonst was dafür geben, wenn ich diesen Mord aufklären könnte.«

»Warum?« fragte er.

»Tja, das weiß ich selber nicht. Ich hab nur das Gefühl, daß da so eine Art Wahlverwandtschaft besteht, zwischen mir und diesem Mädchen. Erklären kann ich dir das auch nicht. Im übrigen treibt mich natürlich schlicht und einfach die Neugier. Es gibt halt zu viele Ungereimtheiten in dem Fall. Aber ich bin sicher, irgend jemand kennt die Wahrheit.«

Aus lauter Nervosität verstieß ich gegen meine eherne Regel

und goß mir doch ein Glas Wein ein. Ich trank es in einem Zug aus und schenkte gleich nach. Harry beobachtete mich amüsiert.

»Ich dachte, wir trinken tagsüber nichts«, sagte er.

»Heute machen wir eben eine Ausnahme«, entgegnete ich schnippisch. »Stell dir vor, sie hat mir Cassandras Ballkleid mitgegeben, und ich hab's anprobiert.«

»Ach? Paßt es denn?«

»Fast wie angegossen. Es war richtig unheimlich. Weißt du, wir sehen uns ziemlich ähnlich, Cassandra und ich. Hast du mal ein Bild von ihr gesehen?«

»Hmm.« Er nickte.

»Ich wüßte gern, was für ein Mensch sie gewesen ist. Ich hab so ein Gefühl, als ob wir allerhand gemeinsam gehabt hätten, Cassandra und ich.«

»In welcher Beziehung?«

»Natürlich in erster Linie in bezug auf Männer. Ich bin sicher, dieser Roberto Madi war eine andere Ausgabe vom Typ John Noland. Ja, wenn ich an Madi denke, dann sehe ich tatsächlich John vor mir ... Apropos, rate mal, wer mich aus heiterem Himmel angerufen hat und mit wem ich nächste Woche zum Essen verabredet bin?«

»O nein, Faith, sag bloß nicht ...«

»Doch!«

»Aus heiterem Himmel?« wiederholte Harry skeptisch.

»Na ja, ich hab da neulich einen kleinen Abstecher in meine alte Wohngegend gemacht, und zufällig sah er mich vom Fenster aus.«

Harry verdrehte die Augen. Er kannte meine Affäre mit John in- und auswendig. Denn damals, als wir uns kennenlernten, war John praktisch mein einziges Gesprächsthema.

»Nostalgie de la merde, wie?« erkundigte er sich spitz.

»Ich weiß, ich weiß. Aber ich bin halt neugierig. Besonders jetzt, wo ich mich so für den Fall Cassandra Griffin interessiere. Da sind alle möglichen Erinnerungen wieder hochgekommen.«

»Korrigier mich, wenn ich dich falsch zitiere, aber ich dachte, dein Bedarf an Masochismus sei gedeckt.«

»Ach, Harry, es dreht sich doch bloß um ein harmloses Essen, was ist denn dabei?«

»Mach dir doch nichts vor – ein ›harmloses Essen‹ mit dem Mann gibt's nicht, nicht mal beim Essen«, orakelte er. »Warum gehst du nicht einfach los, kaufst dir ein härenes Büßerkleid und streichst den Mittelsmann?«

»Bin ich wirklich so schlimm?«

»Nein, aber er. Erinnere dich doch mal, Faith. Hast du vergessen, was dieser Widerling dir alles zugemutet hat? Du hast mich doch damals zu jeder Tages- und Nachtzeit angerufen und mir was vorgeheult. Wenn ich mich recht entsinne, mußte ich ein-, zweimal sogar rüberkommen und Händchen halten, so hysterisch warst du.«

Ich seufzte. Er hatte ja recht. Plötzlich versank ich in einem Morast unliebsamer Erinnerungen.

»Es stimmt«, sagte ich. »Er war schwierig, er war gefühlskalt. Und soll ich dir noch was sagen? Ich war so verrückt nach ihm, daß ich, wäre er ein Killer gewesen, jetzt tot sein könnte – genau wie Cassandra.«

»Womit wir wieder beim Thema wären«, spöttelte Harry in leierndem Singsang.

»Ich weiß, ich weiß. Sie verfolgt mich halt.«

»Ich denke, es wäre ganz anregend für dich, wenn du tatsächlich versuchtest, den Mord aufzuklären. Offenbar fühlst du dich ihr ja wirklich sehr eng verbunden.«

»Wie jeder Frau, die ein Mann durch den Wolf gedreht hat. Manchmal frage ich mich, wie ich dieses ganze Elend eigentlich überlebt habe.«

»Warum in Gottes Namen gehst du dann mit John Noland aus? Ist das so eine Art neumodischer Therapie – Schmerz bewußt erfahren, Aggressionen rauslassen? Wozu soll das gut sein? Du könntest wahrhaftig was Besseres mit deinem Talent anfangen.«

»Ich weiß«, sagte ich niedergeschlagen.

»Spiel das Spiel mit Mr. Noland im Kopf durch, so wie du's immer getan hast. Aber überlaß das reale Feld den anderen.«

Der Kellner brachte unser Essen – Salat für mich, kaltes Huhn für Harry. Er langte wie gewohnt kräftig zu, aber mir war der Appetit vergangen. Ich stocherte in dem durchweichten Grünzeug herum und arrangierte die garnierenden Schinkenwürfel zu einem Muster.

»Gott, Harry, ich weiß einfach nicht, was ich tun soll ...« Ich schüttelte den Kopf. »Ich bin neununddreißig Jahre alt und weiß plötzlich nicht mehr, wo's langgeht. Dabei war ich mir meiner Sache früher so sicher. Gehört das etwa zum Leben? Daß alle Überzeugungen sich langsam auflösen?«

»Es gibt Phasen der Auflösung und andere, in denen sich alles wieder zusammenfügt«, sagte er und steckte sich einen großen Bissen in den Mund.

»Und in welcher Phase bist du gerade?«

»Oh, ich denke, ich stricke mir ein paar Glaubenssätze für die bevorstehende Reise zusammen, so was wie einen warmen Pullover zum Schutz gegen die Unbilden einer langen Seefahrt.« Er spülte mit einem Schluck Wein nach.

»Denkst du oft an den Tod, Harry?«

Er tupfte sich mit der Serviette den Mund ab und antwortete dann ganz sachlich.

»Jedenfalls sehr viel öfter als früher. Warum? Machst du dir etwa auch schon solche Gedanken?«

»Wer weiß ...«, sagte ich zerstreut.

»Wenn du erst mal in meinem Alter bist, wird plötzlich alles Nebensächliche entscheidend und umgekehrt. Heute ertappe ich mich dabei, daß ich mich mit der gleichen Inbrunst auf ein gutes Essen freue, mit der ich mich früher nur meiner Arbeit und der Liebe widmete. Ich erinnere mich noch an die Zeit, als es ein Höhepunkt in meinem Leben war, ein herrliches Möbelstück oder einen neuen Liebhaber zu erobern. Und heute? Brathähnchen!«

Er spießte ein Stück Huhn auf die Gabel und schwenkte es wie ein Banner durch die Luft.

»Nach meiner Erfahrung verbringt der Mensch den Großteil seines Lebens mit Essen, Schlafen und damit, am Wesentlichen vorbeizugehen!« verkündete er und schob sich den Bissen in den Mund.

»Und glaubst du, man erkennt irgendwann das Wesentliche?«

»Die einen ja, die anderen nein. Letztere sind vermutlich in der Überzahl. Nur sehr wenige Menschen wollen wirklich mal innehalten und sich besinnen, oder? Es ist ja auch viel leichter, einfach im gewohnten Trott weiterzumachen.«

»Und du, Harry? Zu welcher Kategorie gehörst du?«

»Oh, ich bin ein Denker, keine Frage! Aber was mir wirklich gegen den Strich geht, ist zuzusehen, wie du deine Zeit mit diesem John Noland vergeudest, Faith.«

»Ach, du weißt ja – für ein bißchen Nervenkitzel geh ich meilenweit.« Ich seufzte.

»Wahrscheinlich muß jeder von uns einen wegstecken.«

»Einen was?« fragte ich.

»Knappen Reinfall.«

»Wovon sprichst du?«

»Ach, du weißt schon …«, meinte Harry nachdenklich und holte tief Luft. »… du denkst zurück an einen Menschen und sagst dir, wenn es mit dem nur geklappt hätte, dann wäre mein Leben gut gelaufen. Ich meine den, der einem durch die Lappen gegangen ist, um es salopp auszudrücken. Das Objekt unserer Wunschträume. Den verpaßten Märchenprinzen.«

»John Noland ist mir aber nicht durch die Lappen gegangen. Ich habe vielmehr *ihm* den Laufpaß gegeben.«

»Wer ist denn dann derjenige welcher?«

»Fehlanzeige, es gibt keinen. Und bei dir?«

»Rodney«, sagte Harry, ohne zu zögern.

Ich wußte, wer gemeint war, ein Ex-Lover, den er mir vor Jahren einmal vorgestellt hatte und der bei der Kripo gewesen war. Die meisten von Harrys »Gefährten«, wie er sie nannte, entstammten dem handfesten, maskulinen Milieu der Arbeiterklasse – Polizisten, Feuerwehrmänner, Bauarbeiter. Er hatte anscheinend eine besondere Vorliebe für deren prononciert männliche und, über weite Strecken, nonverbale Kommunikation.

»Ja, ich erinnere mich – der vielgepriesene Rodney. Rodney, der verheiratete Kriminalbeamte aus Queens mit dem kleinen Wunderknaben.«

»Mein Gott, wie habe ich diesen Bengel gehaßt«, sagte Harry.

»Erzähl, was ist aus dem guten Rodney geworden?«

»Keine Ahnung«, antwortete er versonnen. »Aber er war süß. Ich war ziemlich fertig damals, als er wieder zu seiner langweiligen Ehefrau zurückging. Übrigens kommt er aus Brooklyn, nicht Queens.«

In diesem Moment dämmerte mir, wie trist es in Harrys Liebesleben vielfach zugegangen sein mußte: ein flüchtiger Reigen kurzer Bekanntschaften und heimlicher Affären, oft mit Familien und Ehefrauen im Hintergrund, mit Eifersucht, Untreue, Verlassenwerden. Aus meiner Sicht wirkte Harry eher wie eine alte Frau, die ihre letzten Jahre an der Seite eines liebevollen Gatten hätte verbringen sollen, in behaglicher Rückschau auf ein gemeinsames Leben. In jüngster Zeit entsprach er diesem Bild sogar äußerlich, ja er erinnerte mich zunehmend an jene Rembrandt-Porträts von betagten Menschen, in deren Zügen das Geschlecht vom Alter getilgt scheint, so daß man kaum noch erkennen kann, ob das Modell ein Mann war oder eine Frau. So verlor auch Harry im Alter fast alle männlichen Merkmale, und statt dessen schimmerten die weichen, femininen Züge durch wie Pentimenti.

»Warum rufst du ihn nicht mal an?« schlug ich vor.

»Und was soll ich sagen? Hallo, ich bin's. Ich war die ganze Zeit allein und sehne mich seit acht Jahren nach dir?«

»Du könntest dich doch einfach erkundigen, wie's ihm geht. John hat mich nach zwölf Jahren angerufen.«

»Vielleicht hat John mehr Selbstbewußtsein als ich«, sagte Harry. »Außerdem ist das ganz was anderes, wenn der Betreffende verheiratet ist und er dich verlassen hat. Da muß man sich schon was Raffinierteres einfallen lassen.«

»Na, dann sei raffiniert«, sagte ich eindringlich. »Denk dir was aus, einen Vorwand.«

»So komisch das klingt, aber du hast mir gerade einen gegeben.«

»Und der wäre?« fragte ich vorsichtig.

»Darf ich dir einen Vorschlag machen?«

»Natürlich.«

»Laß mich dir beim Detektivspielen helfen.«

»Wovon sprichst du?«

»Du sagtest doch, es interessiert dich so sehr, wer Cassandra Griffin getötet hat. Und du verdächtigst Roberto Madi. Also laß uns Madi suchen und mit ihm reden.«

»Das ist nicht dein Ernst.«

»Hör zu, Faith, du bist nicht die einzige, die sich langweilt. Auch ich könnte ein bißchen ›Kitzel‹, wie du das nennst, in meinem Leben gebrauchen.«

»Aber was interessieren dich meine Mordtheorien, Harry?«

»Nun, zuerst einmal liefern sie mir, wie gesagt, einen Vorwand, um mich bei meiner alten Flamme Rodney zu melden.«

Ich starrte Harry ungläubig an.

»Ich würde ihn anrufen, unter dem Vorwand, ich brauchte jemanden, der Roberto Madi für mich aufspürt«, fuhr er fort. »Na, ist das ein Einfall?«

»Mein Gott, Harry, du meinst es wirklich ernst.«

»Worauf du Gift nehmen kannst.«

Auch wenn ich seinen Vorschlag ziemlich abwegig fand, reizte mich das Abenteuer doch.

»Und du glaubst wirklich, daß er ihn finden könnte?«

»Vorausgesetzt, er ist nicht inzwischen gestorben.«

»Wer? Rodney oder Madi?« fragte ich halb scherzhaft.

»Hör zu, wenn jemand Roberto Madi finden kann, dann Rodney Matusak«, erklärte Harry mit Nachdruck. »Schließlich war das genau sein Ressort.«

»Und angenommen, wir finden ihn, was dann?«

»Dann würden wir ihn aufsuchen und mit ihm reden.«

»Du glaubst doch nicht ernsthaft, daß er uns was verraten würde?«

»Wer weiß? Ein Versuch kann jedenfalls nicht schaden, oder?«

»Ich denke, es lohnt den Versuch, wenn du dadurch wieder mit Rodney in Kontakt kommen kannst, ohne dir eine Blöße zu geben. Allerdings ist diese Idee so verrückt, daß er kaum drauf reinfallen dürfte.«

Harry griff nach meiner Hand.

»Eines Tages wirst du's verstehen, meine Liebe«, sagte er lächelnd.

Es heißt, mit dem Älterwerden kehre sich das Innere nach außen, und der Mensch verwandele sich gewissermaßen in die Personifikation seines Wesens. Harrys Inneres, das sich neuerdings beängstigend rasch enthüllte, schien mir weitaus weicher und sanfter, als man das bei seiner gekünstelten, zynischen Schale je vermutet hätte. Wie ich war auch er ganz allein, hatte meines Wissens keine Familie und nur eine Handvoll enger Freunde. Aber der Altersunterschied zwischen uns und sein Gesundheitszustand ließen sein Los weit bitterer erscheinen als das meine. Manchmal hatte ich gar das Gefühl, ich sei der einzige Mensch auf der Welt, auf den er sich wirklich verlassen könne. Ich versuchte ihm immer das Gefühl zu geben, daß er für mich unentbehrlich sei, damit seine Abhängigkeit von mir nicht stärker wirkte als umgekehrt.

»Okay, ruf ihn an!« entschied ich. »Aber ich wäre platt, wenn er Madi wirklich finden würde.«

Harry war entzückt.

»Das wird vielleicht eine Überraschung für ihn, wenn ich mich nach so vielen Jahren wieder melde. Ich kann's kaum erwarten! Natürlich waren wir grundverschieden. Intellektuell und gesellschaftlich trennten uns Welten. Aber seltsam, in seiner Gegenwart fühlte ich mich immer besonders wohl. Als ob ich meine andere Hälfte gefunden hätte.«

»Ich weiß, was du meinst.«

»Gefährliches Spiel«, sagte Harry.

»Was?«

»Oh – Leidenschaft.«

»Ja, die Leidenschaft ist der wahre Lebenskiller.«

»Aber ohne sie kann man genauso eingehen«, jammerte Harry.

Wir aßen zu Ende und versuchten über andere Dinge zu reden, aber eine gewisse Schwermut dämpfte die Unterhaltung. Als wir aufbrachen, bekam Harry plötzlich Atembeschwerden; gegen eine Wand gestützt, umklammerte er mit beiden Händen seinen Hals. Sein rundes Gesicht lief krebsrot an, und die Augen quollen wie kleine Ballons aus ihren Höhlen. Ich löste ihm mit Gewalt die Hände vom Hals, um ihm die Krawatte lockern zu können, und öffnete auch die obersten Hemdknöpfe. Ein flinker Kellner schob ihm einen Stuhl unter, auf den er japsend niedersank. Nach ein paar Minuten ging sein Atem wieder normal. Die Röte wich aus seinem Gesicht, aber auf seiner Stirn standen winzige Schweißperlen. Die Augen waren immer noch etwas vorgequollen. Er sah schrecklich aus.

»Ich bringe dich auf der Stelle zu einem Arzt«, sagte ich und bat den Kellner, nach einem Krankenwagen zu telefonieren.

»Nein, nein!« wehrte Harry ab. »Es geht mir gut.«

»Du siehst aus wie der Tod, und du wirst jetzt sofort mit mir zu einem Arzt gehen.«

»Wenn ich nur ein Glas Wasser bekommen könnte«, bat er.

Der beflissene Kellner brachte es sofort, und Harry trank langsam, in kurzen Schlückchen. Danach wirkte er tatsächlich einigermaßen erfrischt.

»Bring mich jetzt nach Hause, bitte.«

»Nein.« Ich blieb hart. »Du gehörst zum Arzt.«

»Das passiert mir ab und zu. Es hat nichts zu bedeuten.«

»Harry, bitte ...«

»Faith, Liebes, es ist mein Leben.« Er wirkte so hinfällig und verstört, daß ich keine Kraftprobe wagte.

»Bist du dir auch wirklich sicher?«

»Aber ja doch.« Er rang sich ein mattes Lächeln ab. »Sei so gut und bring mich heim, ja?«

»Willst du dich nicht wenigstens untersuchen lassen?«

»Keinen Arzt.«

»Aber wenn es nun was Ernstes ist?«

»Das hoffe ich sogar.«

»Harry, sag doch so was nicht, bitte.«

»Aber wenn es doch die Wahrheit ist. Und jetzt sei ein braves Mädchen und bring mich nach Hause.«

»Wenn du schon nicht an dich denkst, dann nimm doch wenigstens Rücksicht auf mich. Ich könnte es nicht ertragen, dich zu verlieren«, sagte ich liebevoll.

»Meine liebe Faith ...« Es klang wie die Einleitung zu einer wirklich ernsthaften Rede, aber dann besann er sich doch anders. »Bring mich erst mal heim, ja?«

Unsere Blicke trafen sich, und in dem Moment begriff ich zum erstenmal, was es heißt, alt zu sein und krank und lebensmüde. Harry lächelte hilflos. Ich winkte ein Taxi heran. Auf der Fahrt zu seiner Wohnung waren wir beide ziemlich einsilbig. Das Taxi bremste unter der vertrauten grünen Markise.

»Dank dir schön, Faith.« Harry stieg schwerfällig aus dem Wagen. »Weißt du, diese Suche nach Madi gibt mir wirklich wieder Auftrieb. Also nochmals, danke.«

Ich erbot mich, ihn hinaufzubringen, aber er lehnte ab. Nachdem ich ihn abgesetzt hatte, fuhr ich noch ein Stück weiter, entschloß mich aber bald, auszusteigen und den Rest des Weges zu Fuß zu gehen. Ich brauchte frische Luft.

8

Harrys plötzlicher Anfall hatte mir mehr zugesetzt, als ich zunächst wahrhaben wollte. Niedergeschlagen ging ich los, dann aber lief ich plötzlich immer schneller, wie um die wachsende Panik zu verscheuchen, die mir schier den Atem raubte. Doch als ich schließlich gar keine Luft mehr bekam, mußte ich stehenbleiben und lehnte mich gegen eine Hauswand. Mein Herz klopfte wie rasend. Dünne Schweißrinnsale sammelten sich in meinen Handflächen. Mir war heiß und schwindelig, wie kurz vor einer Ohnmacht. Den Rücken fest gegen den kühlen Beton gepreßt, die Augen zusammengekniffen und nach Luft japsend, betete ich, daß diese entsetzliche Beklemmung vorübergehen möge. Und Gott sei Dank flaute sie wirklich allmählich ab, so daß ich den Heimweg fortsetzen konnte. Anfangs war ich noch so zittrig, daß ich vorsichtig einen Fuß vor den anderen setzte, aber bald fiel ich in Trab, ja fing sogar an zu rennen. Ich konnte es gar nicht erwarten, in meine kleine Wohnung zu kommen, in mein gemütliches, wohlgeordnetes Refugium.

Keuchend und zerzaust bog ich um die Ecke zu meinem Block und blieb wie angewurzelt stehen, als ich eine hochgewachsene, schlanke Gestalt, die mir bekannt vorkam, am Eingang zu meinem Brownstone rumlungern sah. Genau in dem Moment flammte die Straßenlaterne vor dem Haus auf. Der Mann wandte den Kopf zum Licht. Ich erkannte ihn: Es war John Noland.

Was, zum Teufel, machte er hier, ausgerechnet heute abend? Wir waren doch erst am Dienstag verabredet. Aber ich wußte natürlich, was ihn herführte. Es war typisch für ihn, unangemeldet aufzukreuzen, besonders, nachdem wir eine feste Verabredung getroffen hatten. Es sah ihm ähnlich, mich zu überrumpeln und aus der Fassung zu bringen, auf daß er von Anfang an wieder die Oberhand hatte.

Ich werde mich nicht blicken lassen, dachte ich. Ganz einfach. Ich gehe halt vorläufig nicht rein. Also drehte ich mich um und stakste steifbeinig zur Ecke zurück. Wenn er mich bloß nicht zufällig entdeckte! In der Verfassung wollte ich ihm auf keinen Fall begegnen; er sollte mich nicht zu Gesicht bekommen, so wie ich aussah und wie ich mich fühlte, ganz schwach in den Knien. Nein, das paßte nicht in meinen Plan. Ich wußte ganz genau, wie er mich nach all den Jahren zum erstenmal antreffen sollte, und den Auftritt würde er mir nicht verderben: tadellos gepflegt, gelassen, distanziert und leicht belustigt, so wollte ich ihm entgegentreten. Er durfte mich nicht überraschen, so wie ich jetzt war: zerzaust und aufgelöst, außer Atem, in Panik vor dem Leben und vorm Tod.

Ich hatte mir genau ausgemalt, wie unser Wiedersehen verlaufen würde. Am Dienstag, wenn John mich abholen kam, würde er klingeln, und ich würde ihn ein Weilchen warten lassen, nur um zu zeigen, daß ich nicht etwa schon an der Tür lauerte. Dann würde ich auf den Summer drücken und ihn reinlassen. Ich würde ihn die Treppe raufkommen hören, mit dem vertrauten, federnden Schritt, und ihm bis zur Wohnungstür entgegengehen, in einem neuen Kleid, das ich eigens für den Anlaß gekauft hatte. Ein diskret offenherziges Kleid, das ihm zeigen sollte: Ich hatte meine Figur gehalten. Ich würde Make-up tragen, etwas mehr als sonst, aber auch nicht zuviel, gerade genug, um die Spuren der Zeit ein bißchen zu kaschieren. Ich würde locker sein, fröhlich und, vor allem, cool. Wir würden ein bißchen Konversation machen, aufgelockert mit ein paar nostalgischen Anspielungen, und dann würde ich ganz lässig vorschlagen: »Wollen wir jetzt gehen? Ich muß nämlich heute abend zeitig ins Bett.« Unter dem Vorwand, mir eine Jacke zu holen, für den Fall, daß es kühl wäre in dem Restaurant, würde ich John im Wohnzimmer allein lassen, damit die kuschelige Atmosphäre, die ich mir geschaffen hatte, auch richtig auf ihn wirken konnte. Er hatte immer meinen Geschmack bewundert und meine Gabe, Gemütlichkeit zu erzeugen. Ich würde ihm zeigen, daß einiges unverändert geblieben war.

Dann würden wir zum Essen gehen. Er würde mich in eines unserer alten Lieblingsrestaurants in der City führen.

»O doch«, würde ich, beim Cocktail, sagen, »das Leben hat es sehr gut mit mir gemeint. Ich bin alles in allem recht glücklich.« Und im stillen würde ich die ganze Zeit denken: »Schließlich habe ich dich überlebt, oder ...?«

Wir würden ein bißchen zuviel Wein trinken, ein bißchen zu intim in Erinnerungen schwelgen. Er würde sich herüberbeugen, meine Hand nehmen, mir tief in die Augen sehen und sagen, daß sich nichts geändert habe. Ich würde ihm flüchtig über die Wange streichen, meine Hand wegziehen und sagen, daß ich leider am nächsten Morgen in aller Frühe raus müßte. »Können wir also bitte zahlen?« Wenn er mich kurz darauf vor meiner Wohnung absetzte, würde er sagen: »Wie wär's noch mit 'nem Schlummertrunk?« Ich würde ihn auf die Wange küssen und mit honigsüßer Stimme antworten: »Ein andermal.« Er würde mich am Arm packen, nicht willens, mich gehen zu lassen. Aber ich würde mich losmachen, die Stufen zum Eingang hinauflaufen und mich auf dem Treppenabsatz ein letztes Mal nach ihm umdrehen. Dann würde ich mit einem sphinxhaften Lächeln im Haus verschwinden.

So stellte ich mir unser Wiedersehen vor, und ich würde mich darum, oder zumindest eine Variante davon, nicht so leicht betrügen lassen. John sollte mich in Hochform sehen, ganz cool und gewappnet, statt mich zu überrumpeln, wenn ich aussah wie ein Gespenst, angstschlotternd und völlig daneben. Nicht nach all den Jahren. Ich wollte meinen großen Augenblick – den Augenblick, in dem ich ihm und mir selber beweisen konnte, daß ich triumphiert hatte über sein Andenken und über all die Erinnerungen, die sich an ihn knüpften, ja daß ich überlebt hatte, und zwar gut. Dieser Augenblick gehörte mir, und ich würde ihn auskosten, so wie es mir beliebte, nicht ihm. Und zwar am Dienstag abend, wie geplant, nicht jetzt.

Es war allerdings nicht so einfach, mich loszureißen. Allen Dienstagsplänen zum Trotz war ich bei seinem Anblick wie gelähmt. In der Hoffnung, er würde sich noch einmal dem Licht zudrehen, verharrte ich reglos und spähte zu ihm hinüber. Aber es war zu dunkel, um mehr zu erkennen als einen undeutlichen, verschwommenen Schattenriß. Als er keine Anstalten machte, das Feld zu räumen, gab ich mir schließlich einen Ruck und drehte langsam eine Runde um den Block.

Die Straßen waren um diese Zeit fast menschenleer. Die Samstagnachmittagsspaziergänger waren schon wieder zu Hause, ebenso die Geschäftsleute, die ihre Läden zugesperrt, und die Kunden, die noch in letzter Minute ihre Lebensmitteltüten und den obligaten Blumenstrauß ergattert hatten. Statt ihrer tauchten hier und da die ersten Nachtschwärmer auf, sprunghafte Typen, die alle auf etwas zu warten schienen – ein Happening, einen Kampf, einen Unfall – egal was, Hauptsache, es würde für die nächsten paar Stunden ein bißchen Abwechslung in ihr Leben bringen. Ich sah einer Katze zu, die eine große braune Küchenschabe über den Bürgersteig scheuchte, spürte die Erschütterung, als unter dem Asphalt eine U-Bahn vorbeidonnerte. Das Heulen einer Sirene zerriß die Stille. Ein zerlumpter Mann mit zwei ramponierten Einkaufstüten schoß vor mir aus einem Hausgang, schrie auf und rannte davon. Ich schreckte zurück, verlor das Gleichgewicht und konnte mich gerade noch an einer Parkuhr festhalten, wo ich eine Weile verschnaufte, aber vorsichtig, um nicht die Auspuffgase der vorbeibrausenden Autos einzuatmen. Rings um mich waberte dieses Gebräu aus Energie, Gefahr und Hoffnungslosigkeit, die Duftmarke der Großstadt.

Als ich wieder um den Block kam, war John Noland gegangen. Gott sei Dank, flüsterte ich mit einem Stoßseufzer. Meine Beine waren bleischwer, und ich hatte elendes Kopfweh, als ich mich die Treppe zu meinem Brownstone hochschleppte. Ich schaute nicht mal nach der Post, die ich durch den Schlitz im Messingkasten an der Wand sehen konnte. Wahrscheinlich doch bloß Rechnungen, Reklame und Kataloge. Die konnten warten. Alles konnte warten, bis ich ein heißes Bad genommen und mich richtig ausgeschlafen hatte. Ich steckte den Schlüssel ins Schloß an der Innentür.

Plötzlich tippte mir jemand auf die Schulter. Ich fuhr herum. »Hallo«, sagte die leise, einschmeichelnde Stimme, die ich auf Anhieb wiedererkannte. Dann sah ich das vertraute Gesicht vor mir.

»John, du hast mich zu Tode erschreckt!«

Er lächelte sein gewinnendes Lächeln, und ich wurde prompt schwach und unsicher. Schlaksig, wie er da im schummrigen Hausflur vor mir stand, kam er mir vor, wie ein Erinnerungsbild, eine Einladung zu einer Reise in die Vergangenheit.

Ich kniff die Augen zusammen, um ihn deutlicher sehen zu können. Sehr verändert hatte er sich mit den Jahren nicht, außer daß seine Züge jetzt noch eckiger wirkten. Und seine Haut war nicht mehr so geschmeidig. John hatte schon immer etwas mönchisch Strenges an sich gehabt. Sein großer, schlanker, knochiger Körper wirkte leicht stilisiert, wie die geschnitzten Apostel in gotischen Kathedralen. Du hättest, pflegte ich zu ihm zu sagen, ein gutes Modell für den gekreuzigten Heiland abgegeben. Auch jetzt sah er, trotz der Jeans und des roten Flanellhemdes, das über der Brust offenstand, immer noch aus wie ein Mönch. Sein sonnenverbranntes Gesicht mit den asketischen, herb-schönen Zügen schien mir noch so attraktiv wie damals, als ich mich in ihn verliebt hatte. Und auch der schelmische Funke in seinen Augen war noch da, der sich, wie ich aus Erfahrung wußte, plötzlich und grundlos grausam verhärten konnte.

»Hallo, Faith.« Seine Lippen waren ein verschwommener Klecks im trüben Licht.

Ich spürte, daß er mich prüfend unter die Lupe nahm. Auch das war typisch für ihn. Er verstand sich meisterlich darauf, meine Reaktionen zu taxieren, indem er mich anstarrte, bis ich so unsicher wurde, daß ich mich mit irgendeiner Peinlichkeit verriet. Und dann stürzte er sich auf mich wie ein Sprungbereiter Tiger und zerfetzte mein Selbstbewußtsein. Du Mistkerl, dachte ich jetzt, du hattest wohl einen Riecher dafür, daß du mich heute völlig down erwischen würdest! Natürlich wußte er ganz genau, daß ich mich ihm nicht freiwillig so präsentiert hätte: erschöpft und zerzaust, ein Bild des Jammers. Tatsächlich hatte ich mich seit Jahren nicht so erbärmlich gefühlt.

Als ich vergeblich versuchte, meine Frisur zu richten, haschte John nach meiner Hand, bog sie herum und küßte die Innenfläche. Es prickelte, als seine Zunge über den Ballen schnellte.

»Du bist schön«, sagte er, als ob er meine Gedanken erraten hätte.

»Red keinen Stuß.« Ich zog meine Hand weg. »Ich seh aus wie eine ersäufte Ratte, und das weißt du ganz genau.«

Er lachte. Ich wandte mich ab und schlurfte die Treppe hoch. »Was ist mit Dienstag?« fragte ich matt.

»Ich wollte dich überraschen«, antwortete er so dicht hinter mir, daß ich seine Körperwärme spüren konnte.

»Warum?«

»Dreh dich um und laß dich anschauen.«

Die Hände um meine Taille gelegt, zwang er mich, innezuhalten. Es war so lange her, seit ich zuletzt die Hände eines Mannes an meinem Körper gespürt hatte, daß ich ganz starr wurde. Seine Hände glitten über meine Hüften, wanderten zur Taille zurück. Ich kostete den Moment länger aus als ratsam, was mich natürlich verriet. Als ich mich endlich losmachen wollte, gab er folglich nicht nach, sondern sagte in gönnerhaftem Ton: »Laß ... entspann dich ... Du führst dich ja auf wie ein verschrecktes Kaninchen.«

Brüsk drehte ich mich nach ihm um. Ich stand eine Stufe höher als er, aber weil er ein ganzes Stück größer war, kamen wir jetzt genau auf Augenhöhe. Er hatte noch immer die Hände um meine Taille.

»Geh weg, John. Ich bin total erledigt. Komm Dienstag wieder, ja? So wie's ausgemacht war.«

»Wie geht's dir so?« fragte er.

»Gut. Ich bin bloß hundemüde.«

»Du zitterst ja.«

»Ach, es ist nur ...« Meine Stimme versagte.

»Freust du dich denn nicht, daß ich gekommen bin?«

Ich zögerte. »Ich weiß nicht.«

»Nein?« Er schien belustigt.

»Ich weiß nicht, ich ...«

Er küßte mich sanft auf den Mund.

»Was weißt du nicht? Hmm? Was weißt du nicht?«

Ich war wie betäubt. Ich hatte Gott weiß wie lange niemanden mehr auf den Mund geküßt.

»Also wirklich, John!« rief ich und riß mich los.

Er reagierte verdutzt, dann gekränkt.

»Was?« fragte er unbefangen. »Was ist denn?«

»Du meinst, du kannst einfach ...« Ich gab's auf, zu erschöpft, um mich wirklich noch aufregen zu können. »Du hast dich kein Jota geändert, oder?«

»Machst du mir 'n Drink?« fragte er verschmitzt.

»Nein.«

»'ne Tasse Tee?«

»Nein.«

»Und wie wär's mit *amore*?« flüsterte er und lehnte sich unvermittelt an mich.

»John, du bist unmöglich! Ehrlich!«

»Also dann bloß einen Drink. Sei kein Spielverderber.«

»Nein. Sieh mal, ich bin heute einfach nicht aufgelegt. Komm am Dienstag wieder. Dann gehen wir irgendwo nett zusammen essen, reden, bringen uns gegenseitig wieder auf den neuesten Stand.«

»Ich bin schon ganz up to date ... Du nicht?«

»Warum kann die Chose nicht einmal so laufen, wie's verabredet war?«

»Was denn für 'ne Chose?« fragte er anzüglich, seine ganze Haltung auf Anmache, was ich mich zu ignorieren bemühte.

»Warum muß alles, was man mit dir ausmacht, sogar eine simple Verabredung, in ein Spiel ausarten, bei dem du alle Regeln bestimmst?«

»Hast du wirklich den Eindruck?« Er wirkte ehrlich bestürzt. »Also dann tut es mir leid. Die Wahrheit ist, daß ich's einfach nicht erwarten konnte, dich wiederzusehen. Ich war ganz aus dem Häuschen, als ich deine Stimme hörte, neulich am Telefon. Da habe ich mich wohl hinreißen lassen. Ich hatte es mir so romantisch vorgestellt. Na ja, entschuldige bitte. Ich geh dann jetzt.«

Er ließ mich los, und prompt geriet ich in Panikstimmung. Das altbekannte Muster wiederholte sich: Ich weise ihn zurück, und dann komme ich mir verlassen vor. Ich war hin und her gerissen zwischen dem Wunsch, ihn loszuwerden, und der Sehnsucht, er möge bleiben.

»Ich hab einfach heute nicht mit dir gerechnet.«

»Schon gut.« Er strich mir über die Wange.

Ohne es zu wollen, legte ich meine Hand auf seine und folgte ihrem Weg über meine Haut.

»Du hast mir gefehlt, Faith. Und du? Hattest du Sehnsucht nach mir?« Ich nickte. »Na, dann komm«, sagte er und legte den Arm um mich. »Laß uns raufgehen.«

John schlich sich zurück in mein Leben, als ob er nie wirklich fort gewesen wäre. Wir unterhielten uns locker und flirteten bei einer Flasche Wein miteinander. Er lobte meine Wohnung, streichelte Brush, den er noch nie gesehen hatte, wollte Fotos meiner letzten Arbeiten sehen, erinnerte sich also an das ledergebundene Album, in dem ich die Aufnahmen von meinem Œuvre sammelte. Beim Durchblättern meinte er, es sähe so aus, als hätte sich meine Technik verbessert – nicht, daß das nötig gewesen wäre, setzte er mutwillig hinzu, eine Anzüglichkeit, über die wir beide lachten. Wir gingen völlig ungezwungen miteinander um, ohne versteckte Aggressionen, ohne gegenseitige Schuldzuweisung. Trotzdem war ich auf der Hut. Ich fragte ihn, was er so gemacht habe, und er reagierte angenehm bescheiden. Es sei, sagte er, immer noch so ziemlich das gleiche: Reisen, Schreiben, Vorträge halten. Das Publikum brächte ihm neuerdings mehr Interesse entgegen, sagte er. Er könne endlich auch Preise einheimsen, werde um Interviews gebeten und kassiere saftige Honorare für seine Lesungen. »Das Niveau muß überraschend gestiegen sein«, scherzte er.

Gleichwohl spürte ich, daß unter Johns lockerem Geplänkel Gefahr lauerte. Es war, als ob eine rostige alte Tür sich langsam und quietschend öffnet, und obwohl man Angst hat vor dem, was sich dahinter verbirgt, ist man trotzdem brennend neugierig darauf.

Wie nebenbei fuhr John, während wir uns unterhielten, mit dem Zeigefinger an meinem Arm rauf und runter. Dann fing er an, mir den Nacken zu massieren. Wider besseres Wissen schloß ich die Augen und ließ mich vom unwiderstehlichen Rhythmus seiner kräftigen Hände einlullen. Und dann ertappte ich mich! Warum dachte ich an Mord? Im Geist sah ich Cassandras Bild vor mir. Ich riß die Augen auf und rückte hastig von ihm ab.

»Was bist du denn so schreckhaft?« fragte John. »Früher hast du dich liebend gern massieren lassen.«

»Ich ... ich habe Angst«, stammelte ich.

»Angst?« Der Gedanke schien ihn zu erheitern. »Wovor? Vor mir vielleicht?«

»Kann schon sein. Oder auch vor mir selber.«

»Komm schon«, schmeichelte er. »Du brauchst dich nicht zu fürchten. Ich tu dir doch nichts.«

»Nein? Du hast mir aber schon mal weh getan.«

»Du mir auch«, erwiderte er düster.

»Ja, aber du warst immer gleich so heftig, so aufbrausend. Manchmal, da dachte ich ...« Ich stockte.

»Was?«

»Ach nichts.«

»*Was*? Sag es mir.«

»Na schön.« Ich holte tief Luft. »Manchmal dachte ich, du wolltest mich umbringen.«

»Wirklich?« Skeptisch zog er eine Braue hoch.

»Sag, hast du je den Wunsch gehabt?«

»Was denn? Dich umzubringen?«

»Ja.«

Wir sahen einander fest in die Augen.

»Nicht im wörtlichen Sinne«, sagte er schließlich lächelnd.

»Aber du bist oft dermaßen ausgerastet. Und du hast mich geschlagen, weißt du noch? Glaubst du, daß du jemals einen Menschen töten könntest, John?«

»Du meinst, abgesehen von mir selber?«

Seine Antwort verblüffte mich.

»John, glaubst du wirklich, du könntest dich umbringen?«

Er zuckte die Achseln. »Dran gedacht hab ich schon. Aber haben wir das nicht alle?«

»Ich nicht – nicht ernsthaft.«

»Dann hast du eben Glück.«

Wir saßen eine Weile schweigend nebeneinander. Ich hatte damals, vor zwölf Jahren, nicht erkannt, wie schwermütig John im Grunde war.

»Wahrscheinlich schon«, sagte er schließlich. »Wahrscheinlich könnte ich jemanden umbringen, wenn es sein müßte. Wenn die einzige Alternative wäre, er oder ich.«

»Ich spreche von einer Frau«, sagte ich, »einer Frau, mit der du was hast.«

Er maß mich mit spöttischem Blick. »Warum stellst du all diese Fragen, Faith? Trägst du dich mit Mordgedanken?« fragte er obenhin.

Ich stand auf, um mir noch ein Glas Wein einzuschenken.

»Ach, ich weiß nicht. Das Thema interessiert mich halt neuerdings.«

»Spannendes Thema, Mord.« Er schien mich nicht ernst zu nehmen.

»Mord«, sagte ich, während ich auch ihm nachschenkte, »gepaart mit Leidenschaft.«

Er packte mich am Handgelenk. Ich verschüttete ein paar Tropfen Wein auf den Teppich. Brush sprang von der Couch und verdrückte sich in eine Ecke. John zog mich zu sich herunter und küßte mich stürmisch auf den Mund. Ich versuchte, mich loszumachen, aber er hielt mich eisern fest.

»John, nein ... bitte!«

Er nahm mir die Flasche aus der Hand und stellte sie auf den Tisch. Dann stand er auf und nahm mich in die Arme. Ich hatte Angst, aber diese Angst war auch erregend. Ich spürte, wie sehr er mich begehrte, und das weckte wiederum mein Verlangen. Eine Weile wehrte ich mich noch, aber seine Leidenschaft und seine Beharrlichkeit brachen meinen Widerstand. Schließlich hob er mich auf und trug mich hinaus in den Flur. Ich schmiegte mich an ihn, küßte ihn, leckte sein Ohr, vergrub den Kopf an seinem Hals und wimmerte, daß wir das nicht tun sollten. Er achtete gar nicht darauf, sondern knallte mit dem Fuß die Schlafzimmertür hinter uns zu. Ich hörte Brush maunzen, weil er ausgesperrt war. Dann warf John mich aufs Bett und stürzte sich förmlich auf mich. Jetzt gehörte ich ihm, und wir wußten es beide. Wir bemühten uns, so schnell wie möglich aus den Kleidern zu kommen, um nur ja keine Sekunde Hautkontakt zu verlieren. Er versuchte vergeblich, meinen BH aufzuhaken.

»Du bist noch nie mit dem Ding klargekommen«, sagte ich lachend und wollte ihm helfen.

Aber John war zu ungeduldig. Er zerrte mir den BH runter bis zur Taille und fing an, meine Brüste zu massieren. Ich hob das Becken, bewegte mich in wellenförmigem Auf und Ab, bis wir uns beide nicht mehr beherrschen konnten.

Wir vögelten, verbissen und ausgiebig. Die Hände unter meine Pobacken geschoben, hob John mich empor, bis unsere Hüften fest aneinandergepreßt waren. Er drang tief in mich ein. Ich umschlang ihn mit den Beinen, wollte ihn halten, während er sich auf und ab stemmte, immer wieder, wie ein Verrückter auf einem Schaukelpferd. Ich konnte seine angespannten Halsmuskeln reliefartig unter der Haut vorspringen sehen. Und ich fing an, ihn schärfer zu beobachten, während er an meinen Brustwarzen saugte und mir den Schweiß vom Körper leckte. Er schien in einen Wachtraum eingesponnen, bar jeder Zärtlichkeit, ja ohne Bezug zu mir. Was er da abzog, kam mir vor wie ein gieriger Rausch – als versuche er, den Hunger von Jahren mit einem einzigen Festschmaus zu stillen. Meine Erregung flaute ab, und ich täuschte einen Orgasmus vor, damit John kam. Bei seinem abrupten, ungestümen Orgasmus sah ich mich plötzlich als Cassandra Griffin, durchbohrt lag ich auf dem Bett, ein Messer im Herzen.

»Spitze«, stöhnte John und rollte zur Seite.

Er küßte mich noch einmal und nickte ein. Ich lag neben ihm und spürte wieder die vertraute Einsamkeit. Plump und grobschlächtig kam er mir jetzt vor. Der alternde Mann neben mir, dessen unruhiger Schlaf von sporadischem Schnarchen markiert wurde, war schwerlich der strahlende Liebhaber aus meinen Träumen.

Ich dachte an den Sommer, vor vielen Jahren, als John und

ich einmal bei Amagansett am Meer zum Schwimmen waren und ich vom Gezeitenstrom erfaßt wurde. John hatte eine Luftmatratze dabei. Ich rief ihn um Hilfe.

»Keine Panik!« schrie er zurück. »Immer schön Wasser treten und dich treiben lassen.«

»Aber es treibt mich raus aufs Meer!« brüllte ich. »Schwimm auf der Luftmatratze rüber! Hilf mir!«

»Keine Panik!« gellte es zurück.

»Hilf mir, John! So hilf mir doch!«

Er paddelte wirklich mit der Luftmatratze auf mich zu, hielt aber kurz vor dem gischtsprühenden Strudel.

»John, bitte, komm hol mich ...!«

»Dann sitzen wir beide fest. Bloß keine Panik!«

»Wirf mir die Luftmatratze her! Bitte!«

»Ist zu weit, das schaff ich nicht. Nur die Ruhe. Es treibt dich schon wieder landwärts.«

Mir war, als ob eine große kalte Schlange sich um mich winden und mich aufs Meer hinausziehen würde. Je mehr ich mich gegen sie zur Wehr setzte, desto weiter schleppte sie mich fort.

»Hör auf mich, Faith – laß dich einfach nur treiben!«

Ich streckte die Arme nach ihm aus, aber John war viel zu weit weg. Also tat ich, was er gesagt hatte, schloß die Augen und ließ mich willenlos vom Wasser treiben. Die Strömung trug mich so weit hinaus, daß Johns tanzende Luftmatratze nur noch ein kleiner Fleck am Horizont war. Mir kam es vor, als trudelte ich schon eine Ewigkeit so auf den Wellen, und ich war sicher, daß ich sterben würde. Und dann auf einmal, so plötzlich, wie er mich gepackt hatte, ließ der Gezeitenstrom mich wieder los. Ich spürte, wie die schwerfällige Brandung mich langsam zum Strand zurückschaukelte. Endlich den Klauen des Strudels entronnen, paddelte ich mit letzter Kraft zurück an Land, taumelte aus dem Wasser und brach, schluchzend und völlig erschöpft, im Sand zusammen. Als ich aufblickte, stand John über mir und verdeckte die Sonne.

»Na, siehst du? Ich hab dir ja gesagt, bloß keine Panik.«

»Du Scheißkerl!«

Er kniete nieder, streichelte mich, küßte mein Gesicht, mein Haar. Ich drehte den Kopf weg, innerlich völlig leer.

»Ich hätte überhaupt nichts machen können«, sagte er. »Ehrlich. Außerdem warst du nicht in Gefahr. Die Gezeiten wechseln ja. Alles, was du tun mußt, ist, dich treiben lassen und ja nicht in Panik geraten. Ich hätte dir nicht helfen können, Faith. Siehst du das denn nicht ein? Ich wäre ja gar nicht an dich rangekommen. Das siehst du doch ein, oder?«

»John«, sagte ich, als ich mich ihm schließlich doch wieder zuwandte, »warum bist du nicht gekommen und hast dich mit mir zusammen treiben lassen? Du hattest immerhin die Luftmatratze.«

In seinem Gesicht zuckte es. »Du verlangst zuviel.«

»Oder zuwenig«, versetzte ich.

Das war ein Zwischenfall. Es hatte noch andere gegeben. Häßliche Augenblicke, in denen er mich bedroht, sogar geschlagen hatte, um dann in einem Taumel von Leidenschaft und Reue Abbitte zu leisten. In Gedanken ließ ich sie Revue passieren, als handele es sich um Verkehrsunfälle mit anderen Beteiligten. John drehte sich zur Seite und stand auf. Er ging ans Fenster, stellte sich, mir den Rücken zukehrend, nackt davor und sah hinaus.

»John?«

Er antwortete nicht, zündete sich nur eine Zigarette an. Dann trat er zurück in den Schatten, stützte sich mit einer Hand gegen die Wand und beugte den Kopf vor, so daß sein Profil sich scharf im Schein der Lampe abhob.

»John?« fragte ich noch einmal.

»Hmm?« brummte er nach einer Weile.

»Woran denkst du?«

»An nichts ... höchstens denke ich über deine Aussicht nach«, sagte er.

»Ich hab gar keine.«

»Genau das habe ich eben gedacht.«

»John?«

»Hmm?«

»Wo ist deine Frau?«

»Ich hab dir doch gesagt, wir leben getrennt.«

»Was war sie für ein Mensch?«

Er fuhr herum und funkelte mich an.

»Auf die Art Fragen laß ich mich nicht ein«, sagte er schroff.

Seine Antwort überraschte mich weder, noch schüchterte sie mich ein. Er machte mir überhaupt keine Angst mehr. Ich sah ihn an, wie ich vielleicht einen veralteten, kniffligen Mechanismus betrachtet hätte, dessen genaue Bestimmung und Funktion man im Lauf der Zeit vergessen hat. Da ich nichts mehr in ihn investieren wollte und mich andererseits auch nicht mehr bedroht fühlte, beschloß ich, ein bißchen Katz und Maus mit ihm zu spielen.

»Ein merkwürdiges Gefühl, nicht, John?«

»Was?«

»Na, daß wir wieder zusammen sind.«

»Hmm«, brummte er vage.

»Findest du nicht?«

»Was?«

»Daß es ein komisches Gefühl ist.«

»Ich hab eigentlich nicht drüber nachgedacht.« Er klang leicht gereizt.

»Darf ich dich was fragen? Hast du dir je überlegt, wie es sein würde, wenn wir wieder zusammenkämen?«

»Nein«, sagte er und sah wieder zum Fenster hinaus.

»Nein?« Trotz meiner neugewonnenen inneren Freiheit schockierte mich diese lapidare Antwort doch einigermaßen. »Soll das heißen, du hast nie an mich gedacht?«

»Ich hab schon an dich gedacht. Aber ich bin kein Planer.«

»Planer?« wiederholte ich verständnislos.

»Ich plane mein Leben nicht voraus«, sagte er.

»Aber wenn du an etwas Bestimmtes denkst, stellst du dir dann nicht auch vor, wie es sein könnte?«

»Nein, ich denke bloß dran und Schluß.«

Er sah mich jetzt mit zusammengekniffenen Augen an.

»Tut mir leid, daß ich nicht so sein kann, wie du mich haben willst«, sagte er.

»Was meinst du damit, John?«

»Du willst, daß ich auf eine ganz bestimmte Art denke und mich benehme. Du hast eine genaue Vorstellung davon, was ich sagen sollte.«

»Nein, John, nicht mehr.«

»Aber sicher doch!«

»Na schön.« Ich beschloß, mitzuziehen. »Angenommen, es wäre so. Was ist denn falsch daran?«

»Es ist naiv«, sagte er und drehte sich wieder dem Fenster zu.

»Wirklich? Inwiefern?«

»Weil wir eben erst unsere Beziehung neu bekräftigt haben. Das war doch gerade der Beweis …«

»Ach, du meinst, daß wir miteinander geschlafen haben?«

»Genau, ja, und daß wir hier zusammen sind. Das ist unsere Beziehung.«

»Was ist falsch daran, sich auszusprechen?«

»Ich hasse Worte«, sagte er kühl.

»Das ist aber ein Handicap für einen Schriftsteller, oder?«

Er schloß die Augen und rieb sich den Nasenrücken.

»Sehr komisch«, sagte er, augenscheinlich alles andere als amüsiert.

»John, ich möchte wissen, wie's dir geht, was du gemacht hast, all die Jahre. Immer wenn ich an dich dachte, hatte ich das Gefühl, du denkst auch an mich. Ich möchte wissen, was für ein Mensch deine Frau war, ob sie dich an mich erinnert hat. Wie sah sie aus? Triffst du sie noch? Habt ihr Kinder?«

Ich sah, daß ich ihn nur immer mehr reizte. Ich hatte seinen wunden Punkt getroffen, und das freute mich. John drückte die Zigarette aus und setzte sich aufs Bett.

»Wollen wir uns ab und zu treffen, hättest du Lust?« fragte er beiläufig.

»Wie meinst du das?« Ich heuchelte Verwunderung.

»Ich meine, ob wir uns hin und wieder treffen können. So wie heute. Mal zusammen essen gehen ...«

Ich tat so, als müsse ich einen Moment nachdenken, wie wenn sein Vorschlag mich überrumpelt hätte.

»Ich weiß nicht«, sagte ich. »Was verstehst du unter hin und wieder?«

»Halt wenn uns danach ist.«

»Also nichts Festes?«

»Nein«, antwortete er verlegen.

Ich bemühte mich, meinen Sarkasmus nicht durchscheinen zu lassen. »Also vielleicht einmal im Monat oder einmal die Woche oder einmal im Jahr? Wie sich's grade ergibt?«

»Wir können ja von Fall zu Fall entscheiden.«

»Ich bin kein Sponti, John«, sagte ich und lächelte flüchtig.

»Also ich würde mich jedenfalls freuen«, meinte er schmeichelnd. »Vielleicht überlegst du's dir noch mal? Aber jetzt wird's Zeit für mich.«

Ich mußte schlucken. Darauf war ich nicht gefaßt.

»Du willst gehen?«

»Ich muß nach Hause und packen.«

»Packen?«

»Ich fahre auf ein paar Monate ins Amazonasgebiet«, sagte er. »Recherchen für mein neues Buch über den Regenwald.«

»Oooh ... und was ist mit Dienstag?« fragte ich, mühsam die Beherrschung wahrend. »Du weißt doch, daß wir verabredet sind?«

»Tut mir leid.« Er sagte es ganz prosaisch. »Aber ich bin nicht da.«

»Wie bitte?«

Er nahm mein Gesicht in beide Hände, betrachtete es wie eine Kostbarkeit und küßte mich sanft auf die Lippen.

»Du hast dich nicht verändert«, sagte er.

Ich machte mich los. John war mir jetzt wirklich schnuppe, trotzdem würde ich es ihm nicht so leicht machen.

»Jetzt mal Klartext, John. Du *wußtest* die ganze Zeit, daß du Dienstag nicht mehr hier bist?« Ich stellte mich fassungslos, dabei war das in Wahrheit doch so typisch für ihn. »Soll das heißen, du bist bloß für 'ne schnelle Nummer hergekommen?«

»Hör damit auf, Faith.«

»Ich kann nicht glauben, daß das der einzige Grund war. So wie ich dich kenne, hättest du noch hundert Möglichkeiten, wenn's dir bloß ums Bumsen geht ...«

»Hör auf, solche Ausdrücke zu gebrauchen.«

»Oh, bitte vielmals um Verzeihung! Ich wollte dein Zartgefühl nicht kränken. Aber ich kapiere einfach nicht, warum?«

»Warum was?«

»Warum der ganze Aufwand?« Ich war ehrlich neugierig.

»Ich wollte dich wiedersehen. Ich mußte dich einfach wiedersehen«, sagte John.

»Warum?«

»Ich weiß nicht, warum!« fuhr er mich an. »Muß es denn für alles einen Grund geben? Du wolltest mich doch auch wiedersehen. Weißt du, *warum*?«

»Allerdings, das weiß ich«, sagte ich ruhig.

Meine Gelassenheit schien ihn auf die Palme zu bringen.

»Also? Warum?« Wütend funkelte er mich an.

»Du siehst ja richtig böse aus.« Ich lächelte.

»Sei so gut und beantworte meine Frage, ja?«

»Warum ich dich wiedersehen wollte? Weil ich wissen wollte, wieso du's nicht geschafft hast, mich umzubringen.«

»Mein Gott!« Er seufzte. »Fängst du jetzt wieder damit an?«

»Ich war ja noch längst nicht fertig damit. Wahrscheinlich wollte ich gern wissen, warum ich im Gegensatz zu anderen überlebt habe. Und, auch wenn das komisch klingen mag, aber ich glaube, ich wollte mich außerdem vergewissern, ob ich überlebt habe, denn daß man lebt, weißt du, das heißt noch nicht unbedingt, man hat überlebt.«

»Wovon, zum Teufel, sprichst du eigentlich?«

»Nicht so wichtig. Es würde dich sowieso nicht interessieren.«

John hob einen Socken vom Boden auf. Fasziniert von seinen katzenhaften Bewegungen sah ich ihm zu. Er ließ sich auf alle viere nieder.

»John?«

»Ja?« sagte er, den anderen Socken unterm Bett hervorangelnd.

»Ich muß dir etwas sagen.«

»Und das wäre?«

»Laß die Klamotten mal einen Augenblick. Es handelt sich um etwas, das ich dir schon immer sagen wollte. Bloß hatte ich nie den Mut dazu.«

Den Socken in der Hand, richtete er sich auf und sah mich mit neu erwachtem Interesse an.

»Du liebst mich«, sagte er mechanisch.

»Nein, darum geht es nicht. Das habe ich dir doch sehr oft gesagt. Ich meine etwas anderes.«

»Und was?« fragte er argwöhnisch.

Ich wartete noch einen Moment, um die Spannung hochzutreiben.

»John«, begann ich dann langsam, jedes Wort sorgfältig abwägend, »ich habe dich nie für einen großen Schriftsteller gehalten.«

Im ersten Augenblick schien er unfähig zu reagieren, ja konnte sich nicht einmal bewegen. Dann warf er den Socken aufs Bett, schnappte sich sein Hemd vom Fußboden und fuhr hinein.

»Besten Dank!« sagte er schneidend.

»Keine Ursache.«

Ich lächelte, als er mich wieder ansah. Er nickte schroff und knöpfte sich dann übertrieben pedantisch das Hemd zu, Knopf für Knopf. Abgesehen von dem Hemd, war er von der Taille abwärts nackt. Seine langen dünnen Beine lugten darunter vor wie zwei Zeltpflöcke.

»Ich glaube dir nicht«, sagte er endlich, während er in die Hose schlüpfte. Er zog sie bis zur Taille rauf, stopfte das Hemd rein und zog den Reißverschluß hoch. Vor lauter Wut bekam er beim ersten Anlauf die Gürtelschnalle nicht zu.

»Was glaubst du nicht?« fragte ich, während ich aufmerksam diese plötzliche Unbeholfenheit konstatierte. Es war, als ob man eine Motte beobachtet, die in einem Einweckglas zappelt. Ich wußte, jetzt hatte ich ihn gepackt.

»Du hast mir doch dauernd vorgeschwärmt, was für ein großer Schriftsteller ich sei.« John setzte sich aufs Bett, um seine Socken anzuziehen.

»Man sagt alles mögliche, wenn man verliebt ist.«

Er stand auf und drehte sich nach mir um. Angezogen sah er weniger bedrohlich aus.

»Ich bin ein guter Schriftsteller«, erklärte er. »Gott und die Welt hat allmählich begriffen, wie gut ich bin. Da läßt mich deine Meinung ziemlich kalt.«

»Ach ja? Na, dann ist es ja gut.«

Er zögerte einen Moment.

»Nur mal so aus Neugier«, sagte er dann, »aber was gefällt dir denn eigentlich nicht an meiner Schreibe?«

»Ich dachte, es kümmert dich nicht, was ich denke«, antwortete ich lässig.

»Stimmt. Ich sag ja, ich frage bloß aus Neugier.«

»Also meinetwegen … Ich finde, du gehst mit deinen Büchern zu sehr auf Nummer Sicher.«

»Was?! Du, ich riskiere meinen Hals für meine Bücher!«

»Ja, ja, ich weiß«, sagte ich nachsichtig. »Aber es steckt kein echtes Gefühl drin. Deine Bücher handeln nicht von Menschen, sondern von Idealen. Und«, ich seufzte, »du bist immer so darauf bedacht, mit der Mode zu gehen.«

»Mit der Mode gehen? Ich?« Er war jetzt fast außer sich vor Zorn.

»Den Zeitgeist bedienen, nennt man das, glaube ich, üblicherweise.«

»Ah, ja, und in der Wüste schneit's demnächst, wie?« höhnte er.

»Du kannst mich nicht beleidigen, John«, sagte ich nachdenklich. »Ich bin bloß ein bißchen gelangweilt, sonst nichts. Und in Wahrheit ist es ja auch ganz unerheblich, was ich oder sonst jemand über deine Arbeit sagt. Denn im tiefsten Innern weißt du selbst, daß du nur zweite Garnitur bist. Was andere Leute denken – sei es gut oder schlecht –, ist belanglos. Was dich fuchst, ist die eigene Erkenntnis, daß du nicht zu den ganz Großen gehörst.«

Ich sah am Spiel seiner Wangenmuskeln, wie er mit den Zähnen knirschte.

»Und wenn ich dir nun sagte, daß mir deine Malerei nicht gefällt?«

Ich zuckte die Achseln. »Du hast mir nie gesagt, *daß* sie dir gefällt. Als wir noch zusammen waren, hast du nie von meiner Arbeit gesprochen, sondern immer nur über deine. Ich war sowieso ganz baff, als du heute abend auf einmal alles mögliche über mich wissen wolltest.«

»Offenbar war das ein Fehler«, grollte er humorlos, riß sein Jackett von der Stuhllehne und ging.

»Danke für die schönen Erinnerungen!« rief ich ihm noch nach, bevor die Tür ins Schloß knallte.

Am nächsten Morgen hörte ich unter der Dusche, wie John auf meinen Anrufbeantworter sprach. Als ich aus dem Bad kam, ließ ich das Band zurücklaufen.

»Faith, ich bin's, John. Du, ruf mich bitte an, es ist dringend.

Ich will nicht, daß es so zu Ende geht. Es kann nicht so enden, hörst du?« Seine Stimme klang verdächtig rauh.

Er hatte auch eine Nummer hinterlassen. Als ich am Nachmittag endlich dort anrief, meldete sich eine Frauenstimme.

»Hallo?« sagte sie.

»Ist Mr. Noland zu sprechen?« fragte ich zögernd.

»Nein. Wer spricht denn?«

»Ach, bloß eine alte Freundin. Mit wem spreche ich?«

»Hier spricht Mrs. Noland. Und wer sind Sie?«

Ich schüttelte lächelnd den Kopf, und als ich auflegte, dachte ich: Das hättest du sein können.

9

Am späten Vormittag rief ich bei Harry an, um mich nach seinem Befinden zu erkundigen. Es hob niemand ab. Ich versuchte es immer wieder. Abends hatte ich ihn endlich am Apparat.

»Kerngesund«, sagte er, und ich stellte erleichtert fest, daß seine Stimme wirklich schon wieder ganz munter klang. »Oh, und du wirst dich freuen zu hören, daß ich fleißig an unserem Fall arbeite. Mein Polizist hat sich wahnsinnig gefreut über meinen Anruf. Ich hab ihn heute morgen in aller Frühe rausgeklingelt, und wir treffen uns nachher auf einen Drink. Ich möchte dir nochmals danken, meine Liebe, daß du mir den Vorwand geliefert hast, wieder Kontakt mit ihm aufzunehmen.«

Harry regenerierte sich immer rasch, wenn eine Romanze in der Luft lag.

»Also wenn du mich fragst, ist das Ganze eine Schnapsidee, aber wenn's Cupido beflügelt! Apropos – rate mal, wer gestern abend plötzlich bei mir auf der Matte stand?«

»Sag bloß nicht der gefürchtete Mr. Noland!«

»Typisch, wie?«

»Enervierend. Na und?« fragte er.

»Es war ein Fiasko.«

»Das wußten wir doch schon vorher«, sagte er. »Und wie geht's dir jetzt?«

»Bißchen verkatert. Aber weißt du was, eins ist total irre. Es kommt mir völlig unwirklich vor, als ob es nie passiert wäre. Er erzählte mir, er lebe getrennt oder sei geschieden, genau weiß ich das nicht mehr. Dann hat er heute morgen angerufen, ich rief wie gewünscht zurück, und nun rate mal, wer am Telefon war!«

»Seine Frau«, sagte Harry trocken.

»Volltreffer.«

»Und? Hast du dich ihr vorgestellt?«

»Nein, ich hab aufgelegt. Das hätte ich gleich machen sollen, als er mich einladen wollte. Mann, tut die Frau mir leid!«

»Brich dir keine Verzierung ab. Sie macht das wahrscheinlich ganz gern mit. Genau wie du früher, schon vergessen?«

»Glaubst du, aus Masochismus kann man irgendwann endgültig rauswachsen?«

»Wahrscheinlich wird man ihn einfach leid mit der Zeit. Aber das kostet ein ganzes Stück Arbeit. Und du bist jetzt also nicht down?«

»Nein«, sagte ich, »obwohl ich den ganzen Tag auf ein Tief gefaßt war.«

»Ehrlich gesagt, konnte ich ja nie begreifen, was du an dem Mann gefunden hast. In meinen Augen war das immer schon ein Blindgänger.«

»Ach, er sieht recht gut aus, immer noch. Aber ich sag dir, er wird alt.«

»Jedenfalls nicht mein Typ«, sagte Harry abfällig. »Ich mach mir nichts aus diesen asketischen, nordisch-unterkühlten Snobs. Ich stehe auf dunkle, schwerblütige Südländer und stämmige Bauernburschen. Es ist komisch, aber ich glaube, ich habe mir tatsächlich immer Liebhaber gesucht, die aussahen, als könnten sie mich durch einen harten Winter bringen.«

»Ach nein, und darf man fragen, was der dunkle, schwerblütige Südländer in einem strengen Winter mit dir machen würde, hm?«

»Mich in den Süden bringen, vermutlich.«

»Soso! Aber hör mal, Harry, ich hab dich nicht angerufen, um über mich zu reden. Geht es dir auch wirklich wieder gut?

Du würdest mir einen großen Gefallen tun, wenn du morgen, oder wenigstens irgendwann unter der Woche zum Arzt gingst.«

»Faith, meine Liebe, mir fehlt nichts. Nicht das geringste. Heute ist sogar ein recht guter Tag. Ich hab gleich morgens ein Geschenk bekommen.«

»So? Was denn?«

»Absolut keine Schmerzen«, frohlockte er. »Du ahnst ja nicht, was für ein köstliches Präsent das in meinem Alter ist.«

Seine Worte straften seine Unbekümmertheit Lügen. Und wieder zitterte ich bei dem Gedanken, ich könnte ihn verlieren.

»Oh, Harry, ich kann die Vorstellung nicht ertragen, daß du dich so quälen mußt. Hast du denn oft Schmerzen?«

»Unerträgliche nicht, nein. Bloß so ein dumpfes, monotones Grummeln, wie das Summen einer Klimaanlage. Man gewöhnt sich dran, aber wenn es ab und zu mal aussetzt, dann denkt man: Ah, Stille – was für eine Wohltat ... Na, jedenfalls freue ich mich darauf, Rodney wiederzusehen; vielleicht schlage ich so ja noch ein bißchen Vergnügen aus unserem Fall. Und du mach's gut derweil. Lerne Frances Griffin besser kennen – ich will alles über sie wissen. Und ich halte dich auch auf dem laufenden.«

Ab Ende Juni fuhr ich sechs Tage die Woche hinaus nach The Haven, und Mrs. Griffin kam, mit Pom-Pom im Schlepptau, fast jeden Tag zum Pavillon herüber, um mir bei der Arbeit zuzusehen. Sie spazierte am späteren Vormittag herein, blieb auf dem Treppenabsatz stehen und verkündete: »Ich hoffe, ich störe nicht.«

»Nein, natürlich nicht«, schwindelte ich.

In Wahrheit fühlte ich mich ziemlich gehemmt in ihrer Gegenwart, und das beeinträchtigte wiederum meine Konzentration. Ich machte viel mehr Fehler, wenn sie mir zusah, als wenn ich allein war. Ich hoffte, sie würde das auch merken und sich zurückziehen. Statt dessen nahm sie fast jeden Patzer zum Anlaß, um ein Gespräch anzuknüpfen. Sie schien sich sogar zu freuen, wenn ich etwas wegwischen und wieder von vorn anfangen mußte, oder wenn Pom-Pom mit meinen Farben und Pinseln Unfug trieb – ihr war einfach alles lieb, was mich von der Arbeit abhielt und ihr, während ich den Dreck aufwischte, Gelegenheit zu zwanglosem Geplauder bot.

Mrs. Griffin schien vor allem daran gelegen, daß ich sie besser kennenlernte. Ich hatte sogar das Gefühl, sie wolle mich noch mehr für sich interessieren als umgekehrt. Sooft sie mir eine persönliche Frage stellte und ich antwortete, schien sie jedenfalls nicht eher zufrieden, als bis ich ihr meinerseits eine ähnliche Frage gestellt hatte. Sie schmollte, ja schien mitunter ehrlich gekränkt, wenn ich nur knapp Auskunft gab und mich gleich wieder meiner Arbeit widmete.

Oft begann sie, auch ohne die geringste Ermunterung, in Erinnerungen zu schwelgen; dann erzählte sie mir abenteuerliche Geschichten oder plauderte einfach drauflos, über die phantastischen Leute, die sie gekannt, und die phantastischen Länder, die sie bereist hatte. Sie verfügte über einen unerschöpflichen Fundus amüsanter Anekdoten von Prominenten und Stars und Sternchen, von Thronprätendenten und Staatsoberhäuptern, Künstlern und Intellektuellen, die fast alle in ihrer Blütezeit bei ihr zu Gast gewesen waren. Ich dachte, diese Ausflüge in die Vergangenheit seien Fluchtbewegungen, weg von ihrer momentanen Einsamkeit, und bedauernswerte Anklammerungsversuche an das glanzvolle Leben, das sie einmal geführt hatte.

Nach einer Weile hörten sich sowohl die Geschichten als auch die berühmten Leute alle gleich an. Sie schien nur sehr weitläufig mit dieser Glamourwelt in Verbindung zu stehen, als ob sie einmal Zuschauerin bei einem gigantischen, immerwährenden Festspiel gewesen wäre. Ihren Mann oder ihre Tochter erwähnte sie kaum. Ich gewann den Eindruck, daß sie zahllose Bekannte, aber nur wenige Freunde hatte. Die Freunde waren inzwischen alle tot, und die Bekannten scheinbar nicht wert, daß man sich mit ihnen abgab. In der Regel blieb sie und redete, bis sie müde wurde. Wenn sie fort war, dachte ich über alles nach, was sie mir erzählt hatte, und kam zu dem Schluß, daß sie jetzt, ungeachtet all ihrer Privilegien, ein bedauernswert leeres Leben führte.

Meine Arbeit litt darunter, daß Mrs. Griffin soviel Zeit mit mir verbrachte. Mitte Juli hinkte ich meinem Plan ernsthaft hinterher, und trotzdem zögerte ich, sie zu bitten, ihre Besuche einzustellen. Aber meine zunehmend barschen Antworten auf ihre Fragen und meine spürbar nachlassende Aufmerksamkeit für ihre Geschichten brachten sie wohl selbst zu der Einsicht, daß sie mich zu sehr ablenkte. Als sie andeutete, ich käme vielleicht besser zurecht, wenn sie mich eine Weile allein ließe, widersprach ich nicht, sondern dankte ihr bloß für ihr Verständnis. Sie stellte ihre Besuche abrupt ein.

Ich fand langsam zu dem mir genehmen Rhythmus zurück, arbeitete so den Sommer hindurch und sah nebenher das Anwesen zu einem üppig grünen Paradies erblühen. Im Park schienen jeden Tag neue Blüten und Blätter zu sprießen. Das Haupthaus lugte hinter einem wuchernden Blätterwald hervor. Obwohl wir oft dreißig Grad und mehr hatten, blieb es im Pavillon immer angenehm kühl. Ich war mit Freude bei der Arbeit, lauschte zwischendurch dem Zwitschern und Summen von draußen, dachte auch gelegentlich an John Noland, wobei ich aber die Begegnung mit ihm wie einen schlechten Traum behandelte. Wenn er immer noch in meiner Vorstellung auftauchte, dann bloß als ein verflossener Liebhaber, den ich einmal zu oft gesehen hatte, aber nun nie wiedersehen würde. Das Heimweh und die Sehnsucht waren erloschen.

Ich sah Frances Griffin über längere Zeit nicht mehr, erkundigte mich aber regelmäßig bei Deane nach ihr und Pom-Pom. An einem besonders feucht-schwülen Montagmorgen kam er, sichtbar schlapp und mitgenommen, in den Pavillon. Es habe, sagte er, übers Wochenende einige bedauernswerte Zwischenfälle gegeben.

»Der kleine Pompy ist fort«, erklärte er mit Tränen in den Augen.

Ich legte meinen Pinsel zur Seite.

»O nein! Was ist denn passiert?« Ich dachte nichts anderes, als der arme kleine Hund sei überfahren worden.

Deane zögerte, als ob es ihm schwerfiele, darüber zu sprechen.

»Mrs. Griffin hat ihn weggegeben.« Kläglich ließ er den Kopf hängen.

»Weggegeben? Ja, warum denn?«

»Zu viele Malheurs«, sagte er traurig. »Pompy hatte sich wieder mal losgerissen, und dann hat er seine Duftmarke auf einen Stuhl gesetzt.«

»Das ist nicht Ihr Ernst, Deane. Sie meinen, Mrs. Griffin hat den Hund fortgegeben, weil er auf einen Stuhl gepinkelt hat?«

»Nun ja, es war immerhin ein Louis-Seize«, sagte er. »Eines ihrer Lieblingsstücke.«

Ich fand, das klang alles ganz unsinnig.

»Oh, Deane, ich weiß doch, wie Sie an dem kleinen Kerl gehangen haben.«

»Ich hab ihr vorgeschlagen, ihn bei mir in der Küche anzuleinen, aber sie hatte Angst, er könnte wieder ausbüchsen. Ich hätte auch angeboten, ihn ganz zu übernehmen, nur habe ich daheim niemanden, der sich um ihn kümmern könnte.«

Ich sah, daß es Deane sehr nahe ging. Und daß er sich mir anvertraute, brachte mich ihm näher.

»Es tut mir so leid, ehrlich, Deane«, war gleichwohl alles, was mir zu sagen einfiel.

»Ja.« Er nickte. »Es ist furchtbar, ganz furchtbar.«

Deane zog ein Taschentuch aus der Gesäßtasche, schüttelte es aus, schneuzte sich und betupfte sich die Augen.

»Doch ich sollte Ihnen ausrichten«, fuhr er, wieder Haltung annehmend, fort, »daß Mrs. Griffin Sie zu sprechen wünscht.«

Ich folgte Deane durch den Park ins Haus und hinauf in das chinesische Zimmer. Er klopfte zweimal an, und von drinnen rief eine Stimme: »Herein!« Als Deane mir die Tür aufhielt, legte ich ihm sachte die Hand auf den Ärmel und nickte ihm mitfühlend zu, wie um ihn zu trösten. Mit einem matten Lächeln schloß er die Tür hinter mir. Mrs. Griffin saß, angetan mit einem reichbestickten Seidengewand, in einem ausladenden, geschnitzten Sessel und sah aus dem Fenster hinunter in den Garten. Die Sonne, die durch ein zweites Fenster hinter ihr hereinschien, tauchte sie in ein seltsam unwirkliches Licht.

»Wie kommen Sie voran?« fragte sie, ohne sich nach mir umzudrehen.

»Gut, danke. Es tut mir leid, daß Pom-Pom fort ist.«

»Hat Deane es Ihnen gesagt?«

»Ja. Ich glaube, es hat ihn ganz schön mitgenommen.«

»Deane hing zu sehr an dem Tier«, sagte sie.

»Er war aber auch ein schrecklich süßes kleines Ding.«

»Aber man hatte nur Scherereien mit ihm«, wandte sie ein. »Im übrigen möchte ich nicht mehr darüber sprechen. Erzählen Sie mir lieber von Ihrer Arbeit, das ist viel wichtiger. Ach ja, entschuldigen Sie übrigens, daß ich Sie so lange vernachlässigt habe.«

Ich wußte, daß es zwecklos war, ihr weiter wegen des Hündchens ins Gewissen zu reden. Aber ihre Gleichgültigkeit gegenüber einem bislang gehätschelten Liebling machte mich frösteln.

»Ich denke, daß Sie schon recht bald die nächste Etappe begutachten können«, sagte ich. »Besonders beim Hauptpaneel kommt es mir sehr auf Ihr Urteil an. Mit Cassandras Porträt habe ich mir nämlich große Mühe gegeben. Das Kleid, das Sie mir freundlicherweise überlassen haben, war mir dabei eine große Hilfe.«

»Ach ja? Ist das nicht ein wunderschönes Kleid? Ich ließ es damals eigens für Cassa in Paris anfertigen und habe beim Entwurf selbst mitgewirkt; ich konnte nämlich von jeher am besten beurteilen, was ihr stand. Sie hat es nie verstanden, ihre Vorzüge herauszustreichen, sondern beharrte darauf, Kleider zu tragen, die ihre Figur versteckten und all ihre Schwachpunkte betonten. Dieses Ballkleid hat sie gehaßt ...« Vor lauter Unmut versagte ihr die Stimme.

»Das ist wirklich jammerschade, denn ich finde das Kleid ausnehmend schön, und von dem Foto her würde ich denken, daß sie auch sehr gut darin ausgesehen hat.«

Als hätte sie kein Wort von dem, was ich sagte, gehört, fuhr Mrs. Griffin mit monotoner Stimme fort: »Sie hatte kein Gespür für ihren eigenen Stil. Und ihre Haltung, einfach grauenhaft. Sie ging nicht, nein, sie ... schlurfte. Unentwegt habe ich ihr gepredigt: Halt dich gerade, laß die Schultern nicht so hängen, schau dem Leben ins Auge ... Nicht, daß sie eine Schönheit gewesen wäre, durchaus nicht, aber wenn sie gehörig auf ihre Haltung achtete, dann gewann sie eine elegante, ja fast königliche Ausstrahlung ...«

Endlich drehte sie sich doch nach mir um.

»Ich wünsche mir, daß Sie dieses Kleid eines Tages für mich anziehen«, sagte sie. »Ich möchte Sie gern mal darin sehen. Anprobiert haben Sie es doch schon, oder?«

»Um ehrlich zu sein, ja.«

»Und natürlich hat es gepaßt.«

»Hat es, ja.«

»Das wußte ich. Ihr habt beide die gleiche Größe. Ach, sagen Sie, gefällt Ihnen dieser Morgenrock?«

Ich sah mir das kostbare Gewand genauer an. Es war eine chinesische Kaiserrobe aus zinnoberroter Seide, lose fallend, hochgeschlossen, mit weiten Trompetenärmeln. Drei feurige, goldgewirkte Drachen glitten majestätisch über handgestickte Meereswogen.

»Ein ausgefallenes Stück.«

»Er gehörte einmal Tz'u-hsi, der Kaiserinwitwe von China. Haben Sie von ihr gehört?«

»Im Zusammenhang mit dem Boxeraufstand?« fragte ich unsicher.

»Genau. Sie war eine wirklich außergewöhnliche Frau. Eine Meisterin der Staatskunst, auch wenn der Boxeraufstand fehlschlug. Es heißt, als Kind sei sie dem Gebot, den Mädchen die Füße einzubinden, entkommen, habe sich also, im Gegensatz zu anderen Frauen ihres Standes, ihre Bewegungsfreiheit erhalten. Aber sie war raffiniert genug, die sogenannten Lilienfüße vorzutäuschen, so daß sie im Palast herumschleichen und die anderen belauschen konnte, ohne je verdächtigt zu werden. Wie viele Frauen, gewann auch sie ihre wahre Macht dadurch, daß sie die Hilflose spielte.«

Mrs. Griffin stützte den Kopf gegen die Rückenlehne und sprach weiter wie in leichter Trance. Da ich sie nicht zum erstenmal in dieser Stimmung sah, wurde ich argwöhnisch.

»Weiter heißt es, sie habe ihren Sohn töten lassen, um ihrem Neffen auf den Thron zu helfen, obwohl der gar nicht in der direkten Thronfolge stand«, fuhr sie in eintönigem Singsang fort. »Sie liebte ihren Sohn nicht. Geliebt hat sie ihren Neffen, weil sie wußte, daß sie ihn beherrschen konnte. Glauben Sie auch, daß wir die Dinge, die wir steuern können, mehr lieben als andere? Mir gehören übrigens drei von ihren Gewändern. Sie besaß über zehntausend.«

Ich schwieg und ließ sie fortfahren, auch wenn das lange Sprechen sie zu ermüden schien.

»Dieses hier habe ich 1948 in China ergattert, kurz bevor die Kommunisten an die Macht kamen. Von den Möbeln stammen einige aus der Verbotenen Stadt.« Sie zeigte mit matter Handbewegung in die Runde. »Gefällt Ihnen übrigens die Tapete?«

Die leuchtende, handbemalte Tapete zeigte einen schillernden Bilderbogen adliger Lebensformen im klassischen China.

»Ich habe sie vor Jahren in einem Antiquitätengeschäft in London entdeckt. Einige Bahnen sind Originale, andere habe ich passend dazu kopieren lassen, weil der Bestand nicht ausreichte. Können Sie den Unterschied feststellen? Nur zu, gehen Sie näher ran, prüfen Sie, versuchen Sie's.«

Ich schritt den Raum ab und betrachtete jede Bahn sorgfältig. Die Farben, die Grundierung, das Gewebe und die Ausgestaltung der einzelnen Szenen waren rundum von untadeliger Qualität.

»Na?« forschte Mrs. Griffin, »können Sie Kopie und Original auseinanderhalten?«

»Nein, kann ich nicht.«

Sie wies mit ausgestrecktem Arm auf eine Wand.

»Das sind lauter Originale. Sämtliche Bahnen an der Wand da. Alle übrigen sind Fälschungen.«

Ich musterte die echte Tapete und verglich sie mit den übrigen Wänden.

»Da ist einfach kein Unterschied zu erkennen.«

»Wenn Sie ganz genau hinsehen, werden Sie feststellen, daß die Szenen der Reproduktionen einfach nur die auf den Originalen wiederholen, variiert natürlich, damit es nicht durch Gleichförmigkeit auffällt. Der Künstler, der die Kopien für mich anfertigte, bekam Zustände, denn er wollte seine Phantasie einbringen und eigene Motive kreieren. Aber ich sagte zu ihm: ›Ihre Phantasie interessiert mich nicht. Was ich will, ist deren Phantasie, die der alten Meister nämlich.‹ Er war sehr gekränkt«, sagte sie lächelnd. »Aber als alles fertig war, da mußte er mir recht geben.«

»Es ist jedenfalls ein ganz außergewöhnlicher Raum.«

Mrs. Griffin zögerte eine Weile, als ob sie mir etwas anvertrauen wollte, aber sich nicht dazu durchringen könnte. Endlich sagte sie: »Ursprünglich war das hier Cassas Zimmer.«

Ich stand also in dem Raum, in dem Cassandra Griffin ermordet worden war.

»Das Zimmer Ihrer Tochter?«

»Ja. Das Zimmer, in dem sie aufwuchs. Das Zimmer, in dem sie starb ...«

Ihre monotone Stimme im Verein mit der schauerlichen Enthüllung machten mich frösteln. Sie hatte wohl meine Gedanken erraten, denn sie sagte: »Vermutlich wundern Sie sich, wie ich es hier drin aushalten kann, nach dem, was geschehen ist?«

Ihre Unverblümtheit machte mir Mut.

»Ja«, sagte ich rundheraus, »das wundert mich in der Tat.«

Mrs. Griffin spielte mit dem bauschigen Ärmel ihres Morgenmantels, zupfte daran herum, wickelte ihn sich um die Finger. Ihr Gesicht war starr wie eine Maske.

»Nach dem Unglück habe ich lange Zeit so getan, als ob es diesen Raum nicht gäbe«, sagte sie. »Ich ließ ihn verbarrikadieren, die Tür zumauern und übertapezieren, so daß sie sich in nichts mehr vom Korridor abhob. Daß es dieses Zimmer überhaupt gab, konnte man höchstens noch von außen erkennen – an den dunklen Fenstern. Und trotz aller Vermummungsaktionen machte ich immer noch einen Bogen um diesen Teil des Hauses. Aber als Holt starb und ich hier ganz allein blieb, schien es mir an der Zeit, die Erinnerungen zu entsiegeln. Die Chinesen füllten in alter Zeit ihre Gräber mit den Dingen, die eine wichtige Rolle in ihrem Leben gespielt hatten. Ich mußte dieses Zimmer wiedersehen, denn auch hier gab es Dinge von unvergleichbarem Wert. Wenn man älter wird, werden die Erinnerungen zu dem eigentlichen Mobiliar, mit dem man sich sein Leben einrichtet. Der einzige Unterschied ist der, daß man die schlechten Stücke nicht abstoßen kann. Man kann sie weder fortgeben noch eintauschen oder verkaufen. Sie sind hartnäckig und bleiben einfach da. Also kam ich zu dem Schluß, es sei besser, unter meinen Erinnerungen Inventur zu machen, als sie in verschlossenen Räumen einzumauern.«

Sie hielt die Armlehnen umklammert und massierte mit den Handflächen das weiche Holz.

»Ich war dabei, als sie die Mauer vor dieser Tür einrissen. Mir war, als öffneten sie mein eigenes Grab. Hier habe ich den Schmerz gefühlt, hier ...« Ihre winzige Faust trommelte auf den goldenen Drachenkopf über ihrem Herzen.

»Als ich das erstemal hineinging«, fuhr sie fort, »wäre ich fast ohnmächtig geworden. Auch nach all den Jahren roch es noch nach Tod. Denken Sie nur ... alles erstickt und ausgemerzt, bis auf diesen furchtbaren Todesgeruch in der Luft. Von wem stammt doch gleich die Definition, der Wahnsinn sei eine alles auf einmal reproduzierende Erinnerung? Also ich erinnerte mich in einem einzigen furchtbaren Augenblick an alles, was mit ihrem Tod zusammenhing. Dieser furchtbare Alptraum ... Ich war es nämlich, die sie gefunden hat. Ach, wußten Sie, daß ich es war?«

»Ja«, flüsterte ich.

»Da hat sie gelegen.«

Mrs. Griffin deutete auf einen länglichen schwarzen Lacktisch, der mit der gegenüberliegenden Wand abschloß.

»Da stand ihr Bett. Sie lag am Boden, blutüberströmt. Ihre Augen waren ganz weit aufgerissen ... Sie sah so jung aus, so verwundert ... Ich versuchte sie aufzuheben, sie in meine Arme zu nehmen ... Aber ein toter Körper ist so ungleich viel schwerer.«

Sie stockte, dann fragte sie: »Darf ich's Ihnen zeigen?«

»Wie bitte?« Ich war sicher, daß ich mich verhört haben mußte.

»Ich möchte Ihnen zeigen, was passiert ist«, wiederholte sie und artikulierte dabei Wort für Wort, als spräche sie zu einem Kind.

»Wenn Sie wollen.«

Ich ließ mich von ihr dirigieren und merkte wohl, daß jede Bewegung sie Kraft kostete.

»Das Zimmer ist jetzt völlig umgestaltet, aber wenn Sie sich einfach mal da hinstellen ...«

Sie hob die Hand und deutete wieder auf den Tisch. Gehorsam ging ich durchs Zimmer.

»Und jetzt zeige ich Ihnen, wie ich sie gefunden habe.«

Ich stand vor dem länglichen Tisch. Das Licht, das durch die heruntergelassenen Bambusjalousien sickerte, warf ein scharfumrissenes Schattengeflecht auf den Boden. Mrs. Griffin stemmte sich aus dem Sessel hoch und schritt langsam zur Tür. Ihr seidener Morgenmantel schleifte raschelnd nach.

»Legen Sie sich hin«, befahl sie, als sie an der Tür war.

»Bitte?«

»Seien Sie so gut, und legen Sie sich hin. Genau dort. Vor den Tisch. Mit dem Gesicht zum Boden.«

Sie meinte es todernst, ja, war jetzt zum Regisseur ihres eigenen Passionsspiels geworden. Ich gehorchte und legte mich bäuchlings auf den Teppich vor dem Tisch.

»Ein bißchen mehr nach links«, sagte sie. Ich robbte über den Teppich, bis sie zufrieden war. »Ja, so stimmt's. Das ist genau die richtige Stelle.«

Damit ging Mrs. Griffin aus dem Zimmer. Nun war ich allein und lag bäuchlings am Boden, an derselben Stelle, wo man Cassandra ermordet hatte. Und obwohl ich mich gegen diese makabre Inszenierung wehrte, konnte ich mich doch nicht aus dem eigenartigen Zauber der alten Frau befreien. Vor allem aber war ich gespannt darauf, was sie vorhatte.

Bald darauf öffnete sich die Tür. Mrs. Griffin trat in ihrem Drachenmantel über die Schwelle und blieb unbeweglich stehen. Mir kam es vor wie eine Ewigkeit. Sie hielt etwas in der Hand, aber ich konnte nicht erkennen, was, denn ihre Hände waren zur Hälfte in den Falten des Seidenmantels verborgen. Endlich trippelte sie mit kleinen, gezierten Schritten auf mich zu. Sie kniete neben mir nieder und strich mir mit einer Hand übers Haar, ließ mich aber immer noch nicht sehen, was sie in der anderen versteckt hielt. Als sie meine Wange streifte, spürte ich, daß ihre Hand eiskalt war. Ich zuckte zurück.

»Scht, scht«, wisperte sie beschwichtigend. »Ich tu dir doch nicht weh.«

Ich blinzelte aus dem Augenwinkel zu ihr hoch, konnte sie aber aus der Stellung kaum sehen.

»Ich hab dir nie weh tun wollen«, sagte sie mit leiser Stimme, deren zärtlicher Tonfall gleichwohl seltsam bedrohlich klang.

Als nächstes zog sie das, was sie in den Falten des Drachenmantels verborgen gehalten hatte, hervor und legte es mir direkt vors Gesicht. Es war ein sichelförmiger Dolch, dessen Griff Cabochon-Saphire schmückten. Mit angehaltenem Atem starrte ich auf die klaren Steine, die im wechselnden Licht mal hell, mal dunkel blitzten.

»Ich weiß nicht mehr, ob das Messer genau hier gelegen hat«, sagte sie. »Ich glaube schon, aber sicher bin ich mir nicht. Natürlich ist das nicht die Tatwaffe. Der Dolch hier stammt aus meiner Sammlung. Aber es war ein Messer, und ich glaube, ja, ich glaube, es lag hier. Ich bin fast überzeugt, daß ich es da liegen sah. Ich glaube – ach, mir ...«

Sie hielt inne, verdrehte die Augen, faßte sich an den Kopf, verriet alle Anzeichen von Verwirrung.

»Mrs. Griffin? ... Mrs. Griffin? Ist Ihnen nicht wohl?«

Sie antwortete mir nicht, kniete nur stumm am Boden, wiegte sich vor und zurück und preßte beide Hände an den Kopf. Ich starrte auf diesen schrecklichen Dolch mit seinen lichtsprühenden Saphiren. War Madi der Mörder? Oder war es ein anderer? Wußte sie, wer ihre Tochter getötet hatte? Ich spürte, während ich dort lag, daß die Wahrheit so greifbar nahe war wie sie, die Frau, die vor mir kniete. Ich wußte ja, daß sich letztlich alle Tünche abkratzen läßt, auch wenn sie noch so sorgsam aufgetragen wurde und selbst wenn ein Meister seines Fachs am Werk war.

Ich blieb, solange ich konnte, ruhig liegen. Schließlich drehte ich mich aber doch auf den Rücken. Mrs. Griffin starrte auf mich herunter. Sie hielt meinem Blick stand; dann blitzten ihre Augen plötzlich auf, als ob sie etwas Furchtbares gesehen hätte. Sie war aschfahl und fing an zu zittern. Mit fahrigen Fingern tippte sie sich bald ans Gesicht, bald ans Haar oder ihr Gewand.

»O weh, o weh!« jammerte sie ein ums andere Mal. »Es war ein Irrtum, ein Irrtum! Steh doch auf, bitte – es ist ja alles nur ein furchtbarer Irrtum!«

Ich gehorchte, während sie schlotternd und bebend am Boden hocken blieb. Sie steigerte sich immer mehr in Panik. Plötzlich hob sie den Dolch auf, aber ihre Hand zitterte so heftig, daß sie ihn wieder fallen ließ. Sie flatterte am ganzen Körper und stieß wehklagende, dumpfe Jammerlaute aus. Wie hypnotisiert stand ich über ihr und versuchte mir vorzustellen, welche Schreckensbilder sich wohl in ihrem gemarterten Hirn jagten. Unvermittelt entfuhr ihr ein gellender Schrei. In dieser Sekunde sah ich das Entsetzen ihren Körper durchbohren, so deutlich, als wäre es der Dolch selbst gewesen. Es war ein schrecklicher Anblick.

Immer noch schwankend unter der Wucht des Anfalls, schaute sie mit flehendem, glasigem Blick zu mir auf und streckte mir aus den weiten Ärmeln des Morgenmantels ihre dürren Arme entgegen. Ich kniete nieder, und als ich sie an mich drückte, da fühlte ihr Körper sich an wie ein Bündel in Seide gewickelter Knochen. Keuchend schmiegte sie sich an meine Brust. Aber nach einer Weile beruhigte sie sich halbwegs.

»Sie werden sich besser fühlen, sobald Sie die Wahrheit gesagt haben, Mrs. Griffin. Das versichere ich Ihnen. Wenn Sie die Wahrheit kennen, dann müssen Sie reden, schon um Cassandras willen.«

»Ja«, sagte sie mit schwacher Stimme. »Ich weiß.«

»Sie wissen, wer sie getötet hat, nicht wahr?«

Verdutzt blickte sie zu mir auf.

»Mrs. Griffin, Sie wissen es doch, oder?« fragte ich noch einmal.

»O ja«, flüsterte sie, »ich weiß es.«

»Wer? Sagen Sie's mir.«

Sie schüttelte den Kopf. »Ich ... ich kann nicht.«

»Aber Mrs. Griffin, wollen Sie denn nicht, daß der Mörder Ihrer Tochter bestraft wird? Wollen Sie denn keine Gerechtigkeit?«

Sie blinzelte ein-, zweimal. »Gerechtigkeit ...?« wiederholte sie zerstreut. »Es gibt keine Gerechtigkeit.«

»War es Madi? Roberto Madi – ist er's gewesen?«

Sie schloß die Augen, und ein kaum wahrnehmbares Lächeln spielte um ihren Mund.

»Das haben damals alle geglaubt«, sagte sie.

»Und stimmte es? *Hat* er's getan?«

»Ich glaube ...«, begann sie und flüsterte dann etwas, das ich nicht verstand.

»Sie glauben ...? Was glauben Sie?«

»Ich bin sehr müde.«

Aber jetzt, so kurz vor dem Ziel, konnte ich meine Beute nicht loslassen. Also bohrte ich weiter.

»Glauben Sie, daß Madi es getan hat?« Ich nahm ihr Schweigen als Zustimmung. »Ja?« fragte ich gespannt.

»Vermutlich hatten ihn alle in Verdacht«, sagte sie teilnahmslos.

»Aber Sie, Mrs. Griffin, Sie wissen doch, wer es war. Ich weiß, daß Sie es wissen. Warum wollen Sie also nicht reden?«

Sie versank in Schweigen. Nach einer ganzen Weile sagte sie: »Mord kann ein sehr langsamer Prozeß sein.«

»Was soll das heißen?«

»Er kann sich über Jahre hinziehen, so daß man gar nicht merkt, wie es passiert. Man will nur das Beste für sein Kind. Es bringt einen um, das eigene Kind leiden zu sehen, und dann, eines Tages, erkennt man, daß das Kind – dieses unschuldige Kind – schon tot ist.«

»Ja? Sprechen Sie weiter«, drängte ich.

»Aber Sie müssen einsehen, daß es Leute gibt, die töten und trotzdem nicht wirklich des Mordes schuldig sind. Sie vollstrecken nur ein Urteil.«

Ich sah sie mißtrauisch an. Was versuchte sie mir zu sagen?

»Wer hat das Urteil an Ihrer Tochter vollstreckt, Mrs. Griffin?«

Sie schlug die Hände vors Gesicht.

»Lassen Sie mich in Ruhe, bitte«, stöhnte sie. »Sie sollen mich zufrieden lassen!«

»Sie kennen den Mörder! Ich weiß es. Warum wollen Sie's mir nicht sagen?« flehte ich.

»Ich weiß gar nichts! Lassen Sie mich in Frieden!« schrie sie.

Wieder wurde sie von einem krampfartigen Zucken befallen. Ich drückte sie fester an mich.

»Sie müssen es mir sagen, Mrs. Griffin. Sie müssen es *irgend jemandem* sagen. Sie dürfen nicht mit dieser Last auf dem Gewissen sterben.«

»Es gibt keine Gerechtigkeit«, wiederholte sie.

Ich versuchte, ihr gut zuzureden. »Warum wollen Sie mir denn nicht sagen, was Sie wissen?«

»Ich kann nicht, ich kann nicht ...«, wimmerte sie.

Endlich schloß sie die Augen und schlummerte ein. Ich betrachtete sie prüfend. Ihr Gesicht war pulvertrocken, die Lippen blutig rot. Sie bot einen erbarmungswürdigen Anblick, ein Bild des Verfalls. Mit jedem Atemzug schien sie mehr dahinzuwelken, ja in den reichen Faltenwurf ihres Seidenmantels hineinzuschrumpfen und in den gestickten Fluten zu versinken. Ich wiegte sie in meinen Armen und hätte gern gewußt, ob sie ihr schreckliches Geheimnis jemals preisgeben würde.

10

Meine letzte und bislang unheimlichste Begegnung mit Mrs. Griffin bestärkte mich nur in dem Wunsch, den Mord an Cassandra aufzuklären. Unterdessen schritt meine Arbeit in The Haven zügig voran. Mrs. Griffin ließ mir durch Deane ausrichten, daß sie mit den letzten Entwürfen einverstanden sei.

In der darauffolgenden Woche wurde das Gerüst aufgebaut. Eine Spezialfirma durchzog den Ballsaal mit einem Waffelmuster aus Stützpfeilern und Streben. Mit Deanes Unterstützung, der sehr gut mit den Männern umzugehen verstand, führte ich die Aufsicht. Deane schien sich ebenso über die ungewohnte Hektik und Betriebsamkeit zu freuen wie ich. Vermutlich half ihm das über den Kummer um Pom-Pom hinweg, von dem er gelegentlich, und immer noch recht wehmütig, sprach. Was mich betrifft, so ist mir dieses Stadium einer Arbeit immer besonders lieb. Deane gewöhnte sich übrigens an, den Pavillon »die Sixtinische Kapelle« und mich »Miss Michelangelo« zu nennen.

Die Arbeiter zogen ab, und die kommenden Wochen thronte ich hoch oben auf dem Gerüst, mischte Farben, grundierte und dachte über Mrs. Griffin und ihr seltsam freudloses Leben nach. Und während ich da sechs Meter über dem kühlen Marmorboden in der Luft schwebte, überlegte ich mir auch, wie wohl die Schickeria reagiert hätte, wenn ihre einstige Schirmherrin weinend und zitternd vor ihnen am Boden gehockt wäre, den Saphirdolch wie ein totes Kind im Arm – sie, der Inbegriff des kultivierten Lebensstils, die Königin der eleganten, geschliffenen Form?

Hin und wieder ertappte ich mich dabei, daß ich im Geiste den berühmten Debütantinnenball nachstellte. Der Saal unter mir bevölkerte sich mit den Protagonisten jenes zauberhaften Abends, und mir war, als hörte ich von fern eine Tanzkapelle die butterweichen Medleys spielen, die immer bei solchen Festen erklingen. Ich sah Mrs. Griffin hereinrauschen, ganz Dame von Welt, in Seide gehüllt und mit Brillanten geschmückt, wie sie einen gefiederten Fächer gleich einem Zauberstab über ihren Gästen schwenkte. Und ich sah Cassandra, die ein bißchen linkisch und verlegen in ihrem Satinkleid neben den Eltern stand und die Gäste empfing, sah sie zaghaft eine behandschuhte Hand der Gesellschaft entgegenstrecken, der sie doch von Geburt an zugehörte. Und während sie, die Schüchterne, die Welt auf Distanz hielt, nahm ihre Mutter, die Königin von eigenen Gnaden, alle Huldigungen und Schmeicheleien entgegen, als ob sie ein Recht darauf hätte. Ich sah Holt Griffin, eine hochgewachsene, elegante Erscheinung im Frack, wie er stolz neben seiner Tochter stand und ihr Einlaß in sein Fürstentum gewährte. Es war ein Abend der Verheißung, und die Griffins standen über allem; über den Gewöhnlichen, den Häßlichen, den Zukurzgekommenen, schwebten sie in einer Traumwelt.

Und dann? Was war falsch gelaufen? Welches Geheimnis verbarg sich hier? Ich hatte Mitleid mit Mr. und Mrs. Griffin, mit Cassandra, mit ihnen allen. Und ich hätte gern gewußt, ob es wirklich so gewesen war, wie ich es mir ausmalte.

Trotz dieser gelegentlichen Tagträume kam ich mit meiner Arbeit gut voran und traf die anstehenden künstlerischen Entscheidungen souverän. In jahrelanger Erfahrung hatte ich mir die leichte Hand und den sicheren Pinselstrich erworben, die für mein Handwerk so wichtig sind. Verschiedenste Oberflächen zu präparieren, zu grundieren und Farben aufzutragen, das alles war mir inzwischen zur zweiten Natur geworden. Morgens, wenn ich noch ganz fit war, arbeitete ich am Himmel. Dann lag ich rücklings auf dem Gerüst und malte mit der Nase so dicht an der Decke, daß ich sie manchmal aus Versehen berührte. Mit jedem Tag nahm mein Himmel mehr Gestalt an, füllte sich mit Wolken und Sternen und Putten, die neugierig hinunterlinsten auf die Szenen an den Saalwänden. Ich pusselte gern an meinen Motiven herum und verbesserte so lange, bis sie mir auch wirklich gelungen schienen. Es gab immer noch was, wo ich mit meinen Läppchen und dem Konturenpinsel drübergehen konnte, mal um ein Detail zu betonen, mal um etwas abzuschwächen, immer in der Hoffnung, die Natur so perfekt zu imitieren, daß selbst das argwöhnischste Auge sich wenigstens einen Moment lang täuschen ließe.

An den Nachmittagen, wenn die ersten Ermüdungserscheinungen einsetzten, schwang ich den Pinsel über Pilaster, Nischen und Kuppelgesims, die ich mit imitiertem Marmor und ebensolchen Edelhölzern zum glanzvollen Rahmen meines Szenariums ausstaffierte. Stunden um Stunden versenkte ich mich in die Äderung eines Marmors, in die Maserung eines Holzes, so wie andere sich beispielsweise in ein Buch vertiefen mögen.

Bis zum Abend war ich voller Farbspritzer und sah aus, als wäre ich in einen Konfettisturm geraten. Ich liebte die Vorbereitungen, die Gerüche, das ganze Durcheinander. Beim Malen gewann ich ein Gefühl der Kontinuität, als würde ich die Welt gewissermaßen zusammenziehen und in eine Form bringen, die mir begreiflich war.

Deane kam oft in den Pavillon und sah mir über ein, zwei Zigarettenlängen bei der Arbeit zu. Er sprach nie viel. Ab und zu brachte er mir auch eine Tasse Tee und ein Stück Kuchen vom Küchenchef, der, da es nicht viel zu kochen gab, angefangen hatte, für das Personal zu backen.

Ich wartete vergeblich darauf, daß Frances Griffin herüberkommen würde, um sich von meinen Fortschritten zu überzeugen. Wenn wieder ein Tag zu Ende ging, ohne daß sie sich hatte blicken oder auch nur von sich hatte hören lassen, war ich erleichtert und enttäuscht zugleich. Ich ahnte, daß sie nahe daran gewesen war, mir die Wahrheit zu gestehen und daß ich wieder an Boden verlieren würde, je mehr Zeit verging. Und das war um so frustrierender, als ich sie ja in greifbarer Nähe wußte. Manchmal war ich schon drauf und dran, einfach hinüberzugehen und sie um eine Unterredung zu bitten. Aber das hätte zu nichts geführt. Mit Hartnäckigkeit kam man bei einer Frau wie ihr nicht weiter. Also dachte ich mir den einen oder anderen Vorwand aus und bat Deane, sie sprechen zu dürfen, weil ich ihren Rat bräuchte. Aber sie ließ mir jedesmal ausrichten, sie sei »unpäßlich«. *Unpäßlich* – ein wunderbares Wort, dachte ich, und so trefflich im Einklang mit der anachronistischen Atmosphäre des Hauses.

Ich kam gut voran. Die Decke war in weniger als einem Monat fertig. Die Männer von der Spezialfirma kamen zurück und bauten das Gerüst wieder ab. Und als der Pavillon dann frei zugänglich war, brachte Deane das Personal herüber, damit sie sich die Decke anschauen konnten. Stumm blickten sie hinauf zu meiner ganz persönlichen Himmelsvision, einem Firmament, an dem auf marineblauem Grund Schäfchenwolken segelten, vorwitzige Putten herumgaukelten und blinkende Sterne einen weißschimmernden Mond umtanzten. Die Leute gratulierten mir einer nach dem anderen mit Handschlag, bevor sie wieder gingen.

Nun, da das Gerüst abgebaut war, ging ich daran, die Festgäste auf den Wandbildern zu vollenden. Der Plan stand und die Silhouetten waren markiert – also brauchte ich nur noch die Details einzufügen – Gesichter, Farben und Stoffe, die der Szene Leben einhauchen würden. Spaß machte mir dabei besonders die Arbeit an den kleinen Commedia-dell'arte-Scherzen, die ich eingestreut hatte – den Herrn, der einer Dame an den Busen grapscht, oder den, der beim Tanzen das Kleid der Partnerin allzu hoch rafft; den Kellner, der lüstern in ein wogendes Dekolleté schielt; einen Musikanten, der betrunken über seinem Cello zusammengesunken ist; einen Hund, der verschütteten Champagner aufschlabbert und einen anderen, der ein befracktes Hosenbein mit einem Baum verwechselt; einen Vogel, der mit einem großen Brillantohrring im Schnabel davonfliegt – lauter schadenfrohe Vignetten also, die ich im übrigen so diskret untergebracht hatte, daß sie nicht auf Anhieb ins Auge fielen.

Mit dem schwül-feuchten August schien der Sommer sich verabschiedet zu haben, und mit einer Reihe von kühlen, frischen Septembertagen meldeten sich die ersten Vorboten des Herbstes. Harry und ich, wir telefonierten ab und zu miteinander, aber ich hatte viel zuviel um die Ohren, als daß ich sein Detektivspiel ernsthaft hätte verfolgen können. Doch als ich mir dann eines Abends Zeit nehmen wollte für einen ausführlichen Plausch, erreichte ich nur seinen Anrufbeantworter mit der Nachricht, Harry sei verreist. Ich fand das ebenso ungewöhnlich wie irritierend. Normalerweise sagte Harry mir immer vorher Bescheid, wenn er längere Zeit weg wollte.

An einem windigen Nachmittag, als ich in einer Pause eine Runde durch den Park drehte, fiel mir ein fremder Wagen in der Einfahrt auf, ein schwarzer Cadillac. Als Deane mir etwas später eine Tasse Tee und ein Stück Zitronenkuchen in den Pavillon brachte, sprach ich ihn darauf an.

»Mrs. Griffin ist doch wohl nicht mürbe geworden und empfängt wieder Besuch?«

»Nein, dieser Besuch hat leider einen traurigen Anlaß«, erwiderte Deane, der sich eben eine Zigarette ansteckte. »Der Arzt ist gekommen, und nun geht es darum, ob Madam ins Krankenhaus muß oder nicht.«

»Oh, das tut mir aber leid. Wie schlimm ist es denn?«

Er zuckte die Achseln. »Ich weiß nicht. Der Doktor sagt, er kommt morgen wieder.«

»Ich hoffe, sie erholt sich rasch wieder.«

»Das ist so eine Sache mit Herzanfällen.« Deane seufzte resigniert. »Die Lady, bei der ich vorher war, ist an einer Herzattacke gestorben. Also wenn es mich beträfe, dann würde ich das Risiko im eigenen Bett tragen. Ich halte nichts von Krankenhäusern.«

Deane trat seine Zigarette auf dem Boden aus, hob die Kippe auf und ließ sie diskret in der Jackentasche verschwinden. »In so einem Krankenhaus geht man nämlich bestimmt drauf«, sagte er, schon im Gehen.

Was würde geschehen, dachte ich, wenn Mrs. Griffin ins Krankenhaus kam und womöglich starb, ohne daß ich sie wiedergesehen hätte? Ich wußte, ich würde es mir nie verzeihen, nicht wenigstens einen letzten Versuch gemacht zu haben, ihr das Geheimnis zu entlocken. Während ich meinen Tee trank und am Kuchen knabberte, überlegte ich, was wohl die beste Taktik wäre. Ich hatte ja nichts zu verlieren, also konnte ich genausogut einfach zu ihr hochgehen und ein letztes Mal versuchen, sie zu einer Aussprache zu bewegen. Ich hatte bisher diese direkte Konfrontation nicht nur aus Schicklichkeitsgründen vermieden, sondern auch, weil ja scheinbar kein Grund zur Eile bestand. Das war nun anders, und so sagte ich mir: Courage, jetzt oder nie!

Wie ein Schulmädchen, das auf Streiche sinnt, kam ich mir vor, als ich durch den Park schlich und ins Haus schlüpfte. Hoffentlich lief ich niemandem in die Arme, ganz besonders nicht Deane oder der Pflegerin. Auf Zehenspitzen eilte ich die Treppe hinauf. Auf dem Absatz vergewisserte ich mich verstohlen, daß die Luft rein war, bevor ich über den Flur und in Mrs. Griffins Schlafzimmer huschte.

Die Tür war nur angelehnt. Ich stieß sie vorsichtig auf und trat ein. Bis auf die spärlichen Lichtstrahlen, die durch die Ritzen der heruntergelassenen Jalousien drangen, lag der Raum im Dunkeln. Auch als ich schon mitten im Zimmer stand, konnte ich die schmächtige Schattengestalt, die bis oben hin zugedeckt im Bett lag, kaum ausmachen. Beim Klang einer schwachen Stimme, die von weit her zu kommen schien, fuhr ich erschrocken zusammen. Erst dachte ich, die Pflegerin habe vom Ankleidezimmer aus gerufen, aber dann begriff ich, daß es Frances Griffins Stimme war.

»Ich hab gefragt, wer da ist«, wimmerte sie vom Bett her.

»Ich bin's, Mrs. Griffin, Faith.«

»Faith«, wiederholte sie schläfrig.

Als ich näher trat, schlug mir ein süßlich fauler Geruch entgegen. Das Odeur des Todes? Sie trug keine Perücke, und der bläßlich braune Schädel mit den borstenartigen vereinzelten Haarbüscheln sah aus wie eine Kokosnuß. Der Kopf machte kaum eine Delle im Kissen. Sie lag reglos unter der Decke, die Leinenlaken so akkurat um sie eingeschlagen, daß man keine einzelnen Körperteile ausmachen konnte.

»Mrs. Griffin?«

Der Kopf machte einen winzigen Ruck. Sie schlug unter flatternden Lidern die Augen auf und sah mich entgeistert an.

»Wer?«

»Ich bin's, Faith, Mrs. Griffin. Faith Crowell. Sie erinnern sich doch an mich, oder?«

Sie blinzelte ein paarmal, als ob sie mich nur verschwommen sähe. Dann zog sie mit einiger Anstrengung einen Arm unter dem strammen Bettbezug hervor und gab mir die Hand. Ihre Haut fühlte sich feucht an und kalt.

»Wasser«, flüsterte sie und leckte sich die Lippen, die weißschimmernd und trocken waren wie zwei alte Narben.

Ich nahm die Kristallkaraffe von ihrem Nachttisch und goß ihr ein Glas Wasser ein. Dann stützte ich ihren Kopf mit einer Hand und hielt ihr mit der anderen das Glas an die Lippen. Der Trunk schien sie zu erfrischen. Nach ein paar Schlucken winkte sie ab.

»Faith ... danke.«

»Wie fühlen Sie sich, Mrs. Griffin?«

»Was für eine blöde Frage«, murmelte sie mit schwacher Stimme.

Ich lächelte.

»Ich hörte, daß der Arzt bei Ihnen war. Da habe ich mir Sorgen gemacht.«

Sie schwieg eine Weile.

Dann fragte sie, langsam, als ob jedes Wort sie Anstrengung koste: »Sagen Sie mir, Faith ... muß ich sterben? Aber bitte, belügen Sie mich nicht.«

»Ich weiß es nicht, Mrs. Griffin. Ich glaube nur, man wird Sie vielleicht ins Krankenhaus bringen.«

»Und dann? Werde ich dort sterben?«

Ich zögerte. »Das kann ich nicht sagen. Wahrscheinlich weiß das keiner vorher.«

Sie packte mich am Arm, aber ihr Griff war so schwach, daß ich ihn kaum spürte.

»Bleiben Sie da ... ich habe Angst.«

»Aber natürlich bleibe ich bei Ihnen. Wenn Sie wollen, fahre ich auch mit Ihnen ins Krankenhaus.«

Meine Gegenwart schien sie zu trösten, und sie wurde ein klein wenig munterer.

»Erzählen Sie mir was ... eine Geschichte.« Sie hörte sich an wie ein Kind.

Mir war nicht klar, ob sie wirklich imstande war, dem, was ich sagte, zu folgen, oder ob sie bloß eine menschliche Stimme hören wollte.

»Mit dem Ballsaal geht es gut voran, Mrs. Griffin. Ich habe sehr viel geschafft, seit Sie das letzte Mal drüben waren. Ich hoffe bloß, daß es mir auch gelungen ist, die Stimmung des Abends adäquat wiederzugeben.«

»Die Stimmung des Abends«, wiederholte sie verdrießlich.

»Ich sage ja, hoffentlich.«

Sie kicherte gespenstisch.

»Hoffentlich nicht«, sagte sie bitter.

»Was meinen Sie?«

»Sie kennen doch den Spruch vom ›Tag der Schande‹, der sich einbrennt in die Erinnerung? Nun, dieses Haus hat auch so einen.«

»Ich verstehe Sie nicht, Mrs. Griffin.«

»Der Pavillon wurde eigens für sie gebaut. Jeder Sockel, jeder Sims, jeder Schnörkel ... Ich wollte ihr all das geben, was ich nicht hatte – eine vorbildliche Mutter wollte ich sein, eine, die ihr alle Wünsche erfüllen konnte ...«

»Ja? Und weiter?« ermunterte ich sie, als ich sah, daß sie Mühe hatte, sich zu konzentrieren.

»Sie kennen doch das Ballkleid. Ich hab's Ihnen ja gegeben. War es nicht ein wunderschönes Kleid?«

»Aber ja. Bezaubernd.«

»Sie hätten so ein Kleid getragen, oder?«

»Ja, natürlich.«

»Ja ... für Sie wäre das keine Bürde gewesen, oder?«

»Nein«, sagte ich. »Gewiß nicht.«

»Sie hat es angezogen. Wunderhübsch sah sie aus. Und dann, ehe ich mich's versah – riß sie sich das Kleid vom Leib und warf's mir an den Kopf!«

»Das Ballkleid?«

»Es sei alles nur für mich, sagte sie, hätte nichts mit ihr zu tun. Und daß ich sie nicht lieben würde, sondern bloß mich selbst. Können Sie sich das vorstellen? Selbstverliebt, ich? Dabei habe ich nie an mich gedacht, sondern immer nur an sie. Seit ihrer Geburt hat sich alles immer nur um sie gedreht. Ich baute den Pavillon für sie, plante alles für ihren ersten Ball – für sie – nur für *sie*! Und dann sagte sie so schreckliche Dinge, über mich, über ihren Vater ... ›Du glaubst mir nicht!‹ schrie sie in einem fort. ›Du glaubst mir ja nicht!‹ Immer und immer wieder. Aber wie hätte ich ihr denn glauben können? Wie?!«

Sie bekam einen Hustenanfall und schnappte röchelnd nach Luft. Ich versuchte, sie aufzurichten.

»Sie dürfen sich nicht so aufregen, Mrs. Griffin«, sagte ich und nahm sie in den Arm. »Scht, so ... es wird ja alles gut ...«

Ich streichelte sie, redete ihr weiter gut zu, und allmählich beruhigte sie sich wieder. »Sie hat ihn nicht mal gesehen«, sagte sie unvermittelt.

»Wen?«

»Den Ballsaal.«

»Bitte?« fragte ich verwirrt.

»Ja, sie hat ihn überhaupt nicht zu Gesicht bekommen. Jedenfalls nicht an dem Abend.«

»Was denn für ein Abend?«

»Na, der Abend, an dem ihr Ball stattfand«, sagte Mrs. Griffin. »Cassa ist einfach nicht erschienen.«

Ich traute meinen Ohren nicht.

»Sie meinen, Cassandra hat an ihrem eigenen Ball nicht teilgenommen?« fragte ich ungläubig.

»Genau.«

»Aber ich hab doch die Fotos in den Zeitungen gesehen ...«

»Da war kein einziger Schnappschuß dabei. Die Bilder stammten alle aus dem Fotoatelier. Der große Abend fand ohne sie statt«, formulierte Mrs. Griffin hoheitsvoll. »Wir entschuldigten sie mit einer plötzlichen Erkrankung. Aber ich glaube nicht, daß man uns das abgenommen hat. Ich glaube, die Leute bedauerten uns.«

»Und wo war sie?«

»Auf und davon!« versetzte sie grollend.

Mit einemmal tat die alte Frau mir unglaublich leid.

»Sie waren sicher sehr bestürzt«, stammelte ich verlegen.

»Ach, und Holt hatte sich so darauf gefreut, seine Tochter zu präsentieren.«

Ich brauchte ein Weilchen, um meiner Verblüffung Herr zu werden. Aber dann fragte ich: »Mrs. Griffin, warum haben Sie mich beauftragt, den Pavillon auszumalen? Ich meine, wenn sich doch solch schmerzliche Erinnerungen daran knüpfen?«

Sie sah mich fast spöttisch an.

»Ich wollte ihn ummodeln«, sagte sie lakonisch.

Plötzlich stemmte sie sich auf den Ellbogen hoch und erklärte in herrischem Ton: »Ich mag die Dinge nun mal nicht so akzeptieren, wie sie sind!«

Mit diesem einen Aufbegehren schienen freilich all ihre Kräfte erschöpft. Ächzend sank sie in die Kissen zurück, und Tränen rollten ihr über die faltigen Wangen, wie Bächlein durch Ackerfurchen. Ich war inzwischen so an den Körperkontakt mit ihr gewöhnt, daß es mir ganz natürlich schien, sie zu halten und ihr beschwichtigend über den fast kahlen Kopf zu streichen.

»Sagen Sie mir, wer Cassandra getötet hat.«

»Ich kann nicht!« brach es aus ihr heraus. »Ich will ja, aber ich kann nicht!«

Zitternd hob sie die Arme vors Gesicht, wie um eine unsichtbare Gefahr von uns abzuwenden.

»Keine Angst, es geschieht Ihnen nichts. Ich bin ja da«, beruhigte ich sie.

Ihr Atem ging schwer und keuchend.

»Bin ich ... bin ich ...?«

»Ja? Was denn?«

»Bin ich halbwegs präsentabel?« stammelte sie endlich.

»Ja«, sagte ich ratlos. »Gewiß sind Sie das.«

»Also gut, dann gehen wir!«

Bevor ich sie fragen konnte, wohin, drang ein Röcheln aus ihrer Kehle. Mit fest zugekniffenen Augen und steif wie ein Brett verkrallte sie sich, nach Atem ringend, in den Laken. Ihr Körper bäumte sich in krampfhaften Zuckungen, und dann atmete sie scharf und stoßweise aus und lag plötzlich ganz schlaff und apathisch da.

»Mrs. Griffin? Mrs. Griffin?«

Ich rüttelte sie sanft an der Schulter, aber sie reagierte nicht. Sie ist tot, dachte ich. Und wirklich schien sie nicht mehr zu atmen. Entsetzlich starr und reglos lag sie da. Ich mußte schnellstens Hilfe holen. Taumelnd sprang ich auf, rannte aus dem Zimmer, die Treppe hinunter und durchs Vorderhaus in die Küche. Das Personal machte gerade Teepause, und im ersten Moment bemerkte mich niemand.

»Den Arzt! Rasch!« stieß ich atemlos hervor.

Alle Köpfe wandten sich nach mir um. Ich wiederholte es, lauter diesmal, und in einem halbwegs vernünftigen Satz.

»Rufen Sie den Arzt her, schnell! Ich glaube, Mrs. Griffin ist tot.«

Deane sprang vom Tisch auf und stürzte aus der Küche, dicht gefolgt von der Privatschwester. Die übrigen starrten mich bloß entgeistert an.

»Wo ist denn der Doktor?« rief ich verzweifelt.

»Der ist eben weggefahren«, antwortete eins der Mädchen.

Als ich wieder in Mrs. Griffins Schlafzimmer kam, telefonierte Deane gerade nach einem Krankenwagen. Die Schwester stand über Mrs. Griffin gebeugt, preßte ihr eine Sauerstoffmaske vors Gesicht und justierte das Ventil. Als Deane den Hörer aufgelegt hatte, wandte er sich an mich. »Darf ich fragen, was Sie hier oben gemacht haben, Miss?«

»Ich ... ich wollte mich nur verabschieden ... ich meine, falls Mrs. Griffin wirklich ins Krankenhaus gemußt hätte.«

»Sie hätten mich vorher fragen sollen, Miss.«

»Ja, ich weiß. Tut mir leid, Deane«, sagte ich zerknirscht.

Gespannt beobachteten wir beide die Schwester, die sehr besorgt wirkte, aber unbeirrt die Sauerstoffbeatmung fortsetzte. Und dann begannen die Laken sich fast unmerklich zu heben und zu senken – ein Zeichen, daß die Patientin wieder atmete. Das Auf und Ab wurde deutlicher, und endlich nickte die Schwester uns ermunternd zu, als wolle sie sagen: »Wir haben sie gerade noch abgefangen.« Deane sah mich zaghaft lächelnd an, und wir seufzten beide erleichtert auf.

»Wie gut, daß Sie da waren, Miss«, sagte er tröstend.

Der Krankenwagen kam und brachte Mrs. Griffin in die Klinik. Abends rief Deane mich zu Hause an, um mir zu sagen, ihr Zustand sei soweit zufriedenstellend, sie dürfe aber keinen Besuch empfangen. Den Anfall von heute nachmittag würde sie voraussichtlich glimpflich überstehen, und er erwarte sie in ein paar Tagen auf The Haven zurück.

»Das ist das Vertrackte am Tod«, bemerkte er. »Man kann ihm einfach nicht in die Karten schauen. Er ist immer entweder schneller oder langsamer, als man denkt.« Damit legte er auf.

Am nächsten Tag fuhr ich wie gewöhnlich nach The Haven raus, ging rauchend im Ballsaal auf und ab und betrachtete mein fast fertiges Wandgemälde. Aber im Augenblick hatte ich nicht die Kraft, weiterzuarbeiten. Plötzlich kam mir alles wie eine makabre Fälschung vor. Ich legte mich auf die Abdeckplane auf der Tanzfläche, verschränkte die Hände unterm Kopf und starrte zur Decke hinauf.

Was ich mir immer noch nicht erklären konnte, war, wieso Mrs. Griffin mich beauftragt hatte, eine Szenerie nachzubilden, mit der sich offenbar eine der größten Enttäuschungen ihres Lebens verband. Wenn es wirklich stimmte, daß Cassandra nicht zu ihrem eigenen Ball erschienen war, wenn man den ganzen Pavillon also quasi umsonst errichtet hatte, warum wollte Mrs. Griffin dann ausgerechnet an diesen mißlungenen Abend erinnert werden? Ob das irgendwie mit dem Mord an Cassandra zusammenhing? Ob der Ballsaal Teil des Geheimnisses war?

Und wer war eigentlich diese schemenhafte Gestalt, Cassandra? Auf jeden Fall nicht das schüchterne, unschuldige Mädchen, als das ich sie mir ursprünglich vorgestellt hatte, die Debütantin im weißen Kleid, die sich, wenn auch vielleicht widerstrebend, den Spielregeln einer privilegierten Gesellschaftsschicht beugte. Sie schien ganz im Gegenteil eine starke Persönlichkeit zu sein, trotzig, ja vielleicht sogar ein bißchen gefährlich. Über diesen Gedanken schlief ich ein.

Als ich aufwachte, war es schon fast dunkel draußen. Die Gestalten an den Wänden ringsum waren alle dämmergrau – mit einer Ausnahme: der gesichtslosen Cassandra, die mir steif und feierlich im langen weißen Abendkleid aus dem Zwielicht entgegenleuchtete.

11

Sowie die Herrin aus dem Haus war, ließ das Personal die Zügel schleifen. Nun, da sie nicht mehr für Mrs. Griffin zu sorgen hatten, lockerte sich die Disziplin unter den Dienstboten, und sie saßen stundenlang in der Küche beisammen, wo sie aßen, tranken und schwatzten. Auch wenn sie die letzten paar Monate leidend gewesen war und ganz abgeschieden lebte, hatte die alte Dame doch immer alle Fäden in der Hand gehalten.

Deane sah ich jetzt nur noch sehr selten, denn er fand einen Vorwand nach dem anderen, um Besorgungen außer Haus zu erledigen. Ich selbst wurde zusehends rastlos und unkonzentriert, war bald traurig wegen Mrs. Griffin, bald verunsichert wegen meiner Arbeit. Ich fand es schon mehr als seltsam, daß die Hauptfigur meines Wandgemäldes gar nicht an dem ihr zu Ehren veranstalteten Fest teilgenommen hatte. Tagein, tagaus plagte ich mich mit der Frage herum, wieso ich ein Ereignis verklären sollte, das gar nicht stattgefunden hatte, oder jedenfalls nicht so, wie es geplant worden war.

Ich starrte oft und lange zum Haupthaus hinüber und fragte mich, ob dort drinnen irgendwo der Schlüssel zu dem Geheimnis lag, das Frances Griffin geradezu besessen hütete. Und darüber verwandelte sich das Haus allmählich in ein lebendiges Gegenüber, das, je nach Lichteinfall, sein Gesicht änderte, eine Kreatur mit hundert Augen, aber ohne Herz. Je mehr ich es aus meinen Gedanken zu verdrängen suchte, desto hartnäckiger nistete es sich dort ein. Eines Morgens konnte ich es schließlich nicht mehr aushalten. Ich legte meinen Pinsel weg und ging durch den Park nach drüben.

Mrs. Griffin war zwar erst drei Wochen fort, aber das Haus machte schon einen ungepflegten, vernachlässigten Eindruck. Ich schlenderte durch die Räume, fuhr mit den Fingern über die Möbelflächen, sah die Post durch (lauter Rechnungen und Wurfsendungen), lauschte dem gewichtigen Ticken der eleganten alten Standuhr. Ich konstatierte, daß das vordem blitzblanke Silber bläulich angelaufen war, und sah die zusammengewehten Staubflocken in dunklen Ecken. Es roch muffig, so als ob längere Zeit nicht anständig gelüftet worden wäre, und die Stille, die sich in unbewohnten Räumen einnistet, lastete schwer auf dem Haus. Ich wanderte zwischen all den schönen Kunstgegenständen, Bildern und Möbeln umher, die mich jetzt anmuteten wie Insassen eines luxuriösen Gefängnisses.

Nach ungefähr einer Stunde wagte ich mich in die rückwärtigen Flure und zu den Hintertreppen vor, den versteckten Abkürzungen für das Personal, die das Haus spinnwebartig durchkreuzten. Im obersten Stock stieß ich auf eine Tür, hinter der sich ein dunkler Treppenaufgang befand. Ich erklomm die schmale Stiege, voller Angst, daß eine Stufe unter mir bersten und ich rücklings hinunterstürzen könnte. Aber die windige Hühnerleiter war stabiler, als es den Anschein hatte. Oben angekommen, traf ich auf eine kleine, halb im Gebälk versteckte Zedernholztür. Drinnen empfingen mich pechschwarze Leere und schwacher Kampferduft. Ich tastete neben dem Türstock nach einem Schalter, fand ihn und knipste das Licht an.

Erst flackerte es kurz über mir, dann erstrahlte der Raum plötzlich im kühl-gleißenden Licht mehrerer Leuchtstoffröhren. Vor mir erstreckte sich ein riesiges Areal ohne Türen oder Fenster. Und es war vollgestopft mit – kaum traute ich meinen Augen – Garderobe! Auf einer endlosen Reihe von Ständern hingen Kleider, Kostüme, Mäntel, alle einzeln in durchsichtige Plastiküberzüge verpackt. Eine große längliche Aufsatztruhe in der Mitte des Raumes bot in zahllosen Fächern und Schubladen Platz für Hüte, Handschuhe, Handtaschen und Schuhe.

Die Accessoires waren nicht mehr modisch, aber gleichwohl brandneu, als ob sie, wenn überhaupt, nur sehr selten benutzt worden wären. Die Hüte, für den Tag und für den Abend, waren jeder über einen eigenen Hutständer gestülpt. Es gab Dutzende von verspielten Federkreationen mit Schleier und Garnitur, und daneben wiederum Dutzende von dezenten Filz- oder Pelzmodellen. So in Reih und Glied, wie sie angeordnet waren, erinnerten sie mich an ein mondänes, nur leider enthauptetes Publikum.

Ich öffnete mehrere von den Plastikhüllen und sah mir die Kleider darin an. Es waren in der Hauptsache Abendroben – so viele, daß man hätte glauben können, Mrs. Griffins ganzes Leben habe sich auf Partys abgespielt. Manche davon waren regelrechte Kunstwerke: Ballkleider, so schwer bestickt, wie man es nur von Tapisserien kennt; juwelenbesetzte Toiletten, die im grellen Neonlicht betörend funkelten; venezianische Kostüme mit raffiniert eingearbeitetem Korsett. Ich hatte dergleichen nie zuvor gesehen.

Für wen, fragte ich mich bei der Durchsicht dieser üppigen Garderobe, für wen hatte sie das alles nur aufbewahrt? Für Cassandra? Für sich selbst? Ein Museum? Jedenfalls hatte sie da eine Sammlung von ehrfurchtgebietendem Ausmaß zusammengetragen. Und just in dem Moment hatte ich das komische Gefühl, als ob sie all das für mich aufgehoben hätte, damit ich durch die Dinge etwas über sie erfahren könne.

Vom Dachboden ging ich hinunter in den Keller, wo ich abermals auf eine Sammlung stieß. Der Keller war wie ein Bunker mit dicken Betonwänden ausgestattet. Das geräumige Areal beherbergte Antiquitäten, Gemälde, Porzellan, Silber, wertvolle alte Bücher und Kunstgegenstände, die teils in Kisten, teils in Laken und Plastikbahnen verpackt waren oder auch frei herumstanden. Es war genug da, um ein Dutzend Häuser einzurichten, so wie die Kleider auf dem Dachboden ausgereicht hätten, um ein Dutzend Frauen auszustaffieren.

Fast den ganzen Tag hatte ich unbehelligt im Haus herumgestöbert. Als ich jetzt auf eine Zigarettenlänge hinausging und mich auf den Rasen setzte, sah ich The Haven mit neuen Augen an; kalt und düster wirkte es auf einmal, trotz der warmen Nachmittagssonne. Nicht wie ein Heim kam es mir vor, sondern wie eine Gruft, eine, in der man den materiellen Werten des Lebens ein Denkmal gesetzt hatte. Was dagegen völlig fehlte, waren die Andenken – Schnappschüsse, Nippes und billige Mitbringsel –, die wir in Ehren halten, weil sie uns an Menschen erinnern, die uns im Leben ein Stück weit begleitet haben. Hier dagegen gab es keine menschlichen Berührungspunkte, nur eine unpersönliche Ansammlung von Reichtümern. Frances Griffin tat mir leid, sah es doch fast so aus, als hätte sie ihre Tage damit zugebracht, das Leben zu sammeln, statt daran teilzunehmen. Und dann hatte sie sich inmitten all ihrer Besitztümer lebendig begraben. Nur die würden sie überleben. Sonst hinterließ sie kein Vermächtnis.

Im fahlen Licht der sinkenden Sonne dachte ich an die alte Dame, die jetzt allein und schwer krank in der Klinik lag und nichts von dem um sich sah, was sie und wodurch sie sich selbst definiert hatte. Zu guter Letzt wurde sie doch noch gezwungen, den Weg nach innen anzutreten. Und nach allem, was ich mitangesehen hatte, versprach es eine unerträgliche Reise zu werden.

Ich drückte die Zigarette aus und ging ins Haus zurück. Was ich suchte, hatte ich immer noch nicht gefunden, aber ich war sicher, daß ich es erkennen würde, wenn ich darauf stieß, egal, ob es nun ein Gegenstand war oder ein Dokument, ein Bild oder auch ein immaterieller Wink. Ich ging hinauf in Mrs. Griffins Schlafzimmer. Hier drinnen roch es so muffig und schal, als ob eine Dunstglocke über dem Raum hinge. Aber als ich ans Bett trat, schlug mir ein schwacher Duft von Kräuter-Potpourri entgegen. Im Licht der untergehenden Sonne glänzte die rosafarbene Satintagesdecke wie ein kleiner Spiegelteich.

Ich setzte mich kurz an den Frisiertisch und betrachtete die elfenbeinerne Toilettengarnitur, die fein säuberlich auf der Glasplatte ausgelegt war. Jedes Teil trug Frances Griffins Initialen in Gold auf der Rückseite. Ich zeichnete die verschnörkelten Schriftzüge mit dem Finger nach. Wohin mein Blick auch fiel, überall gab es schöne, geistreiche Kostbarkeiten zu bestaunen: eine Sammlung zierlicher Bäumchen und Blumen aus Edel- und Halbedelsteinen in Jadegefäßen, kunstvoll auf einem Lacktischchen arrangiert; eine exquisite Auswahl englischer Miniaturen, die an blauen Samtbändern von der Wand hingen; ein geschliffenes Onyxsiegel, das, flankiert von einem Paar goldener Kerzenleuchter, auf einem Polster aus diamantenen Schneeflocken ruhte. Über dem Kamin hing ein Renoir, das Porträt einer schönen jungen Badenixe mit wehendem Goldhaar, verführerischem Blick und sinnlicher Ausstrahlung; ein berühmtes Bild. Ich hatte es schon so oft in Reproduktionen gesehen, daß ich kaum glauben konnte, auf einmal das Original vor mir zu haben.

Ich ging hinüber in Mrs. Griffins Bad, dem einzigen Raum des Hauses, den ich bisher noch nicht gesehen hatte. Es war der reinste Spiegelsaal. Als ich eintrat, erschrak ich fast, denn aus hundert Spiegeln blitzte mir, in vielfach gebrochenen Facetten, mein eigenes Bild entgegen. Die Wände, die Decke, die Tür – alles war mit Spiegeln verkleidet, und die einzelnen Spiegelscheiben waren überdies so nahtlos zusammengefügt, daß der Betrachter sich unzählige Male in zahllosen Varianten gegenüberstand.

Im ersten Moment konnte ich mich in diesem blendenden Irrgarten gar nicht orientieren, und als ich mich doch langsam vorwagte, machte ich einen L-förmigen Raum aus, der durch eine Trennwand unterteilt, im übrigen aber wegen der vielfach gebrochenen Spiegelreflexe völlig unergründlich war. Dauernd stieß ich irgendwo mit mir selbst zusammen. Es gab weder oben noch unten oder seitlich, keinen einzigen richtungsweisenden Weg, sondern nur unzählige, bewegte Abbilder meiner selbst sowie einzelne Teile meines Körpers, die in tausendfach versetzter Spiegelung kleiner und immer kleiner wurden. Jedesmal, wenn ich mich bewegte, bewegten tausend Ichs sich mit mir. Ich hob die Arme in Tänzerinnenpose über den Kopf, und prompt sah ich tausend *Port de bras* in vollkommenem Einklang, ein gigantisches Corps de ballet, das sich lükkenlos fortsetzte bis in eine hell funkelnde Unendlichkeit.

Ich hielt die Hände unter fließend kaltes Wasser und erfrischte erst meinen Puls, dann das Gesicht. Plötzlich kam mir ein ganz verrückter Einfall: Was wäre es wohl für ein Gefühl, in diesem Raum ein Bad zu nehmen? Ein verlockender Gedanke, der mich nicht mehr losließ. Wie mochte es sein, mich in Frances Griffins persönlicher Wanne zu aalen, dieses ihr ganz intimes Ritual in ihrem Ambiente nachzustellen?

Kurzerhand zog ich mich nackt aus. In der hundertfachen Wiedergabe waren die kleinen Mängel meines Körpers plötzlich völlig belanglos. Er wurde ein Objekt, ein Gegenstand, ein Ding, das mir gehörte.

Während ich heißes Wasser in die Wanne laufen ließ, sah ich zu, wie der aufsteigende Dampf sich auf den Spiegelwänden in wellenförmigen Mustern niederschlug, die dann ungleichmäßig verdampften. Ich stimmte mit kaltem Wasser ab und stieg in die Wanne. Als mein Körper ins Wasser eintauchte, blubberten eine Zeitlang kleine Strudel rings um mich auf, dann glättete sich der Wasserspiegel. Ich blickte hinauf zur Decke und sah ein körperloses Gesicht, das auf einem Kissen nasser, zerzauster Haare schwamm, ein lebendes Basrelief auf einem ebenfalls flachen Rechteck dampftrüben Wassers. Ab und zu löste sich ein Tropfen vom Hahn und perlte hellklingend in die Wanne. Ich schloß die Augen, fühlte mich warm, sicher und geborgen, gefeit gegen die Kümmernisse der Welt.

Unversehens nickte ich ein und träumte von einem abstoßenden Medusenhaupt mit züngelnden Schlangenhaaren. Ich schreckte so jäh aus dem Schlaf hoch, daß in der Wanne ein ordentlicher Wellengang entstand. Mir war bange, weil ich langsam begriff, daß auch ich anfällig war für die Verlockungen und Annehmlichkeiten des Wohlstands. Aber die konnten einen eben auch zu Stein werden lassen, wie die Medusa.

Ein plötzlicher Luftzug machte mich frösteln. Dann sah ich den Ausschnitt eines Gesichts in der Spiegelwand. Entsetzt fuhr ich herum, und da stand Deane in der Tür und sah mich mit undurchdringlicher Miene an. Die Hände über der Brust gekreuzt, richtete ich mich auf. Einen Sekundenbruchteil erstarrten wir beide. Mir stockte der Atem, aber er maß mich nur von oben bis unten mit einem Blick, der nichts Lüsternes hatte, sondern ganz nüchtern zu fragen schien: »Was um alles in der Welt machen Sie denn hier?« Ich wollte etwas sagen, um seine Entrüstung zu beschwichtigen, doch ich brachte kein Wort heraus. Und auch ihm hatte es offenbar die Sprache verschlagen, denn er dienerte sich nur stumm aus der Tür, die er leise hinter sich schloß. Der Zwischenfall hatte kaum mehr als fünf Sekunden gedauert.

Seltsamerweise sprang ich, als Deane gegangen war, nicht sofort aus der Wanne. Statt dessen tauchte ich wieder ins wohlig warme Wasser ein und war sogar ein bißchen ungehalten über die Störung, ja ich hatte das Gefühl, Deane habe mich in einem ganz und gar intimen Moment behelligt, und falls er durch mich in Verlegenheit geraten sein sollte, war das allein seine Schuld. Ich drehte den Hahn auf und ließ warmes Wasser nachlaufen. Statt mich für mein Eindringen zu schämen, hatte ich aus unerfindlichem Grund das Gefühl, ich gehörte hierher.

Ich nahm mir jetzt erst recht Zeit für mein Bad und gab, um es nach allen Regeln der Kunst zu genießen, verschiedene parfümierte Öle und Salze aus den geschliffenen Kristallflakons auf einem Bord über der Wanne ins Wasser. Die runzlige Haut meiner aufgequollenen Fingerkuppen glich allmählich kleinen Reliefkarten. Aber als ich mit den Händen über Rumpf und

Schenkel glitt, fühlte sich die Haut unter dem milchigen Wasser seidenweich an. Der Dampf verklebte meine Wimpern. Ich kam mir vor, als schwebte ich in einem Kaleidoskop. Von funkelnden Schemen umgeben, lag ich eine ganze Weile still da und lauschte dem leisen Gluckern, mit dem das Wasser gegen die Wannenwände plätscherte.

Endlich stieg ich doch aus der Wanne und nahm einen weißen Frotteebademantel vom Haken. Aber bevor ich hineinschlüpfte, betrachtete ich mich noch einen Augenblick in einer der raumhohen Spiegelscheiben. Mein Gesicht war leicht gerötet, die feucht-schimmernde Haut weich und glatt. Der winzige Faltenkranz um den Mund, die Krähenfüße, all diese verräterischen Altersvorboten waren wie durch Zauberei verschwunden. Das Haar hing mir in nassen Strähnen um den Kopf und tropfte auf einen rosigen, ölig glänzenden Körper. Die Gestalt im Spiegel sah aus wie ein junges Mädchen. Aber ich war kein junges Mädchen mehr und würde es auch nie wieder sein, ganz gleich, wie lange ich in diese Zauberspiegel starrte.

Ich sah wohl, wie Mrs. Griffin versucht hatte, Gefühl und Leidenschaft in ihrem Leben durch Luxus und Reichtümer zu ersetzen. Darüber war sie alt geworden, ohne das Leben je wirklich kennengelernt zu haben, und nun kam eine schreckliche Angst in ihr hoch. Was war das Geheimnis, das sie so verbissen hütete? Und von dem sie meiner Überzeugung nach dennoch wünschte, daß ich es herausbekam? Ich ließ den Bademantel fallen und zog mich eilig an.

Als ich an diesem Abend von The Haven wegfuhr, stellte ich mir zum erstenmal die Frage, ob Mrs. Griffin Cassandra womöglich selbst getötet hatte.

Als ich heimkam und den Anrufbeantworter abhörte, waren auf dem Band gleich mehrere Nachrichten von Harry Pitt, der dringend um meinen Rückruf bat.

»Harry, ich bin's. Sag mal, wo, zum Teufel, hast du denn nur gesteckt?«

»Faith? Bist du's?« Er klang ziemlich groggy.

»Ja. Was hast du denn bloß angestellt? Ich wußte ja nicht mal, daß du verreisen wolltest.« Es blieb still in der Leitung. »Harry? Bist du noch dran? Du, ich hab dir ja soviel zu erzählen!«

»Entschuldige, ich hatte mich gerade etwas hingelegt. Wie spät ist es denn?«

Ich sah auf meine Armbanduhr.

»Gleich sieben«, sagte ich.

»Morgens oder abends?«

»Du meine Güte, abends natürlich! Was ist denn nur los mit dir?«

»Frag lieber nicht. Meine Jugend hab ich wiedergefunden.«

Ich hörte, wie er mit dem Telefonhörer herumjonglierte.

»Und warum die Geheimniskrämerei? Du weißt doch, ich mag's nicht, wenn du wegfährst, ohne mir Bescheid zu sagen.«

»Also wenn du's genau wissen willst«, versetzte er, offenbar schon wieder etwas munterer, »ich war mit Rodney zusammen. Und weißt du, was er gesagt hat? Es sei kein Tag vergangen, ohne daß er an mich gedacht hätte. Kannst du dir das vorstellen?«

»Klar kann ich das. Dich vergißt man eben nicht so leicht, Harry.«

»Danke, Liebes, aber es ist schließlich über acht Jahre her.«

»Was zählen schon acht Jahre in Herzensangelegenheiten?«

»Weißt du, was er noch gesagt hat? Er sagt, manchmal hätte er schon daran gedacht, seiner Frau von uns zu erzählen, bloß, damit er mit jemandem hätte über mich sprechen können. Ist das nicht süß? Er sagt, ich hätte ihm die Augen für das Schöne geöffnet. Kannst du dir das vorstellen? Du solltest sehen, wo er wohnt, so was von trostlos. Ich hätte nie gedacht, daß irgendwas von dem, was ich ihm erzählte, bei Rodney hängengeblieben wäre. Um so mehr freut es mich, das jetzt zu hören, weißt du, weil man doch sonst im Leben so oft das Gefühl hat, nicht den geringsten Eindruck bei den Leuten zu hinterlassen.«

»Aha, dann bist du also mit ihm weggefahren?«

»Ja. Wir waren in einem Holiday Inn in Montauk. Es war häßlich und malerisch zugleich, Himmel und Hölle, eine romantische Tour de force«, schwärmte Harry.

»Du warst aber ziemlich lange fort.«

»Och, ich war dann noch auf einer kleinen Einkaufstour; dann kam ich zurück; und dann habe ich Rodney wiedergetroffen. Aber nun rate mal, Faith, was es Neues gibt!«

»Also was?«

Er zögerte. Natürlich nur, um es noch spannender zu machen.

»Ich habe Roberto Madi gefunden. Ich hab ihn aufgestöbert!« verkündete er endlich triumphierend.

Ich fuhr mit einem Ruck hoch. Brush legte den Kopf schief und beäugte mich mißtrauisch.

»Was sagst du da?«

»Na ja, eigentlich habe nicht ich ihn gefunden, sondern Rodneys Balg, diese kleine Nervensäge. Er hat ihn mit seinem Computer zur Strecke gebracht.«

Ich traute meinen Ohren nicht. »Was soll das heißen, ihr habt ihn gefunden? Wo ist er?«

»In irgendeinem Nest namens ... Broken Ridge«, sagte er verächtlich. »In Colorado.«

Amerikanische Ortsnamen hörten sich immer fremdländisch an, wenn Harry sie aussprach.

»Ich kann es noch gar nicht fassen! Mein Gott, Harry, du hast ihn tatsächlich gefunden! Bist du auch sicher, daß es *unser* Roberto Madi ist?«

»Ja.«

»Woher weißt du das? Es wäre doch möglich, daß es mehr als einen Mann dieses Namens gibt.«

»Gibt es auch. Sieben, um genau zu sein – jedenfalls nach meinen Ermittlungen. Aber der in Broken Ridge ist unser Mann, hundertprozentig.«

»Aber woher weißt du das?«

»Weil ich sie alle angerufen und mich als Autor vorgestellt habe, der ein Buch über den Fall Griffin schreibt. Die anderen hatten keinen Schimmer, wovon ich sprach. Aber derjenige sagte – ich zitiere: ›Über diesen Teil meines Lebens rede ich grundsätzlich nicht‹, und legte auf.«

»Dann ist er es also wirklich?«

»Ohne jeden Zweifel«, sagte Harry mit Bestimmtheit. »Hat er einen Akzent?«

»Einen ganz leichten, ja.«

»Du, ich komm zum Abendessen rüber«, sagte ich spontan.

»Aber ich habe nicht die kleinste Kleinigkeit im Haus. Mr. Spencer hat das letzte Stück Schokoladenkuchen aufgefuttert.«

»Worauf hättest du Appetit – chinesisch oder italienisch?«

»Chinesisch – aber bitte von Foo's. Schweinefleisch süßsauer mit einer Extraportion geschnetzelter Pfannkuchen, Shrimps, Huhn in Ingwersauce ... Oder nein, warte, ich bestelle lieber selber. Du kannst es dann abholen. Oh, und achte drauf, daß sie auch ja reichlich ...«

»Ich weiß, ich weiß«, unterbrach ich ihn. »Es müssen jede Menge Fortune Cookies dabeisein.«

Vor lauter Aufregung hätte ich fast vergessen, Brush zu füttern, bevor ich aus dem Haus ging. Ich war bereits im Flur, als ich ihn kläglich miauen hörte. Also kehrte ich um und stellte ihm einen Teller Fisch hin.

»Entschuldige, Brushie, aber ich bin furchtbar in Eile!«

Ich nahm ein Taxi zu Foo's, einem chinesischen Feinschmeckerrestaurant gleich bei Harry um die Ecke. Harry hatte schon angerufen und wahre Berge bestellt, die er von seinem Kundenkonto abbuchen ließ. Ich schleppte die beiden großen Einkaufstüten um den Block bis zu Harrys Haus und fuhr mit dem quietschenden Lift nach oben. Im neunten Stock kam der Aufzug mit einem Ruck zum Stehen. Die massive graue Tür öffnete sich schwerfällig, ich stieg aus und ging den Flur hinunter, wobei ich einen nachsichtigen Blick auf die kanariengelbe Kunststofftapete warf, über die Harry sich dauernd beschwerte.

»Rechts um die Ecke und dann immer der gelben Brandmauer nach«, scherzte er jedesmal, wenn er Erstbesuchern den Weg zu seiner Wohnung erklärte. Vor sechs, sieben Jahren hatte er seine Nachbarn überreden wollen, mit ihm zusammenzulegen und dieses Zellenblockdekor auf eigene Kosten durch eine elegante Tapete in Burgunderrot zu ersetzen. Seine Bemühungen spalteten die Mietparteien in zwei gegnerische Fraktionen, die Harry mit den Spitznamen »Schöngeister und Farbenblinde« belegte. Er hatte anscheinend eine Schwäche dafür, sich belanglose Kontroversen aufzuladen. Vermutlich lenkte ihn das von den wirklich ernsten Problemen ab.

Die Wohnungstür öffnete sich schon, als ich erst den halben Korridor runter war. Harry stand mit einer Zigarette in der Hand auf der Schwelle. Er trug eine Hausjacke aus rotem Samt über einem grünen Seidenkaftan, eine Zipfelmütze und an den bloßen Füßen Petit-point-Slipper, mit seinen Initialen bestickt. Mit seiner Gute-Laune-Miene und der gesunden Gesichtsfarbe hätte er für eine Nikolaus-Parade anheuern können. Er faltete die Hände vor der Brust und machte einen tiefen Diener.

»Guten Abend, schönes Fläulein! Gloße Ehle, Sie zu beglüßen in meinel unwüldigen viel Wänden«, intonierte er hoheitsvoll, den chinesischen Akzent trefflich nachahmend.

»Sehr komisch. Danke, daß du das Essen bestellt hast«, sagte ich und drückte mich an ihm vorbei. »Allerdings könnten wir damit die ganze Volksbefreiungsarmee verköstigen!«

»Schönes Fläulein, sehl willkommen«, antwortete er mit einer neuerlichen Verbeugung und schloß die Tür hinter mir.

»Hast du vor, den ganzen Abend Charlie Chan zu spielen?«

»Abel, abel! Walum so elnst, schönes Fläulein?« brabbelte er und folgte mir durch das kleine Eßzimmer in die Küche.

Im Vorbeigehen sah ich, daß der Tisch mit Harrys blauweißem chinesischen Geschirr gedeckt war, das sich so dekorativ vor den orangengeflammten Eßzimmertapeten abhob. Bei Harry gab es kein »Sonntagsgeschirr«. Er benutzte kostbarstes Porzellan und echtes Silberbesteck, egal, ob er allein aß oder Gäste bewirtete. In seiner Küche stapelten sich gesprungene Wappenteller und angekatschte Sàevresschüsseln, die er, ungeachtet der Tatsache, daß sie aus dem achtzehnten Jahrhundert stammten, tagtäglich für Eier mit Schinken oder Thunfisch aus der Dose benutzte.

In der Küche räumte ich die weißen Kartons aus den Tüten und füllte den Inhalt in die blau-weißen Schüsseln und Schälchen um, die zu dem Service im Eßzimmer gehörten.

»Ich muß mich korrigieren, wir haben genug Verpflegung für zwei Armeen!« rief ich, während ich ein drittes Shrimpsgericht – diesmal gemischt mit Wassernüssen – auspackte.

Auf einmal hörte ich aus der Richtung von Harrys Schlafzimmer ein gedämpftes Winseln.

»Oh, du hast doch Spencer hoffentlich nicht wieder im Bad eingeschlossen?«

»Nein, im Schrank«, antwortete Harry lakonisch.

»Harry Pitt, also wirklich!« Ich rannte ins Schlafzimmer hinüber. »Du, ich werde dich beim Tierschutzverein anzeigen, daß du's nur weißt! Der arme kleine Spencer!«

Ich schloß den mit reichem Schnitzwerk verzierten Eichenschrank auf, und Mr. Spencer sprang wie aufs Stichwort zwischen einem Berg Schuhen hervor. Er war ein kleiner grauer Zwergschnauzer mit zottigem Fell und struppigem Bart. Ehe ich mich's versah, stürmte er an mir vorbei und tollte jaulend durch die Wohnung. Ich ging wieder in die Küche, um das Essen herzurichten.

»Warst du heute eigentlich schon mal Gassi mit ihm?« fragte ich, entschlossen, mich von Spencers Schnüffelei und seinem übermütigen Gebell nicht aus der Ruhe bringen zu lassen.

»Fünfmal«, stöhnte Harry. »Der Hund ist ein leibhaftiger Terrorist.«

»Selber schuld. Du hast das arme Kerlchen ja nie erzogen.«

»Versucht hab ich's, weiß Gott! Aber er ist eben ein Aristokrat, Abkömmling der jüngeren Linie eines fast ausgestorbenen Adelsgeschlechts – per se undressierbar!«

Es dauerte nicht lange, und Mr. Spencers schrilles Kläffen ging uns beiden auf die Nerven.

»Kannst du ihm nicht ein Valium geben?« fragte ich, nachdem ich die letzten beiden Tabletts ins Eßzimmer getragen hatte und nun die Kerzen anzündete.

»Warum nicht gleich Seconal? Komm her, Spencer«, sagte Harry resigniert und stellte dem Hund einen Teller mit ausgesuchten Leckerbissen in seine Ecke. »Da, erobere dir dieses Huhn mit Reis. Na komm, bist doch mein braver kleiner Soldat!«

Spencer sauste wie der Blitz herbei und machte sich über seine Portion her.

»Was für eine Wohltat, er schweigt!« seufzte ich und setzte mich zu Harry an den Tisch.

Wir langten beide kräftig zu, Harry öffnete eine Flasche Meursault, und dann kamen wir endlich zur Sache.

12

»Also«, sagte ich zu Harry, »wie um alles in der Welt hast du es geschafft, Madi aufzuspüren?«

»Augenblick noch.« Harry hob wie tadelnd den Zeigefinger. »Wenn ich eines nicht vertrage, dann ist es chinesisch essen mit Messer und Gabel. Entschuldige mich mal eben.«

Damit stand er auf, trat an eine kleine Anrichte, zog die mittlere Schublade heraus und entnahm ihr zwei Paar Eßstäbchen, von denen er eines mir reichte. Ich bedankte mich, drängte ihn aber auch, nun endlich mit seiner Geschichte zu beginnen.

»Ich sagte dir ja schon«, brummte Harry, während er fachmännisch die Eßstäbchen schwang, um eine Garnele zu entern, »es war Rodneys kleiner Balg. Der hat sich an seinen Computer gesetzt und alle Roberto und Robert und Bob Madis über ihre Kreditkarten ermittelt. Genial, was? Für einen Detektiv, sagt Rodney, gehört das natürlich zum kleinen Einmaleins. Na ja, und dann habe ich sie halt einen nach dem anderen angerufen. Unser Roberto Madi hat übrigens eine American Express Karte in Gold.«

Ich gab es nach mehrmaligen Versuchen auf, ein großes Stück Ingwerhuhn mit den Eßstäbchen zu angeln, und griff auf Messer und Gabel zurück, um es erst mal in halbwegs mundgerechte Bissen zu zerteilen.

»Mrs. Griffin ist im Krankenhaus«, sagte ich, nun wieder auf die Eßstäbchen umsteigend.

Harry blickte auf.

»Wirklich? Doch hoffentlich nichts Ernstes?« fragte er mit vollem Mund.

»Ich weiß nicht. Lebensgefahr besteht aber wohl keine – jedenfalls wird sie nicht so bald sterben.«

Harry nahm sich von allen Speisen auf dem Tisch ein zweites Mal und spachtelte wieder kräftig drauflos. Ich konnte nicht umhin, seine Lässigkeit im Umgang mit den Stäbchen zu bewundern.

»Warst du eigentlich mal längere Zeit in China, Harry?«

»Kenne bloß Hongkong. Aber das ist eine faszinierende Stadt. Hör mal, beeindruckt mein Fund dich denn gar nicht?«

»Ach, entschuldige, ich bin nur ganz woanders«, sagte ich zerstreut, denn der groteske Nachmittag in The Haven ließ mich noch immer nicht los. »Harry, soll ich dir sagen, was ich heute gemacht habe?«

»Was denn?« fragte er und spülte einen stattlichen Bissen mit einem Glas Wein hinunter.

»Ich hab in The Haven rumgeschnüffelt, überall, vom Keller bis zum Dachboden, und zum Schluß habe ich in Mrs. Griffins Badezimmer ein Bad genommen.«

Harry hörte auf zu kauen und runzelte die Stirn.

»Warum denn das? Warst du so schmutzig, daß du nicht bis zum Heimkommen warten konntest?«

Ich kicherte.

»Nein, ich wollte bloß mal wissen, was das für ein Gefühl wäre. Peinlicherweise platzte der Butler rein und hat mich erwischt. Ich glaube, er war völlig konsterniert, aber natürlich ist er zu gut geschult, als daß er etwas gesagt hätte. Er zog sich nur taktvoll zurück. Und weißt du was, mir war's schnuppe, ja, ich fand, ich gehörte von Rechts wegen dorthin. Vielleicht werde ich noch frech auf meine alten Tage, wer weiß! Du, und noch was! Vor diesem kleinen Zwischenfall stieß ich auf eine Bodenkammer, voll mit kaum getragenen Kleidern, und auf einen riesigen Keller mit lauter Antiquitäten und Büchern und Kunstschätzen – alles unglaublich wertvoll, aber leider sämtlich ungenutzt, wie auf Halde.«

»Ist das so ungewöhnlich? Vollgestopfte Keller und Böden? Ich dachte, in einem Herrenhaus sei so was geradezu *de rigueur.*«

»Nein, Harry, du hättest dabeisein sollen. Mit übervollen Abstellkammern hat das nichts mehr zu tun. Das ist die pure Raffgier. Ich sage dir, so was hast du noch nicht gesehen. Berge von Möbeln, ein ganzes Lagerhaus an Kleidern ... Dahinter steht eine Frau, die mit der Welt nur über Besitztümer kommunizieren kann. Diese Frau ist kalt, Harry, sie hat kein Gefühl.«

»O Gott, ihr modernen jungen Leute mit eurer ewigen Gefühlsduselei. Verschone mich bloß damit!« jammerte Harry. »Unsere Gesellschaft ist beispiellos abgestumpft, aber alle Welt redet nur noch über Gefühle. Können die Leute denn nicht einfach ihr Leben leben, so wie zu meiner Zeit? Die Menschheit verkommt ja allmählich zu einer gigantischen Gruppentherapie. Wie mich das anödet! Willst du mal mein Motto hören? ›Danke, liebe Leute, daß ihr *keinen* Anteil nehmt!‹«

»Aber Harry, ein Mensch ohne Gefühl ist gefährlich. Weißt du denn das nicht? Und die besonders Gefährlichen, das sind die, die versuchen, Gefühle vorzutäuschen. Die sind wie diese giftige Mistelart.«

»Mistel?« wiederholte Harry ratlos. »Du meinst das Zeug für die Weihnachtsdekoration?«

»Nein, nicht ganz. Es gibt da nämlich eine Sorte, die nistet als Schmarotzer auf Bäumen und paßt sich dem Laub des Wirtes so vollkommen an, daß der nicht mehr zwischen der Mistel und seinen eigenen Blättern unterscheiden kann. Nach und nach beansprucht die Mistel die gesamte Nahrungszufuhr, und der Baum erstickt. Mir hat einmal ein Kunde zwei Äste von ein und demselben Baum mitgebracht, einer war echt, der andere eine Mistel. Von weitem unterscheiden sie sich überhaupt nicht. Aber aus nächster Nähe erkennt man doch eine Unstimmigkeit. Die Mistelblätter gleichen in Form und Farbe genau denen des Wirtsbaumes, nur daß sie größer sind und irgendwie überbetont in der Äderung. Hochstapler, siehst du, müssen übertreiben, damit die anderen auf sie reinfallen. Tja, und Frances Griffin erinnert mich an diese gefährliche Mistel.«

»Du verstehst das falsch, Faith. Wenn man seine Rolle so lange und so erfolgreich spielt wie Frances Griffin, dann wird das Spiel eben zur Wahrheit. So was wie das einzig Wahre gibt es ohnehin nicht in Amerika, weil wir schließlich alle bis zu einem gewissen Grad erfunden sind. Gesellschaftsfähig zu sein, das ist einfach eine Frage des Timings: *Wann* einer sich seine Persönlichkeit erfindet, ist entscheidend, nicht wie er das macht.«

»Ich rede ja gar nicht über ihre Stellung in der Gesellschaft, Harry. Ich spreche über Mrs. Griffin als Mutter.«

»Und was meinst du damit?« Harry pickte gerade mit den Eßstäbchen die letzten Krümel von seinem Teller auf.

»Ja, weißt du, mir ist der Gedanke auch erst nachträglich gekommen. Auf der Heimfahrt von The Haven habe ich mich plötzlich gefragt, ob es womöglich sein könnte – und erklär mich bitte nicht gleich für verrückt, Harry«, setzte ich warnend hinzu – »also, ob es sein könnte, daß Mrs. Griffin ihre eigene Tochter getötet hat.«

Harry legte die Stäbchen aus der Hand und starrte mich nur wortlos an.

»Es wäre eine Erklärung für ihre fast schizophrenen Trancezustände«, fuhr ich fort. »Du weißt, ich habe das selber schon ein paarmal miterlebt. Sie sieht mich plötzlich als Cassandra, und dann will sie für irgendwas Abbitte leisten. Aber was quält ihr Gewissen so? Anfangs glaubte ich, sie habe Schuldgefühle, weil sie den Mörder ihrer Tochter kennt und ihn doch hat laufen lassen. Du weißt ja, ich hatte Madi in Verdacht. Aber jetzt denke ich, es könnte vielleicht – nur vielleicht – sein, daß sie Cassandra – durch mich – um Verzeihung bittet dafür, daß sie sie getötet hat. Wer weiß? Frances Griffin ist nicht echt, das hast du ja eben selbst gesagt. Sie ist eine übersteigerte Imitation. Imitationen wollen möglichst perfekt sein und sich vor allem auch nur mit Perfektion umgeben. Cassandra war aber nun alles andere als perfekt. Das muß Mrs. Griffin sehr gewurmt haben.«

»Nein, nein, nein!« Harry schüttelte unwirsch den Kopf. »Unmöglich. Ich glaub's einfach nicht.«

»Du warst eben nicht dabei. Du kannst dir ja nicht vorstellen, in was für Zustände sie sich hineinsteigert. Sie leidet Höllenqualen, sage ich dir. Trotzdem glaube ich nicht, daß es was mit echtem Gefühl zu tun hat. Ich glaube, es ist Gewissensnot, weil sie irgendwie schuldig ist.«

»Aber Faith, eine Mutter, die ihr eigenes Kind ermordet ... also wirklich!« Harry schien ehrlich entrüstet.

»Aber das ist ja genau der Punkt! Ich glaube nämlich nicht, daß sie in Cassandra ihre Tochter sah. Nein, für Frances Griffin war sie bloß ein Objekt. Menschen gibt es für sie nicht, Harry. Diese Frau sieht nur Dinge. *Dinge*, die man besitzen kann, darauf ist sie fixiert, denn mit der Einstellung hat sie in der Gesellschaft Fuß gefaßt und ihre Stellung dort behauptet. Und nur darauf kommt es ihr an. Dieses Haus ist ein Museum, Harry, mit ihr als Direktor. Du findest dort keine Andenken, keinen persönlichen Schnickschnack, keine Fotos – außer dem von Cassandra, und das ist ein idealisiertes Porträt. Also nehmen wir doch mal an, sie sah in Cassandra nicht ihre Tochter, sondern ein Besitztum, eines, das sie enttäuscht hatte? Eine Fortsetzung ihrer selbst, deren sie sich aber schämte? Da hast du das elementare Mordmotiv, Harry: Ästhetik. Du beleidigst jemandes Geschmacksempfinden, indem du nicht vollkommen bist, und er bringt dich dafür um. In höchstem Grade sinnlos, genau wie Mrs. Griffins Leben.«

»Faith, ich muß doch bitten ...« Harry schüttelte seufzend den Kopf.

»Also ich kann's mir vorstellen, wirklich. Was sie betrifft, kann ich es mir durchaus vorstellen. Diese Frau ist wie Eis. Sie tut mir leid, aber sie ist wie ein Eisblock. Und ihr Leben dreht sich nicht um Menschen und Gefühle, sondern um Besitz, Objekte, *Dinge*. Auch ihre Tochter war für sie bloß ein Ding – und nicht einmal lupenrein. Ich meine es ernst, Harry, ich würde es ihr zutrauen.«

»Deine Phantasie läuft auf zwölf Zylindern, Faith. Ich will nicht ausschließen, daß Frances Griffin den Mörder ihrer Tochter kennt, aber ich sage dir ein für allemal: Sie war es nicht!«

»Schön, vielleicht hast du recht. Aber es ist doch eine interessante Hypothese, oder?«

»Interessant meinetwegen, aber höchst unwahrscheinlich.«

»Na wennschon«, versetzte ich gut gelaunt. »Ich liebe nun mal meine kleinen Gedankenspiele.«

»Du magst sie nicht, wie?«

»Ich weiß nicht. Sie tut mir leid.«

»Aber du magst sie nicht.«

Ich überlegte einen Moment.

»Doch, irgendwie mag ich sie schon. Ich nehme mich bloß in acht vor ihr. Ich glaube, hinter all dem steckt Kalkül, ich komme nur nicht ganz dahinter ... Wer weiß, vielleicht war's ja auch der Vater.«

»Wie bitte?«

»Na, Cassandras Mörder! Ich bin mir einfach sicher, daß es jemand aus ihrer nächsten Umgebung gewesen sein muß.«

»Also, dem Vater würde ich's zutrauen«, sagte Harry.

»Ach, und warum ausgerechnet ihm?«

»Ich hab dir ja schon erzählt, daß ich ihm einmal begegnet bin. Also, das war wirklich ein wandelnder Eisberg. Ich wäre nicht überrascht, wenn du mir den als Mörder präsentiertest.«

»Hmm. Aber wir dürfen Madi nicht aus den Augen verlieren«, mahnte ich. »Ich wüßte zu gern, was für ein Mensch das ist.«

»Auf jeden Fall sind die beiden Männer weit eher verdächtig als die arme alte Frances Griffin.«

»Aber sie weiß, wer's getan hat«, sagte ich. »Ich weiß, daß sie's weiß.«

»Schön, aber Madi weiß es angeblich auch. Warum besuchen wir den Herrn also nicht einfach und unterhalten uns ein bißchen mit ihm?«

»Um ehrlich zu sein, reizen würde mich das schon. Wirklich! So irre es auch wäre.«

»Wieso? Was haben wir denn schon groß zu verlieren?«

»Ooch, unser Leben, unseren gesunden Menschenverstand. Ich meine, es ist doch wirklich verrückt, an so was auch nur zu denken ... Und außerdem, was glaubst du, was das kostet!«

»Warte mal eben.«

Harry erhob sich mühsam und watschelte schwerfällig aus dem Zimmer. Er war noch keine fünf Sekunden weg, da kratzte mich etwas hartnäckig am Bein. Es war Mr. Spencer, der mich anbettelte. Ich gab ihm ein Stückchen Huhn von meinem Teller. Das Fressen war sehr beschwerlich für den armen Kerl, denn er hatte nur noch einen einzigen Vorderzahn. Als Harry zurückkam, plagte Mr. Spencer sich immer noch mit meinem Almosen ab. Winzige, angenagte Fleischpüffchen lagen über den Teppich verstreut.

»Er soll eigentlich bei Tisch nicht gefüttert werden«, tadelte Harry schroff.

»Entschuldige, aber er hat so gebettelt und mich dabei auch wieder so gebieterisch angesehen, daß ich einfach schwach geworden bin.«

»Das ist ein Trick, den er damals als Kolonialbeamter in Afrika gelernt hat.«

Ich fand es herzig, wie Harry immer wieder einen neuen erlesenen Stammbaum und die abenteuerlichsten Biographien für Mr. Spencer erfand. Er sprach von dem kleinen Hund, als wären in ihm eine ganze Reihe bedeutender Persönlichkeiten aus den Epochen vereinigt, denen Harrys Vorliebe als Historiker galt.

»Letztes Mal, als ich hier war, hatte er wenigstens noch ein paar Zähne.« Ich bückte mich, um mit der Serviette die Fleischreste vom Teppich zu klauben.

Mr. Spencer knurrte.

»Ja. Der Tierarzt hat ihm aber immerhin den einen Vorderzahn gelassen – ›aus kosmetischen Gründen‹, wie er sagte. Einen Tierarzt, der einem altersschwachen Schnauzer ›aus kosmetischen Gründen‹ einen Vorderzahn läßt, den muß man doch einfach lieben, oder? So, aber nun hör auf, da rumzuwischen, und mach mal die Augen zu«, befahl Harry.

»Wie bitte?«

»Tu einfach, was ich sage.«

Also setzte ich mich auf und schloß brav die Augen.

»Ist das irgendein Spiel?« fragte ich.

»Nichts da! So ... jetzt darfst du gucken!«

Ich machte die Augen auf, und sah ein längliches blaues Kuvert an mein Weinglas gelehnt.

»Was ist das?« fragte ich gespannt. Als ich den Umschlag in die Hand nahm, sah ich, daß es kein Briefkuvert war, sondern ein Ticketheft.

»Zwei Rückflugtickets nach Colorado«, verkündete Harry stolz. »Plus Reservierung für einen Mietwagen und Zimmer im besten – und, wie ich hinzufügen möchte, einzigen – Hotel von Broken Ridge, das originellerweise auf den Namen The Fortune hört – du weißt schon: Fortuna läßt grüßen!«

Ich sah abwechselnd das Ticketheft und Harry an.

»Warum tust du das?«

»Mein Gott, weil du mich inzwischen angesteckt hast mit deinem Detektivspiel. Sogar der liebe Rodney ist ganz aus dem Häuschen. Im übrigen mußt du verstehen, daß ich Frances Griffin abgöttisch verehre. Ich habe den Skandal erlebt, damals. Du nicht. Ich kann mir nichts Faszinierenderes vorstellen, als diesen Mord aufzuklären. Und nach allem, was ich von dir höre, sind wir ja nahe dran. Ich glaube, ein Gespräch mit diesem Madi lohnt sich bestimmt.«

»Theoretisch glaube ich das auch, aber wieso sollte er ausgerechnet uns was erzählen?«

»Ich weiß nicht. Kommt auf den Versuch an. Was haben wir schon groß zu verlieren?« wiederholte er.

»Aber wieso glaubst du, daß er uns überhaupt empfangen wird?«

»Ich denke, die Chancen dafür stehen ganz gut, wenn du ihn anrufst und ihm schlicht und einfach die Wahrheit sagst.«

»Und was, bitte, ist die Wahrheit?« fragte ich verwirrt.

»Nun, wir könnten ihn anrufen – ich übernehme das, wenn du willst – und ihm erzählen, daß du für Mrs. Griffin den Pavillon ausmalst. Er wird schon wissen, was es damit auf sich hat. Ich werde ihm außerdem sagen, daß es sehr schlecht um Mrs. Griffin steht und daß wir – daß du das Gefühl hast, das Geheimnis um den Mörder ihrer Tochter belaste sie sehr. Ja, und daß sie dir selbst gesagt habe: ›Roberto Madi kennt die Wahrheit.‹«

»Großartig!« Ich mußte lachen. »Und dann sagte er: ›Aber klar doch, ich sage Ihnen alles, was ich weiß, bloß weil Sie mich danach fragen und weil Sie so ein cooler Typ sind!‹ Nun sei doch mal realistisch, Harry, Madi wird uns bestimmt nichts verraten. Kannst du dir vorstellen, wer schon alles versucht haben muß, die Wahrheit aus ihm rauszukriegen?«

»Man kann nie wissen«, sagte Harry lakonisch. »Vielleicht redet er doch. Inzwischen ist viel Zeit vergangen. Bestimmt ist es schon eine ganze Weile her, seit ihn das letzte Mal jemand ernsthaft über den Fall Griffin befragt hat. Ich rufe ihn einfach mal an. Wie gesagt: Was haben wir zu verlieren?«

»Okay, aber angenommen, Madi selbst ist der Killer, was dann?«

»Na, dann wird er uns vermutlich nicht empfangen. Nehmen

wir also lieber an, daß er nicht der Mörder ist. Er könnte nämlich bestimmt einiges zur Lösung des Falles beitragen. Selbst wenn er den Täter nicht kennt, über Cassandra oder Frances Griffin kann er dir gewiß eine Menge erzählen. Und du bist doch neugierig auf ihn, nicht? Du möchtest doch wissen, wie er aussieht, was er für ein Mensch ist?«

»Ja, sicher.«

»Na, also, dann lohnt es allemal einen Versuch.«

Während ich noch über Harrys wunderliche Argumentation nachsann, war ich der Faszination seines Plans schon fast erlegen. Und selbst wenn nichts dabei herauskommt, dachte ich, ein Abenteuer ist es auf jeden Fall. Und Harry legte mir praktisch alles in den Schoß, indem er schon die Tickets besorgt und sogar Hotelzimmer reserviert hatte. Ich wunderte mich allerdings, wie er das alles hatte bezahlen können.

»Schön, ich bin einverstanden«, sagte ich endlich, »aber du mußt mir erlauben, daß ich mein Ticket und das Hotelzimmer selber zahle.«

»Kommt nicht in Frage – das ist mein Geburtstagsgeschenk für dich.«

»Ich habe aber erst in sechs Monaten Geburtstag, und ich wäre dir dankbar, wenn du mich nicht vor der Zeit älter machtest!«

»Nimm's doch nicht so genau.« Harry schmunzelte. »Die Reise geht jedenfalls auf mich und damit basta. Wollen wir den Kaffee im Wohnzimmer nehmen? Es dauert nur einen Moment.«

»Kann ich dir was helfen?«

»Nein, nein! Du weißt ja: Zu viele Köche ...«

Während Harry sich in der Küche zu schaffen machte, ging ich, gefolgt von Mr. Spencer, ins Wohnzimmer. Ich setzte mich auf eines der beiden schokoladenfarbenen Sofas rechts und links vom Kamin und versank wohlig in den Seidensamtpolstern. Wie immer bei Harry, brannten so viele Kerzen, daß der

Raum leuchtete wie eine Höhle im Feuerschein. Mr. Spencer sprang steifbeinig neben mich auf die Couch und kuschelte sich an meinen Schenkel, während ich in einer Abhandlung über den französischen Maler Jacques-Louis David blätterte, die der Autor, Luc Nanteuil, mit einer persönlichen Widmung für Harry versehen hatte.

Ich fand es immer sehr schön, nach dem Essen in Harrys Wohnzimmer zu sitzen und zu schmökern oder einfach nur auszuspannen. Er hatte mit relativ bescheidenen Mitteln ein wunderschönes Ambiente geschaffen, hatte die fehlende Aussicht und die unansehnliche Architektur wettgemacht, indem er Wände und Decke mit Stoffen verkleidete und dem Zimmer mit exotischen Sammlungen aus Elfenbein und Schildpatt eine besondere Note verlieh.

Die Grundausstattung war, seit ich Harry kannte, die gleiche geblieben, nur die Möbel wechselten mit den Jahren. Er kokettierte gern mit dem Witz, daß alles in seiner Wohnung zum Verkauf stünde, er selbst inbegriffen. Früher einmal hatte sein Wohnzimmer einige der schönsten Antiquitäten beherbergt, die ich je außerhalb eines Museums bewundert hatte. Und Harry genierte sich auch nicht, mit den Eroberungen zu prahlen, die er seinem untrüglichen Blick verdankte – »Gottes Wiedergutmachung an einem häßlichen Dicken« – wie er seine Gabe nannte. Er liebte es, Schätze zu heben, besonders, wenn alle anderen sie vorher übersehen hatten. Er spottete über seine Kollegen im Kunsthandel und rügte ihre mangelnde Fachkenntnis, vor allem derjenigen, die mit »überteuerten Feld-Wald-und-Wiesen-Malern oder mit Louis dem Weiß-ich-Wievielten in Kopie« handelten.

Mit den Jahren sah ich freilich Harrys stattliche Möbelsammlung immer weiter schrumpfen, bis ihm zu guter Letzt nur noch ein paar Kostbarkeiten geblieben waren, während er den Rest durch dekoratives Mittelmaß ersetzen mußte. Obwohl er nie über Geldmangel klagte, erriet ich doch, daß nur finanzielle Schwierigkeiten Harry gezwungen haben konnten, sich von den Glanzstücken seiner Sammlung zu trennen. Trotzdem hatte sich die Wohnung, wie auch Harry selbst, den ursprünglichen Charakter bewahrt.

Ich erinnerte mich an die vielen Abende, an denen ich auf genau demselben Fleck gesessen hatte, während Harry hofhielt, sich schwärmerisch über Kunst verbreitete, von spektakulären Ankäufen erzählte und von den großen Exzentrikern, die er noch gekannt hatte. Ich hätte gern gewußt, ob er sein Leben selbst auch nur halb so genossen hatte, wie er es genoß, andere damit zu unterhalten. Ich wußte, daß er seine Anekdoten ausschmückte, um das Amüsement seiner Zuhörer zu erhöhen. Er gab sogar selber zu, daß er oft eine Geschichte retuschierte oder eine Person überzeichnete, nur umsein Publikum nicht zu enttäuschen. Aber das war eben Harry. Ihm war der Augenblick alles, und überdies wollte er geliebt werden. Mir war er immer der beste Freund gewesen. Er kannte mich besser als irgend jemand sonst, denn er hatte es auf sich genommen, tief in mein Gefühlsleben einzudringen, um mir ein paar ziemlich turbulente Phasen überbrücken zu helfen.

Ich dachte zurück an unsere erste Begegnung, damals vor dreizehn Jahren. Dreizehn Jahre – war es wirklich schon so lange her? Kaum zu glauben! Ein gemeinsamer Freund hatte mich bei ihm eingeführt; Harry, sagte er, habe schon viel von mir gehört, bewundere meine Arbeit und sei ganz wild darauf, mich kennenzulernen. Anscheinend hatten wir auch einen gemeinsamen Kunden, richtiger gesagt, ein reiches junges Ehepaar, das mich engagiert hatte, sein überdimensionales Eßzimmer an der Park Avenue mittels Trompe-l' œil-Malerei in eine römische Ruine zu verwandeln; Harry sollte das Kunstwerk anschließend mit Antiquitäten ausstaffieren.

Zwar hatte ich diese Einladung eines Fremden in eine fremde Wohnung zunächst mit gemischten Gefühlen angenommen, aber dann gewann Harry mein Herz im Sturm. Er war aber auch selten so charmant und verführerisch gewesen wie an diesem ersten Abend. Er war witzig, ohne boshaft zu sein; mitteilsam, ohne die Unterhaltung an sich zu reißen; machte die schmeichelhaftesten Komplimente, ohne unterwürfig zu werden. Er wollte alles über mich und meine Arbeit wissen, gab mir dabei aber nie das Gefühl, ausgeforscht zu werden. Wir entdeckten viele gemeinsame Interessen und Vorlieben und hegten überdies die gleiche heftige Abneigung gegen einen bestimmten modernen Maler, dessen Œuvre ebenso minderwertig wie teuer war und dessen Arroganz nur noch von seiner Talentlosigkeit übertroffen wurde. Mindestens zwanzig Minuten hatten wir damals über diesen Menschen hergezogen und genüßlich unser Gift verspritzt, und ich erinnerte mich noch an den Moment, als Harry sich mir mit einem unschuldigen Kinderlächeln zuwandte und sagte: »Wissen Sie, meine Liebe, nichts verbindet zwei Menschen schneller als gemeinsamer Haß.« Ich konnte mich nicht halten vor Lachen. So begann unsere Freundschaft.

»Langweilst du dich auch nicht?« rief Harry aus der Küche. »Ich richte nur rasch alles her. Dauert bloß noch eine Minute.«

»Danke, ich hab's sehr gemütlich hier. Aber kann ich dir nicht doch was helfen?«

»Nein, nein – meinen Saustall mach ich mir lieber allein!«

Als Harry endlich hereinkam, trug er ein schwarzes Lacktablett, auf dem außer dem Kaffeegeschirr und den Fortune Cookies noch eine weitere Schale mit den Pfefferminzstäbchen und dem kandierten Ingwer stand, die Harry immer nach dem Essen reichte.

»Ach herrje, jetzt hab ich die Löffel vergessen!«

»Ich brauche keinen«, sagte ich und winkte mit erhobener Hand ab, als er schon wieder zurück in die Küche wollte. »Ich trinke meinen Kaffee schwarz.«

Harry schien erleichtert, setzte sich und schenkte ein.

»Was für schöne Tassen.« Ich bewunderte das wirklich ausnehmend zierliche gold-blaue Muster auf den hauchdünnen Mokkatassen.

»Ja, sind sie nicht zauberhaft? Die haben mal Zar Nikolaus dem Zweiten gehört, Friede seiner armen Seele. Leider sind das da meine beiden letzten.«

»Ich fühle mich geehrt. Und was passiert, wenn ich eine fallenlaße?«

»Dann wirst du auf der Stelle entthront und standrechtlich erschossen.«

»Aber darf ich vorher wenigstens noch einmal den Winterpalast sehen?«

»Nicht, wenn du auch die Untertasse kaputtmachst«, warnte er. »Ach, was waren das doch für schöne Menschen, die Romanows! Es bricht einem das Herz, wenn man die Familienbilder sieht.«

»Schön, aber abgemackert«, sagte ich scherzhaft.

»Ah, die Popsprache hebt ihr garstiges Haupt! Apropos gestörte Familien – fliegen wir nun nach Colorado?«

»Ja, wir fliegen«, antwortete ich, ohne mich noch lange zu besinnen.

Harry schien sich darüber zu freuen.

»Ein Fortune Cookie gefällig?« Er reichte mir die Schale.

Ich suchte mir eins raus, riß es auf und zog das zusammengerollte weiße Papierchen heraus. »›Herzlichen Glückwunsch, Sie stehen kurz vor der Aufklärung eines lange zurückliegenden Mordes‹«, las ich vor.

Harry starrte mich sprachlos vor Staunen an.

»Das ist doch nicht dein Ernst!« rief er.

»Oh, doch. Genau das steht hier.«

»Laß mich mal sehen!« Er nahm mir den Zettel aus der Hand, setzte seine Brille auf und las.

»›Heuen soll man, solange die Sonne scheint.‹ Du kleine Schwindlerin.«

»Also gut, was steht bei dir drin?«

Harry brach ebenfalls einen Glücksbonbon entzwei und brütete über der Spruchweisheit.

»Hier steht: ›Hüte dich vor der Trompe-l' œil-Künstlerin, die mit ihrem Schicksal Scherze treibt.‹«

»Na, wenn das nicht ins Schwarze trifft! Was steht denn wirklich da?«

»›Der Weise wird oft verkannt.‹ Hier, nimm dir noch eins.«

Ich tat ihm den Gefallen, aber als ich diesmal meinen Zettel auseinanderfaltete, erlebte ich eine wirkliche Überraschung.

»Was ist denn los?« fragte Harry, dem mein erstaunter Gesichtsausdruck wohl nicht entgangen war.

»Nichts – bloß ein komischer Zufall, wahrscheinlich.«

»Was steht denn drin? Du siehst ja aus, als ob du ein Gespenst gesehen hättest.«

Ich reichte ihm das Papierchen, und er las laut vor.

»›Die Kunst ist die Kundschafterin der Liebe.‹ Sehr hübsch. Was ist denn daran merkwürdig? Ich find's zwar nicht gerade passend für einen Schicksalsspruch, aber ...«

»Genau das hat Mrs. Griffin mir geschrieben, als ich anfing, für sie zu arbeiten. Sie schickte mir zum Einstand eine Narzisse, und der Spruch da stand auf der beigefügten Karte.«

»Na und?«

»Es hat mir halt einen kleinen Schock versetzt, das ist alles. Ich fand den Spruch damals schon ziemlich ausgefallen. Und jetzt liegt er in einem Fortune Cookie von Foo's, also wenn das ...«

»Wer weiß, vielleicht speist Mrs. Griffin auch bei Foo's?«

»Harry, ich hab dir doch gesagt, sie geht buchstäblich nie aus dem Haus.«

»Gut, dann ist es vielleicht eine Redensart, die wir alle kennen sollten«, meinte Harry und wischte das Thema mit einer Handbewegung beiseite.

»Du mußt doch zugeben, daß es ein seltsames Zusammentreffen ist.«

»Das Leben geht nun mal seltsame Wege. Aber ich muß dir was gestehen, Faith – ich bin dir ehrlich dankbar.«

Ich zündete mir eine Zigarette an. »Wofür?«

»Dafür, daß du mir diesen Vorwand geliefert hast, Rodney wiederzusehen. Das waren mit die schönsten Tage meines Lebens. Ah«, seufzte er, »es geht doch nichts über eine richtige Romanze. Der reinste Jungbrunnen ... ›Der Liebe Blick verklärend jeden Ort durchdringt / und holt die Welt dir in die kleinste Kammer.‹«

»Dryden?« rief ich aufs Geratewohl.

»Donne«, korrigierte er spitz.

»Ach ja, natürlich! ›Niemand ist eine Insel.‹ Ob das auch für uns Frauen gilt? Ich glaube, eher nicht.«

»Hast du denn zur Zeit Insulanergefühle?« fragte Harry.

»Und ob, so insulanermäßig wie Robinson ohne Freitag!«

Wir schwiegen eine Weile, während Mr. Spencer, immer noch an mein Bein gekuschelt, unregelmäßig vor sich hin schnarchte. Ich überdachte mein Leben, mein »Insulanerdasein«. Kaum fing ich an, den Spannungsbogen richtig zu erkennen, da kam ich auch schon an den Punkt, ab dem alles Zukünftige weniger ist als das Vergangene. Ob das Kapitel Liebe und Abenteuer für mich wirklich schon abgeschlossen war? Würde ich den Rest meiner Tage damit verbringen, dem nachzuhängen, was hätte sein können, statt auf das zu schauen, was vielleicht noch kam? Auf einmal genügte es mir nicht mehr, mich mit Zufriedenheit zu bescheiden. Ich wollte etwas Neues erleben.

»Ruf diesen Madi noch mal an, Harry«, sagte ich entschlossen. »Ich bin bereit.«

Harry machte ein betretenes Gesicht.

»Faith, ich muß dir was beichten – ich hab ihn schon angerufen. Bevor ich die Flugkarten kaufte. Er erwartet uns.«

»Du gerissener alter Uhu«, sagte ich, einigermaßen verblüfft.

»Na ja, es hätte doch schließlich wenig Sinn gehabt, die Tikkets zu kaufen, ohne zu wissen, ob der Mann auch mit uns reden will.«

»O Harry, du setzt mich immer wieder in Erstaunen.«

»Vergiß nicht, mein liebes Mädchen«, sagte er begütigend, »daß ich stets dein Bestes im Auge habe.«

Ich lehnte mich auf dem Sofa zurück und dachte mir schmunzelnd, wie weise Harry doch sei. Er schien meine Wünsche und Stimmungen immer schon früher zu erkennen als ich selber.

»Wann fliegen wir?« fragte ich.

»Donnerstag? Paßt dir Donnerstag? Ich würde sagen, je eher, desto besser.«

»Also dann, Donnerstag.«

»Ausgezeichnet!«

»Du bist wirklich ein gerissener alter Uhu, Harry Pitt ...«

Ich drückte die Zigarette aus, aber die Asche glühte weiter. Ich ließ sie brennen.

13

Als ich mich von Harry verabschiedet hatte, ging ich noch mal um die Ecke zu Foo's Restaurant und erkundigte mich beim Geschäftsführer, ob eine Mrs. Holt Griffin zu seinen Gästen gehöre. Er schüttelte den Kopf und sagte, nein, der Name komme ihm nicht bekannt vor. Ich versuchte, ihm Mrs. Griffin zu beschreiben, aber auch das führte zu nichts. Er kannte sie wirklich nicht. Dann fragte ich ihn, woher die Sinnsprüche in den Fortune Cookies stammten. Das wisse er zwar nicht, sagte er, aber das Restaurant beziehe seine Fortune Cookies von einem Großhändler in Brooklyn; ob ich Namen und Adresse wolle? Ich lehnte dankend ab. Vielleicht war es ja wirklich bloß eine oft zitierte alte Spruchweisheit.

In dieser Nacht warf ich mich im Schlaf unruhig hin und her, bis zum Morgengrauen. »Die Kunst ist die Kundschafterin der Liebe« geisterte durch meine Träume wie eine abgerissene Melodie. Brush, der als Opfer meiner Rastlosigkeit nicht schlafen konnte, trollte sich gegen drei Uhr früh aus dem Bett und rollte sich in einem Sessel zusammen. Am Morgen sprang ich, kaum daß es hell wurde, aus den Federn, machte rasch Frühstück und fuhr gleich anschließend nach The Haven hinaus. Ich wollte vor meiner Abreise noch meinen Arbeitsplatz im Pavillon in Ordnung bringen und vor allem Deane Bescheid sagen, daß ich auf ein paar Tage fort müsse, für den Fall, daß Mrs. Griffin in der Klinik nach mir fragen sollte. Als ich ankam, stand ein Krankenwagen in der Einfahrt.

»Madam ist wieder daheim«, sagte Deane, der mir die Tür aufmachte.

»Und wie geht es ihr?«

»Madam ist noch sehr schwach. Aber sie möchte dringend mit Ihnen sprechen.«

Den Zwischenfall im Bad erwähnte Deane natürlich nicht, aber er behandelte mich sehr kühl. Das kameradschaftliche Verhältnis, das sich in den letzten Monaten zwischen uns entwickelt hatte, war dahin. Jetzt belauerte er mich argwöhnisch. Und sein Mißtrauen schien mir sogar verständlich; immerhin war ich in die Intimsphäre seiner Herrin eingebrochen. Dennoch bereute ich mein Abenteuer vom Vortag nicht, denn es hatte mir einen wichtigen Einblick in Mrs. Griffins Charakter verschafft, ja Befürchtungen geweckt, die sich, Harrys gegenteiligen Beteuerungen zum Trotz, nur sehr schwer zerstreuen ließen. Für dieses Bad lohnte es sich allemal, Deanes Geringschätzung in Kauf zu nehmen.

Mrs. Griffin schlief, als ich eintrat. Eine schmächtige, kakaobraune Pflegerin in weißer Schwesterntracht saß an ihrem Bett und strickte. Neben dem leisen Klick-Klack der Stricknadeln fielen Mrs. Griffins unregelmäßige Atemzüge besonders auf. Die Pflegerin sah zu mir hoch. Sie hatte wache braune Augen und ein spitzes Gesicht. Ihr glänzendschwarzes Haar war straff zurückgekämmt und im Nacken zu einem Knoten geschlungen. Vom Augenschein her erinnerte sie mich an einen Raubvogel, doch ich war angenehm überrascht, als sie den Mund aufmachte und mit leiser, melodischer Stimme sprach.

»Mrs. Griffin«, sagte sie, »Ihr Besuch ist da.« Dabei gab sie der alten Dame einen sanften Stups, um sie zu wecken.

Mrs. Griffin wandte sich mir zu. Ihre starr geweiteten Augen, der fahle Teint und eine steife, viel zu dunkle Perücke gaben ihr das Aussehen einer makabren Puppe.

»Faith«, sagte sie mit schwacher, brüchiger Stimme, »ich habe immerzu an Sie gedacht.«

Die Pflegerin zog sich diskret in eine andere Ecke des Zimmers zurück, und ich setzte mich auf ihren freigewordenen

Stuhl. Mrs. Griffin reichte mir die Hand. Aus Höflichkeit behielt ich sie in der meinen, auch wenn mir nicht wohl dabei war. Angesichts meines Verdachts gegen sie und ihre mögliche Schuld kam ich mir wie eine Heuchlerin vor.

»Ich habe auch oft an Sie gedacht, Mrs. Griffin«, sagte ich. »Bestimmt sind Sie sehr froh, wieder daheim zu sein.«

»Na, ich will verdammt sein, wenn ich in einer Klinik sterbe! Die reinsten Gefängnisse sind das, alles kalkweiß, nüchtern und häßlich! So stell ich mir die Hölle vor ... Aber nun erzählen Sie mal, sind Sie inzwischen fertig geworden?«

»Fast«, antwortete ich, »aber noch nicht ganz.«

»Ich bin sehr gespannt auf Ihre Arbeit. Ich möchte jetzt gleich rübergehen und mir alles ansehen.«

»Jetzt gleich? Ist das klug, Mrs. Griffin? Meinen Sie nicht, Sie sollten sich noch eine Weile schonen?«

Mrs. Griffin hörte gar nicht auf mich. Sie richtete sich im Bett auf und winkte der Pflegerin.

»Ellie«, sagte sie, »das ist Miss Crowell, das junge Mädchen, von dem ich Ihnen erzählt habe.«

Ich war gleichermaßen gerührt und überrascht, daß Mrs. Griffin mit der Schwester über mich gesprochen hatte. Und es amüsierte mich natürlich auch, daß sie von mir als einem »jungen Mädchen« sprach, besonders, da die Pflegerin sicher etliche Jahre jünger war als ich.

»Guten Tag, Miss Crowell«, sagte die Schwester.

»Bitte sagen Sie Faith zu mir.«

Die Schwester lächelte und wiederholte meinen Namen: »Faith.«

»Ellie, meinen Rollstuhl, bitte. Und sagen Sie Deane Bescheid.«

Die Schwester legte ihr Strickzeug beiseite und trat ans Bett.

»Aber, aber, Mrs. Griffin«, sagte sie in einem Ton, als spräche sie zu einem unvernünftigen Kind. »Ihre Freundin hat ganz recht. Ich glaube nicht, daß wir jetzt schon aufstehen sollten.«

»Meinen Rollstuhl!« verlangte Mrs. Griffin energisch. »Sofort!«

Die Schwester schüttelte mißbilligend den Kopf und ging hinaus. Ich konnte an ihrem Gesicht ablesen, daß sie sich damit abgefunden hatte, den Launen der alten Dame nachzugeben, die selbst als Kranke noch eine sehr respekteinflößende Persönlichkeit war.

»Mrs. Griffin, ich muß leider für ein paar Tage verreisen«, sagte ich.

»Oh? Ausgerechnet jetzt, wo ich eben erst zurück bin?«

»Ja, leider, ich muß mich da um etwas Geschäftliches kümmern, das ich immer wieder hinausgezögert habe. Aber nun läßt es sich nicht länger verschieben.«

»Wie lange werden Sie denn wegbleiben?«

»Nicht lange. Vier, fünf Tage, denke ich. Höchstens eine Woche. Ehe Sie sich's versehen, bin ich wieder da, versprochen.«

»Sie müssen sich beeilen«, sagte sie. »Ich habe nicht mehr viel Zeit.«

Sie hob die Hände vors Gesicht und tastete es vorsichtig ab.

»Mein Kopf fühlt sich ganz fremd an. Was meinen Sie? Habe ich mich verändert?«

Ich beschloß, mich in eine Notlüge zu flüchten.

»Ja, Mrs. Griffin. Sie sehen besser aus. Richtig erholt.«

»Schwindlerin!« Sie sagte es ohne Groll. »Das Leben ist wirklich seltsam, Faith. Sie werden schon auch noch dahinterkommen. Bewußt wird einem das eigentlich erst richtig, wenn es fast schon vorbei ist. Und sogar dann denkt man noch: Da muß doch noch was kommen, irgendein letzter Akt, der dem Ganzen einen Sinn gibt.«

»Vielleicht ist die Wahrheit das Thema des letzten Aktes«, sagte ich bedeutungsvoll.

Sie wandte sich ab.

»Ich werde bald sterben. Das ist meine Wahrheit.«

Die Art, wie sie das sagte, als handele es sich um eine simple Feststellung, frei von Reue oder Selbstmitleid, hatte etwas Ergreifendes. Sie tat mir ehrlich leid.

»Nein«, sagte ich, entschlossen, dem Gespräch eine optimistische Wendung zu geben. »Sie irren sich! Sie werden noch lange leben. Schließlich müssen Sie doch noch einmal einen Ball veranstalten, wenn ich mit dem Pavillon fertig bin.«

»Ach ja, glauben Sie wirklich?«

Sie entzog mir ihre Hand und spielte nervös mit den Bändern ihres Bettjäckchens.

»Ich höre, Sie waren auf Kundschaftergang«, sagte sie unvermittelt.

»Bitte?«

»Deane hat's mir erzählt. Er erzählt mir alles.«

Ich sah zu, wie sie eine tadellose Schleife band, und wunderte mich, daß ich so naiv gewesen war, anzunehmen, Deane würde unsere Begegnung im Bad für sich behalten.

»Entschuldigen Sie, Mrs. Griffin. Das hätte ich nicht tun dürfen, ich weiß.«

»Ach, Sie brauchen sich nicht zu entschuldigen!« Fahrig zog sie die eben erst so sorgsam gebundene Schleife wieder auf. »Ich weiß ja, daß Sie von Natur aus sehr neugierig sind. Mir war klar, daß Sie, sowie ich aus dem Haus bin, der Versuchung nicht würden widerstehen können. Sie wollen soviel wie möglich über die Menschen erfahren, mit denen Sie zu tun haben, das liegt in Ihrem Wesen. Sie möchten unter die Oberfläche dringen. Mich stört das nicht, im Gegenteil! Das mag ich ja gerade an Ihnen.«

»Sagen Sie, Mrs. Griffin, heben Sie eigentlich alles auf?«

»Ich hebe kaum was extra auf. Nur traue ich mich nicht, irgendwas wegzuwerfen.«

»Wie meinen Sie das? Warum denn nicht?«

»Ich weiß nicht, ich kann mich eben von nichts trennen. Ich wünschte, ich könnte es, aber es fällt mir einfach zu schwer. Jedesmal, wenn ich was aussortiere, kommt es mir vor, als würde ich ein Stück von mir selber fortwerfen. Sie müssen wissen, Faith, dieses Haus wird eines Tages ein Zeugnis der Vergangenheit sein. So habe ich es in meinem Testament verfügt, und ich habe auch schon die Finanzierung für Unterhalt und Personal sichergestellt. The Haven wird einmal ein kleines Museum werden, eine friedliche Oase in dieser schrecklich umtriebigen Zeit. Und die Besucher, die hierherfinden, werden eine Vorstellung davon bekommen, wie die Menschen, die der modernen Seuche Häßlichkeit widerstanden, gelebt haben.«

»Ach, Sie wollen The Haven wirklich in ein Museum umwandeln?«

»Aber ja! Die Griffins spielen in der amerikanischen Kulturgeschichte eine wichtige Rolle. Bestimmt wird es die Leute interessieren, wie wir gelebt haben. Darum muß auch Ihre Arbeit, liebe Faith, ganz besonders gut gelingen, weil sie nämlich von Tausenden von Menschen begutachtet werden wird, wenn wir beide schon längst unter der Erde sind.«

Das ist es also, wonach sie strebt, dachte ich: Unsterblichkeit!

»Sie wissen doch, meine liebe Faith, wie gern ich Sie habe, nicht wahr? Wenn ich Sie anschaue, dann ist mir, als ob Cassandra wieder zum Leben erweckt wäre. Ich könnte Ihnen nichts abschlagen.«

»Das ist sehr freundlich von Ihnen«, sagte ich verlegen.

»Also, nun dürfen Sie meine Frage auch nicht falsch auffassen. Ich bin nämlich nicht böse, meine Liebe, ganz gewiß nicht. Lediglich neugierig. Und darum sagen Sie mir: Wie kamen Sie auf die verrückte Idee, gestern in meinem Badezimmer ein Bad zu nehmen?«

Ich spürte, wie ich vor lauter Verlegenheit rot wurde.

»Das ist so ein exzentrischer Einfall«, fuhr sie fort. »Von allem, was zur Auswahl stand – warum ausgerechnet ein Bad? Nun, ich bin gespannt! Warum haben Sie das gemacht?«

»Ich ... ich glaube ...«, stammelte ich, angestrengt nach den rechten Worten suchend, »wahrscheinlich glaubte ich, Ihnen dadurch näherzukommen.«

»Und warum wollten Sie das?«

Es war schwer zu sagen, ob sie schon wieder Katz und Maus mit mir spielte oder ob ihre Fragen diesmal ernst gemeint waren. Ich beschloß, lieber aufrichtig mit ihr zu sein.

»Also, um die Wahrheit zu sagen, Mrs. Griffin, ich glaube, Sie waren bereits mehrmals nahe daran, mir etwas Wichtiges und zugleich Gefährliches anzuvertrauen, schreckten dann aber jedesmal im letzten Moment davor zurück.«

»Und was hat das, mit Ihrem Bad hier bei mir zu tun?«

»Ich weiß selber nicht genau. Aber in dem Moment bildete ich mir ein, ich würde dadurch irgendwie Aufschluß gewinnen über Sie.«

»Und? Hat es Ihnen was gebracht?«

»Ich weiß nicht.«

»Unsinn! Entweder ja oder nein.«

»Na ja, jetzt, im nachhinein, denke ich, daß ich dabei vielleicht einen falschen Eindruck gewonnen habe.«

»Und was hatten Sie für einen Eindruck?«

»Daß Ihnen mehr an Besitztümern liegt als an Menschen.«

Sie hob die Brauen. »Ist das alles?«

»Ja.«

»Es stimmt, ich bin zu der Einsicht gekommen, daß man mit Dingen auf die Dauer sehr viel besser zurechtkommt«, sagte sie. »Aber das ist doch nicht die eigentliche Schlußfolgerung, zu der Sie gelangt sind, oder?«

»Doch«, sagte ich kleinlaut. »Doch, das ist alles. Ich weiß nicht, worauf Sie hinauswollen.«

»Sie denken doch, daß ich weiß, wer meine Tochter getötet hat.«

Ein Blick in ihr Gesicht überzeugte mich, daß jetzt weder Taktgefühl noch Schonung am Platz waren.

»Ja, Mrs. Griffin, das glaube ich allerdings.«

»Na und weiter ... Warum habe ich dann nicht ausgesagt?«

»Ich weiß es nicht«, sagte ich.

Sie zupfte nervös an ein paar widerspenstigen Strähnen ihrer Perücke.

»Vielleicht glauben Sie ja, ich hätte es getan. Vielleicht ist das Ihre wahre Schlußfolgerung.«

Ich war sprachlos.

»Der Gedanke ist Ihnen doch gekommen«, forschte sie beharrlich weiter.

»Ja«, flüsterte ich nach einer Pause.

»Na also! Und in gewisser Weise haben Sie sogar recht damit.«

Ich hielt den Atem an. Sie schwieg eine ganze Weile. Endlich sagte sie: »Ich habe es tatsächlich getan.«

Ich blickte hinunter auf die verhutzelte Gestalt, die aussah, als habe sie kaum noch Kraft, die Augen offenzuhalten, und fragte mich, ob meine Theorie wirklich stimmte oder ob sie nicht bloß wieder ihr Spiel mit mir trieb.

»Nicht im wörtlichen Sinne, natürlich«, fuhr sie fort und sah mit ganz großen Augen zu mir auf.

»Wer war es dann?«

Sie blinzelte mehrmals. »Das kann ich Ihnen nicht sagen«, versetzte sie. »Aber ich will Ihnen gestehen, daß ich in gewissem Sinne mitschuldig, also auch verantwortlich bin.«

Unruhig warf sie den Kopf hin und her und wiederholte: »Ich bin verantwortlich, ich!«

Ich fühlte ihr die Stirn. Offenbar hatte sie Fieber. Sie griff nach meiner Hand und küßte sie.

»Sie verstehen es«, sagte sie. »Ich weiß, daß Sie's verstehen.«

»O bitte, Mrs. Griffin, sagen Sie mir doch, was wirklich passiert ist. Ich flehe Sie an, Sie müssen es irgend jemandem sagen.«

»Nein, Sie verstehen doch nicht. Ich kann nicht darüber sprechen – niemals und zu niemandem. Aber Sie müssen wissen, daß ich *sehr wohl* etwas für Menschen empfinde und längst nicht nur für Besitztümer. Ich bin kein schlechter Mensch, Faith. Ja, ich habe vieles getan, das ich heute bereue, und ich gebe mir die Schuld am Tod meiner Tochter – und kein Tag vergeht, da ich nicht an sie denke, sie mir zurücksehne und mich martere mit meiner Schuld an dem, was passiert ist –, aber trotzdem bin ich nicht schlecht, und ich habe Gefühle, bei Gott, die habe ich! Das müssen Sie begreifen, Faith. Mir liegt so viel daran. Versprechen Sie's mir, ja?«

Die Rückkehr der Schwester enthob mich der Antwort. Hinter ihr stand Deane mit dem Rollstuhl. Wie ein ernstfeierliches Figurinenpaar sahen die beiden aus, er in seiner schwarzweißen Livree, sie in der weißgestärkten Schwesterntracht.

»Hier bringe ich den Rollstuhl, Madam«, meldete Deane.

»Sie darf aber nur ganz kurz raus«, flüsterte die Pflegerin mir zu.

»Ich weiß nicht, ob wir es überhaupt wagen sollten«, gab ich ebenso leise zurück.

»Warum tuschelt ihr denn so?« fragte Mrs. Griffin gebieterisch. »Ich kann Heimlichkeiten nicht ausstehen.«

»Fühlen Sie sich wirklich kräftig genug, um in den Pavillon hinüberzukommen und sich meine Trompe-l' œil-Szenen anzusehen, Mrs. Griffin? Deane ist hier und wird Sie fahren, wenn Sie möchten.«

»Nein«, sagte sie abrupt und wies uns alle drei mit einer Handbewegung zurück. »Ich bin jetzt müde. Ein andermal.«

Deane und die Schwester feixten sich verstohlen an, als ob sie eine Schlacht gegen mich gewonnen hätten. Mir war gar nicht wohl zumute, als Deane in seiner überlegen-besonnenen Art den Rollstuhl hinausschob. Und ich war traurig, weil ich mir sein Wohlwollen verscherzt hatte.

»So, jetzt werden wir erst mal ein schönes Schläfchen machen«, sagte die Schwester, die an mir vorbeirauschte, um Mrs. Griffin die Kissen aufzuschütteln und die Decken glattzustreichen. Aber die alte Dame wies sie unwirsch zurück.

»Also dann verabschiede ich mich jetzt«, sagte ich. »Ich will vor meiner Abreise noch einiges im Pavillon fertigmachen.«

»Warten Sie«, rief Mrs. Griffin aufgeregt. »Wann sehe ich Sie denn wieder?«

»Oh, ich sagte doch schon, Mrs. Griffin – spätestens in einer Woche.«

»Und vergessen Sie nicht, was ich Ihnen gesagt habe!«

»Keine Bange, ich denk dran! Auf Wiedersehen, Mrs. Griffin, und recht gute Besserung!«

Die Schwester schloß die Tür hinter mir. Falls ich noch Zweifel gehabt hätte, was den Besuch bei Roberto Madi betraf, so wären sie nach dieser letzten Begegnung mit der alten Dame hinfällig gewesen. Ich war jetzt geneigt, Harry recht zu geben: Mrs. Griffin selbst hatte Cassandra vermutlich nicht umgebracht. Aber was machte die Wahrheit so unerträglich, daß sie es nicht einmal zwei Jahrzehnte später und auf ihrem Totenbett über sich brachte, sie einzugestehen? Es kann nur der Vater gewesen sein, dachte ich. Der hochgeachtete, distinguierte Holt Griffin. Er muß es getan haben, und sie schützt ihn. Aber warum? Warum würde ein Vater seine eigene Tochter töten?

Ich ging hinunter in die Bibliothek und holte mir das Foto von Cassandra, das ich für die Fertigstellung meines Wandgemäldes brauchte. Um nicht damit erwischt zu werden, schob ich es unter meinen Mantel und eilte hinaus in den Park. Der Himmel war bedeckt, die Morgenluft kühl und feucht, so daß ich meinen Atem sehen konnte.

Im Laufschritt nahm ich die Treppen zum Pavillon, stieß die Flügeltüren auf und trat ein. Meine Arbeit war beinahe fertig, das Szenarium fast vollendet. Ich sah in die Runde und fand, dieser Auftrag sei mir gut gelungen. Das freute mich um so mehr, als ich jetzt von Mrs. Griffin wußte, daß sie The Haven in ein Museum umwandeln wollte. Zwar hatte ich mich immer damit gebrüstet, keinen Wert auf Nachruhm zu legen, aber nun faszinierte ihr Plan mich doch.

Ich betrachtete jedes einzelne Paneel und rief mir die verschiedenen Entstehungsstufen ins Gedächtnis. Die Bilder und Motive waren wie meine Kinder, und es machte mir Freude, bei den Höhepunkten ihres Werdens zu verweilen. Ich stellte mir die Menschen vor, die eines Tages vielleicht als Besucher hierherkommen würden. Ob einige von ihnen sich, und sei es auch nur im Vorübergehen, Gedanken machen würden über den Künstler, der diese Wandgemälde gestaltet hatte?

Natürlich war der Ballsaal längst nicht mehr der leere Raum, der damals, bei meinem ersten Besuch im Frühjahr, meine Phantasie so lebhaft beflügelt hatte. Jetzt herrschte hier Festtagsstimmung. Es war mir gelungen, einen Höhepunkt, einen Moment knisternder Spannung einzufangen. Freudige Erregung spiegelte sich auf den Gesichtern der Gäste, die mit gerecktem Hals versuchten, einen Blick auf die eben eintretende Cassandra zu erhaschen, diese rätselhafte, weißgekleidete Gestalt, immer noch gesichtslos, die ein Blumenbukett trug und sich nur zögernd dem ihr zu Ehren versammelten Kreis näherte. Ja, ich hatte ihn gut getroffen, diesen Auftritt, der freilich nie stattgefunden hatte.

Ich studierte Cassandras gerahmtes Bild, das ich aus der Bibliothek geborgt hatte, prägte mir ihre Züge erst einzeln ein und dann im Zusammenspiel. Ich wußte, daß es schwer, wenn nicht gar unmöglich sein würde, ihr, ausgehend von diesem langweiligen Porträtfoto, gerecht zu werden. Und so legte ich es schließlich beiseite und beschloß, nach Instinkt und Gedächtnis zu malen. Meine Palette und die Pinsel in Händen, stellte ich mich vor das weiße Oval an der Wand und begann, ihm aus der Erinnerung, mit zarten Strichen, Cassandras Züge zu verleihen. Es dauerte nicht lange, und aus den Konturen trat ein Gesicht hervor. Allein, es war leblos wie eine Totenmaske.

Also überlegte ich mir, welcher Ausdruck wohl zu dieser jungen Frau passen würde, die ich zwar nie gekannt hatte, der aber, nach allem, was ich inzwischen über sie wußte, der Gedanke, auf diese Weise verewigt zu werden, bestimmt zuwider gewesen wäre. Sollte ich sie den Betrachter direkt anschauen oder lieber in die Ferne blicken lassen? Würde sie eher lachen oder gesetzt plaudern? Sollte ich einen flüchtigen Moment einfangen oder sie in klassischer Haltung präsentieren, mit erhobenem Kopf, strahlenden Augen und angewinkelten Armen, so majestätisch und anmutig wie eine griechische Gottheit? Und sollte ich das Leid, das ihr später im Leben widerfahren würde, schon in ihrem Antlitz sichtbar machen, oder paßte Gleichgültigkeit dem Schicksal gegenüber besser zu ihr? So grübelte und grübelte ich, um herauszufinden, welcher Ausdruck ihr wohl am ehesten gerecht werden würde.

Fast den ganzen Vormittag beschäftigte ich mich mit Cassandras Porträt – erfolglos. Inmitten all der lebhaften, ausdrucksstarken Gesichter blieb das ihre eine Totgeburt. Ich gab mein Bestes, aber ich konnte ihr Porträt einfach nicht zum Leben erwecken. Als ich nun schon zum fünften oder sechsten Mal mit meinen Tupfern und etwas Ammoniak ein mißlungenes Gesicht wegwischte, fiel mir plötzlich das Versprechen ein, das ich Cassandra in einer ersten Eingebung gemacht hatte. Erst ganz zum Schluß würde ich ihr Gesicht malen, wenn die Gesellschaft, die ich für sie in den Wandgemälden ringsum versammelt hatte, bereit war für ihren großen Auftritt. Jetzt war zwar die Bühne fertig, aber wie konnte ich ihr Gesicht malen, solange mir immer noch das letzte Puzzlestückchen fehlte: Wer hatte Cassandra getötet und warum? Ehe ich das nicht wußte, würde ich ihr auch nicht gerecht werden können. Also legte ich Pinsel und Palette beiseite und verließ den Pavillon, mehr denn je gespannt auf das Treffen mit Roberto Madi.

Am nächsten Morgen kaufte ich mir in einem Sportgeschäft einen herabgesetzten Parka, packte einen kleinen Koffer mit den wärmsten Kleidungsstücken, die ich besaß, sowie Medikamenten gegen Erkältung, Kräutertees und Verbandszeug. Ich war noch nie im Westen gewesen und stellte mir Colorado als eine bedrohliche, eiskalte Wüstenei vor, dünn besiedelt und abgeschnitten von den Errungenschaften der Zivilisation.

Zum Abendessen machte ich mir ein Hähnchen und leerte die angebrochene Flasche Chablis, die noch im Kühlschrank stand. Anschließend brachte ich Brush hinauf zu einer Nachbarin, die passionierte Katzenfreundin war. Die Dame war schon älter, besaß zwei eigene Katzen und hatte Brush schon ein paarmal für mich gehütet, wenn ich mich um Aufträge außerhalb von New York kümmern mußte. Mir war ein bißchen schwer ums Herz, als ich Brush zum Abschied auf die Nase küßte.

Zurück in meiner Wohnung, rief ich Harry an, erreichte aber nur den Anrufbeantworter. Ich sprach ein paar kurze Worte aufs Band, um sicherzugehen, daß wir uns am nächsten Morgen auch wirklich rechtzeitig am Flughafen treffen würden. Ich hatte inzwischen schon schreckliches Reisefieber: Nicht auszudenken, wenn ich das Flugzeug verpaßte, oder er, oder wenn uns beiden ein Unglück zustieße! Vor lauter Nervosität vergewisserte ich mich alle paar Minuten, ob Tag und Stunde des Abflugs auch korrekt auf dem Ticket eingetragen waren, und machte meinen Koffer ein ums andere Mal wieder auf, aus Angst, ich hätte etwas Wichtiges vergessen.

Im Laufe des Abends rief ich immer wieder bei Harry an, bekam aber jedesmal nur den Anrufbeantworter. Ich sprach noch mehrmals aufs Band und hinterließ zum Schluß einen simplen Hilferuf: »Wo, zum Teufel, steckst du?!« Gerade jetzt hätte ich Harry so gebraucht. Ohne seinen beruhigenden Zuspruch plagten mich Schreckensvisionen von überbuchten Maschinen, Getriebeschäden und Flugzeugabstürzen so massiert, als ob die Welt jenseits meiner überschaubaren kleinen Sphäre sich darauf verschworen hätte, insbesondere harmlose und unauffällige Reisende zu torpedieren.

Vor dem Zubettgehen bestellte ich mir noch für sechs Uhr dreißig am nächsten Morgen ein Taxi, obwohl die Maschine nach Denver erst um neun ging. Um halb elf rief Harry endlich völlig atemlos zurück und entschuldigte sich tausendmal, daß er mich so lange habe warten lassen.

»Na, gestiefelt und gespornt, altes Cowgirl?« fragte er.

»Sehr witzig. Es bleibt doch dabei, wir treffen uns Punkt acht am Eincheckschalter, ja?«

»Genau.«

»Und du hast dein Ticket?«

»Ich hab meins«, beruhigte er mich. »Sieh du nur zu, daß du deins nicht vergißt.«

»Keine Sorge! Du, ich hab mir übrigens noch schnell einen Parka gekauft. Und ich bringe Kräutertee mit und Antibiotika und einen Verbandskasten. Ich überlege schon die ganze Zeit, was wir wohl sonst noch brauchen könnten«, sagte ich.

»Wie wär's mit zwei Winchesters und einem Planwagen?« schlug er trocken vor.

»Ich weiß, ich weiß, ich mache mich nur lächerlich!«

»Du, ich habe noch mal mit Mr. Madi gesprochen, und er erwartet uns«, sagte Harry, nun wieder in ernsthaftem Ton. »Wir sind morgen abend im Hotel mit ihm zum Essen verabredet. Der Mensch tritt offenbar demnächst eine Weltreise an, wir haben ihn also gerade noch rechtzeitig erwischt.«

»Ach, Harry, ist es nicht verblüffend, wie uns bei diesem Fall ein ums andere Mal der Zufall zu Hilfe kommt?! Du, ich hab übrigens eine neue Theorie.«

»Schon wieder? Wer ist denn diesmal der Täter?«

»Ich glaube, der Vater.«

»Und wie kommst du auf ihn?«

»Na ja, ich habe mich von dir bekehren lassen – Mrs. Griffin wäre wohl wirklich nicht fähig, einen Mord zu begehen. Aber sie hat mir gestanden, daß sie den Täter kennt, ihn jedoch unter gar keinen Umständen preisgeben kann. Kombiniere – da kommt nur ihr Mann in Frage, oder? Aber das Rätsel ist: Warum?! Ich meine, warum würde ein Vater seine eigene Tochter umbringen?«

»Alles, was ich dazu sagen kann, ist: Ich hoffe inständig, daß Mr. Madi Licht ins Dunkel bringen wird. Aber jetzt muß ich Schluß machen.«

»Halt, Harry, warte noch! Was glaubst du, warum ist Madi nach so langer Zeit plötzlich bereit auszupacken?«

»Ich hab keinen Schimmer. Wir werden ihn wohl selbst fragen müssen. Hör zu, Faith, ich bin hundemüde, und ich hab noch nicht mal gepackt, und Mr. Spencer ist heute sehr wetterfühlig, also verzeih mir, wenn ich's kurz mache, ja?«

»Okay, dann bis morgen. Gute Nacht.«

»Wünsche ich dir auch«, sagte er und legte auf.

Ich schlief sehr unruhig und sorgte mich zwischendurch um tausend Kleinigkeiten, die längst erledigt waren. Das Taxi erschien pünktlich auf die Minute, und ich war bereits Viertel nach sieben am Flughafen. Ich kaufte mir einen Becher Kaffee, ein Brötchen und eine Zeitung und pflanzte mich mitten in die erste Reihe einer orangefarbenen Sitzgruppe direkt gegenüber dem Schalter, an dem ich mit Harry verabredet war. Nachdem die ärgste Nervosität sich gelegt hatte, vertiefte ich mich so in einen Artikel über die neuesten Ausgrabungen in Umbrien, daß ich jedes Zeitgefühl verlor. Als ich irgendwann auf die Uhr schaute, war es Viertel nach acht. Von Harry keine Spur. Aber plötzlich hörte ich, daß ich ausgerufen wurde.

»Miss Faith Crowell, bitte kommen Sie zum Informationsschalter Ihrer Fluglinie. Miss Faith Crowell, Sie werden dringend am Telefon verlangt!« leierte die unpersönliche Stimme aus dem Lautsprecher. Ich rannte zum Schalter, wo ein Bodenstewart mich an den entsprechenden Apparat verwies.

»Hallo? Harry, bist du's?«

»Ja, Faith, ich bin's«, antwortete er mit rauher Stimme.

»Du klingst ja furchtbar. Mein Gott, Harry, wo bleibst du denn?«

»Mr. Spencer ist tot.«

»O nein, Harry, nein! Mein Gott, es tut mir entsetzlich leid.«

Er antwortete nicht, aber ich konnte ihn am anderen Ende der Leitung schluchzen hören.

»Ich kann nicht mit dir fliegen, Faith. Es tut mir leid, aber ich kann einfach nicht. Ich bin zu aufgewühlt.«

»Das verstehe ich sehr gut, Harry. Aber allein kann ich auch nicht fliegen, ausgeschlossen.«

»Warum nicht?« fragte er.

»Na, hör mal, ich kann doch nicht mutterseelenallein dort aufkreuzen! Stell dir vor, er ist doch der Mörder, was dann? Nein, Harry, das kann ich nicht. Ich hab zuviel Bammel.«

»Um Himmels willen, Faith, denk doch mal logisch! Er ist nicht der Mörder, sonst hätte er sich gar nicht auf dieses Treffen mit uns eingelassen.«

»Ich mach dir einen Vorschlag: Wir warten ab, bis es dir wieder bessergeht, und dann fliegen wir zusammen, wie geplant.«

»Mach, was du willst, aber ich hab dir doch gesagt, der Kerl geht auf Weltreise. Es heißt jetzt oder nie, Faith. Du mußt da alleine durch. Und schließlich hast *du* ja auch die ganze Sache ins Rollen gebracht.«

Ich hörte mein Herz ängstlich pochen.

»Ich weiß, Harry, aber ...«

»Entschuldige, Darling, aber ich kann jetzt nicht mit dir darüber diskutieren. Ich bin völlig am Ende, wirklich. Und dann muß ich mich auch um das Begräbnis kümmern. Ich werde ihn verbrennen lassen, damit ich wenigstens seine Asche immer bei mir habe.« Harry versagte die Stimme. »Ich ... ich bedaure es wirklich sehr, daß ich dich nicht begleiten kann.«

Damit legte er auf. Ich stand wie gelähmt, immer noch den Hörer in der Hand. Was sollte ich nur tun? Da wurde mein Flug aufgerufen.

»Achtung, Flug Nummer 182 nach Denver ... Wir bitten alle Passagiere umgehend zu Flugsteig 3. Ihre Maschine ist jetzt zum Einsteigen bereit ...«

Harry hatte ganz recht: Jetzt oder nie! Also würde ich mein zaghaftes und bisher so behütetes Leben den Lüften anvertrauen. Ich knallte den Hörer auf die Gabel und rannte zu meinem Flugsteig.

14

Zu meinem Erstaunen verlief alles reibungslos und nach Plan. Das Wetter war schön, die Maschine pünktlich. Ich saß bequem im hinteren Teil eines Großraumjets, sah hinaus in den Himmel und ließ mich vom Dröhnen der Triebwerke einlullen. Sobald wir einmal in der Luft waren, legte sich meine Angst, ja – mit dem Gefühl abzuheben und, mehr noch, einer Mission zu folgen, kam sogar eine gewisse Power über mich.

Ich schlief ein und wachte erst wieder auf, als wir in Denver landeten. Mein Anschlußflug nach Grand Junction ging erst in zwei Stunden. So blieb mir reichlich Zeit, Kaffee zu trinken und meine Mitreisenden zu beobachten. Ein Mann im abgetragenen braunen Anzug, mit Cowboy-Stiefeln und einem Stetson-Hut, löste ein Kreuzworträtsel. Ein kleiner Junge, der an einem Lutscher nuckelte, zockelte durch die Wartehalle, ängstlich von seiner Mutter zurückgerufen. In gewissen Abständen erschien ein ganzer Pulk Menschen wie aus dem Nichts, hetzte vorbei und verlor sich dann in der Menge wie Perlen von einem gerissenen Halsband. Ich vergaß meine Abneigung gegen Flughäfen und fand diesen hier eine belebte, aber unpersönliche Stätte, wo ich mich inmitten von Lärm und Betriebsamkeit angenehm unsichtbar fühlte. Endlich wurde mein Flug nach Grand Junction aufgerufen. Ich ging zum Gate und bestieg die Maschine.

Als wir abhoben, drückte ich die Nase ans Fenster und sah Denver unter seiner bräunlichen Dunstglocke kleiner und kleiner werden, bis die Stadt nur noch wie ein matt schimmernder Rauchtopas unter uns lag. Ich blätterte ein Weilchen im Bordmagazin, verlor aber bald das Interesse daran und nickte ein. Als ich aufwachte, war der Horizont von zerklüfteten Berggipfeln markiert. Gleißende Sonnenstrahlen, die durch die Kabine huschten, blendeten mich sekundenlang. Und dann landeten wir auch schon. Als ich aufs Rollfeld trat, schlug mir eine so prickelnd kalte Luft entgegen, daß meine Augen zu tränen anfingen. Auf dem Weg zum Flughafengebäude fiel mir auf, daß das Licht hier ganz anders war als in New York – fast als ob ihm ein Hauch Purpur beigemischt wäre. Selbst weit entfernte Gebäude waren deutlich erkennbar. Ich holte den Mietwagen ab, den Harry vorbestellt hatte, und machte mich auf den Weg ins siebzig Meilen entfernte Broken Ridge. Nach der Karte, die der junge Mann von der Autovermietung mir gegeben hatte, würde der Ort relativ leicht zu finden sein.

Die ausgedehnten Weiten hier im Westen waren für mich als Großstädterin natürlich ungewohnt, aber durchaus nicht beängstigend, wie ich es mir vorgestellt hatte. Die pittoresken Bergformationen und die fast menschenähnlichen Silhouetten der großen Findlinge erweckten den Eindruck, als ob vor Zeiten ein Riesengeschlecht die Landschaft buchstäblich aus der Erde herausgemeißelt hätte. Von Zeit zu Zeit hielt ich an, um einen besonders schönen Blick in Ruhe zu genießen oder einem Wasserfall nachzuschauen, der silberhell von den Felsen in ein tief eingeschnittenes, und daher von der Straße nicht einsehbares Tal hinunterfiel. Unter dem königsblauen Himmel segelten lichte Wolkentupfer, hinter denen von Zeit zu Zeit eine glastige Nachmittagssonne auftauchte. Als meine Augen sich erst einmal an die schier unermeßliche Weite gewöhnt hatten, fand ich großen Gefallen an der harschen, unverstellten Schönheit dieser Natur, ja fühlte mich in ihr unwillkürlich wie ein Pionier oder ein Trapper.

Ich war noch unterwegs, als sich langsam die dunklen Schleier des Abends über das Land senkten. Ein paar kostbare Sekunden lang flammte die Sonne noch einmal hinter den Bergen auf. Ich hielt an und sah zu, wie der rotgoldene Feuerball verglühte, bis nur noch ein paar fahle, gefiederte Lichtpfeile den westlichen Horizont durchbohrten. Als auch die erloschen, war es Nacht – nicht die intime, trauliche Nacht, die ich von der Ostküste her gewöhnt war, sondern eine gewaltige, alles dominierende Nacht, übersät mit Tausenden von Sternen.

Ich ließ den Motor an und fuhr weiter. Ein paar Meilen hinter einer großen Skistation war auf dem Highway eine Ausfahrt mit mehreren Ortsnamen ausgeschildert. Broken Ridge stand auch dabei. Also bog ich dort ab und fuhr geradewegs in die Dunkelheit; im Gegensatz zum Highway war diese Ausfallstraße unbeleuchtet. Jetzt erhellten nur noch meine Scheinwerfer den verblaßten weißen Mittelstreifen. Nach etwa einer Viertelstunde erkannte ich vor mir einen schwachen Lichterkranz, und bald darauf erschien rechts von der Fahrbahn ein großes Schild, gekrönt von einem Paar Büffelhörnern, auf dem stand: WILLKOMMEN IN BROKEN RIDGE.

Ich fuhr eine von altmodischen Holzhäusern gesäumte Straße entlang, an der zu beiden Seiten vereinzelte Autos parkten. Etliche Spaziergänger bummelten über die Gehsteige, aber viel schien hier nicht los zu sein. Ich fuhr ganz langsam, um die Abzweigung zur Innenstadt nicht zu verpassen, als plötzlich zu meiner Rechten ein zweites hornverziertes Schild AUF WIEDERSEHEN IN BROKEN RIDGE wünschte. Die Straßenlaternen endeten abrupt, und nach einem Holzpfeil an einem Baum mit der Aufschrift SHADOW CREEK – 2 MEILEN, lag nur noch Dunkelheit vor mir. Broken Ridge bestand demnach nur aus einer einzigen sogenannten Hauptstraße, und die hatte ich gerade abgefahren. Ich wendete und fuhr im Schneckentempo zurück, damit ich das Hotel, in dem Harry Zimmer für uns bestellt hatte, nicht wieder verpaßte. Aber ich kurvte die Straße noch mehrmals rauf und runter, ohne irgendwo ein Hotel zu entdecken. Schließlich hielt ich an, kurbelte das Fenster runter und bat einen Passanten um Hilfe.

»Verzeihen Sie bitte, können Sie mir sagen, wo das Hotel Fortune ist?«

»Ja, das ist gleich da unten, das Haus mit den blauen Lampen«, sagte der Mann und deutete auf ein Gebäude etwa in der Mitte des Straßenzuges. Rechts und links vom Eingang baumelten ein Paar blaue Laternen.

»Das ist das Hotel?« fragte ich ungläubig.

»Jedenfalls vermieten die da Zimmer, ja.«

Damit ging er weiter. Ich fuhr die wenigen Meter bis zum Hotel, parkte den Wagen und holte mein Gepäck aus dem Kofferraum. Als ich die hölzerne Eingangstreppe hinaufstieg, sah ich tatsächlich eine kleine Messingtafel über der Tür mit der Aufschrift FORTUNE. Ein Mann in Jeans und Cowboystiefeln, der stark nach Alkohol roch, kam eben heraus und hielt mir die Tür auf.

Die Lobby war ein schummriger Raum mit schwerem viktorianischen Mobiliar, Ölschinken, die den Wilden Westen verherrlichten, und gerahmten Fahndungsblättern aus der guten alten Law-and-Order-Zeit. Es wuselten allerhand Leute in der Halle herum, von denen mich einige neugierig musterten, als ich an die Rezeption trat, um mich einzutragen. Eine hochgewachsene, auffallend hübsche Frau, die sich mit zwei Männern unterhielt, schien sich ganz besonders für mich zu interessieren. Das glatte blonde Haar reichte ihr bis zur Taille. Ihr Gesicht war von der Sonne gebräunt. Sie trug einen langen Jeansrock, eine Wildlederjacke mit fransenbesetzten Ärmeln und rote Cowboystiefel aus Eidechsenleder. Mir war, als hätte sie gleich bei meinem Eintreten mit ihren Begleitern über mich getuschelt, aber ich tat so, als hätte ich es nicht bemerkt.

Aus dem angrenzenden Raum drangen Musik und Gelächter. Das Fortune und insbesondere seine Bar waren anscheinend der Mittelpunkt dessen, was Broken Ridge an Nachtleben zu bieten hatte.

Die Rezeption war nicht besetzt, aber ich fand eine Glocke

mit einem handgeschriebenen Schild daneben, auf dem stand BITTE LÄUTEN. Und wirklich, kaum hatte ich die Glocke angetippt, kam die blonde Frau herüber und trat hinter den Tresen.

»Hi«, sagte sie mit einem strahlenden Lächeln. »Sie wollen bei uns übernachten?«

Aus der Nähe wirkte sie viel älter, als ich sie zunächst geschätzt hatte. Ihre Züge waren zwar jugendlich, aber sie hatte schon tiefe Falten und einen seltsam fleckigen Teint, der mich unwillkürlich an Patchwork denken ließ. Jetzt schätzte ich sie auf Mitte Vierzig, während sie von weitem für Ende Zwanzig hätte durchgehen können. Sie hatte ein bißchen was von einem alternden Blumenkind an sich.

Sie schlug ein altmodisches Meldebuch auf und reichte mir einen Kugelschreiber.

»Wenn Sie sich nur eben hier eintragen wollen.«

Als sie meine Unterschrift entzifferte, rief sie: »Oh, Miss Crowell, wir haben Sie schon erwartet! Ihr Zimmer ist fertig, ach, und wie ich sehe, kommt Mr. Pitt nicht?«

»Nein, er war leider verhindert«, antwortete ich. »Übrigens bin ich hier im Hotel mit einem Herrn zum Essen verabredet.«

»Ooh-ooh ... ja, also das Restaurant ist da drüben«, sagte sie, nicht gerade einladend, klappte das Meldebuch zu und nahm einen Schlüssel vom Bord.

»Wann schließt denn bei Ihnen die Küche?«

»Um neun. Aber 'nen Hamburger oder einen Taco kriegen Sie auch noch, bis wir um zwei die Bar zumachen. Ach, übrigens: Willkommen im Fortune! So, und jetzt zeige ich Ihnen Ihr Zimmer.«

Sie kam hinter dem Tresen vor und nahm meinen Koffer. Als ich ihr die Treppe hinauffolgte, ließ ich die Hand wohlgefällig über das breite Eichengeländer gleiten. Wir mußten bis hinauf in den zweiten Stock, wo im Korridor mit seiner vergilbten Rosenmustertapete holzgerahmte Drucke hingen, hauptsächlich

Kalenderillustrationen aus dem neunzehnten Jahrhundert, die jeweils im Quartett angeordnet waren.

»Wie alt ist denn dieses Hotel?« erkundigte ich mich, während wir den Flur entlanggingen.

»Oh, der ursprüngliche Teil geht bis auf die achtziger Jahre des letzten Jahrhunderts zurück, als der Bergbau hier in Colorado seine Blütezeit hatte. Nach dem Boom machte das Hotel bankrott, und in den fünfziger Jahren hat irgend jemand es in ein Wohnhaus umgewandelt. Mein Exmann und ich haben es in den siebziger Jahren zusammen mit den beiden Nachbarhäusern gekauft und aus dem ganzen Ensemble nun wieder ein Hotel gemacht. Wenn es Sie interessiert, finden Sie auf Ihrem Zimmer eine Broschüre über die Geschichte des Hauses. Seinen Namen hat es übrigens daher, daß der erste Besitzer das Fortune von seinen Schürferträgen gebaut hat.«

»Sie haben es wirklich vorbildlich restauriert«, sagte ich.

»Ach, wissen Sie – mein Exmann war ein Tischler, der früher mal in Philosophie promoviert hatte. Sie machen sich keinen Begriff, was *besessen* heißt, solange Sie keinem Tischler mit einem Doktor in Philosophie begegnet sind.« Sie blieb vor einer Tür stehen, schloß auf und knipste das Licht an. Das Zimmer war groß, pastellgelb gestrichen, und an den Wänden hingen Modezeichnungen aus dem vorigen Jahrhundert. Die Stirnseite wurde fast ganz von einem großen Messingbett eingenommen. Auf dem Nachttisch daneben standen eine Waschschüssel und ein altmodischer Henkelkrug. In einer Ecke sah ich einen Kiefernschrank und gegenüber einen Schreibtisch, auf dem Hotelbroschüren und Ansichtskarten ausgelegt waren. Alles machte einen frischen und sauberen Eindruck.

»Zimmerservice gibt's leider keinen«, sagte sie, als sie meinen Koffer auf das dafür vorgesehene Gestell am Fußende des Bettes legte. »Frühstück von sechs bis acht Uhr dreißig. Die Toilette ist gleich nebenan. Wenn Sie was brauchen, rühren Sie sich. Ach, ich heiße übrigens Sally.«

Als sie sich zum Gehen wandte, fragte ich noch rasch: »Sally, Sie kennen doch sicher die meisten Leute hier in der Gegend, nicht wahr?«

»Die meisten? Jeden einzelnen! Sehne mich nach nichts mehr als nach einem neuen Gesicht.«

»Haben Sie dann auch schon mal von einem gewissen Roberto Madi gehört?«

»Bob Madi? Klar doch! Mit dem hab ich vorhin unten gesprochen, als Sie reinkamen. Ach, sind Sie mit Bob zum Essen verabredet?«

Ich spürte, wie mir das Blut in die Wangen schoß. Ich hatte ihn gesehen, und er war mir nicht aufgefallen.

»Ja«, sagte ich nur, um mir meine Erregung nicht anmerken zu lassen.

»Na, so ein Heimlichtuer! Hat mir keinen Ton gesagt, der Bob. Dabei ist er Stammgast bei uns, bleibt immer, bis die Bar zumacht. Sind Sie mit ihm befreundet?«

»Nicht direkt. Aber wir haben gemeinsame Freunde.«

»Okay, dann sagen Sie mir Bescheid, wenn Sie runterkommen. Ich bring Sie dann zu ihm«, erbot sich Sally und schloß die Tür hinter sich.

Ich packte aus, machte mich ein bißchen frisch und zog mich um. Dabei betrachtete ich mich in dem fleckigen alten Spiegel in der Schranktür. Mein Gesicht verriet weder Furcht noch Unsicherheit. Ich hatte zwar keine Ahnung, wie ich auf Roberto Madi zugehen sollte, trotzdem verließ ich mein Zimmer in der Gewißheit, meiner Mission gewachsen zu sein. Auf der Treppe überlief mich dann allerdings ein-, zweimal ein Schaudern. Doch das ging rasch vorüber; mir war, als schwebe Cassandras Geist über mir, um mich zu leiten und vor Schaden zu bewahren.

Als ich in die Lobby runterkam, war Sally nirgends zu sehen, also ging ich allein in die Bar hinüber. Es war ein großer Raum, ausstaffiert mit Cowboy-Geräten und indianischem Kunstgewerbe. Die schummrige Beleuchtung kam aus verschnörkelten Gaslampen, die natürlich inzwischen auf Strom umgerüstet waren. In einer Ecke dudelte leise eine Jukebox. Die runden Tische mit den rot-weiß gewürfelten Tischtüchern waren nur spärlich besetzt. Ich nahm an einem Ecktisch Platz, zündete mir an der Kerze, die in der Mitte stand, eine Zigarette an und sah mich um.

An der langen Eichentheke lehnten vier Männer, und ich wußte auf Anhieb, welcher davon Madi war. Nicht etwa, weil ich mich erinnert hätte, mit wem Sally vorhin beisammen gewesen war oder weil ich bereits ein vorgefertigtes Bild von ihm im Kopf trug. Nein, ich erkannte ihn einfach so.

Madi drehte sich um und sah mich an. Vermutlich hatte Sally ihm schon erzählt, wer ich war. Ich zuckte nicht mit der Wimper, sondern erwiderte ruhig und lächelnd seinen Blick.

Er sah aus wie Mitte Vierzig, obwohl ich aus den Zeitungen wußte, daß er älter war. Sein dichtes, schwarzes Haar trug er ziemlich lang und glatt zurückgekämmt. Er war mittelgroß, und seine schlanke Figur kam gut zur Geltung in den engen Jeans und dem karierten Hemd, das freilich am Hals um einen Knopf zuviel offenstand. Er war ausnehmend attraktiv, und ich konnte mir ohne weiteres vorstellen, wie umwerfend er erst als junger Mann ausgesehen haben mußte. Er hatte dunkle, blitzende Augen und eine gerade Nase mit leicht bebenden Nasenflügeln über einem vollen, sinnlichen Mund. Mit seinem fast olivfarbenen, glatten Teint hätte er allen möglichen Nationalitäten angehören können – Spanier, Italiener, ja sogar Araber. Und er hatte etwas Animalisches an sich, wie er da, einen Drink in der Hand, lässig an meinen Tisch geschlendert kam. Ein paar Sekunden blickte er stumm und reglos auf mich herab, und man hätte glauben können, er sei entweder bereit, über mich herzufallen, oder drauf und dran, mich zu schlagen.

»Miss Crowell?« fragte er endlich.

Obwohl er nur meinen Namen aussprach, entdeckte auch

ich gleich den leichten Akzent, von dem Harry gesprochen hatte. Ich nickte und bat ihn mit einer Handbewegung, Platz zu nehmen. »Mr. Madi?«

Ich gab ihm die Hand, die er etwas länger als nötig in der seinen hielt. Dabei starrte er mich weiterhin unverwandt an, bis das Schweigen langsam peinlich wurde.

»So, Sie sind also Roberto Madi«, sagte ich unsicher.

Er lachte leise. »So hat mich seit Jahren kein Mensch mehr genannt.«

»Wie denn?«

»Na, Roberto.«

»Und wie nennt man Sie sonst?«

»Bob. Und Sie?«

»Faith.«

»Faith ... Glaube – wie in ›Glaube, Liebe, Hoffnung‹?«

»Oder wie in ›O ihr Kleingläubigen‹.«

»Sehr erfreut, kleingläubige Faith! Darf ich Ihnen was zu trinken bestellen?«

»Danke, ich hätte gerne einen Rotwein.«

»Der Rotwein ist hier nicht sehr empfehlenswert, es sei denn, man nimmt eine Flasche. Wenn Sie gestatten.«

Er stand auf und ging hinüber an die Theke, wodurch ich einen Moment Zeit bekam, mir über diese erste Begegnung mit ihm klarzuwerden. Dem Akzent nach war er vermutlich Italiener, aber ganz sicher war ich mir nicht. Er war viel umgänglicher, als ich es dem Augenschein nach erwartet hatte. Er schien gänzlich ohne Stacheln zu sein, ja hatte im Gegenteil etwas Rührendes, sogar Liebenswertes an sich.

Er kam mit einer entkorkten Weinflasche an den Tisch zurück, setzte sich und schenkte uns beiden ein.

»Auf bessere Zeiten!« sagte er und hob sein Glas.

Ich stieß mit ihm an, und wir tranken. Es war ein wohltuend samtiger, aber gehaltvoller Wein, der mir auf nüchternen Magen prompt in den Kopf stieg.

»Na, wie ist der Wein? Bißchen warm, oder?«

»Nein, er schmeckt sehr gut, danke.«

»Hier draußen sind die Weine in der Regel ziemlich mäßig. Die Leute wissen nicht, wie sie ihn bestellen müssen, weil sie sich nichts draus machen. Die Westerner sind eingefleischte Biertrinker ... Aber sagen Sie, wo ist denn Mr. Pitt?«

»Ach, sein Hund ist letzte Nacht gestorben, und das ist ihm so nahegegangen, daß er sich einfach nicht aufraffen konnte, mitzukommen.«

»Wie traurig«, sagte er.

»Ja, das ist es wirklich. Mr. Spencer – so hieß nämlich sein Hund –, also Mr. Spencer war wie ein Kind für ihn. Er war am Boden zerstört heute morgen.«

»Ja, das kann ich gut verstehen. Meine Frau liebte Tiere mehr als Menschen. Sie vertraute ihnen, wie sie nie einem Menschen vertraut hätte. Und ich denke, sie tat recht daran.«

Seine direkte Art hatte etwas Entwaffnendes.

»Wenn Sie sagen ›meine Frau‹«, forschte ich zögernd, »meinen Sie dann Cassandra?«

»Sandy, ja.«

»Sie nannten Sie Sandy? Ihre Mutter rief sie Cassa.«

»Für mich ist sie Sandy«, sagte er bestimmt und sah mich dabei unverwandt an. »Verzeihen Sie, wenn ich Sie so anstarre, aber Sie sind ihr sehr ähnlich.«

»Ach ja?« Ich nippte nervös an meinem Glas.

»Wie alt sind Sie?«

»Neunundreißig.«

Er schien ehrlich überrascht.

»Ich hätte Sie auf nicht mehr als zwei-, dreiunddreißig geschätzt, ehrlich.«

»Wann immer die Leute ein ›ehrlich‹ nachschieben, weiß ich, daß sie lügen«, sagte ich.

»Gut, aber Sie mögen Männer, die flunkern, oder?« neckte er mich. »Im übrigen habe ich nicht gelogen.«

Ich konnte mir ein Lächeln nicht verkneifen.

»Sie arbeiten also für Frances«, fuhr er fort, während er uns beiden nachschenkte.

»Ja, Mrs. Griffin hat mich engagiert, um den Ballsaal für sie auszumalen – Trompe-l' œil, wissen Sie.«

»Ah, der berühmte Ballsaal«, sagte er wegwerfend. »Und Trompe-l' œil, wie passend! Was haben Sie sich denn für ein Motto gewählt?«

»Nun, der Saal wurde ja eigens für den ersten Ball Ihrer Frau gebaut. Also habe ich versucht, dieses Fest nachzustellen, mit ihr im Mittelpunkt.«

Er setzte sein Glas ab, senkte den Blick und blieb eine ganze Weile still. Als er mich wieder anschaute, war sein Gesicht ernst und traurig. »Warum sind Sie zu mir gekommen?«

»Ich komme wegen Cassandra.«

»Ach? Und wieso ihretwegen?«

Es galt, die nächsten Worte sehr behutsam zu wählen, das war mir klar.

»Mrs. Griffin sagt, Sie wissen, wer Cassandra umgebracht hat.« Ich wartete. Er antwortete nicht. »Ich glaube, Mrs. Griffin weiß es auch, doch sie will's mir nicht sagen. Ich möchte es aber unbedingt herausbekommen.«

»Warum?«

Ich überlegte kurz. »Das ist mir selber nicht ganz klar. Aber bestimmt nicht nur aus Neugier«, beteuerte ich. »Wissen Sie, es klingt sicher merkwürdig, aber irgendwie fühle ich eine Art Wahlverwandtschaft zwischen ihr und mir.«

»Meinen Sie jetzt Sandy oder Frances?«

»Cassandra. Ich kann's nicht erklären, aber mir ist, als wäre ich es ihr schuldig, ihren Mörder zu stellen.«

»Wie haben Sie mich gefunden?« fragte er.

»Das war nicht ich, sondern Harry Pitt. Er hat Sie über Ihre Kreditkarte aufgespürt. Hat er Ihnen das am Telefon nicht gesagt?«

»Doch, ja, ich glaube, er hat so was erwähnt ... Also Frances hat Ihnen weisgemacht, ich wüßte die Wahrheit?«

»Ja.«

»Wundert mich bloß, daß sie nicht gesagt hat, ich wär's gewesen.« Er grinste.

»Wie bitte?«

»Wir sind uns nicht grün, Frances und ich. Das ist Ihnen doch bestimmt nicht neu. In der ersten Zeit nach dem Mord haben mich die Reporter um die halbe Welt verfolgt und mir immer wieder die gleichen Fragen gestellt: Haben Sie Ihre Frau getötet? War es eine Verschwörung? Und Frances tat nichts, aber auch gar nichts, um die Pressemeute von ihrem Verdacht abzubringen. Irgendwann ist es mir dann zuviel geworden. Hört mal her, Leute, hab ich zu den Journalisten gesagt, was erwartet ihr eigentlich von mir? Daß ich sage, jawohl, ich habe meine Frau getötet, und weil ihr es unbedingt wissen wollt, sag ich's euch? ›E troppo‹, verstehen Sie. Was zuviel ist, ist zuviel.« Er schüttelte den Kopf und leerte sein Glas in einem Zug.

Ich hätte alles mögliche von Roberto Madi erwartet, aber auf eine so geniale Reaktion war ich nicht gefaßt. Er schien völlig offen zu dem heiklen Thema Stellung zu nehmen, das er im übrigen offenbar herzlich leid war. Und ich fragte mich unwillkürlich, was ich mir eigentlich von ihm erhofft hatte. Plötzlich stand ich da wie ein Jäger ohne Waffen.

»Frances hat Sie also hergeschickt, um reinen Tisch zu machen.«

»Aber nein, sie weiß gar nicht, daß ich hier bin.«

Er nickte, aber eher skeptisch.

»Sie haben Courage, ganz allein hier rauszukommen.«

»Na ja, ich wollte ja eigentlich mit Harry kommen, aber ...«

»Richtig, der Hund.«

»Genau.«

»Ich will Ihnen mal was sagen. Mich kümmert es nicht mehr, was die Leute denken. Ich habe Sandy sehr geliebt. Sie war mein Leben. Also sollen die anderen doch denken, was sie wollen.«

»Mr. Madi …«

»Bob, wenn's recht ist«, korrigierte er.

»Also schön, Bob«, sagte ich, »wissen Sie, wer es getan hat?«

Er musterte mich aufmerksam. »Glauben Sie etwa, die hätten mich, wenn ich es gewesen wäre, nicht bis in den Tod gejagt? Ich sage Ihnen, im Gegensatz zu einigen anderen auf der Welt haben arme Leute keine Chance, mit Mord durchzukommen.«

»Und wer hat die Chance?«

Er zuckte die Achseln. »Ach, denken Sie mal nach …«

»Sie wissen, wer's war, oder?«

Er faltete die Hände und beugte sich weit über den Tisch.

»Und wenn ich's wüßte, warum sollte ich's Ihnen auf die Nase binden? Was fällt Ihnen überhaupt ein, hier einfach so reinzuschneien? Warum interessieren Sie sich ausgerechnet für diese uralte Geschichte? Eine schöne Frau wie Sie hat doch gewiß was Besseres zu tun.«

Ich war es nicht gewöhnt, als »schöne Frau« apostrophiert zu werden, und so hatte er mich für den Moment aus dem Konzept gebracht. Ich war sicher, daß solche Komplimente bei einem Mann mit seinen geschliffenen Manieren nichts bedeuten – ein Trick des Gigologewerbes –, und doch hatte er mir das Gefühl gegeben, daß er es ernst meinte, und das tat mir gut.

»Mr. Madi, wollen Sie mir nicht wenigstens etwas über sie erzählen? Wie Sie sich kennengelernt haben? Was für ein Mensch sie war?«

»Tut mir leid«, sagte er mit gespielter Arroganz, »aber auf nüchternen Magen gebe ich keine Interviews!« Dann ein strahlendes Lächeln: »Darf ich Sie zum Essen einladen?«

»Warum nicht?« Ich fühlte mich geschmeichelt. »Was wollen wir bestellen?«

»Um Gottes willen, doch nicht hier!« rief er. »Die Küche

hier ist grauenhaft. Nein, wir fahren rüber nach Snow Lady. Das sind bloß ein paar Meilen. Freunde von mir haben dort ein sehr gutes italienisches Restaurant, das erst spätabends schließt. Wir essen Pasta, trinken noch einen Wein, und dabei erzähle zuerst ich Ihnen meine Lebensgeschichte, und dann revanchieren Sie sich. Kommen Sie, ich habe Hunger.«

Er erhob sich, reichte mir die Hand, um mir beim Aufstehen zu helfen, und führte mich aus der Bar, durch die Hotelhalle, hinaus in die Novembernacht. Auf einem kleinen Parkplatz hinter dem Hotel stand sein Wagen, ein Jeep. Er hielt mir die Tür auf, und ich stieg ein. Er benahm sich sehr korrekt, ja war der vollendete Kavalier, und doch lauerte ich immerzu darauf, daß irgendeine dunkle Facette seines Charakters zum Vorschein kommen würde.

Während der Fahrt machte Madi Konversation.

»Waren Sie schon mal in Snow Lady?« fragte er.

»Nein, das ist überhaupt mein erster Besuch hier im Westen.«

»Ach ja? Ich staune immer wieder, wie wenig die Amerikaner ihr eigenes Land bereisen. In den Staaten gibt es doch einige der schönsten Fleckchen auf Erden, und trotzdem wollt ihr Amerikaner immer erst nach Europa, bevor ihr euer eigenes Land kennenlernt.«

»Da haben Sie wohl recht. Ich bin auch schon fünfmal drüben gewesen, aber, wie gesagt, noch nie hier im Westen. Doch ich merke schon jetzt, was ich versäumt habe.«

Wir fuhren eine Weile schweigend weiter. Die Straße war dunkel, und wenn ich aus dem Fenster schaute, sah ich nichts als tintenschwarze Nacht. Offenbar benutzte er Nebenwege, sehr wahrscheinlich Abkürzungen.

»Woher stammen Sie eigentlich, Mr. Madi?«

»Italien.«

»Und wo in Italien?«

»Mailand. Schon mal dagewesen?«

»In Mailand noch nicht, nein, aber ich liebe Italien, vor allem das Veneto. Ich begreife nicht, wieso jemand, der in Italien geboren ist, bei uns leben will. Ich würde schon allein wegen des Essens drüben bleiben, von den Kunstschätzen ganz zu schweigen.«

Er seufzte. »Europa ist zu alt und dekadent geworden«, sagte er.

»Das heutige Amerika ist auch ganz schön dekadent, finden Sie nicht?«

»O ja, aber die amerikanische Dekadenz ist so herzerfrischend naiv, gewissermaßen eine jugendliche Dekadenz. Wir Europäer sind dagegen zynisch und vergreist. Wir haben zuviel erlebt. Und darüber hat unsere Dekadenz ihre Würze verloren. Oder besser gesagt, wir haben vor ihr kapituliert, während ihr Amerikaner immer noch dagegen angeht. Ihr habt euch eure Ideale bewahrt und eure Blauäugigkeit, wohingegen wir Europäer beispielsweise so was wie Korruption nur noch mit einem zynischen Achselzucken konstatieren. Es bewegt sich nichts mehr in Europa, denn im Gegensatz zu euch fehlt uns das soziale Drama.«

»Sind Sie deshalb nach Amerika gekommen – wegen der sozialen Dramatik?« neckte ich ihn.

»Nein.«

»Warum dann?«

»Weil ich Sandy geheiratet hatte.«

»Wo haben Sie sich eigentlich kennengelernt?«

»In St. Moritz.«

»Und was haben Sie dort gemacht?«

Er sah kurz zu mir herüber. »Wie dumm wollen Sie sich eigentlich noch stellen?« fragte er.

»Was meinen Sie?«

»Es ist doch allgemein bekannt, wie ich sie kennengelernt habe«, sagte er. »Billiger Skilehrer trifft Millionenerbin. Und Sie wollen die Geschichte nicht gehört haben?«

»Nur in groben Zügen«, antwortete ich. »Aber ich weiß eben keine Einzelheiten.«

»Sie haben wirklich Courage, daß Sie sich ganz allein hierher trauen, wenn Sie so gar nichts über mich wissen.«

»Vielleicht.« Ich zuckte die Achseln.

»Couragiert und töricht nenne ich das.«

Ich kam mir auf einmal selber sehr töricht vor – und wehrlos. Da brauste ich nun allein mit einem Menschen, den ich vor nicht allzulanger Zeit noch für einen Mörder gehalten hatte, in einer gottverlassenen Gegend über stockdunkle Straßen!

»Aber auch das gefällt mir«, fuhr er fort. »Es ist so typisch amerikanisch. Ihr springt einfach kopfüber ins Wasser, ohne vorher zu prüfen, ob's da unten Felsenriffe gibt.«

»Manche von uns springen selbst dann, wenn sie die Klippen sehen«, antwortete ich.

Da lächelte er, und ich fühlte mich gleich nicht mehr so unwohl.

»Wer ist eigentlich dieser Mr. Pitt, der Sie begleiten sollte?«

»Ein Freund von mir, Antiquitätenhändler.«

»Und warum interessiert er sich für den Fall?«

»In erster Linie meinetwegen. Aber dann hat er seinerzeit natürlich auch sehr viel darüber gehört und gelesen. Ach ja, und er hatte vor Jahren mal mit Mrs. Griffin zu tun.«

»Demnach haben Sie ihn zu dieser Expedition überredet?«

»Also das war eher umgekehrt. Er dachte nämlich, ein kleines Abenteuer würde mir guttun. Er hat mich übrigens seinerzeit auch dazu überredet, Mrs. Griffins Auftrag anzunehmen.«

»Wie fürsorglich von ihm«, sagte Madi. Es klang aber eher sarkastisch.

»Er hatte ganz recht, ich bin wirklich ein bißchen zu eigenbrötlerisch geworden in letzter Zeit. Und es war sehr eindrucksvoll, für Mrs. Griffin zu arbeiten. Aber jetzt haben wir genug über mich geredet. Ich möchte wirklich gern hören, wie Sie und Cassandra sich kennengelernt haben.«

Madi antwortete erst, als wir auf den Highway einbogen. »Ich komme aus kleinen Verhältnissen.« Es klang fast, als ob er mit sich selber spräche. »Und ich dachte lange Zeit, Armut sei das Schlimmste auf der Welt. Dann lernte ich Sandy kennen, so schön, so bezaubernd, so unermeßlich reich ... Und doch war sie das tragischste Geschöpf, das mir je begegnet ist.«

»In welcher Beziehung?« fragte ich, gerührt von seinem offenkundigen emotionalen Engagement.

»In jeder nur erdenklichen Beziehung.« Er schüttelte den Kopf. »Sie war wie ein weidwunder Vogel. Nacht für Nacht hatte sie die schrecklichsten Alpträume. Dann fuhr sie schreiend hoch, und ich hielt sie in meinen Armen, bis sie wieder einschlafen konnte. Wir verstanden eins den Schmerz des anderen.«

»Sie glauben, Liebe sei auf Schmerz gegründet?« fragte ich.

»Die ganz große Liebe vielleicht schon, ja. Aber es gibt natürlich viele Arten von Liebe, und manche sind ohne Frage wesentlich bequemer. Leider sind das nicht die, die mich interessieren.«

Ich musterte ihn verstohlen von der Seite. Im Profil war sein Gesicht weniger markant und nicht so hübsch.

»Sandy und ich haben hier draußen unsere Flitterwochen verbracht. Sie hat mir den Westen gezeigt. Sandy haßte die Ostküste. Sie haßte überhaupt alles, was überfüllt war und was einen einengt.«

»Dann muß sie The Haven ja verabscheut haben«, sagte ich, beim Gedanken an die erdrückende Pracht des Anwesens.

»Das Gefängnis. So hat sie es immer genannt.«

»Und warum haben Sie sich dann doch an der Ostküste niedergelassen?«

»Haben wir ja nicht. Wir wohnten hier draußen. Wir haben uns in der Nähe ein Haus gebaut. Ich wohne immer noch da.«

Ich war ziemlich überrascht, das zu hören, denn bisher hatte ich geglaubt, Cassandra habe in New York gelebt.

»Dann waren Sie also hier draußen, als …?«

»*Ecco*!« unterbrach er mich. »Snow Lady begrüßt seine Gäste.«

Vor uns leuchteten die Lichter des Wintersportortes auf.

»Sie haben doch bestimmt Hunger«, meinte er.

»Ehrlich gesagt, ja. Ich hab den ganzen Tag nichts gegessen.«

»Prima. Ich mag Frauen, die sich bei Tisch nicht zieren.«

»Was soll denn das heißen?« Mißtrauisch sah ich ihn an.

Er grinste. »Sie denken zuviel«, sagte er und beugte sich dabei so weit zu mir herüber, daß sein Atem meine Wange streifte. Dann tätschelte er meine Hand.

»Sie sind eine sehr ernste Frau, wissen Sie das? Sehr, sehr ernst.«

Ich wich nicht zurück. Seine Hand fühlte sich angenehm warm an auf meiner Haut. Ich konnte mir vorstellen, wieso Cassandra sich in ihn verliebt hatte. Ich fühlte mich ja selber schon zu ihm hingezogen.

15

Wir fuhren nach Snow Lady hinein, einem Feriendorf, das am Fuße des gleichnamigen Berges lag. Madi spielte spöttisch den Fremdenführer, während wir durch den geschleckten Ort fuhren, vorbei an Fertigbau-Chalets und über malerische Straßen, die alle ein bißchen zu geschmäcklerisch gestylt waren. Holzgeschnitzte Wegweiser zeigten alles und jedes an, vom Skilift über Toiletten bis hin zu Apotheken. Das Städtchen sah aus, als habe man es auf der grünen Wiese aus einem Mammutbaukasten zusammengesetzt – die Gestalt gewordene Lebkuchenhausphantasie eines mediokren Architekten, der Alpenromantik und Disneyland skrupellos gemischt hatte. Snow Lady war kein gewachsener Ort, sondern eine nichtssagende, gesichtslose Bettenburg, ski-, einkaufs-, schlaf- und verzehrgerecht durchorganisiert. Ich hätte diesem aufgemotzten Konfektionsstädtchen das scheinbar schäbige, heruntergekommene Broken Ridge ohne weiteres vorgezogen, und Madi empfand anscheinend genauso.

Im Jargon des stromlinienförmigen Touristenführers wies er mich auf ein paar »unsehenswürdige Sehenswürdigkeiten« hin und leierte die Geschichte des Ortes herunter, der Mitte der sechziger Jahre von einer Gruppe von Städteplanern aus dem Boden gestampft worden war: das Konsortium ging pleite, kurz bevor wir in den Staaten Anfang der siebziger Jahre erneut unsere nostalgische Liebe zum romantischen Westen entdeckten. Da schlugen dann die Spekulanten zu und sahnten gehörig ab.

»Mittlerweile kriegen Sie hier kein Grundstück mehr unter

einer halben Million Dollar«, sagte Madi. »Wenn das Restaurant nicht wäre, würde ich keinen Fuß in die Stadt setzen. Zuviel Schickimicki und zuviel Tristesse.«

Er parkte den Jeep, und wir gingen die wenigen Schritte bis zu Roffredo's, einem winzigen Lokal, das ganz versteckt zwischen ein paar Sportartikelläden an der Talstation der Snow Lady lag. Madi wurde vom Besitzer aufs herzlichste begrüßt, und wir bekamen einen Ecktisch mit phantastischer Aussicht auf den in Flutlicht getauchten Berghang. Die Gondeln eines abgestellten Skilifts hingen behäbig, wie eine Kette schwarzer Steine, im gleißenden Scheinwerferkegel.

Wir machten es uns bequem, und Madi bestellte eine Flasche Chianti sowie die *Pastasciutta di casa* für zwei Personen. So begierig ich auch war, mehr über sein Verhältnis zu Cassandra zu hören, ich spürte doch, daß zwischen uns beiden ein Funke übergesprungen war. Ein-, zweimal ertappte ich ihn dabei, wie er mich mit der gleichen durchdringenden Neugier musterte, die auch Mrs. Griffin bei unserer ersten Begegnung an den Tag gelegt hatte.

»Warum sehen Sie mich so an?« fragte ich endlich.

»Weil Sie mich so sehr an Sandy erinnern«, antwortete er schlicht.

»Das hat Mrs. Griffin auch gesagt.«

»Kein Wunder, ihr beide hättet Schwestern sein können.«

»Wie alt wäre Cassandra jetzt? Neununddreißig, vierzig?«

»Vierzig, im Dezember wäre sie einundvierzig geworden. Und Sie sind neununddreißig, sagten Sie?«

»Noch, ja, aber schon kurz vorm hundertsten Geburtstag.« Er lachte.

»Als ich Sie vorhin fragte, da haben Sie mir ohne Zögern geantwortet. Die meisten Frauen geben ihr Alter nicht so offen zu.«

»Warum sich zieren, wenn es um reine Fakten geht?« gab ich zurück.

»Weil Fakten in der Regel irrelevant sind – warum sich da also nicht zieren?«

»Das müssen Sie mir schon erklären.«

»Nun, was ist ein Faktum? Ein Ereignis, das entweder stattgefunden hat oder auch nicht. Viel wichtiger als das Ereignis an sich ist doch, wie wir es wahrnehmen. Wenn Sie beispielsweise jünger aussehen und sich auch jünger fühlen, als Sie sind, dann ist das Faktum Ihres amtlich registrierten Alters ganz bedeutungslos.«

»Sind Sie immer so gut im Süßholzraspeln?« fragte ich.

Er lachte wieder. Und diesmal lachte ich mit.

»Also dann, Schluß mit der Honigmasche, wie man bei euch sagt, was?«

»Genau.«

»Ich mag Sie, Faith.« Wie er das sagte, klang es wirklich aufrichtig. »Ich mag Sie, ganz bestimmt. Es kommt selten vor, daß ich eine Frau mag. Ich liebe die Frauen, ich hasse sie, aber eine wirklich mögen, das kommt nur selten vor.«

»Bob, Sie ... ähh ... Sie wollten mir doch erzählen, wie Sie Cassandra kennengelernt haben.«

Er lehnte sich zurück, trank aus und goß sich ein zweites Glas ein.

»Sie müssen wissen«, begann er seufzend, »daß Sandy mein Leben ist, ich bin besessen von ihr.«

»Sie meinen, Sie waren.«

»War. Bin. Macht keinen Unterschied.«

»Wo haben Sie Cassandra gleich wieder kennengelernt?«

»St. Moritz.«

»Sie wurden ihr vorgestellt?«

»Sie hatte einen Skikurs gebucht, ich war ihr Skilehrer. Ich ging in ihr Hotel, um sie abzuholen. Als ich sie fragtc, ob sic einer bestimmten Methode folgen wolle, sagte sie: ›Ich möchte dir folgen.‹« Er lächelte wehmütig und überließ sich einen Moment seinen Erinnerungen.

»Wie alt war sie da?«

»Neunzehn.«

»Und wußten Sie, wer sie war, als Sie sie kennenlernten?«

»Wie meinen Sie das?«

»Hatten Sie je von Holt Griffin gehört?«

»Nein! Ich hatte keine Ahnung!« beteuerte er aufgebracht.

»Wann haben Sie denn erfahren, wer Cassandras Eltern waren?«

»Erst, als es schon zu spät war. Der große Holt Griffin«, sinnierte er bitter und schüttelte den Kopf. »Der Mann war ein Ungeheuer!«

»Wie darf ich das verstehen?«

Madi zündete sich eine Zigarette an und stürzte auch dieses Glas Wein in einem Zug hinunter.

»Das wollen Sie gar nicht wissen, Faith.«

»Oh, und ob ich will!« beteuerte ich.

Er blies den Rauch durch die Nase. Seine Augen wurden hart und blickten ins Leere. Er biß sich auf die Lippe.

»Was wissen Sie eigentlich genau über ihn?« fragte er dann.

»Eigentlich nicht viel. Nur, daß er aus einer sehr angesehenen Familie stammte, sehr kultiviert war und natürlich sehr vermögend. Angeblich eine elegante Erscheinung. Ach ja, und dann hat Harry Pitt mir noch erzählt, daß er möglicherweise bisexuell gewesen ist. Wenn ich jetzt darüber nachdenke, so gibt es kein einziges Bild von ihm in The Haven. Ist das nicht merkwürdig? Ich habe zwar Fotos von ihm in alten Zeitungen gesehen, aber eine besonders klare Vorstellung konnte ich mir davon nicht machen.«

Madis Augen wurden schmal. »Ich will Ihnen eine Geschichte über ihn erzählen«, sagte er.

»O ja, bitte!«

»Holt Griffin benannte eines seiner Rennpferde nach Sandy. Ein Stutenfohlen – Cassa Mia. Als Sandy zwölf war, nahm ihr Vater sie eines Tages aus der Schule und flog mit ihr in seinem

Privatjet nach Louisville, wo Cassa Mia für ein Rennen gemeldet war. Er machte eine große Affäre daraus, stellte sie dem Trainer vor, ließ sie das Pferd vor dem Start in seiner Box besuchen. Dann durfte sie das Rennen von der Ehrentribüne aus verfolgen.«

»Klingt bis jetzt sehr schön«, sagte ich.

»Warten Sie nur ab«, bremste er und hob die Hand. »Cassa Mia siegte nicht an diesem Tag. Als Sandy später den Wunsch äußerte, noch einmal zu dem Pferd zu gehen, erklärte ihr Vater, er habe das Tier erschießen lassen. ›Das‹, sagte er zu Sandy, ›blüht denen, die mir nicht gehorchen.‹«

Ich war einen Moment sprachlos. »Mein Gott«, sagte ich dann, »nicht zu fassen! Er ließ das Tier einfach so erschießen? Sind Sie sicher, daß es sich nicht vielleicht bei dem Rennen ernsthaft verletzt hatte und eingeschläfert werden mußte?«

»Langsam, die Geschichte ist noch nicht zu Ende«, sagte Madi. »Vater und Tochter übernachteten in Louisville, und am nächsten Tag auf dem Heimflug weinte Sandy sich immer noch die Augen aus wegen Cassa Mia. Aber als sie nach Hause kam, was glauben Sie, erblickte sie da als erstes?«

Ich schüttelte den Kopf, denn ich konnte mir absolut nicht vorstellen, wie es weiterging.

»Die junge Stute«, sagte Madi. »Cassa Mia.«

»Was?«

»Ja, ja, Sie haben sich nicht verhört. Das Pferd war putzmunter. Holt hatte nicht im Traum daran gedacht, die Stute wirklich erschießen zu lassen. Tatsächlich machte er sie Sandy wenig später zum Geschenk.«

»Also das verstehe ich nicht.«

»Ganz einfach, er wollte Sandy seine Macht demonstrieren, ihr zeigen, daß er Macht über Leben und Tod besaß ... und das galt natürlich nicht nur für so ein Pferd, sondern letzten Endes auch für sie.«

»Gott, was für eine gruselige Geschichte.«

Madi lachte spöttisch. »Ach, das ist noch gar nichts.«

»Ich kann's einfach nicht glauben«, sagte ich. »Was, zum Teufel, hat denn die Mutter dazu gesagt, Mrs. Griffin?«

»Die war vermutlich zu sehr eingeschüchtert, um irgendwas zu unternehmen. Alle in der Umgebung dieses Mannes zitterten vor ihm. Nein – ich muß mich korrigieren –, alle, die in irgendeiner Form von ihm abhängig waren, zitterten vor ihm.«

»Wie meinen Sie das?«

»Man war fein heraus, wenn man nichts von ihm wollte, ihn nicht brauchte. Dann konnte er, wie Sandy mir erzählt hat, sogar sehr großzügig sein – ein wahrer Freund, ein edler Wohltäter. Aber wehe dem, der von ihm abhängig war! Und am schlimmsten traf es die eigene Familie.«

»Ich wünschte, ich könnte mich besser an die Zeitungsfotos erinnern.«

»Er sah sehr gut aus, war sehr elegant, wie Sie sagten, und kultiviert. Immer tadellos gekleidet, aber mit Understatement, wie ein englischer Gentleman. Humorvoll, und wenn er sich Mühe gab, richtig entwaffnend mit seinem Charme. Sogar ich bin auf ihn reingefallen, als ich ihn kennenlernte«, sagte Madi bitter.

»Glauben Sie, daß seine Frau ihn geliebt hat?«

»Jedenfalls liebte sie sein Geld und seine gesellschaftliche Stellung.«

»Aber nicht ihn als Mensch?« hakte ich nach.

»Ich glaube nicht, daß sie das eine vom anderen trennen konnte, und das, was er repräsentierte, hat sie förmlich angebetet. Schließlich hatte er sie ja auch zu dem gemacht, was sie war. Bevor sie ihm begegnete, war sie ein Nichts. Holt war es, der sie in die Gesellschaft einführte, ihr Kunstverständnis weckte. Später dann, wie so oft, hat der Schüler den Lehrmeister übertrumpft.«

»Und Cassandra? Hat sie ihn geliebt?«

»Er war ihr Vater. Töchter lieben ihre Väter, oder nicht?«

»Hat er sie getötet?« Die Frage entschlüpfte mir wie von selbst.

Madi wandte den Blick ab und schüttelte den Kopf, aber ich spürte doch, daß er mir eigentlich mehr hatte sagen wollen, genau wie Mrs. Griffin. Ich war mir sicher, daß sie beide die Wahrheit über den Mord an Cassandra kannten, und Madi kam mir vor wie ein erschöpfter Legionär, der drauf und dran ist, zu desertieren. Mit der Zeit würde ich ihn bestimmt zum Reden bringen.

»Und wie ging es dann nun weiter, nachdem Sie Cassandra kennengelernt hatten?« fragte ich. Es schien mir taktisch klug, fürs erste eine sanftere Gangart einzulegen.

»Wir haben geheiratet.« Er war offenbar erleichtert über den Themenwechsel.

»In der Schweiz?«

»Ja. Dann nahm Sandy mich mit nach Amerika, und ihr Vater versuchte ein ganzes Jahr lang, die Ehe annullieren zu lassen.«

»Nein! Warum denn das?«

»Sagen wir einfach, nicht aus dem Grund, den alle Welt dahinter vermutete.«

»Und der wäre?«

»Aber nun stellen Sie sich doch nicht dümmer, als Sie sind! Natürlich hielt man mich für einen Mitgiftjäger.«

»Doch das war nicht der Grund, weshalb Mr. Griffin Sie von seiner Tochter trennen wollte?«

»Oh, nein.«

Madi sah mich so durchdringend an, als hoffe er, mir den wahren Grund für Holt Griffins Feindschaft gegen ihn gewissermaßen telepathisch übermitteln zu können. Natürlich funktionierte das nicht, aber mir kam allmählich der Verdacht, es müsse da ein Zusammenhang mit Cassandras Tod bestehen.

»Selbstredend«, fuhr er fort, »lag der Alte mit seiner Taktik grundfalsch. Sein Widerstand brachte uns einander nur noch näher. Wissen Sie«, unterbrach er sich, »es ist wirklich unglaublich, wie sehr Sie mich an Sandy erinnern.«

Ich überhörte diese letzte Bemerkung geflissentlich und fragte: »Aber was war mit Cassandras Mutter? Wie stand sie zu Ihnen?«

»Frances hatte auch Angst vor dem Monster.«

»Mit ›Monster‹ meinen Sie Holt Griffin?«

Er nickte.

»Aber Frances Griffin hat Sie gemocht?« hakte ich nach.

»Sie wollte es zwar nicht, aber ich glaube, ja, sie hat mich wohl gemocht. Sie freute sich jedenfalls, daß ich Sandy glücklich machte.«

»Aber warum hassen Sie Mrs. Griffin dann jetzt?«

»Weil ... ich hasse sie eben! Ja, ich glaube, heute hasse ich sie sogar mehr als Holt.« Madi schüttelte nachdenklich den Kopf.

Ich ließ nicht locker. »Aber warum? Was ist geschehen? Es hängt irgendwie mit dem Mord zusammen, nicht wahr?«

»Ah, wenn Sie das rauskriegen wollen, müssen Sie mir schon Wahrheitsserum injizieren«, sagte er. »Übrigens gibt es da noch jemanden. Einen, den ich noch mehr hasse als die beiden zusammen.«

»Wen?« fragte ich atemlos.

»Geben Sie sich keine Mühe. Das Geheimnis nehme ich mit ins Grab.«

Ich nippte an meinem Wein und grübelte angestrengt darüber nach, was für ein Geheimnis er wohl hüten mochte. Offenbar wußte er, wer Cassandra getötet hatte, genau wie ihre Mutter es wußte. Für den Mörder hielt ich ihn längst nicht mehr, aber er gehörte offenbar mit zu dem Komplott, das den Täter deckte.

»Wie war Cassandra wirklich, Roberto?« fragte ich.

»Schauen Sie in den Spiegel«, versetzte er.

»Nein, bitte ernsthaft – ich habe ein Bild von ihr gesehen, aber ihre Mutter meint, das würde ihr nicht gerecht.«

»Das stimmt, sie gab schauderhafte Fotos ab und haßte es dementsprechend, fotografiert zu werden. Sie war zu lebendig, als daß man sie in einer Momentaufnahme hätte einfangen können. Aber ich habe sie ein paarmal gefilmt, und in den Filmen sieht man, wie schön sie ist. Besonders, wenn sie lacht.«

»Haben Sie diese Filme noch?«

»Ich habe alles, was mit ihr zu tun hat, aufgehoben.«

»Wirklich? Sogar ihre Kleider?«

»Ja. Sie hatte allerdings nicht viele. Sandy war ein ausgesprochener Modemuffel.«

»Vielleicht«, mutmaßte ich, »eine Reaktion auf den Kleiderkult ihrer Mutter?«

»Ja, natürlich. Und da kann ich Ihnen noch was Lustiges erzählen«, sagte er. »Ihre Kleider waren alle einfarbig – nichts Gemustertes. ›Roberto‹, pflegte sie zu sagen, ›gemusterte Sachen sind out für mich, weil meine Mutter mein Gesicht auch so schon zu unruhig findet.‹«

Ich lachte. »Demnach war sie recht witzig und obendrein selbstkritisch.«

»O ja, sie hatte einen wunderbaren Humor«, bestätigte er. »Aber sie war schüchtern. Sie hat diese Seite ihres Wesens nicht vielen Leuten gezeigt. Und auch Sie haben, vermute ich mal, Seiten, die Sie nicht vielen offenbaren.«

Ich überhörte die Anspielung auf mich, denn ich wollte ihn schon deshalb nicht zum Flirten ermuntern, weil uns das vom Thema Cassandra abgelenkt hätte.

»Hatte sie viele Freunde?« fragte ich.

»Nein. Ihr Vater sonderte sie schon frühzeitig ab. Aus Angst, wissen Sie.«

»Angst? Wovor denn?«

»Davor, sie zu verlieren. Haben Sie Verlustängste, Faith?«

»Ich weiß nicht. Und wenn, dann bange ich wohl mehr um das, was bereits verloren ist«, antwortete ich.

Madi langte über den Tisch nach meiner Hand.

»Jetzt sind Sie Sandy noch einmal«, sagte er leise.

Ich zog meine Hand nicht weg. An der Kerze vorbei, die zwischen uns auf dem Tisch stand, blickte ich in seine klaren, dunklen Augen, die unverwandt auf mich gerichtet waren.

»Ich habe nicht wieder geheiratet, und ich hatte auch keine feste Beziehung mehr, seit Sandy tot ist«, sagte Madi.

»Und warum nicht?«

»Sie haben es ja gerade selbst gesagt – man hängt dem Verlorenen nach ... Mir ist noch nie eine Frau begegnet, die mich so sehr an Sandy erinnert hat wie Sie.«

Seine Augen füllten sich mit Tränen. Ich streckte auch noch die andere Hand über den Tisch, und wir hielten uns buchstäblich aneinander fest.

»Ich kann's nicht erklären«, begann ich stockend, »aber die ganzen letzten Monate habe ich mich ihr so nahe gefühlt ... fast, als ob ich ihr Racheengel werden sollte. Ja, ich hatte das Gefühl, daß sie mich führt. Ich dachte, ich wollte hierher kommen, um den Mord an Cassandra aufzuklären, aber jetzt ...«

»Ja, weiter?«

»Ich weiß nicht – vielleicht geht es in Wahrheit mehr darum, Klarheit in mein eigenes Leben zu bringen.«

»Und wie? Sagen Sie's mir, Faith.«

Er sah mich fast zärtlich an, und einen Moment lang interpretierte ich in diesen Blick das stillschweigende Angebot hinein, er könne vielleicht zu meiner Problemlösung beitragen. Aber dann rief ich mich zur Ordnung: Also Faith, sagte ich mir, nun komm gefälligst wieder auf den Teppich!

»Ich wollte wissen, warum ich überlebt habe und sie nicht«, fuhr ich fort. »Sie wäre doch jetzt in meinem Alter, und ich hatte das Gefühl, daß da irgendein Zusammenhang besteht zwischen ihrem Tod und meinem Überleben. Ich dachte, es hätte vielleicht was damit zu tun, daß ich mich von einer destruktiven Bezugsperson lösen konnte, bevor es zu spät war.«

»Und wer war diese ... Bezugsperson?«

»Ach, zuerst mein Vater, der uns sitzenließ, noch bevor ich ihn richtig kannte. Ja, und dann kamen andere, mit denen ich dieses Verlassenwerden ein ums andere Mal nacherleben konnte; es wurde fast zwanghaft, einfach weil mir das Muster so vertraut war. Na ja, und einer paßte halt ganz besonders gut in den Raster.«

»Wer?« Es klang interessiert.

»Niemand. Einfach ein Mann.« Mir lag daran, möglichst schnell wieder von diesem Thema wegzukommen.

»Aber Sie haben überlebt«, sagte er.

»Vielleicht.« Ich lächelte matt. »Manchmal bin ich mir da nicht so sicher.«

»Wer war dieser bewußte Mann? Sagen Sie's mir doch.«

»Ach, eigentlich niemand Besonderes – ein Schriftsteller.«

»Und er hat sie schlecht behandelt?«

»Nicht mit Absicht, glaube ich. Es war wohl einfach seine Natur.«

Madi ließ meine Hände los, rückte seinen Stuhl um den Tisch herum und saß nun neben mir. Er fuhr mir sanft mit dem Handrücken über die Wange.

»Was für eine schöne, weiche Haut«, flüsterte er und strich mir die Haare hinters Ohr, um mein Gesicht freizumachen. »Und was für reizende kleine Öhrchen.« Er beugte sich herüber und küßte meinen Hals.

Über einer zweiten Flasche Wein glitten wir, die Gesichter weich und entspannt vom Kerzenschein, sanft und unmerklich hinüber ins Paradies der Liebenden, wo nichts mehr zählt außer einem Blick, einer Berührung, dem Herzflimmern. Die Welt ringsum versank, bis es nur noch uns beide gab, und dann blieben auch von uns nur noch die Empfindungen übrig, die der kleinste körperliche Kontakt zwischen uns auslöste. Darüber hinaus wurde alles und jedes entweder zur Störung oder zum Amüsement, das wir, je nach Laune, aussperren oder einlassen konnten. Im Buddhismus würde man sagen, wir waren weder zwei, noch eins, sondern ein drittes Wesen, außerhalb unserer Selbst, geboren aus unserer gegenseitigen Anziehungskraft. Gegen Ende des Essens, bei dem wir zuviel getrunken und in zu kurzer Zeit zuviel geredet hatten, wußten wir beide, daß wir miteinander ins Bett gehen würden.

Als wir, lange nach Mitternacht, das Restaurant verließen, war es draußen merklich kälter geworden. Auf dem Weg zum Auto legte Madi den Arm um mich. Wir sprachen jetzt nicht mehr. Im Wagen war es eiskalt, und es dauerte eine ganze Weile, bevor die Heizung auf Touren kam. Madi zog mich an sich, aber es war schwierig, sich in diesem Jeep aneinanderzukuscheln, weil die Gangschaltung im Weg war. Ich hielt mich so dicht an ihn, wie ich irgend konnte, und achtete nicht darauf, wohin wir fuhren. Zu beiden Seiten des Wagens rauschte die Nacht vorbei. Ich schloß die Augen und gab mich dem Gefühl der Trunkenheit hin, das meinen Körper gleichsam schwerelos machte.

Nach einiger Zeit holperte der Wagen, als ob wir auf unebenes Gelände geraten wären. Ich setzte mich auf und spähte aus dem Fenster. Wir waren von der Hauptstraße auf einen steinigen Pfad abgebogen, den zu beiden Seiten hohe, schwarze Bäume säumten.

»Wo sind wir?« fragte ich schläfrig.

»Wir fahren zu mir. Ist dir doch recht?«

Er sah kurz zu mir rüber, aber ich starrte weiterhin geradeaus, ohne zu antworten. Der Wagen machte jetzt wahre Bocksprünge, und ich hielt mich am Armaturenbrett fest, um die ärgsten Stöße abzufangen.

»Tut mir leid, es geht hier ein bißchen über Stock und Stein. Aber ich lasse die Zufahrt extra so, um ungebetene Gäste abzuschrecken.« Er grinste.

»Wie weit ist es von deinem Haus bis Broken Ridge?«

»Drei Meilen Luftlinie. Auf der Straße natürlich um einiges weiter.«

Er schaltete runter in den zweiten Gang, und wir krochen einen Steilhang hinauf. Plötzlich hörte die Ruckelei auf, und wir hatten wieder planen Boden unter den Rädern. Im Scheinwerferlicht erkannte ich die Umrisse eines Farmhauses. Als wir vor dem Eingang hielten, über dem eine einsame Hoflaterne brannte, stieg Madi aus, ging um den Jeep herum und hielt mir die Wagentür auf. Er umklammerte meine Hand fester als vorhin im Lokal. Ich war ganz benebelt, als er mich die Verandastufen hinaufführte, und an seinem Seemannsgang merkte ich, daß auch ihm der Wein in die Beine gefahren war.

Von außen war das ebenerdige Haus eine schlichte, rustikale Blockhütte. Madi schloß auf, und als er den Lichtschalter neben dem Türstock anknipste, wäre er beinahe über seine eigenen Füße gestolpert. Ich war so durchgefroren, daß ich schon dankbar war, der Kälte entkommen zu sein. Als ich eintrat, zog Madi mich stürmisch an sich, und wir hielten uns lange umschlungen. Ich dachte, er würde mich küssen; ich wollte, daß er mich küßte. Und ich behauptete mich mit meinem Begehren, schaute unverwandt zu ihm auf, ohne auch nur einmal den Blick niederzuschlagen.

»Faith ... Glaube«, wisperte er, »das ist es, was ich brauche: Glauben.«

Er beugte sich zu mir nieder und streifte meine Lippen mit einem flüchtigen Kuß. Sein Atem war heiß und roch stark nach Wein. Plötzlich begriff ich, wie irre das Ganze war – ich bin blau, er ist blau, wir wissen beide nicht, was wir tun. Ich sitze hier irgendwo in einer gottverlassenen Hütte mit einem Mann, den ich kaum kenne und den ich vor kurzem noch für einen Killer hielt. Gedanken wie diese bohrten sich durch mein alkoholvernebeltes Hirn und brachen den Zauber. Als er mich endlich küssen wollte, schreckte ich vor ihm zurück. Aber das machte ihn erst recht scharf. Er preßte seine Lippen auf meinen Mund und packte mich bei den Schultern. Ich stöhnte vor Schmerz und versuchte, mich aus seiner Umklammerung zu befreien, aber er ließ nicht los. Da warf ich wie wild den Kopf hin und her, um wenigstens seinen Küssen zu entkommen.

»Hör auf!« schrie ich. »Du tust mir weh!«

Er ließ mich abrupt los und hob die Hände. Im ersten Moment fürchtete ich schon, er würde mich schlagen, aber er raufte sich nur das Haar und krümmte sich, wie in seelischer Qual. Ich verhielt mich ganz still, wagte kaum zu atmen. Er ließ mich die ganze Zeit nicht aus den Augen. Ich schwitzte vor Angst. Als ich mit den Fingerspitzen meine Lippen berührte, waren sie wund und aufgesprungen.

»Verzeih mir«, sagte er brüsk und ging hinaus.

Vielleicht, weil ich immer noch betrunken war, vielleicht auch, weil ich plötzlich solche Angst hatte – jedenfalls fing ich auf einmal an zu zittern. Unversehens kamen mir Zweifel: Wie, wenn Madi doch der Mörder war? Seine Abwesenheit gab mir immerhin die Chance, mich wieder halbwegs zu fangen: mein Atem ging allmählich ruhiger, und ich wagte es, mich umzusehen.

Ich stand in einem weitläufigen Raum mit blanken Eichendielen, der nur spärlich möbliert und dessen Herzstück offenbar ein großer gemauerter Kamin war. An jeder der wuchtigen Holzwände hing eine antike Indianerdecke. Eine abgewetzte Ledercouch und ein paar leinenbespannte Klappstühle waren um den Kamin gruppiert. Hier und dort entdeckte ich weitere indianische Handarbeiten: irdene Töpfe, Körbe, eine Katschinas-Puppe, eine peruanische Flöte, einen Wurfspeer. In seltsamem Kontrast dazu stand eine hypermoderne Elektronikanlage – komplett mit Stereo, Fernseher mit Maxibildschirm, Videorecorder sowie Bändern, CDs, Schallplatten und Videokassetten, alle ordentlich in diversen Fächern einer Holzkonsole sortiert.

Für mich hatte der Raum ein ausgesprochen männliches Ambiente, denn es gab nichts, was ihn ein wenig aufgelockert oder gefällig gemacht hätte. Ich konnte mir gut vorstellen, wie

Madi sich hier oben tagelang einigelte, abgesehen von der ausgeklügelten Elektronik ohne jeden Kontakt zur Außenwelt. Wie könnte ich nur im Notfall an den Speer rankommen, dachte ich und wünschte zu Gott, daß ich nicht so hinüber gewesen wäre.

Als Madi zurückkam, hielt er in einer Hand einen Joint und in der anderen eine Videokassette, die er auf dem Fernseher ablegte.

»Erinnere mich dran, daß ich dir die nachher vorspiele«, sagte er und bot mir den Joint an.

»Was ist denn das?«

»Gras.«

»Nein, ich meine die Kassette«, sagte ich.

»Alles zu seiner Zeit.« Wieder hielt er mir den Joint unter die Nase, aber ich schüttelte den Kopf. Da nahm er selber noch einen tiefen Zug und trat schwankend in die Mitte des Zimmers. Er war offensichtlich schon high – ich merkte es an seiner nuschelnden Aussprache, den unkoordinierten Bewegungen und daran, wie er ganz unbekümmert, ja anscheinend ohne es auch nur zu bemerken, die Asche auf dem Boden verstreute.

»Na – was sagst du? Das zweite The Haven, was? Dieses Haus war unsere Antwort auf den Lebensstil ihrer Eltern. Kannst du dir Frances Griffin hier vorstellen? Und sei's auch nur für einen Tag, eine Stunde? Die würde sich glatt umbringen!« Er lehnte sich haltsuchend gegen den Tisch und lachte. »Ich habe hier nichts verändert. Es ist alles noch so wie zu Sandys Zeiten, bis auf den Hi-Fi-Schrott da drüben.« Er wies mit dem Kopf auf die Anlage. »Sie hat mir immer wieder beteuert, daß sie hier zum erstenmal in ihrem Leben wirklich glücklich war ... Komm, nimm doch mal 'n Zug – der Stoff ist wirklich Spitze!«

»Nein, danke«, wehrte ich ab. In meinem Kopf drehte sich sowieso schon alles.

Madi rauchte den Joint allein zu Ende und kramte dann eine

Flasche Brandy aus einer behelfsmäßigen Bar in einer Ecke der Stereotruhe. Er goß sich ein Glas ein, kippte es in einem Zug und seufzte hinterher wohlig: »Aaaah!« Dann hielt er mir die Flasche hin. »Wie wär's mit 'nem kleinen Brandy?«

Ich schüttelte den Kopf. Das hätte mir gerade noch gefehlt.

Diesmal trank er direkt aus der Flasche, mit der er sich dann schwerfällig auf die Ledercouch fallen ließ.

»Komm, setz dich her zu mir.« Er klopfte sich einladend auf den Schenkel.

»Darf ich mich noch ein bißchen umsehen?« fragte ich ausweichend; mir wäre jeder Vorwand recht gewesen, um ihm jetzt nicht nahezukommen.

Ich drehte langsam eine Runde durchs Zimmer, wohl wissend, daß er mich beobachtete, peinlich berührt vom Knarren meiner Schritte auf den nackten Dielen. Ich hätte zu gern gewußt, was er wohl denken mochte, wie er da bekifft auf der Couch saß, seinen Brandy kippte und mich belauerte. Wie viele Frauen hatte er wohl schon hierher geschleppt, und wie sah sein Leben tatsächlich aus, seit Cassandra tot war?

Ich linste in das dunkle Zimmer nebenan. Im schwachen Lichtschein hinter mir erkannte ich eine große Matratze am Boden mit zerwühlten Decken und Kissen drauf. Daneben stand eine kleine Lampe, und ein Stapel Zeitungen und Illustrierte lag vor dem Bett. Sonst nichts. Vor allem kein Telefon, wonach ich eigentlich gesucht hatte.

»Das hochherrschaftliche Schlafzimmer«, sagte ich scherzend und wandte mich um.

Madi hatte sich unbemerkt von hinten angeschlichen, und ich fuhr erschrocken zurück, als ich jetzt so unvermutet gegen ihn prallte.

»Wieso bist du denn so nervös?« feixte er anzüglich.

Ich rückte vorsichtig von ihm ab, aber er machte gar keine Anstalten, mir zu folgen, lehnte nur im Türrahmen und beobachtete mich.

»Sandy war der reinste Vagabund«, sagte er. »Sie haßte alle dauerhaften Arrangements.«

»Und du?«

Er antwortete nicht. Ein paarmal fielen ihm die Augen zu, aber er riß sie jedesmal jäh wieder auf, als ob er sich zwingen wollte, wach zu bleiben.

»Ich sollte mich langsam auf den Rückweg machen«, sagte ich zaghaft.

Er torkelte rüber zum Fernseher und deutete auf die Videokassette, die obenauf lag.

»Willst du dir denn nicht noch den Film anschauen?«

»Ich weiß nicht recht.«

Madi bückte sich runter zum Videorecorder und legte die Kassette ein, die der Apparat surrend schluckte. Dann setzte er sich wieder auf die Couch und forderte mich erneut auf, neben ihm Platz zu nehmen. Ich holte mir statt dessen einen Stuhl, sorgsam darauf bedacht, einen gehörigen Abstand zwischen uns zu wahren. Er schien sich darüber zu amüsieren; jedenfalls lachte er glucksend in sich hinein, schüttelte mehrmals den Kopf und lallte irgend etwas Unverständliches vor sich hin.

Mit der Fernbedienung schaltete Madi den Fernseher ein. Ein paar Sekunden lang flimmerte nur der leere graue Bildschirm vor uns, dann entfaltete sich der Farbenrausch eines Herbsttages in den Bergen auf der Mattscheibe. Die Kamera schwenkte über einen Hang, der dicht mit goldschimmernden Espen bewaldet war. Plötzlich füllte eine lachende junge Frau den Bildschirm. Ich erkannte sie auf Anhieb: Es war Cassandra, die, in Jeans und rotem Pulli, auf einer Decke lag, umgeben von den Resten eines Picknicks. Der Film hatte keine Tonspur. Ich betrachtete Cassandra gespannt, während sie, bald schüchtern, bald mutwillig und dann wieder mit gespielter Empörung vor der Kamera agierte. Madi hatte recht. Ihre lebhafte, rasch wechselnde Mimik machte sie weitaus hübscher, als das strenge Porträtfoto in der Bibliothek ihrer Mutter ahnen ließ.

Immer wieder schlug sie die Hände vors Gesicht, lachte und schnitt Grimassen und bedeutete dem Kameramann mit fuchtelnden Bewegungen, er solle endlich verschwinden. Sie versteckte sich, sie bettelte, alles umsonst. Endlich griff sie nach einer Flasche Sodawasser, schüttelte sie kräftig und drohte dem Kameramann scherzhaft, ihn anzuspritzen. Die Kamera wich daraufhin zurück, aber nicht weit genug. Cassandra nahm den Daumen vom Flaschenhals, ein Sprühregen ging auf den Bildschirm nieder, die Kamera schoß Kobolz, dann war der Schirm leer, und der Film wechselte zu einer anderen Szene über.

Diesmal saß Cassandra allein unter einem Baum und las – scheinbar ohne zu merken, daß sie gefilmt wurde. Dann und wann strich sie sich das Haar aus der Stirn. Die Kamera verweilte übermäßig lange auf ihrem Gesicht. Ich sah zu Madi hinüber.

»Sie war wirklich schön«, sagte ich. »Ich wünschte, ich hätte sie gekannt.«

Er antwortete nicht, sondern starrte weiterhin unverwandt auf den Bildschirm und nahm ab und zu einen Schluck aus der Brandyflasche. Aber dann sprang er auf einmal wie gehetzt von der Couch hoch und rannte ins Schlafzimmer. Ich, in meinem benebelten Zustand, blieb wie gebannt sitzen, denn ich wollte den Film mit Cassandra zu Ende sehen.

Unvermittelt blendete das Bild auf Schwarzweiß über. Die Kamera war jetzt fest montiert und auf ein ungemachtes Bett gerichtet. Der Film war körnig, die Szene grell ausgeleuchtet. Eine runde, weißliche Form füllte den Bildschirm und verschwand gleich wieder. Das wiederholt sich mehrmals. Zuerst konnte ich es nicht erkennen, aber dann sah ich, daß es ein nackter Po war, der da über die Mattscheibe huschte. Schnitt – und Cassandra saß nackt, die kleinen, festen Brüste vorgereckt, auf dem Bett und rauchte. Lächelnd winkte sie jemanden, der für den Zuschauer unsichtbar blieb, zu sich heran. In der nächsten Einstellung kam ein schlanker, nackter Mann mit muskulösem Oberkörper ins Bild, der sich, den Rücken zur Kamera, auf sie legte. Sie bot ihm einen Zug aus ihrer Zigarette an, hielt sie dabei aber so hoch, daß er sie kaum erreichen konnte. Als er sich danach reckte und das Gesicht in die Kamera hielt, erkannte ich ihn: Es war Madi, jünger und fitter, mit Schnurrbart und längeren Haaren.

Was da vor meinen Augen abrollte, war ein Film von Cassandra und Madi beim Liebesakt. Erfindungsreich wie ein Callgirl bot sie sich ihm in immer neuen Posen dar. Er streichelte sie, küßte sie, spielte mit ihrem Haar, leckte abwechselnd ihre Brustwarzen und die Innenseiten ihrer Schenkel. Als er sie richtig scharf gemacht hatte, bestieg sie ihn rittlings, bäumte sich auf und fuhr mit geschlossenen Augen am eigenen Körper entlang, jede Rundung mit den Fingern nachzeichnend. Und dann, ganz konzentriert und feierlich, glitten ihre Hände von ihrem Körper auf den seinen über, als ob sie eine Hohepriesterin wäre, die kultische Zauberkräfte mit ihm teilte. Im nächsten Augenblick hatte er sie wieder hintenüber geworfen, bestieg sie und vögelte sie so leidenschaftlich, als wolle er sie in die Matratze rammen.

Angewidert und aufgegeilt zugleich, sah ich den beiden zu. Längst schon wollte ich nicht weiter hinsehen, aber ich konnte mich nicht losreißen von den zweien, die sich da, ohne jede Scheu vor der Kamera, beorgelten. Kurz vor dem Höhepunkt sah Cassandra aus, als ob sie um ihr Leben kämpfen würde; jedenfalls kratzte sie und schlug um sich, als müsse sie unbedingt freikommen. Aber Madi war unerbittlich. Ich mußte dabei an John Noland und mich denken, an unsere zorngeschürten, leidenschaftlichen Liebesszenen.

Der Bildschirm wurde grau. Der Film war zu Ende, aber ich starrte weiterhin wie gebannt auf die leere Scheibe. Mir war schwindlig, und ich hatte Angst, ich würde mich übergeben müssen, wenn ich aufzustehen versuchte. Dabei wünschte ich mir nichts sehnlicher, als aus diesem Haus rauszukommen, mich in mein Hotel zu flüchten und ein Bad zu nehmen. Ich wollte ein dickes Flanellnachthemd anziehen, ins Bett steigen, mir saubere weiße Laken über den Kopf ziehen und schlafen, nichts als schlafen.

Ich hörte ein Geräusch hinter mir, drehte mich aber nicht um.

»Warum hast du mir das gezeigt?« fragte ich traurig.

»Warum hast du's dir angesehen?«

Er warf mir ein Manilakuvert in den Schoß. Ich rührte es nicht an.

»Was ist das?« fragte ich.

»Mach's halt auf.«

»Nein.«

»Mach's auf!«

Ich holte tief Luft, griff in den Umschlag und zog ein Foto heraus. Es hatte verkehrt herum dringelegen, doch als ich es jetzt umdrehte, stockte mir der Atem vor Entsetzen. Ich traute meinen Augen nicht. Es war ein grausiges schwarzweißes Polizeifoto von Cassandras Leiche, aufgenommen am Tatort. Sie lag mit eckig gespreizten Gliedern am Boden, wie eine Marionette. Ich starrte auf den unnatürlich verrenkten Kopf, das blutgetränkte Nachthemd, die ausdruckslosen Züge, die weit aufgerissenen Augen, die bleichen Lippen, das schlaffe Kinn, das zerzauste Haar. Aus ihrem toten Antlitz blickte mir mein Gesicht entgegen. Mein Herz hämmerte vor Angst.

»Sieh sie dir nur gut an!«

»Bitte ...« Kraftlos schob ich das Foto beiseite.

Madi nahm es und hielt es mir wieder dicht vors Gesicht. Ich spürte seinen heißen Brandyatem im Nacken.

»Du sollst sie dir ansehen!« schluchzte er.

»Ich – ich hab sie ja gesehen«, stammelte ich.

»Weißt du noch, wie ich dir gesagt hab, daß es einen Menschen gibt, den ich noch mehr hasse als die beiden Griffins?«

Ich nickte. Vor lauter Angst brachte ich kein Wort hervor.

»Und weißt du auch, wer dieser Mensch ist?«

Ich schüttelte den Kopf. Mein Mund war wie ausgedörrt.

»Ich!« stöhnte er, »ich, ich, ich!«

Damit schleuderte er das Foto zu Boden und krallte sich mit beiden Händen an meinen Schultern fest. Ich stieß einen Schrei aus, wand mich los und brachte mich mit einem gewaltigen Satz außer Reichweite.

»Ich will zurück in mein Hotel!« schluchzte ich.

Madi sah mich mit großen, verständnislosen Augen an. Sein Gesicht war aufgedunsen; er war nicht nur high, sondern obendrein auch stockbesoffen.

»Komm schon, Baby ... bleib doch über Nacht«, lallte er und brach im nächsten Augenblick auf der Couch zusammen. Mit einem schweren Seufzer wurde er ohnmächtig.

Ich mußte so schnell wie möglich aus diesem Haus verschwinden. Hastig zog ich meinen Mantel an und schlich auf Zehenspitzen zur Tür, um ihn nur ja nicht aufzuwecken. Wo waren die Autoschlüssel? Hatte Madi sie steckenlassen? Oder hatte er sie an sich genommen? Ich konnte mich nicht erinnern. Wir waren ja beide so betrunken gewesen. Vorsichtig, um nur ja kein Geräusch zu machen, drehte ich den Türknauf. Es war nicht abgeschlossen. Der eiskalte Luftstrom, der mir entgegenschlug, hatte zumindest vorübergehend eine ernüchternde Wirkung. Ich rannte hinaus zum Jeep, riß die Tür auf und schwang mich auf den Fahrersitz. Aber mein Stoßgebet, der Zündschlüssel möge stecken, war nicht erhört worden.

In meinem Kopf drehte sich alles. Ich kam nicht los von dem schaurigen Foto. Zurück ins Haus zu gehen schien mir zu riskant. Im Moment fürchtete ich mich mehr vor Madi als vor der bitteren Kälte. Nein, ich würde mich zu Fuß durchschlagen.

Als ich im Dauerlauf die Zufahrt hinunterspurtete, bildete ich mir ein, Madi sei wieder zu sich gekommen und verfolge mich nun. Die Vorstellung jagte mir solche Angst ein, daß ich schließlich, im Glauben, ich hätte seinen Jeep anfahren hören, in den Straßengraben sprang und mich ein Stück weiter zwischen den Bäumen versteckte.

Die Nacht war stockfinster. Und bald kroch mir die Kälte durch und durch – ein arktischer Frost, der wie mit Nadelstichen die Haut traktierte. Selbst in meinem beschickerten Zustand wußte ich, daß ich leicht erfrieren konnte, wenn ich zu lange hier draußen hockte. Auf jeden Fall mußte ich in Bewegung bleiben. Also krabbelte ich wieder zur Straße hoch und rannte weiter, ängstlich darauf bedacht, in der Dunkelheit die Orientierung nicht zu verlieren.

Endlich kam ich auf den Highway. Da ich nicht genau wußte, in welcher Richtung Broken Ridge lag, fing ich auf gut Glück an zu laufen. Nach einer paar Minuten tauchten in der Ferne die Scheinwerfer eines Fahrzeugs auf. Als es näherkam, erkannte ich, daß es ein alter Chevrolet war. Ich hielt ihn an. Ich mußte es riskieren. Das Auto bremste auch tatsächlich.

»Brauchen Sie Hilfe?« fragte eine ältere Frau und kurbelte das Fenster runter.

»Ich muß nach Broken Ridge«, sagte ich erleichtert.

»Da haben Sie aber genau die falsche Richtung erwischt. Nach Broken Ridge geht's da lang – sind so an die fünf Meilen.«

Ich fragte, ob sie mich ein Stück mitnehmen würde, nur bis zum nächsten Telefon, damit ich mir von dort ein Taxi rufen könne. Den Gedanken fand sie offenbar so komisch, daß sie zu lachen anfing.

»Na, steigen Sie schon ein, ich fahre Sie!«

Ich bedankte mich, schlüpfte auf den Beifahrersitz, und die Frau wendete und fuhr los.

»Eine Frau sollte aber nachts nicht so allein auf dem Highway rumlaufen«, sagte sie.

»Ich weiß«, antwortete ich. In meinem Kopf hämmerte es wie verrückt.

»Woher kommen Sie denn?«

»Aus New York City.«

Sie nickte, als ob sie sagen wollte: Aha, hätte ich mir denken können! Den Rest der Fahrt legten wir schweigend zurück. Als wir vor dem Hotel hielten, war ich trotz aller Dankbarkeit zu müde und zu groggy, um mehr herauszubringen als ein paar gestammelte Dankesworte. Aber sie schien's zufrieden, fuhr wieder los und verschwand in der Nacht.

Schachmatt kroch ich hinauf in mein Zimmer. Oben angekommen, schaffte ich es gerade noch, mir die Stiefel auszuziehen, dann sank ich in den Kleidern aufs Bett und schlief sofort ein.

16

Am nächsten Morgen weckte mich ein hartnäckiges Stakkatoklingeln. Noch im Halbschlaf tastete ich nach dem Telefon neben dem Bett. Im ersten Moment wußte ich weder, wo ich mich befand, noch wie ich dort hingekommen war. Doch kaum, daß ich die Stimme am anderen Ende der Leitung hörte, fiel mir alles wieder ein.

»Faith?« sagte die Stimme. »Geht's dir gut? Faith, so antworte doch!«

Es war Madi. Ich wußte nicht, was ich sagen sollte. In meinem Kopf jagten sich die Szenen der letzten Nacht.

»Faith, bitte – bist du noch dran?«

»Ja, ich bin noch dran«, sagte ich endlich.

»Faith, es tut mir furchtbar leid. Bitte verzeih mir.«

Ich antwortete nicht. Ich dachte an den Moment, als er mich geküßt hatte und ich vor ihm zurückgescheut war. Ich wartete darauf, daß er weitersprechen würde.

»Ich war betrunken. Aber ich kann mir denken, was ich dir für eine Angst eingejagt haben muß«, fuhr er fort. »Trotzdem hättest du nicht einfach weglaufen sollen. Es ist sehr gefährlich für eine Frau allein nachts auf dem Highway.«

»Das hab ich gestern schon mal gehört.«

»Wie bist du denn eigentlich ins Hotel zurückgekommen?«

»Roberto«, sagte ich ungehalten, »warum rufst du mich an? Hast du etwa Angst, ich könnte rumerzählen, was du heute nacht angestellt hast? Die Sorge kannst du dir sparen.«

»Bitte, Faith, willst du dich nicht nochmal mit mir treffen?«

»Wozu soll das gut sein?«

»Das kann ich dir nicht einfach so am Telefon sagen. Aber ich muß dir etwas erzählen. Bitte – es ist dringend.« Er klang richtiggehend verzweifelt.

»Nein«, sagte ich, aber schon nicht mehr so bestimmt.

Ich hatte Angst davor, ihn wiederzusehen, und legte auch keinen Wert darauf, unsere makabre Unterhaltung fortzusetzen.

Gleichwohl spürte ich, daß er mir nichts Böses wollte.

»Faith, hör zu«, sagte er beschwörend, »ich will dir die Wahrheit sagen. Ich muß dir die Wahrheit sagen.«

»Warum auf einmal?« fragte ich, immer noch mißtrauisch. Aber mein Interesse war geweckt.

»Letzte Nacht habe ich den Kopf verloren, nicht bloß, weil ich zuviel getrunken hatte, sondern weil du mich so sehr an Sandy erinnerst. Du hast die ganzen alten Erinnerungen wieder wachgerufen. Ich dachte, ich hätte gelernt, allein zu leben, aber das stimmt nicht. Bitte, Faith, gib mir doch noch eine einzige Chance. Diesmal werde ich dir alles sagen, was ich weiß. Bitte, bitte …«, flehte er. »Es ist endlich an der Zeit für die Wahrheit.«

»Wo bist du?« fragte ich nach einer Pause.

»Unten in der Lobby«, antwortete er. »Ich warte auf dich.«

Erschöpft und verkatert zog ich mich aus und ließ mir ein Bad ein. Lippen und Wangen waren von der Kälte aufgesprungen. Ich sah blaß und abgekämpft aus – und älter. Der letzte Schleier der Jugend hatte sich gelüftet und entblößte nun das von Falten gezeichnete Gesicht einer Frau in mittleren Jahren. Im Geiste sah ich meine Haut schon schlaff und runzelig werden. Seufzend ließ ich mich in die Wanne gleiten. Ich schloß die Augen und entspannte meinen angeschlagenen Körper, indes mein Verstand träge an unfertigen Assoziationen bastelte.

Hatte ich von Anfang an recht gehabt? War Madi tatsächlich der Mörder? Oder war es Frances Griffin? Oder gar ihr Mann Holt? Oder am Ende ganz jemand anderer? Die Vertuschungskampagne hatte über die Jahre hinweg wie eine ätzende Säure an allen genagt, die mit an dem Komplott beteiligt waren. Ich war so nahe daran, das Geheimnis zu lüften. Aber in Gedanken wiederholte ich nur immer wieder ratlos: »Was soll ich mit der Wahrheit anfangen, Cassandra? Was kann sie dir jetzt noch nützen?«

Nach dem Bad packte ich meine Sachen, zog mich an und ging hinunter. Madi war im Restaurant. Er hatte sich an einen Ecktisch gesetzt, abseits von den ersten Lunchgästen. Als er mich hereinkommen sah, stand er sofort auf. Ich setzte mich zu ihm. Er sah abgezehrt aus und schrecklich verkatert. Sein unrasiertes Gesicht wirkte fahl und blaß, und er hatte dunkle Ringe unter den Augen. Außerdem roch er leicht muffig. Ich schielte nach seinem Drink.

»Keine Angst, ist nur eine Virgin Mary«, sagte er und grinste zaghaft. »Oder eine Bloody Shame, wie die Engländer sagen.« Er hielt mir das Glas hin, damit ich mich selbst überzeugen konnte, daß wirklich nur Tomatensaft drin war.

Selbst in diesem Zustand konnte man ihm einen gewissen Charme nicht absprechen. Ich mußte unwillkürlich lächeln. Als die Bedienung kam, bestellte ich einen großen Orangensaft und Rühreier. Als wir wieder allein waren, saßen wir uns eine Weile schweigend gegenüber, bevor Madi sich räusperte und zu sprechen begann.

»Ich … ich schäme mich so wegen gestern abend.« Seine kehlige Stimme klang schmerzverzerrt. »Kannst du mir verzeihen?«

Ich senkte, ohne zu antworten, den Blick. Er fuhr fort:

»Wie gesagt, du erinnerst mich einfach so sehr an sie. Ich habe seit Jahren nicht mehr so an eine Frau gedacht. Es war einfach zuviel für mich. Es gibt Gespenster, die lassen dich nie in Frieden, erst recht nicht, wenn man älter wird. Ja, da werden sie sogar immer plastischer, statt friedlich zu verblassen. Verstehst du, was ich meine?«

Ich sah wieder zu ihm auf. Er forschte ängstlich nach irgendeiner Reaktion in meinem Gesicht. Die Kellnerin brachte mir meinen Orangensaft, und Madi bestellte noch eine Virgin Mary.

»Wie bist du denn eigentlich ins Hotel zurückgekommen?« fragte er und steckte sich eine Zigarette an.

»Wie du siehst, hab ich's jedenfalls geschafft.«

Er sah mich ehrlich zerknirscht an. »Habe ich mich sehr daneben benommen?«

»Erinnerst du dich denn an gar nichts mehr?«

Er schüttelte den Kopf. »Ich bin gut im Verdrängen.«

Allem aufgesetzten Zynismus zum Trotz, kam er mir in dem Moment wie ein kleiner Schuljunge vor.

»Du warst betrunken«, sagte ich. »Lassen wir's dabei.«

Madi machte einen tiefen Zug und schien den Rauch gierig in die Lunge zu saugen.

»Du willst mir also die Wahrheit sagen?« fragte ich.

»O ja, die Wahrheit«, sagte er. »Ich will beichten, Faith. Ich bin katholisch erzogen, und du?«

»Meine Mutter war Presbyterianerin, mein Vater Deserteur.«

»Nanu?«

»Vergiß es, ein schlechter Scherz. Bitte erzähl weiter.«

»Du bist also nie zur Beichte gegangen?«

»Nein.«

»In der Kirche zu beichten ist einfach. Du gehst zu einem Priester, betest deine Sünden her, kriegst eine Buße auferlegt und bekommst die Absolution. Aber es gibt Sünden, die kann man nicht wiedergutmachen, und wenn man es auch noch so sehr möchte. Mit denen muß man leben, ja das Leben ist die eigentliche Buße dafür«, sagte er ernst.

»Und was hast du für Sünden auf dem Gewissen, Roberto?«

Er zögerte und sagte dann mit zitternder Stimme: »Ich hab zugelassen, daß man sie umgebracht hat.«

Mir wurde heiß; meine Kehle war wie zugeschnürt. In dem Moment stellte ich mir vor, wie er untätig dabeistand und zusah, wie der Killer Cassandra das Messer ins Herz stieß. Vermutlich spürte er meinen Abscheu, denn er langte begütigend über den Tisch nach meiner Hand. Ich wich schaudernd zurück.

»Aber ich meine das doch nicht wörtlich!« sagte er.

»Roberto, so rede doch endlich: Wer war es, wer?«

»Ich will es dir ja sagen, bestimmt. Aber du mußt auch verstehen, daß ich mich verantwortlich fühle.«

»Bitte, Roberto, das mußt du mir schon erklären.«

»Ich bin mitschuldig, weil ... weil ich sie zurückgehen ließ in dieses Haus ... ich habe zugelassen, daß sie die Nacht unter einem Dach mit diesem Ungeheuer verbrachte ...«

»Von wem sprichst du?« fragte ich atemlos.

Er fuhr fort, als hätte er mich gar nicht gehört. »Obwohl ich wußte, wer und was er war und was er ihr womöglich antun würde.«

»*Wer?!*«

»Holt Griffin«, sagte Madi, ohne mich aus den Augen zu lassen. »Der große Holt Griffin!«

»Ihr eigener Vater?«

»Ihr *Vater*!« Er spie das Wort förmlich aus. »Ihr *Killer*.«

Ich glaubte ihm sofort. Der Verdacht war mir ja selbst schon gekommen.

»Aber warum? *Warum* hat er so was Wahnsinniges getan?«

»Der große Sammler, der große Philantrop, der vollendete Gentleman – die Legende, Holt Griffin!« stieß Madi verächtlich hervor. »Das war die Fassade, die die Welt kannte. Aber was die Welt sieht, ist noch längst nicht immer die Wahrheit.«

»Roberto, sag mir doch endlich, *warum*?«

»Ja, ich sag's dir. Du sollst es wissen. Dir vertraue ich. Holt Griffin tötete seine Tochter, lange bevor er ihr den Dolch ins Herz stieß«, sagte er düster.

»Was heißt das, Roberto?«

Seine Augen wurden hart und schmal. »Das heißt, ihr Vater hat Sandy entjungfert, als sie elf Jahre alt war.«

»O mein Gott! Er hat sein eigenes Kind vergewaltigt?«

»Schlimmer! Er hat sie verführt. Sie zu seiner Sklavin gemacht. Er wurde buchstäblich ihr Liebhaber«, stöhnte Madi.

»Nein!«

Er nickte.

»O mein Gott, Roberto ...« Ich war wie betäubt, und doch zweifelte ich keinen Augenblick daran, daß er mir die Wahrheit gesagt hatte.

Mrs. Griffin fiel mir ein.

»Hat ihre Mutter das gewußt?«

»Wer weiß, *was* sie wußte oder ab wann sie etwas ahnte?« fragte Madi resigniert zurück. »Sie wollte es nicht wissen. Es stand zuviel auf dem Spiel für sie.«

»Aber sie muß es gewußt haben, oder zumindest geahnt.«

»Wenn, dann hat sie jedenfalls nichts gesagt. Sie ließ den Dingen ihren Lauf, bis Sandy es ihr dann eines Tages frei heraus ins Gesicht schrie.«

»Und wann war das?«

»Am Abend vor dem berühmten Debütantinnenball.«

»Also *darum* ist Cassandra nicht hingegangen!« rief ich atemlos.

»Ja, ich dachte mir, daß dich das besonders interessieren würde. An jenem Abend weigerte sich Sandy, das Kleid anzuziehen, das man eigens für sie entworfen hatte – sie weigerte sich, weil es weiß war.«

Im Geiste sah ich mich wieder in meinem Schlafzimmer vor dem Spiegel stehen, umschmeichelt vom cremeweißen Satin von Cassandras Balltoilette.

»Sandy sagte ihrer Mutter frei heraus, sie wolle keine Heuchlerin sein, und deshalb könne sie kein weißes Kleid tragen«, fuhr Madi fort. »Als sie bei ihrer Weigerung blieb, wurde ihre Mutter wütend und warf ihr vor, sie sei undankbar und egoistisch, wenn sie dieses Fest ruinieren würde, mit dem sie, die Mutter, sich doch soviel Mühe gemacht hätte. Und da hat Sandy ihr alles erzählt.«

»Und dann? Wie hat Mrs. Griffin reagiert?«

Madi trank einen Schluck und zündete sich eine neue Zigarette an.

»Sie weigerte sich zunächst, Sandy zu glauben, und dann sind sie beide zu Holt gegangen. Der hat natürlich alles abgestritten. Was hätte er auch sonst sagen sollen? Ja, ich habe seit acht Jahren meine eigene Tochter gevögelt? Sandy schrie und tobte, und schließlich rannte sie völlig aufgelöst aus dem Haus. Aber das Fest fand trotzdem statt, und Holt und Frances Griffin begrüßten ihre Gäste, als ob nichts gewesen wäre.«

»Großer Gott!« Ich schüttelte fassungslos den Kopf.

»Angeblich war der Abend ein großer Erfolg«, sagte Madi trocken.

»Wie konnten sie nur? Wie konnten sie das übers Herz bringen?«

»›*The Show Must Go On*‹, den Spruch wirst du als Amerikanerin doch wohl kennen!« Angewidert drückte er die Zigarette aus. »Blödsinn zu rauchen, wenn man sowieso nichts als Asche schmeckt.«

»Ich möchte bloß wissen, ob Mrs. Griffin es die ganze Zeit gewußt hat.«

»Zweifelst du ernsthaft daran?« Er sah mich mit großen Augen an. »Meines Erachtens muß sie's einfach gemerkt haben. Aber ihre Tochter suchte sich einen höchst unpassenden Moment aus, um sie mit der Wahrheit zu konfrontieren. Das wichtigste an diesem Abend war das Fest, nicht die Vergangenheit, nicht die Kindheitsnöte ihrer Tochter.«

»Aber haben sich die Gäste denn nicht gewundert? Ich meine, hat denn keiner nach der eigentlichen Hauptperson des Abends gefragt?«

»Gefragt hat man sicher nach ihr, aber ebenso sicher hatten die Griffins eine akzeptable Entschuldigung für sie bereit. Und wenn man sie einmal mit einer Ausrede abgespeist hat, interessieren sich die Leute nicht mehr ernsthaft für das, was unter der Oberfläche vorgeht. Die meisten Menschen sind doch wie Moskitos, die hirnlos ihre Kreise über dem Wasser ziehen.«

Auf einmal gab es für alles eine Erklärung – warum Cassandra nicht an ihrem eigenen Ball teilgenommen hatte, warum Mrs. Griffin den Pavillon renoviert haben wollte, warum es sie immer wieder drängte, sich mir anzuvertrauen, warum ich das weiße Kleid bekommen hatte.

»Ja, Roberto, aber wie ging es dann weiter?«

»Sandy rannte weg von zu Hause – aber nach einiger Zeit ging sie doch wieder zurück.«

»Sie *ging* zurück? Ja, aber *warum*?«

»Sie konnte wohl sonst nirgends hin. Und das Leben geht nun mal weiter. Du würdest dich wundern, womit der Mensch sich alles arrangieren kann.« Madi klang niedergeschlagen und verbittert zugleich.

»Allmächtiger! Jetzt kann ich mir langsam vorstellen, wie schuldig Frances Griffin sich wirklich fühlt. Das muß einfach unerträglich für sie sein.«

Madi schürzte verächtlich die Lippen. »Sie wird's überleben«, sagte er.

»Ich weiß nicht. Jedenfalls hat sie jetzt offenbar den ehrlichen Wunsch, ihre Schuld abzutragen.«

»Ach, glaubst du wirklich?«

»Ja. Ich konnte bisher nicht verstehen, wieso sie den Ballsaal zum Andenken an ein Ereignis hergerichtet haben wollte, das doch in Wahrheit so nie stattgefunden hat. Aber jetzt kann ich es mir denken. Vielleicht versucht sie dadurch, daß sie dem Saal ein neues Gesicht gibt, auch die Erinnerung umzudeuten, sie gewissermaßen versöhnlich zu stimmen.«

»Ich hab jedenfalls kein Mitleid mit ihr«, sagte Madi hart.

»Nein? Ich schon.«

»Warum? Wenn jemand von einem furchtbaren Unrecht weiß, aber nichts dagegen unternimmt, dann macht er sich zum Komplizen, oder? Und letzten Endes ist er damit genauso schuldig wie der eigentliche Täter.«

Madi, der sich während dieses Gesprächs zusehends in eine hektische Nervosität hineingesteigert hatte, fing an, wahllos mit den Gegenständen auf dem Tisch herumzuspielen – mit Gläsern, Salz und Pfefferstreuern, mit den unangezündeten Kerzen.

»Als wir heirateten«, fuhr er fort, »habe ich mir von Sandy in die Hand versprechen lassen, daß sie niemals wieder eine Nacht mit ihrem Vater unterm selben Dach verbringt. Er war immer noch wahnsinnig eifersüchtig, und er tat alles, um unsere Ehe zu zerstören. Er machte den Leuten weis, ich wäre im Gefängnis gewesen – was gelogen war –, ich hätte Sandy ihres Geldes wegen geheiratet – was gelogen war –, ich hätte vor, sie umzubringen – was von allen die infamste Lüge war.« Madi zählte jeden einzelnen Punkt an den Fingern her. »Ich liebte Sandy mit allen Fasern meines Herzens!« rief er verzweifelt und trommelte mit den Fäusten auf die Tischplatte. »Ich habe nie eine andere Frau so geliebt wie sie und werde nie wieder so lieben können! Darum war ich letzte Nacht so aufgewühlt. Du verzeihst mir doch, oder?«

Ich nickte. Er lächelte kläglich, holte tief Luft und fuhr fort.

»Holt Griffin wollte mich ausweisen lassen, und dank seiner guten Verbindungen wäre ihm das vielleicht sogar gelungen. Ich sagte zu Sandy, wir könnten nach Italien gehen, wo uns kein Mensch behelligen würde, aber sie wollte partout hier in unserem Haus bleiben. Endlich überzeugte sie mich, daß sie sich noch einmal mit ihrem Vater treffen müsse, um ihm seinen Rachefeldzug auszureden. Aber ich wollte sie auf keinen Fall allein gehen lassen.«

Während Madi erzählte, erstand vor meinem inneren Auge

die Szenerie jenes Abends auf The Haven. Ich sah alle Protagonisten des Dramas deutlich vor mir, sogar den doch so schwer faßbaren Holt Griffin, ja gerade er sprang plötzlich beängstigend plastisch aus dem Bild hervor.

»Wir waren zum Dinner in The Haven«, fuhr Madi fort, »nur wir vier – Frances, Holt, Sandy und ich. Holt sprühte an dem Abend vor Charme und gab unermüdlich Anekdoten aus dem Krieg und über seine Zeit im diplomatischen Corps zum Besten. Und mir gegenüber benahm er sich das erstemal wirklich annehmbar. Aber ich konnte mich nicht dazu überwinden, ihn auch nur anzuschauen, weil ich immer daran denken mußte, was er Sandy angetan hatte.

Nach dem Essen«, fuhr er mit gedämpfter Stimme fort, »nahm Sandy mich beiseite und meinte, es sei besser, ich würde gehen und sie und ihre Mutter allein mit Holt reden lassen. Gemeinsam würden sie ihn schon dazu bringen, dem Unfug mit der Ausweisung ein Ende zu machen. Aber wenn ich bliebe, würde ich bestimmt über kurz oder lang etwas tun, was wir dann beide bereuen würden.« Er biß sich auf die Unterlippe. »Das war der Moment, in dem ich unser Schicksal hätte in die Hand nehmen können, ihres und meines. Ich sehe mich immer noch, wie ich dort stand. Ich wollte nicht gehen, aber Sandy überzeugte mich, daß es zu unserem Besten sei und daß sie viel leichter mit ihrem Vater zurechtkäme, wenn ich nicht dabei wäre. Ich war ja so ein Narr. Ich hörte auf sie und ging.«

Madi wischte sich mit der Hand übers Gesicht und fuhr sich mit den Fingern so ungestüm durchs Haar, als wolle er jedes einzeln ausreißen. Ich sah, wie er sich unter dem Leid der wiederauflebenden furchtbaren Erinnerung krümmte.

»In dieser Nacht brach ich meinen Schwur, sie nie wieder mit diesem Ungeheuer allein zu lassen«, fuhr er fort. »Als ich am nächsten Morgen zurückkam ...« Er brach ab, und es dauerte lange, ehe er seine Stimme wiederfand. » ... da war sie tot«, flüsterte er.

Er fuhr sich mit einer Serviette über die Augen, und ich wartete, bis er sich wieder gefaßt hatte.

Nach einer Weile fragte ich behutsam: »Aber wie, Roberto, wie ist es passiert?«

»Ich glaube, Holt Griffin hat sich in der Nacht in ihr Schlafzimmer geschlichen und wollte sich wieder an sie ranmachen. Als sie sich zur Wehr setzte ...« Er brachte den Satz nicht zu Ende. »Frances hat mir *geschworen*«, fuhr er ein paar Minuten später fort, »daß er sie nicht mit Absicht getötet hätte. Sie schwor mir, es sei ein Unfall gewesen, das Messer hätte auf einem Obstteller neben Sandys Bett gelegen, und irgendwie, bei dem Handgemenge ...«

»Und glaubst du auch, daß es ein Unfall war?«

Er schüttelte den Kopf.

»Nein.«

»Was glaubst du dann?« fragte ich.

»Ich glaube, er hat es mit Absicht getan«, sagte Madi ernst. »Er wollte sie keinem anderen überlassen.«

Ich überlegte einen Moment.

»Sag, Roberto, was glaubst du, warum Frances Griffin dir die Wahrheit gesagt hat? Du warst doch nicht dabei. Warum haben sie dich also nicht genauso belogen wie die Polizei?«

»Weil ich zuviel wußte«, sagte er lakonisch, so als sei damit alles erklärt.

»Aha. Und *wann* hat Mrs. Griffin dir denn die Wahrheit gesagt?«

»Erst zwei Tage später. Als die Polizei anfing, Verdacht zu schöpfen.«

»Du meinst, sie verdächtigten tatsächlich Holt Griffin?«

»Ich glaube schon.« Madi nickte. »Aber sie mußten sich natürlich höllisch in acht nehmen. Holt Griffin war schließlich ein ernstzunehmender Gegner, befreundet mit Bundesrichtern und dem Präsidenten, ein einflußreicher Mann. Kann man so jemanden als Mörder der eigenen Tochter festnehmen? Was für ein Motiv sollte er haben? Ja, es gab kein Motiv – es sei denn, ich hätte ausgepackt.«

»Verstehe. Und wo war Holt Griffin die ganze Zeit?«

»In seinem Zimmer, bis obenhin vollgestopft mit Beruhigungsmitteln. Ich hab ihn überhaupt nie zu Gesicht bekommen«, versetzte Madi.

»Und Mrs. Griffin?«

»Die hat alles gemanagt, wie üblich«, sagte er bitter. »Das wichtigste war vorderhand, den guten Ruf der Familie zu wahren. Dafür hätte sie alles geopfert, sogar die Vergeltung für den Mord an ihrem Kind, sogar die Gerechtigkeit – und das hat sie ja dann auch getan.«

Ich sah zu, wie Madi sein Glas leerte, und begriff langsam, daß ich einem gebrochenen Mann gegenübersaß.

»Roberto, du hast sie aber doch geliebt«, begann ich behutsam. »Warum bist du denn dann nicht zur Polizei gegangen? Warum hast du Holt Griffin nicht angezeigt, wenn du ihn doch ohnehin so sehr verabscheutest?«

Madi seufzte und wandte sich ab. »Frances hat mir Geld geboten«, sagte er. »Die Erträge eines festverzinslichen Vermögens von fünf Millionen Dollar als Leibrente.«

»Was war mit Cassandras Vermögen? Das stand dir doch berechtmäßig als Erbe zu. War es nicht genug?« fragte ich, bemüht, das nicht vorwurfsvoll klingen zu lassen.

»Sandys Geld war bis zu ihrem dreißigsten Geburtstag in Treuhandfonds festgelegt. Und im Todesfall fiel das gesamte Vermögen an die Familie zurück. Ich stand praktisch mit leeren Händen da«, sagte er freimütig.

»Also hast du sie verkauft.«

»Ja. Du weißt doch, der mit den dreißig Silberlingen? Er sitzt vor dir!« Er blinzelte eine Träne weg.

Roberto Madi war in dem Moment ein solches Bild des Jammers, daß ich nicht weiter in ihn dringen mochte. Trotzdem, wie hatte er es wohl verkraftet, seine tiefempfundene Liebe zu

Cassandra mit diesem schäbigen Verrat in Einklang zu bringen?

»Und in all den Jahren hast du nicht einmal den Wunsch gehabt, dein Gewissen zu erleichtern?«

»Natürlich«, sagte er und blickte mich an, als wäre ich nicht recht bei Trost. »Aber ich hab's dann doch nie getan.«

»Und warum nicht?«

»Weil ich mir sagte, daß ich Sandy damit auch nicht wieder lebendig machen könnte, Wahrheitsfindung hin oder her. Außerdem habe ich mir eingeredet, daß man mir ja doch nicht glauben würde. Aber die Wahrheit ist ... die Wahrheit ist, daß ich mich an das Geld gewöhnt hatte. Ich fand es schön, reich zu sein.«

»Aber du lebst nicht gerade auf großem Fuß«, bemerkte ich.

»Nein.« Er schnitt eine Grimasse. »Das ist ja gerade der Witz.«

»Demnach hast du also all die Jahre niemandem die Wahrheit gesagt? Zu keiner Menschenseele?«

»Nein, du bist die erste«, sagte er feierlich.

»Und warum gerade ich?«

Er zögerte. Als er sprach, klang seine Stimme spröde, fast distanziert.

»Weil ich mich so wegen meines Benehmens von gestern nacht geschämt habe. Und weil du Sandy so ähnlich bist und weil ich, wenn ich dich ansehe, spüre, wie sehr ich sie immer noch liebe. Vielleicht dachte ich auch, nach einer Beichte würde ich mich besser fühlen«, sagte er.

»Und? Geht's dir jetzt besser?«

»Nein.« Er schüttelte lächelnd den Kopf.

Wir schwiegen lange, und ich wurde allmählich hellhörig für die Geräuschkulisse um uns herum – die Gespräche der anderen Gäste, das Klappern von Geschirr und Gläserklirren. Die Jukebox in der Ecke spielte einen rührseligen Country Western. Als meine Rühreier endlich kamen, hatte ich keinen Appetit mehr. Nach ein paar Bissen schob ich den Teller weg und steckte mir eine Zigarette an.

»Stell dir mal vor, man würde den Leuten die Wahrheit sagen.«

Er zuckte die Achseln. »Sie würden's nicht glauben, und wenn, wäre es ihnen vermutlich heute egal.«

Wir lächelten beide traurig.

»Woran ist Holt Griffin eigentlich gestorben?« fragte ich. »Herzinfarkt, oder?«

»Herzinfarkt?« Madi lachte höhnisch. »Der Mann hatte doch gar kein Herz.«

»Aber ich meine mich zu erinnern, daß es so in der Zeitung stand.«

»Holt Griffin starb an einer Überdosis.«

»Das ist nicht dein Ernst!«

»Das einzige, was ich nicht genau weiß, ist, ob er es mit Absicht gemacht hat«, sagte Madi.

»Du meinst, er könnte Selbstmord begangen haben?« fragte ich verblüfft.

»Ich nehme es an, ja. Aber bei Tabletten läßt sich das natürlich immer schwer nachweisen.«

Roberto Madi sah mich freundlich, aber auch ein bißchen mitleidig an.

»Meine liebe Faith«, sagte er, »wann wirst du endlich begreifen, daß nichts – nichts, *hörst* du! – so ist, wie die Leute es hinstellen?«

»Arme Mrs. Griffin«, sagte ich geistesabwesend. »Was für ein jämmerliches Leben.«

»Sie hat sich's selber ausgesucht«, urteilte er barsch.

»Mag sein, aber auch sie möchte jetzt alles beichten und sehnt sich nach Absolution. Das weiß ich.«

»Beichten? Was kann sie denn beichten?« fragte Madi gereizt. »Daß ihr Mann ein Ungeheuer gewesen ist? Daß ihr Kind von Geburt an dem Untergang geweiht war? Daß ihr ganzes

Leben nichts weiter ist als ein Häuflein Asche? Sie wird niemals mit der Wahrheit rausrücken! Sie wird nie auch nur den kleinsten Schatten auf dem Namen Griffin dulden. Sie hat ihr Leben der hehren Aufgabe geweiht, Mrs. Holt Griffin zu sein. Das ist alles, was sie hat. Ihre Unsterblichkeit hängt an diesem Namen, will sagen an Holt – sogar jetzt noch.«

»Aber sie will, daß ich Bescheid weiß«, wandte ich ein.

»Dann frag dich doch mal, **warum**«, sagte Madi geheimnisvoll.

»Was meinst du?«

»Warum sollte sie sich ausgerechnet dir anvertrauen? Findest du das nicht merkwürdig?« forschte er.

Ich überlegte einen Moment. »Sie wünscht sich die Erleichterung, die man nach der Beichte empfindet – genau wie du. Sie ist alt und krank. Sie möchte nicht mit dieser furchtbaren Schuld auf dem Gewissen sterben. Sie muß einfach mit irgendwem darüber sprechen.«

»Aber wieso ausgerechnet *du*?« wiederholte Madi. »Warum geht sie nicht zu einem Psychiater oder meinetwegen zu einem Geistlichen?«

»Worauf willst du eigentlich hinaus?«

»Dieser Mr. Pitt – bist du gut mit ihm befreundet?«

»Ja, sehr gut sogar«, antwortete ich. »Aber was hat er damit zu tun?«

»Dann frag ihn.«

»Was? Was soll ich ihn fragen?«

»Geh und rede mit ihm«, drängte Madi.

»Natürlich, das tu ich sowieso, sobald ich zurück bin. Aber was meinst du nur, Roberto? Was versuchst du mir zu sagen?«

Er lehnte sich zurück und verschränkte die Arme vor der Brust.

»Das weiß ich auch nicht«, sagte er nachdenklich. »Aber irgendwas ist da im Busch, das garantiere ich dir.«

Er griff nach seinen Zigaretten, aber das Päckchen war leer.

Da knüllte er es zu einem Bällchen zusammen und warf es auf den Tisch, wo es sich knisternd wieder entfaltete.

»Warum hat Frances dich für diesen makabren Auftrag ausgesucht?« fragte Madi weiter. »Hast du dich das schon mal ernsthaft gefragt?«

»Allerdings, das habe ich. Schau, ich bin ungefähr in Cassandras Alter. Ich bin Künstlerin, das heißt, auch wenn ich nicht zu Mrs. Griffins Welt gehöre, kann ich mich doch einigermaßen hineinversetzen. Und dann erinnere ich sie natürlich auch an Cassandra ...«

Noch bevor ich all meine Gründe zu Ende aufzählen konnte, schüttelte Madi den Kopf.

»Das bezweifle ich«, sagte er.

»Wieso? Dich hab ich doch auch gleich an Cassandra erinnert.«

»Das ist nicht der Punkt.« Er machte eine ungeduldige Handbewegung.

»Und was ist, bitte, der Punkt?«

»Ich sag dir mal meine Theorie«, erbot er sich.

»Ich bitte darum.«

»Ich denke, es muß einen geheimen Grund dafür geben, daß du in diesem Haus bist«, sagte er. »Und diesen Grund, den mußt du rauskriegen. Frances ist chronisch mißtrauisch gegen Fremde. Normalerweise läßt sie niemanden so leicht in ihr Leben eindringen.«

Mir fiel ein, wie Mrs. Griffin mich ganz zu Anfang hatte beobachten lassen und wie sie selbst mich im Pavillon bespitzelt hatte.

»Aber was könnte denn das für ein Grund sein?« fragte ich ratlos.

»Ich weiß es nicht«, antwortete er. »Ich sag ja, es ist merkwürdig. Wie ist sie übrigens auf dich gekommen?«

»Also sie hat gesagt, sie hätte einen Artikel von mir gelesen – über Veronese.«

Madi stieß einen höhnischen Pfiff aus. »Aber Faith, ich bitte dich!«

»Doch, sie hatte ihn wirklich gelesen«, beharrte ich. »Wir haben uns mal ausführlich darüber unterhalten.«

»Aber das war bestimmt noch lange kein Grund für sie, dich in ihr Leben reinzulassen, glaub mir!«

»Ach ja, und dann war ich ihr noch von ein paar Kunden empfohlen worden.«

»Und daraufhin hat ihre Sekretärin dich angerufen?«

»Nein, ihre Sekretärin habe ich nie kennengelernt. Sie schneite eines Tages höchstpersönlich in mein Atelier rein, ganz spontan.«

»Frances Griffin, leibhaftig?« Seine Augen wurden schmal.

»Ja.«

»Unangemeldet?«

»Sag ich doch, ja.«

Madi fing an zu lachen.

»Findest du das komisch?«

»Ich find's erstaunlich«, antwortete er. »Es paßt nicht zu Frances, irgendwo unangemeldet aufzukreuzen. Sie ist zu unsicher, als daß sie irgendwas spontan in Angriff nähme. Sie ist schließlich keine echte Aristokratin, sondern hat sich ihre Stellung nur erheiratet. Und wer in diese Kreise nicht reingeboren wurde, bleibt seiner Lebtag zu unsicher, als daß er ohne eine Armee von dienstbaren Geistern auskäme, die für ihn den Kontakt zur Außenwelt herstellen. Leute wie Frances Griffin bilden sich ein, erst wenn sie die Welt auf Distanz halten, wirken sie richtig vornehm.«

»Nein, so ist sie nicht, du tust ihr unrecht!« protestierte ich.

»Glaub mir, ich kenne sie besser als du. Im übrigen ist Frances seit Sandys Tod grundsätzlich nie mehr aus dem Haus gegangen.«

»Das kannst du doch gar nicht wissen. Du hast doch keinen Kontakt mehr zu ihr, oder?«

Wieder zögerte er.

»Nein.«

»Na also! Vielleicht hat sie sich ja mit den Jahren geändert«, sagte ich, immer noch bemüht, die alte Frau in Schutz zu nehmen.

»Menschen ändern sich nicht, Faith! Die Verhältnisse ändern sich, und dann hat es den Anschein, als ob auch die Menschen sich verändert hätten, aber das ist ein Trugschluß. Faith, glaub mir, ich kenne Frances wirklich gut. Die Frau macht nie etwas ohne Hintergedanken.«

»Na schön, Roberto, wenn du dir da so sicher bist – was glaubst du denn, könnte sie im Schilde führen?«

»Keine Ahnung, aber du wirst schon noch dahinterkommen«, orakelte Madi düster.

»Aber wenn es nichts mit Cassandra zu tun hat – was um alles in der Welt könnte es dann sein?«

»Faith, ich hab's dir gestern schon gesagt, ich mag dich wirklich sehr.« Er langte über den Tisch nach meiner Hand, und diesmal entzog ich sie ihm nicht. »Was immer es auch ist, ich flehe dich an, sei vorsichtig!«

»Und was ist mit dir, Roberto? Wenn Mrs. Griffin je dahinterkommt, daß du mir das alles erzählt hast, dann bist du doch das ganze schöne Geld los, oder?«

»Das Geld hat mir nie richtig gehört, weil ich nie Freude daran haben konnte.« Er seufzte. »Es kümmert mich jetzt nicht mehr, wer alles die Wahrheit erfährt. Mich geht das ganze nichts mehr an. Ich fahre in ein paar Tagen weg, und ich weiß nicht mal, wann ich zurückkomme.«

»Und wo gehst du hin?«

»Wo's mich grade hinverschlägt«, sagte er, zärtlich die Sehnen auf meinem Handrücken nachzeichnend. »Es spielt keine Rolle. Ich suche bloß ein Fleckchen, das sich abhebt, wo es einmal nicht so ist wie anderswo. Nur dürfte das nicht leicht zu finden sein – für mich ist es leider überall gleich.«

Wir schwiegen eine Weile und horchten auf das Lachen der Gäste an den Nachbartischen, das untermalt wurde vom aufgekratzten Gedudel aus der Jukebox. Einen unpassenderen Raum für ein solches Gespräch hätte man sich kaum vorstellen können.

»Tja, es wird Zeit für mich. Auf Wiedersehen, Roberto, und alles Gute.«

Wir gaben uns die Hand, und er küßte mich auf die Wange.

»Solange wir jung sind, stark und stolz«, sagte er mit brüchiger Stimme, »können wir es gar nicht erwarten, dem Leben den Kampf anzusagen. Aber die meisten von uns verlieren die Schlacht, und einen eindeutigen Sieger gibt's zum Schluß sowieso nicht. Gott schütze dich, Faith. Und vergiß nicht, was ich dir gesagt habe – sei vorsichtig!«

17

Ich verließ Broken Ridge noch am selben Nachmittag und nahm das nächste Flugzeug von Denver zurück nach New York. Die Maschine war fast leer, und ich hatte eine ganze Sitzreihe für mich allein. Ich lehnte mich zurück, schloß die Augen und dachte an Madi, an Cassandra, an das Video von den beiden beim Liebesakt. Plötzlich drängte sich, wie ein Einsprengsel aus einem Horrorfilm, die Szene dazwischen, wie Holt Griffin seiner Tochter das Messer ins Herz stieß. Ich riß die Augen auf, taumelte nach vorn und konnte gerade noch den Schrei, den ich schon auf den Lippen hatte, unterdrücken.

Kein Zweifel, Madi hatte mir die Wahrheit gesagt. Ich sah ihn vor mir, wie er mit hängenden Schultern die Bar verließ, ein trauriger, ein geschlagener Mann, der mir auf den ersten Blick doch so stark vorgekommen war. Ich dachte an seine Mahnung, mich vorzusehen, und nahm mir vor, sie zu beherzigen. Ganz allmählich aber wurde er in meinen Gedanken verdrängt durch Holt Griffin – den Mann von Welt, mit dem geheimen Doppelleben.

Wer war dieser Holt Griffin wirklich? War er so charmant, attraktiv und gebildet, wie die Leute behaupteten? Er mußte es wohl gewesen sein. Wie sonst hätte er aller Welt den rechtschaffenen Ehrenmann vorspielen können? Oder ob er doch nicht so nobel gewesen war, wie man ihm nachsagte, nicht einmal an der Oberfläche? Vielleicht hatte man ihm ja besondere Konzessionen gemacht mit Rücksicht auf die Dynastie, die er repräsentierte? Angesichts seiner glanzvollen gesellschaftlichen Stellung wollten manche vermutlich auch einfach an die

Legende glauben. Und doch mußte es zumindest einige gegeben haben, die etwas von der unheilvollen Wahrheit ahnten und die gleichwohl damit hinterm Berg hielten; sei es aus Loyalität, sei es aus Furcht oder in der Hoffnung, eines Tages zum Dank dafür in seinen Zirkel aufgenommen zu werden.

Gesetzt den Fall, ich hätte Holt Griffin noch kennengelernt? Wie hätte er wohl auf mich gewirkt? Hätte ich mich auch, wie so viele andere, verführen lassen von seinem blendenden Aussehen, seiner Eleganz, seiner Bildung, ganz zu schweigen von dem betörenden Ambiente von Reichtum und Luxus? Oder wäre es mir vielleicht gelungen, ihn zu durchschauen? Hätte irgendein verräterisches Zeichen, irgendeine Besonderheit in seinem Habitus sein falsches Herz entlarvt? Ich schmeichelte mir, daß ich den Menschen hinter der glanzvollen Fassade als das erkannt hätte, was er war.

Für sein Verbrechen gab es keine Entschuldigung. Aber war er deshalb durch und durch schlecht gewesen, ein absolut gewissenloser Schuft? Oder war er am Ende selbst das Opfer einer tragisch fehlgeleiteten Leidenschaft? Holt Griffin sei, hatte Madi gesagt, an einer Überdosis gestorben. Und wie Madi fragte auch ich mich, ob es Selbstmord gewesen war oder ein Unfall. Darf so ein Mensch auf Vergebung hoffen?

Ich dachte an Cassandra und die elende Kindheit, die sie hatte erdulden müssen. Dabei fiel mir ein Auftrag ein, der mich vor Jahren einmal in ein geradezu vorsintflutliches Haus in der finstersten Provinz des Staates New York verschlagen hatte. In Wirklichkeit stammte der alte Kasten natürlich aus dem neunzehnten Jahrhundert, und ich sollte dort ein paar Wandgemälde auffrischen. Über dem mächtigen Kamin im großen Saal prangte eine in Marmor gehauene Inschrift: REICHTUM MACHT NICHT GLÜCKLICH. Damals hatte ich nur darüber lachen können. Ich sah den selbstgerechten Halsabschneider direkt vor mir, der diese Weisheit als eine Art perverser Buße für sein ausschweifendes Leben in Auftrag gegeben hatte; Ausschweifungen, von denen gerade dieser Fünfzig-Zimmer-Palast im nachgemachten Queen-Anne-Stil ein ebenso beredtes wie abstoßendes Zeugnis ablegte. Jetzt fiel mir der Sinnspruch im Zusammenhang mit Cassandra plötzlich wieder ein, und auf einmal fand ich ihn gar nicht mehr so banal: REICHTUM MACHT NICHT GLÜCKLICH.

Und schließlich war da noch Frances Griffin. Erst jetzt erkannte ich das Ausmaß ihrer Schuld und ihres Leids. Wer war diese seltsame alte Frau, die sich so zäh ans Leben klammerte, und was wollte sie von mir? Langsam glaubte ich, Madi habe recht mit seinem Verdacht. Sie hatte mich wohl wirklich nicht ohne Hintergedanken für die Restauration des Ballsaals engagiert. Aber was führte sie im Schilde?

Die Maschine landete um elf Uhr Ortszeit in New York. Ich nahm mir ein Taxi in die Stadt und war noch vor Mitternacht in meiner Wohnung. Da ich wußte, daß meine Nachbarin eine Nachteule war, traute ich mich, sie so spät noch anzurufen, und sie kam auch gleich herunter und brachte mir Brush zurück. Er freute sich anscheinend sehr, mich wiederzuhaben. Ich versuchte, Harry anzurufen, erreichte aber nur den Anrufbeantworter. Ich bat ihn, mich gleich, wenn er heimkam, zurückzurufen, egal wie spät es sei. Auf meinem Anrufbeantworter war eine Nachricht von einer Mrs. Edna Grubek, ein Name, mit dem ich nichts anfangen konnte. Ich wählte die Nummer, die sie hinterlassen hatte und die, wie sich herausstellte, zu einem Howard-Johnsons's-Motel an der West Side gehörte. Ich fragte nach Mrs. Grubek, aber sie hatte für die Nacht das Telefon abgestellt. Ich hinterließ meinen Namen und eine kurze Nachricht, nur als Nachweis dafür, daß ich sie, wie gewünscht, zurückgerufen hatte. Wahrscheinlich, dachte ich, war es aber sowieso bloß eine falsche Verbindung.

Ich nahm die Zeitungsausschnitte über den Mord an Cassandra mit ins Bett. Brush rollte sich neben mir zusammen, als ich sie durchblätterte. Diesmal interessierte ich mich bloß für die Fotos, denn ich wußte ja inzwischen, daß die Berichte großenteils aus der Fabulierkiste stammten. Ich zog die Knie an und lehnte die Bilder von Holt, Cassandra und Frances nebeneinander, um sie in Ruhe vergleichen zu können. In gewisser Weise war das körnige Foto von Holt Griffin das interessanteste von allen. Jedenfalls fand ich es faszinierend, wie gründlich er die Welt an der Nase herumgeführt und ihr den vollendeten Gentleman vorgespielt hatte. Keine Frage, daß er seine Rolle perfekt im Griff hatte, aber seine klaren, scharfgeschnittenen, aristokratischen Züge, die siegessicher und erfolgsgewohnt in die Kamera lächelten, wirkten auf mich jetzt so bedrohlich wie ein gezücktes Jagdmesser.

Cassandra dagegen erschien mir mit einemmal so kläglich wie eine verdörrte Sonnenblume. Sie schlug mehr dem Vater nach als der Mutter, und das hatte den Narziß in Holt Griffin sicher besonders gereizt. Ich konnte mir vorstellen, daß er in ihr sein jüngeres, weibliches Pendant gesehen hatte und sie als solches unwiderstehlich fand.

Die meisten Rätsel jedoch gab mir Frances Griffins Bild auf. Ich erkannte den klaren, kühlen Blick wieder, mit dem das jugendliche Gesicht mich aus der Zeitungsseite anblickte. Ihre Augen hatten sich im Alter nicht verändert. Sie blickten heute noch genauso herrisch und ungetrübt – ja, und auch so verlangend wie auf diesem vor vielen Jahren aufgenommenen Foto.

Ich erinnerte mich an eine unserer ersten Begegnungen, als Frances Griffin zu mir gesagt hatte: »Eines Tages werde ich all Ihr Mitgefühl brauchen.« Ich hatte den Satz behalten, weil er mir gleich so sonderbar vorgekommen war. Und ich wußte immer noch nicht, was sie damit gemeint hatte. Endlich, als ich vor lauter Müdigkeit kaum noch die Augen offenhalten konnte, legte ich die Zeitungsausschnitte beiseite, um ein kleines Nickerchen zu machen.

Als ich aufwachte, war es schon Morgen. Die Papiere waren auf den Boden gerutscht, und das Licht brannte immer noch.

Ich stand gleich auf, denn ich wollte so rasch wie möglich nach The Haven rausfahren. Als ich unter der Dusche war, klingelte das Telefon. In der Hoffnung, es sei Harry, rannte ich pitschnaß nach draußen und nahm ab. »Ja?« keuchte ich.

»Hallo? Miss Crowell?« sagte eine Frauenstimme mit dem schleppenden Akzent des Mittelwestens.

»Ja, wer spricht da, bitte?«

»Mein Name ist Edna Grubek.«

»Oh, richtig, Sie hatten gestern schon mal angerufen.«

»Ja.« Sie zögerte. »Ich bin Harrys Schwester.«

»Meinen Sie Harry Pitt?«

»Ja, sicher«, sagte sie.

Mir wurde plötzlich ganz flau im Magen. Ich spürte, daß irgendwas nicht in Ordnung war.

»Wo steckt Harry denn? Ich hab schon gestern abend vergeblich versucht, ihn zu erreichen.«

Nach einer längeren Pause sagte sie: »Ich fürchte, Harry weilt nicht mehr unter uns, Miss Crowell.«

Mir wurde schwarz vor Augen. Ich sank aufs Bett nieder und preßte mir die Decke vor den nackten, nassen Körper.

»Bitte?« hörte ich mich sagen. »*Wie bitte?*«

»Ja, er ist vorgestern morgen verschieden. Herzinfarkt – ganz plötzlich.«

»Aber ich hab doch noch mit ihm gesprochen, als ...« stammelte ich und dachte an mein letztes Telefonat mit Harry vom Flughafen aus.

»Ich weiß, meine Liebe. Denken Sie nur, mein Mann telefonierte sogar mit ihm, als es passierte. Sein Hund war grade gestorben, und das hat ihn furchtbar mitgenommen. Wenn Sie mich fragen, war das überhaupt der Auslöser. Ich hab natürlich das erste Flugzeug genommen, das ich kriegen konnte. Und jetzt löse ich hier den Haushalt auf. Wir überführen meinen Bruder nach Cincinnati und beerdigen ihn dort. Den Hund habe ich vorhin erst weggebracht.«

Sie redete und redete, aber ich hörte sie nicht mehr. Ich sah nur noch Harry vor mir, hörte seine Stimme. Ich konnte es nicht fassen, daß ich ihn nie wiedersehen würde.

»Also, können Sie rüberkommen und es abholen?« fragte die Frau am anderen Ende der Leitung.

Ich hatte keine Ahnung, wovon sie sprach.

»Hören Sie? Können Sie herkommen und es abholen?«

»Entschuldigen Sie, worum geht es, bitte?«

»Na, um das Bild.«

»Was denn für ein Bild?«

»Das Bild, das er Ihnen vermacht hat. Davon rede ich doch die ganze Zeit. Es ist nicht übermäßig groß, keine Angst!«

»Tut mir leid, ich fürchte, ich war eben nicht ganz bei der Sache.«

»Aber das macht doch nichts. Es war halt ein Schock für Sie, versteht man ja. Für mich war's auch ein Schock, auch wenn Harry nicht, wie soll ich sagen ... na ja, er hatte nicht viel Familiensinn. Es ist nur so, daß ich morgen schon ganz früh los muß, und ich möchte dieses Dingsda nicht gern mit ins Motel schleppen und einfach an der Rezeption abgeben.«

»Was ... Was ist es denn?«

»Hab ich doch grad gesagt, Herzchen! Dieses olle Bild, das Harry Ihnen vererbt hat. Es ist fix und fertig verpackt und verschnürt. Sie sind die einzige, der er was hinterlassen hat – außer mir und Joe natürlich. Tut mir leid, daß ich so drängeln muß, aber könnten Sie nicht vorbeikommen und es abholen?«

»Wo sind Sie denn?«

»In Harrys Wohnung. Ich hab hier sicher noch den ganzen Tag zu tun, bis alles verpackt ist.«

»Verpackt?«

»Genau. Bin schon seit gestern dabei und hab auch die halbe Nacht drangehängt. Er hatte aber auch einen Haufen Plunder, alles was recht ist.«

Plötzlich hatte ich die aberwitzige Vision, wie der tote

Harry, auf eins seiner seidenen Kissen gestützt, mit glasigen Augen zusah, während diese, ihrer Telefonstimme nach so völlig deplazierte Verwandte vor seinen Augen sein Leben in Plastikmüllsäcken verstaute.

»Aber wo ist denn Harry jetzt?«

»Die sterblichen Überreste«, näselte sie, »sind schon am Flugplatz. Ich nehme ihn mit nach Hause. Joe und ich, wir dachten, das ist Christenpflicht, wissen Sie.«

»Ich komme gleich rüber.«

Ich zog mich hastig an, rannte hinunter auf die Straße und schnappte mir ein Taxi. Es war nur eine kurze Fahrt, und als ich ankam, fuhr ich mit dem Aufzug rauf zu Harrys Wohnung, wie ich es so oft getan hatte in den letzten dreizehn Jahren.

Auf mein Klingeln öffnete eine ältere Frau mit grüngefaßter Brille, im braunen Hosenanzug. Sie sah adrett und freundlich aus, hatte markante Gesichtszüge und schien, ihrer stämmigen Figur nach zu urteilen, von robuster Gesundheit. Hinter ihren dicken Brillengläsern wirkten die braunen Augen unverhältnismäßig groß und leicht vorquellend. Das kurze, dauergewellte graue Haar hatte einen leichten Blauschimmer. Sie hielt eine Plastikplane und eine Rolle Kreppband in Händen.

»Guten Morgen, ich bin Faith Crowell, wir haben eben telefoniert.«

»Edna Grubek. Treten Sie doch näher. Danke, daß Sie gleich gekommen sind. Und entschuldigen Sie meinen Aufzug.« Lächelnd strich sie sich übers Haar. »Aber bei der ganzen Räumerei hier ... Großer Gott, ich sage Ihnen, mein Bruder hatte mehr Plunder als eine Packratte.«

Ich konnte es nicht fassen, daß diese Frau mit Harry verwandt und dann gar noch seine Schwester sein sollte. Harry hatte nie viel über seine Kindheit gesprochen, nur manchmal entschlüpfte ihm eine meist abschätzige Bemerkung. Zu Beginn unserer Freundschaft hatte ich mich ernsthaft bemüht, etwas über seine Vergangenheit zu erfahren. Ich fragte ihn, woher er stamme, wie er aufgewachsen sei, wer seine Eltern waren, ob er Geschwister habe. Aber das Thema war ihm sichtlich unangenehm.

»Bitte«, sagte er leise mitten in mein Kreuzverhör hinein, »sei mir nicht böse, aber es ist nun mal keine Zeit, an die ich gern zurückdenke.«

In dem Moment sah ich Harrys ganze kultivierte Schale plötzlich dahinschmelzen, und zum Vorschein kam der traurige, der einsame kleine Junge, der er im Kern wohl immer noch war. Ich berührte das Thema nie wieder und lernte außerdem, selbst die unverfänglichsten Fragen nach seiner Kindheit und Jugend zu vermeiden. Von sich aus erzählte er nie etwas. Aber mir fiel immer wieder auf, wie sehr ihn Menschen faszinierten, die es geschafft hatten, ihre Vergangenheit auszulöschen und sich eine neue Identität zu schaffen – natürlich war Frances Griffin ein Paradebeispiel dafür. Harry äußerte sich seltsam zwiespältig über solche Leute, die er gleichzeitig bewunderte und verunglimpfte, als ob er sich nicht zu einem klaren Urteil über sie durchringen könne. Ich ahnte, daß das mit seinem gestörten Verhältnis zur eigenen Vergangenheit zusammenhing.

Also das ist Harrys Schwester, dachte ich, als ich ihr über den langgestreckten Flur ins Wohnzimmer folgte. Sie schien in jeder Beziehung das krasse Gegenteil von Harry zu sein, angefangen von der Kleidung, über Stimme und Gestik, bis hin zu ihrer Weltanschauung. Ihre Kleider suchte sie allem Anschein nach nicht nach modischen, sondern nach rein praktischen Gesichtspunkten aus. Ich hätte gern gewußt, was Harry zu ihrem Aufzug gesagt hätte, besonders zu den weißen Schuhen mit den grünen Schnürsenkeln und zu dem neckischen Ziertüchlein in ihrer Brusttasche, das über und über mit Enten und Flinten bedruckt war. Und natürlich lagen Welten zwischen Mrs. Grubeks näselndem Slang und Harrys prononcierter, britisch angehauchter Sprechweise. Ein, zwei Bemerkungen, die sie über Harrys Beruf machte, ließen in mir den Verdacht aufkeimen, daß Kunst für sie so ungefähr gleichbedeutend war mit sündteuren Tapeten. »... dieser ganze Schnickschnack, an dem er pleite gegangen ist«, lautete eine ihrer schon etwas anzüglichen Bemerkungen über Harrys Geschäft.

Sie hatte vielleicht solidere Grundsätze als Harry, aber die Wahl, mit wem ich lieber einen Abend verbracht hätte, wäre mir nicht schwergefallen. Harry war lustig, unterhaltsam, kannte und schätzte Kunst und Handwerk gleichermaßen. Ich bezweifelte, daß letzteres auch auf Edna Grubek zutraf. Wenn sie wirklich aus ein und derselben Familie stammten, wie um alles in der Welt hatte Harry es dann nur fertiggebracht, sich so vollkommen umzukrempeln und zu einem solchen Ästheten zu stilisieren?

Als ich hinter Mrs. Grubek hertrottete, erinnerte ich mich an die vielen schönen Abende, die ich in dieser Wohnung verbracht hatte. Vor dem Wohnzimmer blieb ich einen Moment stehen, schloß die Augen und rief mir mein liebstes Bild von Harry ins Gedächtnis – wie er in einem brokatenen Morgenmantel, den Zigarettenrauch wohldosiert durch die Nasenflügel blasend, in der Rechten ein Glas Rotwein, auf der Couch thronte und Hof hielt. Harry hatte seinem selbsterfundenen Image gleich die perfekte Bühnendekoration mitgeliefert. Es fiel mir schwer zu glauben, daß er auf einmal nicht mehr da war und daß sein Tod die Welt so wenig berührte, abgesehen von der leidigen Nachlaßregelung.

Beim Betreten des Wohnzimmers erlebte ich einen ziemlichen Schock. Die kostbare Stoffbespannung war von den Wänden gerissen, der Zeltbaldachin hing in Fetzen von der Decke. Vom Kronleuchter war nur noch die Halterung übrig. Die Möbel waren an den beiden Längswänden aufgetürmt, und überall im Zimmer standen Umzugskartons, manche schon mit Kreppband versiegelt, andere noch aufgeklappt, so daß man hineinsehen konnte. Die Teppiche waren aufgerollt, und darunter kam ein rissiger, ausgetrockneter Holzfußboden zum Vorschein.

»Sie müssen das Durcheinander schon entschuldigen«, sagte Mrs. Grubek. »Aber ein paar Leute aus dem Haus haben sich die Wohnung angesehen, und die wollten natürlich auch wissen, in welchem Zustand die Wände hinter all dem Plunder da sind. Und Gott sei Dank, daß sie drauf bestanden, denn dabei haben wir gleich ein leckes Rohr entdeckt. Aber nun warten Sie mal, wo hab ich gleich wieder die verfluchte Kiste hingestellt? Nein, so was, ich hatte sie doch eben noch griffbereit.«

Ich sah zu, wie sie im Zimmer herumkramte. Und seltsam, je länger ich sie beobachtete, desto mehr erschien sie mir wie eine schlankere Ausgabe von Harry. Die eng beieinander stehenden Augen, die hohe Stirn, die heruntergezogenen Mundwinkel, die ihrem Gesicht einen Anflug von Armesündermiene verliehen – all das waren lauter verkleinerte Varianten von Harrys feisten Zügen.

»Es ist schon ein Kreuz, hier alles von jetzt auf gleich in Ordnung bringen zu müssen«, seufzte sie in einer Art Selbstgespräch. »Ah, na bitte, da ist es ja!«

Hinter einem runden Tisch mit Schonbezug zerrte sie ein schmales Paket hervor, das sie mir triumphierend überreichte.

»Also, da hätten wir's!«

»Vielen Dank auch, Mrs. Grubek.«

»Nicht doch, ich bitte Sie ... Den anderen Plunder, den werden wir ja größtenteils verkaufen. Ein bißchen was dürfte da schon abfallen.«

»Wenn Sie Probleme haben mit den Begräbniskosten, Mrs. Grubek, dann würde ich liebend gern was beisteuern. Harry war nämlich einer meiner engsten Freunde, wissen Sie.«

»Ach, nein danke. Das packen wir schon. Wir haben uns ja immer durchgeboxt. Trotzdem, sehr lieb von Ihnen, das anzubieten. Aber mein Joe ist ein Heiliger. Er hat Harry die letzten paar Jahre ohne einen Muckser unterstützt, obwohl er ... na, Sie wissen schon ...«

»Nein, Mrs. Grubek. Was meinen Sie?«

»Na ja, er ... also Joe war nicht so ganz einverstanden mit ... mit Harrys Lebenswandel«, platzte sie heraus und schürzte leicht trotzig die Lippen.

Ich spürte wohl, daß sie bemüht war, sich so taktvoll wie möglich auszudrücken. Trotzdem schwang ich mich instinktiv zu seiner Verteidigung auf.

»Mit ›Lebenswandel‹ meinen Sie wohl, daß er schwul war«, sagte ich.

Sie wurde rot.

»Also glauben Sie mir, Herzchen, wenn's nach mir ginge, dann würde ich sagen: Leben und leben lassen«, entschuldigte sie sich verlegen.

Sie war anscheinend wirklich eine gute Haut. Ich nickte ihr lächelnd zu, was sie offensichtlich erleichtert zur Kenntnis nahm.

»Ach ja, und wenn Sie zur Beisetzung kommen möchten«, fuhr sie fort, »das wäre dann übermorgen in Cincinnati. Sie sind uns wirklich herzlich willkommen.«

Einerseits wollte ich dabeisein, wenn Harry zur letzten Ruhe gebettet wurde, andererseits trieb mich einfach die Neugier, an diesem biederen Begräbnis teilzunehmen. Aber dann beschloß ich, es doch lieber bleibenzulassen. Ich wollte Harry so in Erinnerung behalten, wie ich ihn gekannt, wie er sich dargestellt hatte und wie er daher wohl auch erinnert werden wollte. Wenn ich jetzt hinginge und die Wurzeln ausgrub, die er ein Leben lang vergraben gehalten hatte, dann wäre das, schien mir, fast einem Verrat an seinem Andenken gleichgekommen.

»Das ist sehr lieb von Ihnen, Mrs. Grubek«, sagte ich, »aber ich fürchte, es wird mir nicht möglich sein.«

Sie zuckte die Achseln, als wollte sie sagen: »Wie Sie meinen«, und ging aus dem Zimmer. Ich folgte ihr, mit dem Paket unterm Arm. Schwer war es nicht, nur ziemlich sperrig. Mrs. Grubek hielt mir die Wohnungstür auf. Sie bot auch an, mich runterzubringen, aber ich lehnte dankend ab.

»Auf Wiedersehen, Mrs. Grubek.«

»Wiedersehen, Miss Crowell. Und danke fürs Kommen. Hat mir einen Weg gespart.«

»Aber nein, ich danke Ihnen für das Bild. Gott schütze Harry.«

»Amen.«

Wir sahen uns in die Augen; nur einen kurzen Moment lang, dann schloß sie die Tür.

Auf der Heimfahrt im Taxi dachte ich, das Paket fest an mich gepreßt, an Harry und an den Tod. Im Geiste hatte ich Harry immer noch ganz lebendig vor mir, ja in mancher Hinsicht sah ich ihn jetzt, da ich wußte, daß ich ihn nie wiedersehen würde, sogar deutlicher als je zuvor. Trotzdem wußte ich natürlich, daß ich ihn endgültig verloren hatte. Es war, als sei ein Teil meines Lebens zum Stillstand gekommen, als ich gerade mal nicht aufgepaßt hatte. Ahnungslos war ich nach Denver geflogen, in der Erwartung, meinen Freund bei meiner Rückkehr wohlbehalten vorzufinden. Aber nun war er nicht mehr da. Er hatte haltgemacht, ich war weitergegangen. War denn der Tod wirklich so banal?

Als ich heimkam, stellte ich die Kiste auf den Küchentisch und sah sie mir genauer an. Der Deckel war schon mal geöffnet, dann aber wieder zugenagelt worden. Ich holte mir einen Schreinerhammer und zog mit dem Zwickel vorsichtig die Nägel. Brush saß auf einem Stuhl und sah zu, wie ich den Holzdeckel abhob. Das Bild war wirklich ziemlich klein, etwa dreißig mal fünfundvierzig Zentimeter; es war in Zeitungspapier eingeschlagen und ringsum mit Holzwolle geschützt. Mit äußerster Vorsicht hob ich es aus dem Verpackungsnest. Ein paar Flusen von der Holzwolle segelten zu Boden, und Brush sprang von seinem Stuhl, um danach zu haschen. Unterdessen trug ich das immer noch ins Papier eingeschlagene Bild ins Wohnzimmer und lehnte es an die Couch. Ich hatte das deutliche Gefühl, Harry habe mir damit eine Botschaft hinterlassen.

Ich schlitzte die Papierumhüllung auf, vermied es aber, nach dem darunter zum Vorschein kommenden Bild zu schielen, bevor es nicht ganz freigelegt war. Als es soweit war, trat ich zurück und sah das Bild lange an. Es war ein Mutter-Kind-Porträt aus der Schule der alten Meister. Die Mutter, eine stattliche Frau im kostbaren, mit Perlen und Edelsteinen bestickten Brokatgewand, saß auf einem grünsamtenen Diwan und hielt ein eher unscheinbares kleines Mädchen auf dem Schoß. Die Kleine, die ein schlichtes weißes Seidenkleidchen trug, bot der Mutter eine Blume dar. Der Rahmen war handgeschnitzt und vergoldet.

Je länger ich mich in die Betrachtung dieses reizend-unschuldigen Paares versenkte, desto stutziger wurde ich. Die auf den ersten Blick so heile, Wohlstand und Geborgenheit suggerierende Familienszene wies im Detail lauter winzige Unstimmigkeiten auf, gerade so, als habe der Künstler im Betrachter Zweifel wecken wollen an dieser scheinbaren Idylle.

Als ich nähertrat, um die Leinwand eingehender zu studieren, machte ich eine verblüffende Entdeckung: Mutter und Kind waren aus einem dichten Mosaik von Muscheln zusammengesetzt, deren jede täuschend echt einen Körperteil imitierte. Augen, Nase, Mund, Haare, Hände – waren alles lauter verschiedene Muscheln, die dank kluger Auswahl, großartiger Pinselkunst und raffiniertesten Arrangements menschliche Formen vorstellten. Dieses Bild war eine der ungewöhnlichsten Trompe-l' œil-Arbeiten, die ich je gesehen hatte, ja ich bezweifelte, daß es noch eine zweite von dieser Originalität gab.

Die Leinwand war nicht signiert. Also drehte ich das Bild um, in der Hoffnung, auf der Rückseite einen Hinweis auf Maler oder Entstehungszeit zu finden. Die kreuzweise mit

Stützleisten versehene Rückwand trug aber nur ein vergilbtes Eti-kett mit einer Aufschrift in blaßbrauner Tinte. Ich brachte das Bild hinüber zum Schreibtisch, um den Text im Schein der Leselampe zu entziffern. Ich las: »Eigentümer Harry Pitofsky, Jan. 1976.« Harry Pitofsky. Harry Pitt.

Ich ging zurück in die Küche, wo Brush immer noch mit der Holzwolle auf dem Fußboden herumtollte. Ich suchte zwischen der Verpackung nach einem Brief, irgendeiner Nachricht von Harry. Aber ich fand nichts. Ich konnte mir nicht vorstellen, was er mir mit diesem Vermächtnis sagen wollte, abgesehen davon, daß es eben eine hervorragende Trompel' œil-Arbeit war und er sicher sein durfte, ich würde sie zu schätzen wissen. Das Mutter-Tochter-Sujet mutete mich freilich ein bißchen seltsam an, denn schließlich war meine Mutter lange tot, und ich selber hatte ja keine Kinder. Aber Harry hatte gewiß seine Gründe gehabt.

Als ich an diesem Abend schlafen ging, lehnte ich das Bild so auf die Kommode, daß ich das Muschelpaar vom Bett aus sehen konnte. Ich dachte an die Vergänglichkeit des Lebens, an Harry, an meine verlorene Familie, an Cassandra, die Griffins, an das traurige Ausmaß des Liebesverlustes in dieser Welt – und dann ließ ich endlich meinen Tränen freien Lauf.

18

Die nächsten paar Tage verkroch ich mich in meiner Wohnung und gab mich ganz der Lethargie der Trauer hin. Meine Mahlzeiten bestellte ich bei benachbarten Restaurants mit Heimservice; ansonsten kramte ich alte Kunstbücher wieder vor, sah fern, las ein bißchen und schlief sehr viel. Brush zeigte sich anhänglicher als gewöhnlich, vielleicht, weil er spürte, daß ich seine Gesellschaft jetzt dringender brauchte denn je. Mitunter war mir, als sei Harrys Geist mit mir im Raum, und dann sprach ich laut mit ihm, erzählte von früher, klagte ihm, wie sehr er mir fehle. Und ich saß stundenlang vor dem seltsamen Gemälde, das er mir vermacht hatte, und mühte mich, die dazugehörende Botschaft – falls es denn überhaupt eine gab – zu entziffern. Natürlich dachte ich auch an den Pavillon von The Haven – überlegte mir, wie und wann ich meinen Auftrag dort zu Ende führen würde. Aber mein Wunsch, Frances Griffin zur Rede zu stellen, war durch Harrys Tod ganz in den Hintergrund getreten.

Eines Abends – inzwischen war eine Woche vergangen –, als ich gerade wieder mit dem Gedanken spielte, nun endlich nach The Haven rauszufahren, um meine Arbeit zu Ende zu bringen, klingelte das Telefon. Die letzten Tage hatte ich mich immer hinter dem Anrufbeantworter verschanzt, aber diesmal hob ich ab.

»Hallo?« meldete ich mich zaghaft.

»Faith, hier spricht Frances Griffin.«

Unwillkürlich setzte ich mich gerade. »Oh, Mrs. Griffin, eben habe ich an Sie gedacht. Wie geht es Ihnen?«

»Sie haben mir gefehlt, Faith. Wann kommen Sie denn endlich wieder nach The Haven?«

»Ja, also ich denke, am besten gleich morgen«, sagte ich, aus dem Gefühl heraus, daß ich diese Sache tunlichst so rasch wie möglich hinter mich bringen sollte. »Ich habe ja im Ballsaal noch einiges zu tun.«

»Ja, und dann haben wir auch eine Menge zu bereden. Ich freue mich auf unser Wiedersehen, meine Liebe.« Damit legte sie auf.

Am nächsten Morgen stand ich so zeitig auf, daß sogar Brush sich nur mühsam aufraffen konnte, mit mir zu frühstücken. Um halb acht war ich bereits unterwegs.

Es war ein kalter, unfreundlicher Tag, ganz Grau in Grau. Ein leichter Regen ging allmählich in Nieseln über und hörte schließlich ganz auf. Schieferfarbene Wolken ballten sich am Horizont. Auf dem Highway mußte ich unwillkürlich an meine erste Fahrt nach The Haven denken. Damals war Frühling gewesen, und die frischen, leuchtenden Farben hatten meine Vorfreude auf die Arbeit für jemand so Prominentes wie Mrs. Griffin noch gesteigert. Als ich jetzt auf das Anwesen zufuhr, konnte ich nichts Schönes mehr daran entdecken; vielmehr erinnerte es mich jetzt an ein trostloses Heim oder eine Anstalt, die inmitten einer abgezirkelten Einöde dem sicheren Verfall entgegensah. Und die Frau, die hier wohnte, war keine Königin mehr, sondern eine einsame alte Kranke, deren Leben ein Reigen von Betrug und Tragik gewesen war.

Ich hielt in der Einfahrt und stieg aus dem Wagen. Das Kopfsteinpflaster war noch rutschig vom Regen. Deane öffnete so prompt, als hätte er mich bereits erwartet. Aber er verlor kein Wort darüber, daß ich einige Zeit fort gewesen war, und hieß mich auch nicht willkommen.

»Madam ist im Pavillon«, war alles, was er sagte.

Woher konnte sie nur gewußt haben, um welche Zeit ich kommen würde?

Deane führte mich durchs Haus, begleitete mich aber nicht hinüber zum Ballsaal. Er hielt mir lediglich die Flügeltür im Salon auf und wies mit einer Handbewegung hinaus in den Park. Sein Betragen war so unfreundlich wie das Wetter draußen.

Auf dem Weg durch die Anlagen kroch mir die Feuchtigkeit des Bodens in die Glieder und machte mich frösteln. Das Anwesen wirkte jetzt, da die entlaubten Bäume keine perspektivischen Akzente mehr setzten, kleiner. Ich kam an der Glyzinienlaube vorbei, deren nackte, verschlungene Ranken sich wie erstarrte Schlangen um das Spalier wanden. Wo den Sommer über bunte Blumenrabatten das Auge erfreut hatten, erblickte ich jetzt nur noch aufgehäufelte Erde, durchsetzt von ein paar verirrten, welken Grashalmen.

Die Stufen, die zum Pavillon hinaufführten, waren ebenso schlüpfrig wie das Kopfsteinpflaster drüben in der Auffahrt. Als ich eintrat, sah ich Mrs. Griffin in ihrem Rollstuhl mitten auf der Tanzfläche sitzen, eine Pelzdecke zum Schutz gegen die Kälte über die Knie gebreitet. Sie hatte mich kommen hören und drehte sich gleich nach mir um.

»Oh, Faith«, sagte sie mit matter Stimme, »da sind Sie ja ...«

Während ich die Freitreppe hinunterschritt, warf ich einen kritischen Blick auf die Wandgemälde ringsum. Ob mir damit ein Kunstwerk gelungen war oder nicht, das zu entscheiden mußte ich der Nachwelt überlassen, aber meinem Auftrag war ich zumindest gerecht geworden, soviel sah man schon jetzt. Ich hatte den Raum zum Leben erweckt; ja, während ich auf die Tanzfläche zuging, erwartete ich beinahe, leise Musik und gedämpfte Stimmen zu hören. Und wieder, wie schon so oft, blieb mein Blick an der betörenden, weißgekleideten Gestalt ohne Gesicht hängen, die das Hauptgemälde dominierte. Auf sie, die ohne Frage der Mittelpunkt des Balles war, waren alle anderen Szenen ausgerichtet. Das einzige, was mir jetzt noch zu tun blieb, war, ihr ein Antlitz zu geben.

Mrs. Griffin saß da wie die Verkörperung all der Lebenstrauer, die ich im Augenblick empfand. Ihre Perücke war so tief in die Stirn gerutscht, daß sie aussah wie ein Hut. Sie war ein bißchen zu stark geschminkt, und ein paar hauchdünne Lippenstiftspuren waren auf Kinn und Oberlippe verschmiert. Als ich ihr jetzt gegenübertrat, haßte ich sie weder, noch tat sie mir sonderlich leid. Aber ich hatte nach wie vor das Gefühl, daß sie etwas im Schilde führte, und meine Geduld mit diesem Katz-und-Maus-Spiel war erschöpft.

»Mrs. Griffin, warum haben Sie mich engagiert? Doch nicht bloß, um diesen Saal auszumalen? Warum bin ich wirklich hier? Ich möchte es endlich wissen.«

»Ich weiß nicht, was Sie meinen, Faith?«

»Ich frage Sie: Warum ausgerechnet ich? *Warum*?«

»Aber das habe ich Ihnen doch längst gesagt – ich bewundere Ihre Arbeiten.«

»Nein, das ist nicht der Grund.«

»O doch, gewiß!« beteuerte sie.

»Nein!« Ich rief es so laut, daß meine Stimme von den leeren Wänden widerhallte. »Das ist nicht der *wahre* Grund.«

Fast schüchtern sah sie mich an.

»Was sollte es sonst sein?« Sie sprach einfältig wie ein Kind.

»Das weiß ich ja eben nicht, aber ich will Ihnen sagen, was ich vermute.«

»Nur zu.«

»Sie haben nicht mich gewählt, damit ich diesen Saal ausmale, Sie haben diesen Saal gewählt, damit ich ihn ausmalen konnte.«

Ein düsteres Lächeln huschte wie ein flüchtiger Schatten über ihr Gesicht. Sie holte tief Luft. Ich wußte, ich hatte ins Schwarze getroffen.

»Sie wollten mich aus einem ganz bestimmten Grund hier haben«, fuhr ich fort. »Wäre ich ein Klempner gewesen, dann hätten Sie mich geholt, damit ich Ihnen einen zusätzlichen Abfluß einrichte.«

Sie lachte nervös.

»Ich meine es ernst, Mrs. Griffin. Es war nicht meine Arbeit, die Sie wollten – Sie wollten *mich*!« Ich hielt inne. »Was ist, irre ich mich?«

Ihr Körper wurde starr, entspannte sich aber gleich wieder. Sie stieß einen Seufzer der Erleichterung aus.

»Nein«, sagte sie endlich. »Sie irren sich nicht.«

Ich stand über ihr und nickte triumphierend, wie der Sieger, als der ich mich fühlte.

»Aber warum, Mrs. Griffin? Warum ausgerechnet ich?«

Sie sah zu mir auf, und ihr Gesicht wurde plötzlich weich, fast zärtlich. Sie winkte mir, mich zu ihr zu setzen.

»Kommen Sie, rücken Sie sich den Stuhl da heran.«

Ich holte meinen Zeichenstuhl und setzte mich neben sie. Sie war stark parfümiert, und trotzdem konnte der Duft einen unterschwelligen, muffig-unangenehmen Geruch nicht ganz überdecken.

»Ist Ihnen auch warm genug?« fragte sie.

»Danke, ich friere nicht so leicht«, antwortete ich brüsk.

»Na, na, nun beruhigen Sie sich erstmal«, sagte sie und tätschelte meine Hand.

So verkrampft, wie ich war, fiel es mir nicht leicht, mich zu entspannen.

»Tut mir leid, Mrs. Griffin. Aber ich bin im Moment ziemlich aus dem Gleichgewicht – aus vielerlei Gründen. Mir gehen da eine Menge Dinge im Kopf herum, die keinen Sinn ergeben. Und ich hab noch andere Gründe ... persönliche Gründe, mit denen ich Sie nicht behelligen will.«

»Was für Gründe? Wir müssen jetzt ganz ehrlich miteinander sein.«

Es klang wirklich aufrichtig und versöhnlich.

»Ach, ein sehr enger Freund von mir ist gerade gestorben und« – ich spürte, wie mir die Tränen in die Augen stiegen – »und ich fühle mich im Moment einfach ziemlich elend.«

Ich versuchte mit aller Macht, das Weinen zurückzuhalten.

»Ach ja, armer alter Harry«, hörte ich Mrs. Griffin sagen.

Ich blickte auf.

Ein Schaudern durchlief meinen Körper.

»Was haben Sie eben gesagt?«

»Ich sagte: ›Armer alter Harry.‹«

»Heißt das, Sie haben Harry gekannt?« fragte ich.

»Aber ja.« Sie sah mich bedeutungsvoll an.

Mich fröstelte wieder.

»Warten Sie, damit wir uns recht verstehen – wir sprechen von Harry Pitt, dem Antiquitätenhändler?«

»Aber ja, Kind. Harry Pitt. Er war ein sehr lieber alter Freund von mir. Hier, nehmen Sie.«

Sie zog ein Spitzentaschentuch aus der Manschette und hielt es mir hin. Aber ich schüttelte nur den Kopf und holte statt dessen meine Packung Tempotücher aus der Tasche.

»Ein alter Freund?« wiederholte ich ratlos, während ich mir die Augen trocknete. »Aber Harry hat mir doch erzählt, er hätte nur mal ganz kurz geschäftlich mit Ihnen zu tun gehabt. Sie hätten ihm eine Kommode abgekauft und ihn dann gebeten, sich auf Auktionen ein bißchen für Sie umzuschauen.«

»Ja«, sagte sie zögernd, »sehen Sie, den Text hatte ich ihm eingetrichtert.«

Ich spürte, wie mir das Blut zu Kopf stieg.

»Sie haben ihn instruiert?«

»Aber ja. O Kind, Kind«, seufzte sie und rang die Hände. »Ich war mir sicher, daß Sie das inzwischen erraten hätten.«

»Erraten?« Ich starrte sie entgeistert an. »Was um alles in der Welt hätte ich denn *erraten* sollen?«

»Na, daß wir uns kennen, ich meine kannten – Harry und ich.«

»Nein, da ... darauf wäre ich nicht gekommen«, stammelte ich.

»Na, vielleicht ist es auch besser so.« Sie seufzte. »Sie sind nicht mißtrauisch, das ist gut. Aber Harry und ich, wissen Sie, wir kannten uns schon sehr, sehr lange. In vieler Hinsicht war er für mich – genau wie für Sie – der beste und zuverlässigste Freund. Er wird mir mehr fehlen, als ich sagen kann.« Sie lächelte traurig.

Hilflos schüttelte ich den Kopf. Ich traute meinen Ohren nicht.

»Wovon reden Sie eigentlich, Mrs. Griffin? Ich verstehe kein Wort.«

»Aber Kind, das braucht Sie doch nicht so zu verstören! Ich sehe, Sie sind schrecklich aufgeregt, doch dazu besteht wirklich kein Grund.«

»Aber warum hat Harry mir nichts gesagt? Als Sie mich engagieren wollten und ich ihn um Rat fragte, da sagte er bloß, ich solle den Auftrag getrost annehmen. Keine Silbe davon, daß er mit Ihnen befreundet sei. Ja, und dann hat er mich dauernd nach Ihnen ausgefragt, als ob er brennend neugierig auf Sie gewesen wäre.«

»Er hat Sie nach mir gefragt, um herauszufinden, wie Sie über mich denken.«

»Ich bin ganz verwirrt, Mrs. Griffin. Bitte sagen Sie mir doch endlich, was hier gespielt wird!«

»Ja, Kind, das kann ich gut verstehen, und ich werde Ihnen jetzt auch die Wahrheit sagen. Also Harry Pitt und ich, wir lernten uns kennen, kurz nachdem ich Holt geheiratet hatte. Was er Ihnen erzählt hat, stimmt, es hat wirklich mit dieser Kommode angefangen. Die Antiquitäten in seinem Laden verrieten mir gleich, daß hier ein Mann mit ungewöhnlichem Kennerblick am Werk war, und darum bat ich ihn, ob er nicht unter der Hand und ganz diskret als Akquisiteur für mich tätig werden wolle. Tatsächlich verdanke ich Harry einige der glanzvollsten Stücke meiner diversen Sammlungen.«

Es hielt mich nicht länger auf meinem Stuhl.

»Aber warum hat er mir das verschwiegen? Warum?«

»Nun, unser Verhältnis mußte streng geheim bleiben, damit, wenn er Gebote machte oder Antiquitäten von anderen Händlern aufkaufte, niemand ahnte, daß er in meinem Auftrag handelte. Andernfalls wären entweder die Preise ins Astronomische gestiegen, oder man hätte meinen Namen zu Reklamezwecken benutzt. Sie wissen doch, wie die Leute sind. Und überhaupt mag ich es nicht, daß zuviel über mich oder mein Vermögen bekannt wird. Das geht die Leute schließlich nichts an.«

Mir war, als ob sich jeden Moment der Boden unter mir auftun würde.

»Dann ... dann hat Harry auch Ihren Mann gekannt?«

»Ja, natürlich. Auch wenn Holt nie viel mit ihm anfangen konnte. Holt mochte schwule Männer nicht, sie machten ihm angst.«

»Und Cassandra?« fragte ich weiter, obwohl ich mir die Antwort jetzt schon selber geben konnte.

»Er vergötterte das Kind! Und sie nannte ihn Onkel Harry. Ich hätte ihn als Paten für Cassandra genommen, aber Holt war dagegen. Na ja, und dann hätten wir auch unsere Beziehung nicht mehr geheimhalten können.«

Sie blinzelte ganz ungeduldig. Ich begann, rastlos im Saal auf und ab zu tigern.

»Warum hat er mich angelogen? Warum?«

»Ich fürchte, daran bin ich schuld, Faith«, sagte Mrs. Griffin, die mir mit den Augen folgte. »Ich dachte, Sie würden Hemmungen haben, hierher zu kommen, wenn Sie die ganze Wahrheit auf einmal erführen. Harry und ich, wir haben endlos darüber beraten, und wir kamen zu dem Schluß, es sei besser, Sie würden alles Wesentliche selbst herausfinden. Auf die Weise würden Sie auch am ehesten das nötige Verständnis aufbringen.«

»Verständnis? Wofür?«

»Für mich natürlich! Erinnern Sie sich noch, wie ich Ihnen

einmal sagte, eines Tages würde ich all Ihr Mitgefühl brauchen? Nun ist es soweit.«

Ich wirbelte herum. »Jetzt? *Wieso*?«

Sie senkte den Blick.

»Wenn Sie mich lieben sollen wie eine Tochter, dann müssen Sie mich erst einmal verstehen und mir verzeihen.«

»Sie lieben wie eine Tochter?« wiederholte ich ratlos.

»Aber Faith, nun seien Sie doch nicht so begriffsstutzig! Meine Tochter ist tot, das wissen Sie. Und ich fühle mich in gewissem Sinne mitschuldig an ihrem Tod. Aber daran kann ich nichts mehr ändern – das ist Vergangenheit. Und nun wünsche ich mir wieder eine Tochter, verstehen Sie? Eine andere, die mir die Verlorene ersetzt. Ich brauche Sie. Ich brauche ... dich«, setzte sie zaghaft, wie fragend hinzu.

Ich war sprachlos.

»Ein, zwei Jahre nach Holts Tod, als ich so ganz allein war, überredete mich Harry, ein Kind zu adoptieren ... Bitte, setz dich doch wieder zu mir.«

»Danke, aber ich stehe lieber.«

»Du hältst mich für die sündhafteste Frau auf Erden, nicht wahr?« sagte sie theatralisch.

»Nein, Mrs. Griffin, ich weiß bis jetzt überhaupt nicht, was ich von alledem halten soll.«

»Bitte, so komm doch ...« Fast flehentlich deutete sie auf den Stuhl neben sich.

Ich ließ mich erweichen und setzte mich wieder zu ihr.

»Ich habe Harry erklärt, daß ich zu alt sei, um noch ein Kind zu adoptieren. Aber er wandte ein, er hätte ja auch nicht an ein Baby gedacht – überhaupt an kein Kind im wörtlichen Sinne. Nein, er meinte einen erwachsenen jungen Menschen. Natürlich war es ein Problem, die ideale Besetzung für diese Rolle zu finden, den vollkommenen Tochterersatz. Aber schließlich ist die Suche nach Vollkommenheit auf jedem Gebiet problematisch, findest du nicht auch?«

Ich nickte, immer noch unfähig, ein Wort herauszubringen.

»Roberto Madi«, sagte sie in plötzlich verändertem Tonfall. »Sag mir, wie fandest du ihn?«

Mein Gott, Madi – den hatte ich beinahe ganz vergessen.

»Sie wissen, daß ich in Colorado war?« fragte ich.

»Ob ich's weiß? Aber Kind, *ich* hab dich doch hingeschickt!«

»Sie haben mich hingeschickt?«

»Na ja, es war nicht besonders schwer, weil du ja so neugierig warst. Harry mußte bloß ein bißchen nachhelfen. Er hat mich angerufen, als sein kleiner Hund gestorben war. Es hat ihm sehr zugesetzt, daß er dich nicht begleiten konnte. Er machte sich Sorgen deinetwegen, ja wirklich. Das war übrigens das letzte Mal, daß ich mit ihm gesprochen habe.«

»Verstehe.«

»Ich habe ihm versichert, daß Roberto Madi völlig harmlos ist und daß er sich brav an die Abmachung halten wird. Aber Harry war nun einmal ein Kümmerer. Sag«, fragte sie, »ist es dir denn gar nicht komisch vorgekommen, daß Harry Roberto so leicht aufspüren konnte und daß der nach all den Jahren auf einmal bereit war zu reden?«

Jetzt, wo sie mich förmlich darauf stieß, wirkte Harrys Geschichte natürlich geradezu aberwitzig. Ich ärgerte mich über die eigene Leichtgläubigkeit.

»Ich fürchte, ich hab's ihm abgekauft«, sagte ich seufzend.

»Ach, mach dir nichts draus, du bist eben ganz wie Cassa. Intellektuell, gebildet, aber auf manchen Gebieten hoffnungslos naiv. Das ist doch ganz reizend. Wie gesagt, es ist gut, daß du von Natur aus nicht mißtrauisch bist. Mißtrauische Leute bleiben nämlich am Schluß unweigerlich allein.«

»Bitte erzählen Sie weiter.«

»Ich habe mit Roberto telefoniert, nachdem du so Hals über Kopf aus seinem Haus weggerannt warst. Das hättest du aber nicht machen sollen.«

»Ich hatte Angst«, sagte ich.

»Was ich dir nicht verdenken kann. Ich war auch sehr böse auf ihn, weil er dir das Polizeifoto gezeigt hat. Aber als ich ihn ausschimpfte, da hat er natürlich den Spieß gleich umgedreht, wie üblich. Es sei alles meine Schuld, sagte er, denn schließlich hätte ich dich ja zu ihm geschickt. Die alte Leier – immer soll ich schuld sein«, sagte sie gereizt.

»Haben Sie ihm auch aufgetragen, mir die Filme zu zeigen?« fragte ich.

»Ich weiß nichts von irgendwelchen Filmen, und ich will auch gar nichts davon wissen«, entgegnete sie schroff. »Aber ich hab ihm aufgetragen, dir die Wahrheit zu sagen. Über Holt und überhaupt. Jetzt, wo du Bescheid weißt, verstehst du sicherlich, daß ich dir diese Dinge nie selbst hätte erzählen können.«

»Ja, das begreife ich.«

»Roberto ist sehr gefühlsbetont. Er steigert sich immer gleich so furchtbar in alles rein. Aber davon darf man sich nicht täuschen lassen. Er ist auf der anderen Seite auch sehr praktisch veranlagt«, sagte sie verächtlich. »Was glaubst du wohl, warum er all die Jahre geschwiegen hat?«

Ich schüttelte ratlos den Kopf.

»Weil ich ihm augenblicklich den Geldhahn zudrehen würde, wenn er den Mund aufmacht. Und so sehr er auch beteuern mag, daß Geld ihm gleichgültig sei – glaub mir, das hätte ihm nicht gefallen.«

»Nein, wahrscheinlich nicht.«

»Aber weißt du was? Er war wirklich ganz verblüfft über die große Ähnlichkeit zwischen Cassa und dir. Ich glaube sogar, er hat sich in dich verguckt. Ach ja, Roberto ... Obwohl ich ihn nicht mag und weiß, daß diese Abneigung auf Gegenseitigkeit beruht, habe ich doch immer eine kleine Schwäche für ihn gehabt, weil er Cassa so über alles liebte. Ich habe ihn beauftragt, dich in alles einzuweihen, weil ich dachte, es wäre besser, wenn du es über einen Dritten erfährst. Es tut mir nur leid, daß er sich offenbar ziemlich daneben benommen hat.«

»Sie haben ihn *beauftragt*?« Ich saß immer noch ziemlich hilflos vor diesem verwirrenden Puzzle.

»Ja, begreifst du denn nicht, Faith, daß es ein Beweis meiner Liebe und meines Vertrauens zu dir ist, dich in all das einzuweihen? Niemand auf der Welt kennt die Wahrheit, außer mir, Roberto und Harry – und jetzt du. Der gute Harry ist nicht mehr. Damit sind wir nur noch drei, und Roberto zählt eigentlich nicht.«

Ich sah, wie ihre knochigen Finger unablässig an dem Pelz auf ihrem Schoß zupften. Ihr Blick huschte rastlos über die Wandgemälde. Im fahlen Winterlicht wirkte ihre Haut fast transparent.

»Wie ich sehe, bist du hier beinahe fertig«, sagte sie.

»Mrs. Griffin, warum um Himmels willen haben Sie sich all diese Mühe gemacht?«

»Weil ich nichts Unechtes oder Zweitklassiges in meinem Leben dulde. Ich will nur Echtes um mich haben, von allem das Beste ... Tja, wahrhaftig«, setzte sie aufgeräumt hinzu, »nur das Gesicht des Mädchens fehlt noch.«

»Darf ich Sie noch was fragen?«

»Nur zu«, antwortete sie bereitwillig.

»Wenn Harry Sie schon so viel länger kannte als mich, hat *er* Sie dann auf mich aufmerksam gemacht?«

Sie schaute mich verdutzt an.

»Was meinst du damit?« fragte sie.

»Ich meine, war es mein Artikel über Veronese, oder waren es meine Kunden, oder war es in Wirklichkeit Harry, der mich Ihnen empfohlen hat?«

»Harry selbstverständlich. Er hat mir deinen Artikel zu lesen gegeben.«

»Dann wußten Sie also schon von mir, lange bevor ich etwas über Sie gehört hatte?« forschte ich weiter.

»Aber ja doch, Kind, natürlich«, antwortete sie in fast mitleidigem Ton. »Ich glaube bloß, du hast immer noch nicht ganz verstanden.«

»Was habe ich nicht verstanden?«

»Harry hat sich um *meinetwillen* mit dir angefreundet. Er hat dich für mich *gefunden*.«

»Mich für Sie *gefunden*?« Ich konnte mir nicht vorstellen, wovon sie sprach.

»Faith, Harry liebte dich über alles, daran darfst du niemals zweifeln. Aber er hatte sehr lange nach dir gesucht, und als er dich traf, da wußte er, du warst die Richtige.«

»Die Richtige?« wiederholte ich verständnislos.

»Du warst der ideale Ersatz für Cassa«, sagte sie sachlich. »Er hatte von dir gehört. Und du erfülltest einfach alle Erwartungen. Zuerst einmal warst du im gleichen Alter wie Cassa. Du standest ganz allein in der Welt, und du warst eine Künstlerin mit großer Sensibilität und ausgeprägtem Schönheitssinn, was ja für mich so wichtig ist. Alles schien ideal zusammenzupassen, also richtete Harry es so ein, daß ihr euch – scheinbar zwanglos – kennenlerntet. Ich glaube, gemeinsame Freunde führten dich bei ihm ein, war es nicht so?«

»Doch«, flüsterte ich.

»Er erzählte mir später, er hätte seinen Augen nicht getraut, als du damals zur Tür hereinkamst. Er rief mich, gleich nachdem du fort warst, an und schwärmte mir in den höchsten Tönen vor, wie sehr du ihn an Cassa erinnert hättest. Er war ganz aus dem Häuschen. Nicht nur die äußere Ähnlichkeit sei so frappierend, meinte er, nein, auch das Auftreten, die Begeisterungsfähigkeit – es sei geradezu unheimlich. Er konnte sich gar nicht fassen vor Entzücken. Und dann, als er dich näher kennenlernte, hat er dich ehrlich liebgewonnen. Er erklärte mir, du hättest Cassas Schwester sein können, so ähnlich seist du ihr – einschließlich deines Hangs zu schwierigen Männern, die nichts taugen – wie Mr. Noland zum Beispiel.«

»Sie wußten auch von John?« fragte ich wie betäubt.

»Ich habe es mir zur Aufgabe gemacht, alles über dich zu wissen, Kind.« Sie sagte das so freundlich, als sei es die natürlichste Sache von der Welt. »Harry und ich, wir ulkten manchmal, du hättest ein uneheliches Kind von Holt sein können, weil du unserer Tochter gar so ähnlich warst.« Sie kicherte. »Es hätte nicht perfekter sein können; als ob es Gottes Wille gewesen wäre, daß wir zusammenkommen.«

»Noch was«, sagte ich, ganz benommen von der Erkenntnis, daß Harry sich nur mit mir angefreundet hatte, um mich für Mrs. Griffin zu »akquirieren«. »Warum haben Sie so lange damit gewartet, mich persönlich kennenzulernen? Harry und ich, wir waren doch schon seit dreizehn Jahren befreundet.«

»Ja, also um ganz ehrlich zu sein, Faith, wir hatten da noch eine andere junge Frau im Auge.«

Ich schluckte mühsam.

»Das kann doch nur ein Witz sein!« rief ich.

»Harry wußte ja gleich, daß sie nicht die Richtige war. Aber sie war ein bißchen weniger selbständig als du, und deshalb dachte ich anfangs, sie würde sich vielleicht leichter anpassen.«

»Und was hat dann für mich entschieden?« fragte ich höflich.

»Die Zeit«, sagte sie lächelnd. »Wir haben euch beide über eine Reihe von Jahren beobachtet. Harry hat sich im übrigen auch noch ein paar andere Mädchen angesehen, aber die kamen gar nicht in Frage. Nur, wir mußten doch sicher sein, daß diejenige, auf die unsere endgültige Wahl fiel, all das hier auch wirklich zu schätzen wissen würde« – sie deutete mit ausladender Geste zum Herrenhaus hinüber – »und daß sie damit umgehen kann, wenn die Zeit kommt. Ja, und allmählich wurde uns dann klar, daß diese andere junge Person – die hier namenlos bleiben soll – für eine solche Position im Leben längst nicht so qualifiziert war wie du. Oh, sie war ein reizendes Geschöpf, aber, aus Gründen, auf die ich hier nicht näher eingehen will, letzten Endes nicht geeignet. Du dagegen erfüllst alle Voraussetzungen, Faith. Harry hat deinen Charakter jahrein, jahraus studiert, und er und ich, wir waren uns schließlich einig, daß du geradezu ideal in dieses Anwesen paßt.«

»Verstehe«, sagte ich und nickte.

»Faith, ich bin reich, aber alt, und ich werde bald sterben«, fuhr sie in eher nüchternem Ton fort. »Ich habe ein sündiges Leben geführt, für das ich Buße tun möchte. Früher dachte ich, wenn ich das Unrecht an Cassa wiedergutmache, würde Gott – und vielleicht sogar ich selbst – mir vergeben können. Aber das ist unmöglich, denn Cassa ist tot. Doch an irgendwem muß ich auf meine alten Tage Wiedergutmachung leisten«, sagte sie und sah mich aus ihren kalten, blauen Augen durchdringend an.

»Ich brauche eine Gefährtin, die ich lieben und der ich vertrauen kann – natürlich keine *bezahlte* Gesellschafterin«, sagte sie angewidert. »So eine lohnabhängige Gefährtin ist bloßer Schwindel, und du weißt ja, für mich zählt nur das Echte. Ich brauche ein Kind – eine Tochter –, eine, die mich liebt und die das Herz hat, mir zu verzeihen und mich zu akzeptieren, wie ich bin, obwohl sie alles von mir weiß.«

Sie nahm meine Hand, und ich ließ es geschehen.

»An dem Tag, als ich zu dir ins Atelier kam, da wußte ich, daß Harry die Richtige für mich gefunden hat, ja ich war mir dessen so sicher, daß ich dir am liebsten auf der Stelle alles gesagt hätte.«

»Und warum haben Sie's nicht getan?«

»Ich weiß nicht. Wahrscheinlich mußte ich dich doch erst ein bißchen kennenlernen, sehen, ob ich dich auch mag«, sagte sie, als sei das die logischste Sache von der Welt.

»Ob Sie mich auch mögen?« Der Gedanke erheiterte mich.

»Nun ja, geliebt habe ich dich auf den ersten Blick, schon weil du mich so sehr an Cassa erinnertest. Aber ich wußte nicht, ob ich dich auch *mögen* würde. Du verstehst doch den Unterschied, oder? Ich muß gestehen, Cassa habe ich nicht so sehr gemocht, obwohl ich sie von ganzem Herzen liebte. Wenn ich dich nicht gemocht hätte, dann hätte ich dich nicht gewählt. Ich finde nämlich, bei einer so immens wichtigen Akquisition sollte man auch ganz genau das bekommen, was man sich vorgestellt hat.«

»Ja, ich kann mir denken, daß Sie das so sehen«, sagte ich.

»Natürlich, bei einer so delikaten Sache muß alles absolut stimmig sein. Andernfalls ist das Ganze nicht viel wert.«

Ich begriff, daß sie das Wort »stimmig« in dem Sinne benutzte, wie Antiquitätenhändler und Museumsleute es tun, wenn sie die Echtheit eines Kunstgegenstandes diskutierten.

»Und wenn ich nicht *stimmig* gewesen wäre«, sagte ich mit ironischer Betonung des verräterischen Adjektivs, »was hätte Harry gemacht? Sich nach jemand anderem umgesehen?«

»Nein«, sagte sie und lehnte sich in ihrem Stuhl zurück. »Wir waren uns einig, daß ich allmählich zu alt bin, um die ganze Suche noch einmal von vorn beginnen zu können. Es ist ja so ein langwieriger Prozeß, diese Auslese. Nein, wenn es mit dir nicht geklappt hätte, dann hätte ich das ganze Vorhaben fallenlassen. Aber nun hat es sich ja so glücklich gefügt«, fuhr sie, ohne mein ungläubiges Staunen zu bemerken, fort, »daß ich dich sehr gern mag *und* dich liebe, Faith. Und ich weiß, du und ich, wir werden sehr glücklich werden in der kurzen Zeit, die mir noch bleibt.«

Sie hielt inne, um mir Gelegenheit zu geben, das Kompliment zu erwidern.

Ich räusperte mich. »Mrs. Griffin, was wollen Sie eigentlich genau von mir?«

Sie sah erst die gesichtslose junge Frau auf dem Wandgemälde an und dann wieder mich.

»Faith, du sollst die wichtigste Akquisition meines Lebens werden. Ich will dich zu meiner Tochter machen.«

Das Trompe-l' Œil-Gemälde, das Harry mir vererbt hatte, fiel mir ein, das Porträt von Mutter und Kind. Da war sie, die Botschaft aus dem Grab.

»Und was, bitte, bedeutet das?« fragte ich.

»Ganz einfach, du wirst herkommen und hier wohnen, und alles, was ich besitze, wird eines Tages dir gehören. Und es bedeutet weiter, daß du mir vergeben und dich bis zu meinem Tode um mich kümmern wirst.«

»Ich soll Ihnen vergeben? Ja, was denn, Mrs. Griffin?«

»Das mit Cassa ... all meine Sünden ... Stell dir vor, wie mir zumute gewesen ist, all die Jahre, Faith. Stell dir das nur mal vor!«

Plötzlich hatte ich eine Vision, wie diese Frau allein in ihrem Schlafzimmer lag, gelähmt vor Angst und zu feige, einzugreifen, während ihr gräßlicher Ehemann nur ein paar Türen weiter die eigene Tochter mißbrauchte. Auf einmal war ich mir ganz sicher, daß sie Bescheid gewußt hatte. Sie mußten alle miteinander in einer teuflischen Symbiose gelebt haben, gefangen im Netz dieses grausigen Geheimnisses, das dennoch keiner aufdeckte, aus lauter Angst, die kostbare Fassade könnte einstürzen.

»Durch dich werde ich Buße tun«, sagte Mrs. Griffin zuversichtlich. »Für dich werde ich tun, was ich für Cassa hätte tun wollen, ja was ich so gern für sie getan hätte.«

»Glauben Sie denn wirklich, Sie könnten den Mord an Ihrer Tochter auf diese Weise ungeschehen machen?«

»Ich ... ich hoffe zumindest«, stammelte sie, »daß ich mich dann nicht mehr so furchtbar schuldig fühle. Du ahnst ja nicht, wie ich mich quäle.« Sie hustete, um das Schluchzen in ihrer Kehle zu kaschieren. »Ach, wie schade«, sagte sie und schüttelte den Kopf. »Diese sehnsüchtig erwarteten Momente sind doch nie so, wie man sie sich vorstellt, nicht wahr? Sie sind vielmehr wie Luftballons – kaum piekst man sie an, zerplatzen sie, und man steht mit leeren Händen da.«

»Nur so aus Neugier, Mrs. Griffin«, sagte ich, ihre melodramatische Stimmung bewußt ignorierend, »hätte Harry eine Provision für mich bekommen?«

»Siebenhundertfünfzigtausend Dollar«, antwortete sie prompt. »Zahlbar bei Unterzeichnung der Adoptionspapiere.«

Meine Augen weiteten sich vor Staunen.

»Ach, Kind, du darfst nicht zu streng sein mit Harry«, bat Mrs. Griffin ernsthaft. »Er war schließlich Kaufmann, und Akquisitionen waren nun mal sein Geschäft. Außerdem brauchte er das Geld, aber das hatte nichts mit seinen Gefühlen für dich zu tun. Er hatte dich mit der Zeit sehr, sehr liebgewonnen, und ich weiß, daß er überzeugt war, dir einen ebenso großen Gefallen zu erweisen wie mir.«

»Das wird er wohl gedacht haben, ja.«

»Als Frances Griffins Tochter wird dir die ganze Welt zu Füßen liegen«, sagte sie großspurig. »Sieh dich nur um, Kind. Das wird eines Tages alles dir gehören!«

Ich wußte natürlich, was sie meinte, aber alles, was ich sehen konnte, waren die gemalten Figuren an den Wänden und das gesichtslose Porträt eines Mädchens, das von seinem eigenen Vater mißbraucht und ermordet worden war.

»Alles das würde mir gehören«, wiederholte ich dumpf.

»Ich kann mir denken, daß das erst mal ein Schock für dich ist, Kind. Aber ist es denn so falsch, daß ich mir für die letzten Tage meines Lebens eine Tochter wünsche, Faith? Wie? Ist es etwa schlimm, daß ich dich haben möchte?« fragte sie kläglich.

Ich war so niedergedrückt von der endlich enthüllten, ganzen furchtbaren Wahrheit, daß ich keine Kraft mehr zum Widerspruch hatte. »Nein, es ist nicht falsch«, sagte ich, »nur traurig.«

»Traurig? Ja, wieso denn traurig?«

»Ich weiß nicht, wahrscheinlich, weil es zeigt, wie einsam Menschen sein können, das ist alles.«

»Ah, wie recht du hast! Die tragische Befindlichkeit des Menschen – Einsamkeit! Und doch haben sich jetzt zwei einsame Menschen gefunden und können einander Trost spenden. Hmmm? Meinst du nicht auch?«

»Ich weiß nicht recht.«

»Aber ich«, sagte sie forsch. »Und da ich älter bin als du und weiser, solltest du meinem Urteil vertrauen. Je eher wir die ganze Geschichte regeln, desto besser. Meine Anwälte haben die Papiere schon vorbereitet. Du brauchst nur noch ja zu sagen, und wir können sofort die Adoption einleiten. Alles übrige ist dann nur noch reine Routine. Inzwischen kann Deane dir helfen, deine Wohnung auszuräumen. Natürlich kannst du alles behalten, woran dein Herz hängt. Das werden wir schon irgendwo unterbringen. Und deine Zimmer hier auf The Haven darfst du dir auch selber aussuchen. In diesem Pavillon werden wir dir ein Atelier einrichten. Und im nächsten Frühjahr – vorausgesetzt, daß es mir bis dahin wieder besser geht – werden wir eine schöne Reise machen – wohin du willst: Europa, Südamerika, du brauchst es nur zu sagen. Ich kaufe dir, was du willst. Ach, es wird soviel Spaß machen, gemeinsam Galerien zu besuchen und Antiquitätenmessen. Ich werde dich allen als meine Tochter vorstellen – meine Tochter, Faith Griffin.«

Sie tätschelte meine Hand und sah mich strahlend an. Mir fehlten die Worte.

»Na, was sagst du dazu?«

»Verzeihen Sie, Mrs. Griffin, aber ich ... ich muß mir das erst überlegen.«

Sie runzelte die Stirn.

»Was gibt's denn da zu überlegen?«

»Oh, für mich allerhand. Bitte, ich brauche einfach etwas Zeit.«

Sie schien ehrlich überrascht.

»Aber warum? Deine Mutter ist tot. Du bist genauso allein auf der Welt wie ich. Bedenke doch nur, was ich dir bieten kann, Faith! Und«, setzte sie in einem Ton hinzu, als werte das den Handel eigens auf, »ich habe nicht mehr lange zu leben.«

»Bitte, Mrs. Griffin, ich muß wirklich erst darüber nachdenken.«

»Na schön«, sagte sie. »Dann gibst du mir deine Antwort eben morgen.«

19

An diesem Abend saß ich in meiner kleinen Wohnung auf dem Bett, kraulte Brush und ließ die turbulenten Ereignisse der letzten Tage Revue passieren. Ich konnte es immer noch nicht recht glauben, daß Harry, mit dem ich so viele Jahre befreundet gewesen war und dem ich blind vertraut hatte, die ganze Zeit über heimlich in Mrs. Griffins Diensten gestanden war, ja daß unsere Freundschaft in Wahrheit nur auf einem ausgeklügelten Plan basiert hatte. Wenn ich jetzt an gemeinsame Stunden zurückdachte, mußte ich mich bei jeder liebenswerten Erinnerung fragen, ob sie echt war, oder ob Harry damals nur seine Provision im Auge gehabt hatte.

Siebenhundertfünfzigtausend Dollar ... ein lächerlich willkürlicher Preis, der meinen Wert gleichzeitig über- und unterschritt. Eine dreiviertelmillion Dollar für eine Ersatztochter. Ich hätte gern gewußt, wie um alles in der Welt sie sich ausgerechnet auf diese Summe geeinigt hatten. Wie lange sie wohl darum gefeilscht haben mochten? War es ein Pauschbetrag oder eine prozentuale Beteiligung an dem mutmaßlichen Schätzpreis für eine Tochter? Und wäre die Provision anders ausgefallen, wenn sie sich auf die zweite Kandidatin geeinigt hätten? War sie eine Million wert oder vielleicht bloß sechshunderttausend? Es war so unglaublich makaber! Ob der arme Harry sich wohl schon einen Teil seiner Provision vorab hatte ausbezahlen lassen, für anfallende Spesen? Kein Wunder, daß er mich all die Jahre immer so spendabel ausgeführt hat, dachte ich bitter. Schließlich war ich ja eine Kapitalanlage für ihn.

Viele kleine, vorher befremdliche Details bekamen auf einmal einen Sinn: das mir überlassene Ballkleid, Harrys sanftes Drängen, mir doch ja Mrs. Griffins Auftrag nicht entgehen zu lassen, das detektivische Geschick, mit dem er Madi aufgespürt hatte, und sein Vorschlag, ihn in Colorado zu besuchen, ganz zu schweigen von den Fortune Cookies von Foo's. Und Rodney? War die ganze angeblich so glücklich wiederbelebte Romanze mit Rodney auch bloß ein Schwindel gewesen? Harry wußte ganz genau, daß ich eine Schwäche für rührende Liebesgeschichten hatte, und konnte darauf bauen, daß ich ihn geradezu bestürmen würde, die Suche nach Madi als Vorwand zu nehmen, um sich wieder mit seinem verflossenen Liebhaber zu treffen. Selbstredend hatte ich mir nichts davon versprochen, aber als Harry dann doch mit Robertos Adresse daherkam, konnte ich so eine unverhoffte Spur natürlich nicht einfach im Sande verlaufen lassen. Aber wahrscheinlich hatte Rodney überhaupt nichts damit zu tun, und Harry hatte diese rührende Geschichte bloß erfunden, um, Mrs. Griffins Weisungen gehorchend, einen plausiblen Grund für den überraschenden Kontakt mit Madi vorweisen zu können.

Ich dachte zurück an die erste Zeit unserer Freundschaft, als ich Harry fast täglich mein Herz ausgeschüttet und ihm dauernd von meinen Zerwürfnissen mit John Noland erzählt hatte. Meine schwere Kindheit hatten wir durchgehechelt, und Harry hatte mir nach und nach meine intimsten Geheimnisse entlockt. Zu jeder Tages- und Nachtzeit war er für mich dagewesen und hatte sich meine Probleme angehört. Und nun erfuhr ich, daß er mich dabei Zug um Zug mit Cassandra verglichen und Mrs. Griffin hinterher Bericht erstattet hatte. Verwunderlich war am Ende bloß, daß ich nie auch nur auf den Gedanken gekommen wäre, ihm ein anderes Motiv als Freundschaft und Herzensgüte zu unterstellen.

So enttäuscht und verbittert ich auch war, ich konnte mich nicht dazu durchringen, Harry für das, was er getan hatte, zu hassen. Ja, ich fühlte mich gar nicht einmal so sehr verraten, als im Stich gelassen von ihm. Gesetzt den Fall, er wäre nicht so plötzlich gestorben – ob er mir dann irgendwann die Wahrheit gesagt hätte? Oder hätten er und Mrs. Griffin dieses Geheimnis für immer gehütet?

Unsere ganze Freundschaft schien mit einem Makel behaftet, seit ich wußte, unter welchen Voraussetzungen sie zustande gekommen war. Und doch war ich mir sicher, daß Harry mich wirklich gern gehabt hatte. Wie hatte Mrs. Griffin doch gleich gesagt? Er glaubte, mir einen Gefallen damit zu tun, daß er meine Adoption durch eine der reichsten und elegantesten Frauen der Welt einfädelte.

Seufzend stand ich auf, um Brush und mir das Abendbrot zu richten. Ob Roberto Madi auch von Mrs. Griffins Plan gewußt hatte? Wahrscheinlich nicht, denn warum hätte er mich sonst immer wieder vor ihr gewarnt? Nein, Madi hatte sich wohl nur an seinen Auftrag gehalten und war dann, im Zuge der schmerzlichen Erinnerungen, ein bißchen ausgeflippt. Wo mochte er jetzt wohl sein? Ob er tatsächlich eine Weltreise angetreten hatte, oder war das wieder nur eine List, mit der Harry und Mrs. Griffin mich dazu bringen wollten, nach ihrem Terminkalender nach Colorado zu fliegen?

Ich hatte keinen Appetit. Brush stibitzte mir ein paar Happen vom Teller und schien sich zu wundern, daß ich ihn nicht wegscheuchte. Ich schenkte mir ein Glas Wein ein, zündete den Kamin an und rüstete mich, die wichtigste Entscheidung meines Lebens zu treffen.

Das viele, viele Geld, all diese herrlichen Dinge ... mir war, als sähe ich Goldtaler in den Flammen tanzen. Allein schon die Bilder auf The Haven hätten mich verführen können, meine Seele zu verkaufen ... Und was war hier der Preis? Doch kein so unbescheidener. Ein paar Jahre – vielleicht weniger – in Gesellschaft einer Frau, der ich, zugegeben, mißtraute, die mir vor allem aber auch leid tat und die ich vielleicht liebgewinnen könnte. Wäre es denn so furchtbar, ihre Gesellschafterin zu sein? Sie würde mich verwöhnen, mir ihre Sünden beichten und ihre Ängste und Sehnsüchte mit mir teilen. Und dafür würde ich in Luxus gebettet auf The Haven leben, mein eigenes Atelier haben und nicht mehr unter finanziellem Druck arbeiten müssen. Ich würde Mrs. Griffin ihre letzten Tage so angenehm wie möglich machen und versuchen, sie zu lieben und verstehen zu lernen wie eine Tochter. Und dann, später – natürlich würde ich immer auf dieses Später warten! – wäre ich reich. Was für ein Leben könnte ich dann führen! Mir alles kaufen, was ich mir wünschte, anderen Künstlern helfen, überallhin reisen, inmitten von Kunstschätzen leben, und bräuchte mich obendrein nie mehr um Geld oder Sicherheit zu sorgen. Alles sehr verlockend. Ja, dachte ich, warum nicht? Was waren schon ein paar Jahre im Vergleich zu all den Privilegien, der sorgenfreien Zukunft, ganz zu schweigen von den guten Werken, die ich würde tun können?

Ich dachte an meine eigene Mutter und fragte mich, ob sie mir wohl zugeraten hätte. Ja, natürlich hätte sie. Sie hatte immer nur das Beste für mich gewollt, und Frances Griffin war ohne Zweifel das Beste einer gewissen Tradition. Es ging ja auch nicht darum, daß sie in meinem Herzen den Platz meiner Mutter einnehmen würde, nein, hier ging es einfach um meinen Vorteil, um eine große Chance, ums Glück.

»Möchtest du gern richtig ordinär reich werden, Brush? Hmm?« fragte ich meinen Kater, der sich mir zu Füßen vor dem Feuer zusammengerollt hatte.

Ich schaute mich in der Wohnung um und überlegte, welche Sachen ich aussortieren, welche ich behalten würde. Das kleine Stundenglas aus Messing, das Harry mir zu Weihnachten geschenkt hatte – das würde ich behalten. Ich würde überhaupt alle Geschenke von Harry behalten. Meine abgewetzte Couch – würde ich die mitnehmen? Sie war so urgemütlich. Nein, von der konnte ich mich wohl doch trennen. Meine Petit-Point-Stickereien, meine Pflanzendrucke, die drolligen kleinen viktorianischen Stühle mit dem zerschlissenen Bezug, meine Kaminböcke mit dem Hundekopfgriff, die Kohlenschütte, in der ich getrocknete Blumen sammelte, die Bücher, die sich über Jahre angesammelt hatten ... Das waren alles keine Wertgegenstände, aber ... Mein Warnlämpchen ging gerade noch rechtzeitig an, ehe ich den Gedanken zu Ende denken konnte. Ich war ja drauf und dran, in die gleiche Falle zu tappen wie Mrs. Griffin! War ich denn so abhängig von den Habseligkeiten, die ich angesammelt hatte? Warum nicht einfach frei und unbeschwert ausziehen, ganz ohne Ballast?

Aber je länger ich mich umschaute, desto mehr begriff ich, wie sehr ich an meinem kleinen Nest hing und wie schwer es mir fallen würde, es aufzugeben. Mochte ich auch ein noch so bescheidenes Insulanerleben führen, es war immerhin das Leben, das ich mir ausgesucht und aufgebaut hatte. Ihm fühlte ich mich verbunden, ihm verdankte ich einen Teil meiner Würde. Ich dachte auch an mein Atelier und den guten Ruf, den ich mir über die Jahre mit meiner Trompel' œil-Malerei erworben hatte ... Über die Jahre ... Unversehens versank ich in einer Betrachtung über die Zeit und spürte so deutlich wie nie zuvor, wie flüchtig sie war, wie rasch sie dahineilte.

Das Feuer im Kamin brannte nieder. Ich beobachtete Brushs sanftes, rhythmisches Atmen, sah zu, wie sein kleiner Leib sich in regelmäßigen Abständen hob und senkte. Ich betrachtete meine Hände und merkte, daß die Venen deutlicher hervortraten, die Haut faltiger geworden war. In meinem Haar zeigten sich die ersten grauen Strähnen. Die empfindliche Haut um Augen und Mund erschlaffte langsam. Mein Gesicht hatte die selbstverständliche Frische der Jugend verloren. Ich ermüdete rascher als früher, und selbst acht Stunden Schlaf hatten nicht mehr die gleiche belebende Wirkung wie noch vor ein paar Jahren. Ich brauchte eine Lesebrille, und seit neuestem rebellierte meine Verdauung, wenn ich gelegentlich bei einem Schlemmermahl über die Stränge schlug.

Die Frucht stand kurz vor der Überreife – aber ein klein wenig Zeit blieb mir noch. Ich stand in der Mitte meines Lebens, eine Phase, in der die Zeit unser wertvollstes Kapital bedeutet. Wer weiß, vielleicht begegnete mir noch einmal die große Liebe ... oder ich mauserte mich zu einer ernstzunehmenden Künstlerin. Es gab so viele Möglichkeiten. In dem Moment erkannte ich, daß ich es mir nicht leisten konnte, auch nur eine Minute zu vergeuden, indem ich mein Leben auf Warteschleife setzte, um mich Mrs. Griffin als Ersatztochter für ihr trauriges Drama zur Verfügung zu stellen.

Am nächsten Morgen fuhr ich schon zeitig nach The Haven hinaus. Mrs. Griffin empfing mich im Wintergarten, einem geräumigen, verglasten Raum, voll mit Topfpflanzen und indischen Korbmöbeln. Sie trug ein rotes Seidenkleid und einen regenbogenfarbenen Chiffonschal. Sie sah hübsch aus, richtiggehend verjüngt, und so vital wie bei unserer ersten Begegnung. Kaum, daß ich eintrat, tänzelte sie wie ein junges Mädchen auf mich zu und umarmte mich stürmisch.

»O Faith, Faith«, rief sie. »Ich freue mich ja so, dich zu sehen! Also, nachdem du nun Zeit gehabt hast zum Nachdenken, bist du doch hoffentlich zur Vernunft gekommen?«

»Ja, ich glaube schon.«

»Na fein!«

Sie sah mich forschend an und ahnte vielleicht, daß doch nicht alles nach ihren Wünschen gehen würde.

»Warum denn so ernst, Kind?« fragte sie. »Ich hoffe, du hast dir all die herrlichen Dinge ausgemalt, die wir zusammen unternehmen werden. Ich hab schon die ganze Nacht Pläne geschmiedet. Ich kann es kaum erwarten, dir meine Welt zu zeigen und all die Dinge, die ich in meiner Jugend so geliebt habe. Ach, ich werde dich nach Strich und Faden verwöhnen, Faith!«

»Mrs. Griffin«, begann ich zögernd, bemüht, ihr nicht mit unbedachten Worten weh zu tun, »ich habe sehr gründlich über

Ihren Vorschlag nachgedacht, und ... also ich fühle mich natürlich sehr geschmeichelt durch Ihr Angebot, aber ich fürchte, ich kann es nicht annehmen.«

Sie schien mich nicht verstanden zu haben. »Wie bitte?«

»Ich fürchte, ich muß leider ablehnen, Mrs. Griffin.«

Sie ließ mich los und trat taumelnd ein paar Schritte zurück.

»Das kann doch nur ein Scherz sein?«

»Leider nein.«

Es entstand eine kleine Pause, und dann rief sie aus: »Aber sei doch nicht albern, Kind!«

»Es tut mir wirklich leid.«

»Aber das kann doch nicht dein Ernst sein! Wenn du willst, gebe ich dir noch mehr Bedenkzeit.«

»Das würde auch nichts ändern, Mrs. Griffin. Meine Antwort bliebe doch dieselbe. Es tut mir wirklich sehr, sehr leid. Glauben Sie mir. Und ich danke Ihnen sehr, daß Sie an mich gedacht haben.«

»Gib mir noch eine Chance! Hast du überhaupt begriffen, daß ich dir jeden Wunsch erfüllen kann?« Ich hörte die Panik aus ihrer Stimme heraus.

»Das ist sehr, sehr lieb von Ihnen, aber ich brauche gar nichts.«

»*Irgendwas* wirst du dir doch wünschen!« flehte sie.

Die alte Frau starrte mich an, als ob ich sie geschlagen hätte. Ich fühlte mich schrecklich elend, weil ich sie so enttäuschen mußte. »Schauen Sie«, begann ich, bemüht, sie ein bißchen über den Schmerz hinwegzutrösten, »Ihr erster Eindruck von mir war ganz richtig. Ich bin wirklich zu selbständig. Es tut mir ehrlich leid. Aber vielleicht können Sie ja immer noch dieses andere Mädchen bekommen.«

»Die will ich aber nicht!« sagte sie trotzig. »Ich will dich.«

»Hören Sie, Mrs. Griffin, wir können ja durchaus Freunde bleiben. Ich komme Sie besuchen, sooft Sie möchten. Das verspreche ich.«

»Das ist aber nicht dasselbe.«

Sie ließ sich in einen der Rattansessel fallen, deren Rückenlehnen wie riesige Fächer geformt waren.

»Warum?« Sie funkelte mich herausfordernd an. »Warum willst du nicht meine Tochter sein?«

»Das kann ich Ihnen wirklich nicht erklären. Ich weiß nicht einmal, ob ich es mir selbst erklären kann.«

»Ist es, weil du mich ablehnst?«

»Aber nein!«

»Ich spreche von meinen Methoden. Du findest, ich habe dich zu sehr als Marionette behandelt, ist es das?«

»Nein, bestimmt nicht.«

»Lüg mich nicht an«, warnte sie.

Ich spürte, wie Zorn in mir aufflammte.

»Aber ich lüge nicht. Es hat nichts damit zu tun, was Sie gesagt oder getan haben. Bestimmt nicht!«

»Mein Gott, Kind – ich biete dir ein Königreich! Bist du denn nicht bei Trost?«

Ich zuckte die Achseln. »Wer weiß, vielleicht.«

»Denk ja nicht, daß du so eine Chance ein zweites Mal bekommst«, sagte sie drohend. »Wenn du heute nein sagst, ist es aus. Hast du das *verstanden*?«

»Ja, gewiß«, antwortete ich peinlich berührt.

Sie senkte den Kopf und schwieg eine ganze Weile. Als sie mich wieder ansah, funkelten ihre Augen vor Wut.

»Du blödes kleines Miststück, du!« zischte sie.

Ich war so verblüfft über diesen Ausbruch, daß ich unwillkürlich loslachte.

»Was ist daran komisch?«

»Ihre Reaktion«, sagte ich.

»Ja, was für eine Reaktion erwartest du denn von mir?« kreischte sie.

Ihr Tonfall, ihr Gesicht – alles war auf einmal hart, bitter und verkniffen, getränkt von Zorn und Spott.

»Ich weiß nicht«, sagte ich. »Darüber habe ich wohl noch gar nicht nachgedacht.«

»Ha! Ihr seid eben alle gleich! Ihr denkt immer nur an euch selbst.«

»Alle sind gleich – wen meinen Sie damit?«

»Eben euch alle! Ach, vergiß es!«

Natürlich konnte ich das nicht so einfach.

Sie saß mit gesenktem Kopf da und spielte nervös mit ihrem Schal. Eine Zeitlang schwiegen wir beide.

»Tja«, sagte ich endlich, »ich geh dann wohl besser rüber und bringe meine Arbeit im Pavillon zum Abschluß.«

»Ist dir eigentlich klar, wieviel Zeit du mich gekostet hast? Was ich an dich verschwendet habe? Jahre! *Jahre!*«

»Es ist wohl besser, wenn ich jetzt gehe.«

Ich wandte mich schon zur Tür, als sie plötzlich einen markerschütternden Schrei ausstieß.

»Ooooh! Du verfluchtes Dreckstück, du! Ich bin todkrank und ganz allein!« jammerte sie, in Tränen ausbrechend. »Und es ist niemand mehr da, niemand!«

Schluchzend sank sie in ihrem Stuhl zusammen. Ich konnte den Blick nicht von ihr wenden. Gott, was für ein Bild des Jammers – die Wimperntusche lief ihr in grauen Rinnsalen über die faltigen Wangen, der Lippenstift sammelte sich in Klümpchen in ihren Mundwinkeln. Sie hob die Hand, riß sich die Perücke vom Kopf und schleuderte sie quer durch den Raum.

»Du sollst verflucht sein!« kreischte sie. »Das ganze Leben soll verflucht sein!«

Mit einem letzten schweren Seufzer sank sie kraftlos in den Sessel zurück.

»Es tut mir leid, Mrs. Griffin, ehrlich.«

»Das reicht aber nicht.« Mit einer ungeduldigen Handbewegung scheuchte sie mich beiseite.

»Aber ich kann doch nicht mehr tun, als mich entschuldigen.«

Langsam schien sie ihre Selbstbeherrschung wiederzugewinnen. Jedenfalls richtete sie sich fast majestätisch auf und wies auf die Perücke, die unter einem kleinen Sofa gelandet war.

»Meine Perücke«, sagte sie hoheitsvoll. »Bring sie her.«

Ich gehorchte, aber als ich sie ihr aufsetzen wollte, riß sie mir die Perücke aus der Hand, beklopfte sie ein paarmal, wie um sie von unsichtbarem Staub zu befreien, und stülpte sie sich selbst auf den Kopf. Mit Hilfe eines kleinen Taschenspiegels rückte sie sie zurecht und versteckte ein, zwei widerspenstige Haarsträhnen darunter. Als sie damit fertig war, strich sie sich das Kleid glatt und nahm Haltung an.

»Sie haben Ihren Auftrag noch nicht zu Ende geführt«, sagte sie kalt.

»Nein.«

»Was ist noch zu tun?«

»Nur das Gesicht des Mädchens fehlt.«

»Dann machen Sie sich gleich an die Arbeit.«

»Wie Sie wünschen.«

»Ich werde Ihnen genau sagen, wie ich es haben möchte«, sagte sie. »Folgen Sie mir.«

Aus dem Wintergarten kommend, schlugen wir einen mir bisher nicht geläufigen Weg zum Pavillon ein. Mrs. Griffin übernahm die Führung. Ich wunderte mich, daß sie in dem leichten Seidenkleid nicht fror. Doch als ich ihr meinen Mantel anbot, lehnte sie brüsk ab.

»Aber Sie werden sich erkälten«, sagte ich.

»Machen Sie sich nur keine Sorgen«, versetzte sie wütend.

Im Pavillon stand ihr Rollstuhl samt der Pelzdecke schon auf der Tanzfläche bereit. Sie stieg steifbeinig die Freitreppe hinab, setzte sich in den Rollstuhl und zog die Decke bis zur Taille hinauf.

Während ich Palette und Pinsel herrichtete, fühlte ich mich die ganze Zeit von ihr beobachtet. Als ich alles bereit hatte, stellte ich mich vor das gesichtslose Mädchen und projizierte im Geiste bald Cassandras, bald meine eigenen Züge in das weiße Oval hinein, ja sprang solange zwischen beiden hin und her, bis sie sich vor meinem inneren Auge untrennbar vermischten. Als ich den Pinsel zückte, um Cassandras Gesicht aus dem Gedächtnis zu malen, rief Mrs. Griffin nach mir.

»Kommen Sie her!«

Gehorsam trat ich an den Rollstuhl.

»Sie sollen nicht Cassandras Gesicht malen.«

»Aber sie ist der Mittelpunkt der ganzen Szenerie«, wandte ich ein. »Alle anderen Vignetten konzentrieren sich einzig auf sie.«

»Sie werden mir da nicht ihr Gesicht hineinmalen«, wiederholte sie energisch.

»Na gut, wessen Gesicht möchten Sie dann?«

Sie zog ein kleines rechteckiges Ding unter der Decke hervor. Im ersten Moment dachte ich, es sei ein Bilderrahmen. Dann erkannte ich es wieder.

»Hier, sehen Sie!« befahl Mrs. Griffin. »Dieses Gesicht. Das ist das Gesicht, das ich da auf der Wand haben will.«

Sie drehte das kleine Rechteck um und hielt es mir vor die Augen. Es war der Spiegel, vor dem sie vorhin im Wintergarten ihre Perücke gerichtet hatte. Mein Gesicht blickte mir daraus entgegen.

»Meins?« sagte ich verwirrt. »Sie wollen, daß ich *mein* Gesicht dorthin male?«

»Ja. Wenn es denn das einzige ist, was ich von dir haben kann.«

»Ich ... ich weiß nicht ...«

»Sie haben einen Auftrag angenommen, Miss Crowell«, unterbrach sie mich. »Da müssen Sie sich schon nach den Wünschen Ihrer Kundin richten.«

Das war nun wirklich die legendäre Frances Griffin – die strenge, stahlharte Frau, die es gewohnt war, den Künstlern und Handwerkern, die auf ihrer Gehaltsliste standen, auch ihren Willen aufzuzwingen.

»Natürlich, wenn Sie es wünschen ... darf ich mir den Spiegel dazu ausborgen?«

Sie drückte ihn mir unwirsch in die Hand. Ich ging zurück an die Staffelei und griff nach meiner Palette. Den Blick auf den Spiegel gerichtet, begann ich zu malen. Und während ich mein eigenes Gesicht in das weiße Oval einfügte, war mir, als hätte ich all die Jahre gleichsam neben meinem Leben gestanden und würde erst jetzt, in eben diesem Moment, wirklich davon Besitz ergreifen. Ich schraffierte und konturierte die Züge, die ich doch so gut kannte, mit einer Akribie, als würde meine Arbeit an ihrem Wahrheitsgehalt gemessen. Ab und zu linste ich zu Mrs. Griffin hinüber, die wie versteinert dasaß und mir zusah. Es war ein langer, anstrengender Prozeß, bis ich die Mimik endlich richtig getroffen hatte.

Nachdem der letzte Farbtupfer gesetzt war, legte ich Pinsel und Palette beiseite und trat zurück, um mein Werk zu begutachten. Aber noch bevor ich die Chance hatte, einen prüfenden Blick darauf zu werfen, hörte ich hinter mir die Stimme der alten Frau durch den Saal hallen.

»Das ist nichts geworden«, rief sie.

Ich drehte mich nach ihr um.

»Ich glaube, es ist das Beste, was ich zu bieten habe.«

»Dann müssen Sie eben mehr leisten als Ihr Bestes, wenn Sie bezahlt werden wollen.«

Ich biß mir auf die Lippe.

»Darf ich fragen, was an dem Gesicht nicht stimmt?«

»Es lebt nicht, es hat keine Tiefe! Es ist ein Abklatsch, aber kein Porträt. Konfektionsware, Mittelmaß, weiter nichts!«

Ich wandte mich wieder meinem Bild zu. Sie hatte recht. Dieses Gesicht war nichtssagend, es lebte nicht.

»Ich fürchte nur, ich kann es nicht besser.«

»Wischen Sie's weg. Fangen Sie noch mal von vorn an. Und

konzentrieren Sie sich diesmal in erster Linie auf den Ausdruck. Machen Sie nicht soviel Wesen um die Ähnlichkeit. Der Ausdruck ist es, der belebt, nicht das tote Abbild.«

Ich gehorchte ihr, wischte mit einem ammoniakgetränkten Lappen das frischgemalte Antlitz aus und begann noch einmal ganz von vorn.

»Fangen Sie mit den Augen an«, riet sie sachlich. »Aber schauen Sie dahinter, ehe Sie sie malen. Machen Sie sie sehend, doch entscheiden Sie zuvor, *worauf* sie schauen sollen!«

Ich wußte, was sie meinte. So, wie ich sie vorher gemalt hatte, waren die Augen trüb gewesen, gleichsam blind für ihr Umfeld.

»Na? Worauf blicken Sie?« fragte die alte Frau gespannt.

»Auf Sie, Mrs. Griffin«, sagte ich, ohne mich umzudrehen.

»Sehr gut.«

Es dauerte nicht lange, und unter meinen Händen entstand ein Paar Augen, das so lebhaft und neugierig in die Welt schaute, wie nur irgendein echtes Augenpaar. Ich drehte mich um, weil ich sehen wollte, ob Mrs. Griffin jetzt zufrieden war.

»Schon besser«, nickte sie. »Und nun zur Form des Gesichts. Fangen Sie mit den Knochen an, am besten beim Schädel. Sie müssen lernen, mehr als nur die Oberfläche Ihrer Modelle darzustellen, wenn Sie je über billige Cartoons und Imitationen hinauskommen wollen. Eine leichte Hand ist noch lange kein Ersatz für geistige Tiefe«, sagte sie scharf.

Also skizzierte ich behutsam die Umrisse eines Schädels und zeichnete dann nacheinander Nase, Wangen, Mund und Kinn in das leere Oval. Mit wenigen, nur andeutenden Pinselstrichen neigte ich den Kopf leicht zur Seite, um dem Antlitz einen etwas neugierigen Ausdruck zu verleihen. Und dann brachte ich, Schicht um Schicht, Fleisch auf diese Knochen, um das Gesicht zum Leben zu erwecken; ein wahres Geduldsspiel. Als ich endlich fertig war, drehte ich mich wieder nach Mrs. Griffin um.

»Und nun konzentrieren Sie sich auf den Mund. Da scheiden sich die Geister zwischen dem wirklich großen Porträtisten und dem mediokren Imitator.«

Während mein Pinsel emsig über die glatte Fläche glitt, hier und da einen Akzent setzte, ein Highlight nachlieferte, Charakteristika herausarbeitete und die Züge plastischer, lebendiger machte, hörte ich die alte Frau gelegentlich hinter mir murmeln: »Ja, das ist besser ... viel besser ... Nein, nein, versuchen Sie das noch mal.«

Unter dieser autoritären Anleitung wurde allmählich meine Intuition freigesetzt, und ich begann ernsthaft zu malen. Zum erstenmal erfuhr ich, was es bedeutet, nicht nur mit der Hand zu malen, sondern mit dem Herzen. Das Gesicht, das so entstand, kannte Skepsis und Staunen, war intellektuell und naiv, mutig und angstvoll zugleich. Mein Porträt spiegelte das sanfte Licht der Toleranz ebenso wie den harten Glanz der Wahrheit. Während mein Pinsel sich ernsthaft mit meinem Gesicht auseinandersetzte, gewann ich zusehends Abstand zur eigenen Person, gestattete mir weder Schonung noch übertriebene Kritik.

Ich verlor allmählich jedes Zeitgefühl. Es war schon später Nachmittag, als ich endlich den Pinsel aus der Hand legte. Und ich blickte mit Stolz auf die Frau, die ich geschaffen hatte. Zum erstenmal war es mir gelungen, nicht nur die Oberfläche fehlerfrei darzustellen, sondern auch das zu ergründen, was dahinter lag. Endlich war ich über die brave Handwerkerin hinausgewachsen und zur Künstlerin geworden.

Mrs. Griffin war in ihrem Rollstuhl eingenickt. Ich ging zu ihr hin und stupste sie sanft an.

Sie fuhr erschrocken auf.

»Es ist fertig, Mrs. Griffin. Da, schauen Sie.«

Mit zusammengekniffenen Augen blinzelte sie zu dem Porträt hinauf. Die Gestalt im Zentrum des Wandgemäldes war kein gesichtsloses junges Mädchen mehr, sondern eine Frau an der Schwelle zum mittleren Alter. Sie schaute genau auf Mrs. Griffin – freimütig, versöhnlich. Ja, es sah fast so aus, als winke sie der alten Frau, lade sie ein, sich mit ihr von der Festgesellschaft zu entfernen und sich ein ruhiges Plätzchen zu suchen, wo sie sich ungestört miteinander unterhalten konnten. Eine Tochter, die in liebender Sehnsucht die Hand nach ihrer Mutter ausstreckte.

Mrs. Griffin starrte eine Weile stumm auf das Porträt. Ich stand daneben und wartete begierig auf ein Lob, ein Kompliment, irgendeine Stellungnahme. Aber es kam nichts.

»Sagen Sie Deane, er möchte mich ins Haus holen. Ich bin sehr müde und mir ist kalt«, befahl sie mit monotoner Stimme, die Augen ermattet geschlossen.

Sie zog sich die Pelzdecke bis zum Kinn hinauf und tat so, als sei sie schon halb eingenickt.

Als ich durch den Park zum Haupthaus hinüberging, blieb ich einen Moment stehen, um das Ambiente in mich aufzunehmen. The Haven mit seinen weitläufigen Anlagen erschien mir auf einmal wie eine Bühne, eingerichtet für das makabre Schauspiel, in dem mir ungewollt die Hauptrolle zugefallen war.

Ich fand Deane in der Anrichte, wo er das Silberputzen überwachte.

»Mrs. Griffin möchte jetzt gern ins Haus zurück«, sagte ich.

Er nahm kaum Notiz von mir, zog aber seinen Mantel an und kam mit hinaus. Die Schwester, die uns von der Küche aus sah, eilte hinterher. Mrs. Griffin ließ sich von ihren dienstbaren Geistern wortlos aus dem Pavillon verfrachten. Ich sah dem traurigen kleinen Trio nach, wie es langsam im entlaubten Park verschwand.

Nachdem ich meine Sachen zusammengepackt hatte, blieb ich noch eine Weile vor meinem Meisterwerk sitzen und bewunderte – vor allem anderen – mein Selbstporträt. Es war wirklich gelungen, ja das Beste, was ich bisher gemalt hatte.

Ich brannte schon darauf, mit meiner Kameraausrüstung wiederzukommen und es für meine Dokumentationsmappe zu fotografieren. Ich war stolz darauf, dieses Werk geschaffen zu haben, und freute mich schon jetzt auf den Tag, da man den Pavillon in ein Museum umwandeln und meine Arbeit einem breiten Publikum zugänglich machen würde.

Draußen, vor dem Pavillon, stellte ich meine Gerätschaften kurz ab und zündete mir eine Zigarette an. Was für verschlungene Wege hatten mich doch zu diesem erfüllten Augenblick geführt! Im Grunde war diesmal nicht ich die Trompe-l' œil-Künstlerin, sondern Frances Griffin. Sie hatte das Trugbild, eine wahre Augenfalle, geschaffen.

Als ich meine Zigarette zu Ende geraucht hatte, warf ich die Kippe auf den Boden, trat sie aus und ließ sie absichtlich dort liegen. Mochte sie ruhig langsam und für Mrs. Griffins kritische Augen sichtbar auf dem manikürten Winterrasen verrotten. Als ich eben meine Malutensilien ins Auto lud, kam Mrs. Griffin unerwartet noch einmal aus dem Haus und winkte mir, zu warten.

»Mrs. Griffin!« rief ich und lief ihr entgegen.

»Faith, meine Liebe ...«, sagte sie und strich mir fast zärtlich über die Wange. »Verzeih mir, Kind. Ich fürchte, ich habe mich eben sehr häßlich benommen.«

»Nein, bitte, Sie brauchen sich nicht zu entschuldigen ...«

»Doch, doch, doch. Aber es war nur die Enttäuschung, weißt du. Jetzt ist es schon wieder vorüber.«

Und im Nu hatte die alte Frau sich mein Herz zurückerobert.

»Mrs. Griffin, ich hoffe aufrichtig, daß wir Freunde bleiben können.«

»Ja«, sagte sie, und ihre Augen blickten traurig, »ich wünsche mir auch, daß du mich wenigstens durch ein Andenken für immer in Erinnerung behältst.«

»Aber ich werde Sie doch nicht vergessen, Mrs. Griffin, ganz gewiß nicht!«

Sie wirkte wieder so hinfällig, daß ich gar nicht anders konnte, als sie zu bedauern.

»Ich fürchte, ich habe Sie noch gar nicht zu Ihrem Meisterwerk beglückwünscht«, fuhr sie, auf einmal wieder ganz förmlich, fort. »Ihr Selbstporträt ist – nun, es ist einfach unübertrefflich.« Ich spürte, wie mich ein Freudenschauer durchfuhr. »Da haben Sie mehr geleistet, als ich mir erhoffen durfte. Was meinen Sie, würden Sie sagen, daß es Ihr bisher bestes Werk ist?«

Ich überlegte einen Moment, dann nickte ich mit Nachdruck.

»Ja, Mrs. Griffin, und nicht nur das – ich könnte mir vorstellen, daß dieses Porträt vielleicht für immer meine schönste Arbeit bleiben wird.« Sie nickte zustimmend. »Und ich verdanke sie Ihnen«, fuhr ich fort. »Sie haben mich dazu angespornt. Sie haben das Beste aus mir herausgeholt.«

»Nun, es freut mich«, sagte sie mit fast zärtlicher Stimme, »daß ich Ihnen wenigstens in einer Hinsicht behilflich sein konnte. Es ist ja so ein befriedigendes Gefühl, einem Künstler ein kleines bißchen Muse sein zu dürfen.«

»Halten Sie es denn wirklich für ein Kunstwerk, Mrs. Griffin? Das ist nämlich alles, worauf es mir ankommt – Ihr Urteil«, sagte ich, begierig, ihr die Antwort von den Lippen abzulesen.

»O ja, ich denke, es ist ein echtes Meisterwerk«, sagte sie und nickte ernst.

»Ich freue mich, daß es hier ist«, versetzte ich, »ich freue mich, daß es von jetzt an immer bei Ihnen sein wird.«

»Ja, schon gut.« Sie stockte. »Es tut mir leid, daß wir über die Arbeit hinaus nicht zueinandergefunden haben, aber so ist das Leben, nicht wahr?«

»Ich werde Sie oft besuchen kommen, das verspreche ich Ihnen.«

Sie lächelte mich strahlend an. Jetzt sah sie wieder ganz wohl aus. Wie erstaunlich schnell sie sich doch immer wieder erholt, dachte ich.

»Und Sie sind ganz sicher, daß Sie Ihre Meinung nicht noch ändern werden?« fragte sie, aber so, als ob sie die Antwort schon im voraus wüßte.

Ich schüttelte bedauernd den Kopf. »Nein, Mrs. Griffin, es geht einfach nicht.«

»Na dann«, seufzte sie. »Das war's dann wohl.«

»Auf Wiedersehen«, sagte ich.

»O nein!« rief sie. »Noch wollen wir uns nicht Adieu sagen – noch nicht!«

»Wie darf ich das verstehen?«

»Sie müssen morgen noch mal vorbeikommen, damit ich Ihnen Ihr letztes Honorar zahlen kann. Das haben Sie sich schließlich redlich verdient. Sie kommen doch morgen nochmal, oder?«

Ich freute mich zwar, so rasch mein Geld zu bekommen, aber ich war noch viel mehr drauf versessen, den Ballsaal für meine Dokumentationsmappe zu fotografieren.

»Aber natürlich komme ich morgen«, sagte ich. »Darf ich dann auch meine Kamera mitbringen? Ich mache nämlich immer Aufnahmen von meinen Arbeiten – für mein Sammelalbum, wissen Sie.«

Sie strahlte mich an. »Aber sicher, bringen Sie nur alles mit, ich kann mir lebhaft vorstellen, daß Sie dieses herrliche Kunstwerk für die Nachwelt festhalten möchten.«

In dem Augenblick wirkte sie so verständnisvoll und versöhnlich, als hätte sie mir meinen Korb von vorhin bereits verziehen.

»Also dann, Faith«, sagte sie und küßte mich auf die Wange, »es wird langsam kalt hier draußen. Auf Wiedersehen, bis morgen, meine Liebe.«

Damit wandte sie sich um und ging, die Arme wie schützend über der Brust verschränkt, zum Haus zurück.

Die ganze Heimfahrt über grübelte ich, ob ich nicht am Ende doch töricht gehandelt hatte, Mrs. Griffins generöses Angebot auszuschlagen. Ich dachte an die arme alte Frau, die, als Gefangene ihrer Kostbarkeiten, ganz allein in diesem riesigen Haus hockte und langsam von ihrer todbringenden Krankheit aufgefressen wurde. Wäre es wirklich so schlimm gewesen, ihr für die kurze Zeit, die sie noch zu leben hatte, beizustehen? Schließlich handelte es sich ja nicht um lange Jahre. Sie war sehr krank – lag fast schon im Sterben. War ich am Ende zu egoistisch gewesen?

Ich versuchte mir vorzustellen, wie ihr Leben jetzt weitergehen würde, ohne die tägliche Zerstreuung durch meine Besuche. Ich sah sie vor mir, wie sie durch den Park zum Pavillon hinüberging, um sich von Zeit zu Zeit meine Wandgemälde anzusehen und dabei vielleicht auch an mich zu denken. Ob sie mich wohl ab und an anrufen und um einen Besuch bitten würde? Und wieviel Zeit mochte ihr wohl noch bleiben? Ich nahm mir vor, mich um sie zu kümmern. Schließlich konnte es ihr nicht leicht gefallen sein, sich vorhin so freundlich von mir zu verabschieden. Die beherzte Liebenswürdigkeit, mit der sie eine große Enttäuschung weggesteckt hatte, ließ meine Sympathie für sie wieder aufleben. Und darüber hinaus hegte ich den allergrößten Respekt für sie, weil sie mich gewissermaßen dazu angespornt hatte, mein Bestes zu geben. Außerdem war sie mein letztes Bindeglied zu Harry, an dem ich, trotz allem, was ich inzwischen erfahren hatte, immer noch mit großer Liebe hing.

Ich blieb den Abend lange auf, warf endlich all die alten Zeitungsausschnitte über den Mord an Cassandra weg, machte eine Liste mit all den Kunden, denen ich Bescheid geben wollte, daß ich wieder zur Verfügung stünde, und richtete schließlich noch meine Fotoausrüstung für den nächsten Tag her. Ich packte Blitzlichtaufsätze ein, ein Stativ, zwei Kameras und etliche Rollen Farb- sowie Schwarzweißfilme. Ich wollte die Szenen des Ballsaals so vorteilhaft wie möglich dokumentieren, vor allem natürlich mein Selbstporträt.

Ich fuhr am nächsten Tag erst gegen Mittag raus nach The Haven, weil ich mir um diese Zeit das beste Licht für meine Aufnahmen versprach. Leider zog sich die Sonne, die den ganzen Morgen geschienen hatte, hinter einen Wolkenschleier zurück, kaum, daß ich in die Zufahrt einbog. Ein unwirklich silbriges Licht flirrte jetzt über dem Park. Nachdem ich den Wagen abgestellt hatte, begann ich meine Fotoausrüstung auszupacken. Es wurde zusehends diesiger, und ich war froh, daß ich an die Blitzlichter gedacht hatte.

Auf dem Weg durch den Park überlegte ich mir, wo Mrs. Griffin wohl sein mochte und ob sie mir bei den Aufnahmen zusehen oder erst hinterher kommen und sich verabschieden würde. Merkwürdig, daß nicht einmal Deane sich blicken ließ, der doch sonst immer schon auf dem Sprung war, wenn ich nach The Haven kam.

Als ich die Stufen zum Pavillon hochstieg, klopfte mir das Herz bis zum Hals, so gespannt war ich darauf, mein Meisterwerk, das Selbstporträt, wiederzusehen. Würde ich heute noch genauso stolz darauf sein wie gestern? Und hatte Mrs. Griffin recht? War es wirklich das Beste, was ich bisher geschaffen hatte? Jedenfalls war ich dankbar dafür, daß es sich gerade in diesem kunstsinnigen Haus befand, wo es sachgerecht und pfleglich konserviert werden würde. Wenn ich es schon nicht selbst behalten konnte, welch geeigneteren Platz durfte ich mir dann dafür wünschen als The Haven?

Eine unbestimmte Vorahnung ließ mich zögern, bevor ich den Ballsaal betrat. Ich setzte meine schwere Fototasche ab und holte tief Luft, schloß die Augen, stieß die Tür auf und trat ein. Ich wollte die Augen erst wieder aufmachen, wenn ich mein ganzes Werk auf einen Blick würde überschauen können. Noch einen Herzschlag lang zögerte ich den großen Augenblick hinaus – und dann …

Das Entsetzen, das mich überfiel, sobald ich die Augen öffnete, läßt sich mit Worten nicht beschreiben. Ich schlug die Hände vor den Mund und erstickte einen Schrei, der aus tiefster Seele hochstieg. Der Saal war weiß! Kein klares, priesterlichkeusches Weiß, sondern ein furchtbares, chaotisches Weiß, wie das wüste Nachspiel einer verheerenden Sturmflut. In Streifen und Klecksen wütete die Tünche auf den Wänden wie der Gischt eines ungebärdigen Orkans. Von meinen Bildwerken war nichts übriggeblieben, außer ein paar zufälligen Farbtupfern, da, wo der Kalk das Wandgemälde nicht ganz so vollständig verdeckt hatte wie beabsichtigt. Sogar die Decke war mit weißen Kalkpatzern verunziert – die Putten, die Wolken, der Mond, alles fort.

Den allerschrecklichsten Anblick aber bot die Gestalt im Hauptpaneel – mein Selbstporträt, mein Meisterwerk. Hier hatte sich der Vandalismus nicht mit schlichter Kalktünche begnügt. Vielmehr war ein gespenstischer Abglanz von Gesicht und Körper erhalten geblieben, und nur partiell hatte man zerstörerisch Hand angelegt, dann allerdings gleich so schauerlich, daß es aussah, als ob Haut und Fleisch sich in verwesendes Aas verwandelt hätten. Das Ballkleid machte gar den Eindruck, als hätte man es mit einer Lötlampe ausgebrannt.

Zunächst konnte ich mir absolut nicht vorstellen, wer zu einem solch sinnlosen Racheakt fähig gewesen sein mochte. Als ich zögernd nähertrat, starrte mich ein Auge, das in dem verunstalteten Gesicht, meinem Gesicht, noch heil geblieben war, unverwandt an. Ich war schon auf einen knappen Meter herangekommen, als ich endlich begriff, was geschehen war, denn der Geruch, der mir von der Wand entgegenschlug, war unverkennbar. Mein Selbstporträt, mein Meisterwerk, war mit Salzsäure attackiert worden.

Der ätzende Gestank und der Anblick des malträtierten Bildes, beides verursachte mir Übelkeit. Ich sank gegen die Wand, nur knapp das noch feuchte, verätzte Porträt verfehlend, und taumelte wie von einem Schlag getroffen zu Boden. Dann erst fing ich an zu weinen.

Von allem, was Frances Griffin mir hätte antun können, war dies ohne Frage das Grausamste. Sie hatte mich aufgebaut, nur um mich dann umso tiefer hinabzustürzen. Nachdem sie mir Geburtshilfe geleistet hatte, ging sie hin und tötete das Kind!

Ich weiß nicht, wie lange ich dort am Boden kauerte und meine Furcht, meinen Zorn und mein Selbstmitleid herausheulte. Allmählich aber verebbten die hektischen Schluchzer und verstummten schließlich ganz. Mühsam raffte ich mich auf, taumelte nach draußen und schleppte mich, ausgelaugt und verzweifelt, durch den Park zurück zu meinem Auto.

Ich warf die Fotoausrüstung in den Kofferraum, aber als ich eben einsteigen wollte, tippte mir jemand auf die Schulter. Erschrocken fuhr ich herum. Es war Deane. Ohne daß ich es wollte, stürzte ich mich auf ihn und trommelte wie eine Besessene gegen seine Brust.

»Sie haben's zugelassen«, brüllte ich. »Sie haben zugelassen, daß sie es zerstört! Sie Mistkerl, Sie!«

Deane ließ meinen kläglichen Ausbruch, ohne mit der Wimper zu zucken, über sich ergehen. Als ich mich endlich wieder beruhigt hatte, zog er ein Taschentuch hervor und gab es mir. Ich trocknete mir die Augen.

»Ach, Deane, es tut mir ja so leid«, sagte ich kopfschüttelnd. »Ich weiß ja, daß es meine Schuld ist. Aber warum, *warum* hat sie das getan?«

»Ich weiß es nicht, Miss«, sagte er mit kummervoller Miene.

»Wer hat's getan? Wer hat ihr geholfen?« fragte ich. »Sie?«

»Sie hat alles ganz allein gemacht, sogar die Decke. Ich mußte ihr die Leiter bringen, das war alles. Sie war die ganze Nacht auf.«

»Sie hat Salzsäure über mein Porträt gegossen, nicht wahr?«

Deane ließ traurig den Kopf hängen und nickte dann.

»Sie ist wahnsinnig«, sagte ich, ohne eine Antwort zu erwarten. Und ich bekam auch keine. Statt dessen zog Deane einen Umschlag aus der Jackentasche und reichte ihn mir. Ich erkannte Mrs. Griffins blaßblaues Briefpapier.

»Madam hat mich gebeten, Ihnen das hier zu übergeben. Es ist Ihr restliches Honorar, Miss«, sagte er leise.

Ich riß das Kuvert auf. Drinnen lag ein Scheck, ausgestellt über einen Betrag in einer Größenordnung, wie ich sie bisher nur vom Hörensagen kannte. Ja, die Summe war so hoch, daß der Scheck mir wie ein kleines Trompe-l'œil vorkam.

»Das ist nicht meine letzte Rate, Deane«, sagte ich verblüfft. »Das ist ja gut zehnmal soviel wie mein gesamtes Honorar.«

»Darüber weiß ich leider nicht Bescheid, Miss«, antwortete Deane, unbeteiligt wie immer.

»Hat sie Ihnen denn sonst nichts aufgetragen?«

»Nein.«

»Na, dann nehme ich an, es soll eine Art Wiedergutmachung sein. Würden Sie das nicht auch so sehen, Deane? Sie tötet mein Baby, und dann schenkt sie mir ein kleines Vermögen für meine Mühe und Scherereien. Alles hat seinen Preis, stimmt's? Ist es nicht so, Deane?« Ich schluckte kräftig.

Deane zögerte. Ich sah ihm an, daß dies ein kritischer Moment für ihn war.

»Ja, Deane? Wollten Sie mir noch was sagen?«

»Miss«, begann er und stockte, sich verstohlen umblickend, wie um sich zu vergewissern, daß uns auch ja niemand belauschte.

»Wir haben es alle wunderschön gefunden – Ihr Wandgemälde, meine ich. Wirklich eine Augenweide, Miss.«

Ich fand ihn in dem Moment so rührend, daß ich erneut die Tränen zurückdrängen mußte.

»Wirklich, Deane? Ist das tatsächlich Ihr Ernst? Ach, Sie ahnen ja nicht, wieviel mir das bedeutet!«

»Es hat uns allen sehr gefallen, Miss«, beteuerte er noch einmal, fast schüchtern.

»Ach, Deane, ich danke Ihnen vielmals!«

Ich sah mir den Scheck noch einmal genau an, riß ihn dann sorgfältig mitten entzwei und gab ihn Deane zurück.

»Tun Sie mir einen Gefallen«, sagte ich. »Richten Sie Mrs. Griffin bitte aus, die letzte Rate sei sie mir nicht mehr schuldig. Sie hätte bereits alles bezahlt – *den vollen Betrag.*«

Deane nickte zustimmend, und der Schatten eines Lächelns spielte um seine Lippen.

»Ich werd's ausrichten«, versprach er.

Als ich eben in den Wagen steigen wollte, fiel mir noch etwas ein. »Deane?« rief ich.

»Ja, Miss Crowell?«

»Wie hat sie das nur geschafft?«

»Was denn, Miss?«

»Na, den ganzen Saal zu kalken. Das war doch eine Heidenarbeit.«

Deane zögerte einen Moment. Ich spürte, wie er mit sich rang und nicht recht wußte, ob er mit der Wahrheit herausrükken sollte oder nicht.

»Deane?« drängte ich. »Deane, was geht hier vor?«

Wieder vergewisserte er sich, daß uns niemand belauschte. Dann trat er ganz dicht an mich heran und flüsterte mir ins Ohr: »Sie ist gar nicht krank.«

»Was?«

»Sie hat keinen Krebs. Sie liegt nicht im Sterben. Das war alles nur Theater, um Mitleid zu heischen und wer weiß was sonst noch. Sie ist so robust wie ein Pferd. Sie wird uns noch alle überleben, die alte Hexe!«

Meine Augen weiteten sich vor Staunen. Ich konnte es einfach nicht fassen.

»Was sagen Sie da, Deane? Aber warum um alles in der Welt sollte sie denn so was erfinden? Warum sollte sie mich glauben machen, sie sei sterbenskrank und habe nur noch kurze Zeit ...?«

Noch bevor ich mit meiner Frage zu Ende war, konnte ich sie selbst beantworten.

Deane sah mich mit unbewegter Miene an und meinte trocken: »Sagen *Sie's* mir, Miss.«

Wir nickten einander in stillschweigendem Einverständnis zu. Deane machte kehrt und ging zum Haus zurück. Ich stieg in den Wagen und blickte, während ich langsam die Auffahrt entlangfuhr, im Rückspiegel nach dem Herrenhaus zurück. Ich sah Deane hineingehen und langsam die Tür hinter sich schließen.

Dann erhaschte ich einen flüchtigen Blick auf eine schemenhafte Gestalt, die mich aus einem Fenster im zweiten Stock zu beobachten schien. Ich trat heftig auf die Bremse, sprang aus dem Wagen und blickte scharf zu diesem Fenster hinauf. Frances Griffin glotzte, sich vor und zurück wiegend wie eine mechanische Puppe, zu mir herunter. Ihr irres Gelächter hallte weit und schrill durch die winterklare Luft.

Ich streckte den Arm aus und deutete anklagend mit dem Zeigefinger auf sie. In dem Moment brach ihr grausiges Lachen abrupt ab. Ihr Gesicht erstarrte. Sie trat vom Fenster zurück in den Schatten. Und damit fiel der Vorhang.

Epilog

Ich verkaufte das Bild, das Harry mir vermacht hatte, auf einer Auktion und erzielte einen stattlichen Preis, was ich nicht zuletzt seiner Herkunft verdankte. Der Gutachter bei Sotheby's fand nämlich heraus, daß es eigentlich aus der Sammlung von Mr. und Mrs. Holt Griffin stammte, ein Umstand, der im Katalog eigens in großen schwarzen Lettern vermerkt wurde. Der Erlös aus dem Verkauf des Bildes, nebst den ersten beiden Abschlagszahlungen von Mrs. Griffin, erlauben mir, mich für eine Weile vom Geschäft zurückzuziehen.

Auf dem Schild an meiner Tür steht nun nicht mehr TROMPE L' ŒIL, INC. Ich habe das Atelier für eine Weile dichtgemacht und bin zur Zeit auf Reisen.